Traumweberin

Verzauberte Horizonte
Buch 3

Anna Lowe

Inhaltsverzeichnis

Weitere Titel in dieser Serie

Verzauberte Horizonte

Windflüsterin (Buch 1)

Feuertänzerin (Buch 2)

Traumweberin (Buch 3)

www.annalowe.de

Kapitel 1

COOPER

Es gab nichts Besseres als die Heimfahrt nach einem erfolgreichen Kampf gegen einen Waldbrand. Rußverschmiert, verschwitzt, erschöpft, aber stolz und glücklich, scherzten und lachten alle, auch wenn sie nicht mehr ganz bei Sinnen waren. Nichts schweißte eine Gruppe von fast Fremden schneller zusammen und schmiedete eine Bruderschaft fürs Leben, auch wenn einige dieser „Brüder" Frauen waren. Alter, Ethnie, Geschlecht, Gehaltsklasse – all das spielte keine Rolle, denn man war ein Team und arbeitete zusammen.

Die Heimfahrt nach einer missglückten Operation hingegen...

Wir waren rußverschmiert, verschwitzt, erschöpft und sehr, sehr still. Alle hatten die Augen geschlossen oder starrten auf ihre Stiefel. Die einzigen Geräusche waren das Knarren der Ausrüstung und das Rattern der Reifen auf dem Asphalt.

Zu meiner Rechten schaute Joe auf seine Uhr und zeigte sie mir dann. Ich wusste genau, was er dachte. Der Hubschrauber, der Sam herausgeholt hatte, war wahrscheinlich gerade im Krankenhaus angekommen. Es ging zwar nicht um Leben oder Tod, aber ein so schlimm gebrochenes Bein könnte das Ende der Karriere bedeuten, sofern man diesen verrückten Job überhaupt als Karriere bezeichnen konnte.

Leidenschaft war wohl eher richtig, auch wenn die meisten Leute es nicht verstanden – wie der kalifornische Kongressabgeordnete, der Waldbrandbekämpfer als „unqualifizierte Arbeitskräfte" bezeichnet hatte.

Unqualifiziert, meine Güte. Wir hatten drei Tage am Stück gearbeitet und dabei nur drei Stunden unruhigen Schlaf bekommen.

Ich schloss meine Finger um meine Axt und fragte mich, wie gut und wie lange der Kongressabgeordnete sie wohl schwingen könnte. Wie viele Hektar unberührte Wildnis oder wie viele Häuser er retten könnte. Oder wie jämmerlich er betteln würde, wenn sein Haus von Flammen umgeben wäre.

Der Lastwagen fuhr über eine Bodenwelle, so dass wir alle durchgeschüttelt wurden.

„Wenn mein Helm sprechen könnte, würde er husten", brummte Vic und zog mit dem Finger eine Linie durch den Ruß.

„Hätten wir doch nur unsere Glücksaxt gehabt...", seufzte Joe.

Alle Veteranen nickten. Einige der Neulinge auch.

Ich befand mich in etwa in der Mitte – seit einer Woche neu in dieser Mannschaft, aber mitten in meiner elften Saison in der Waldbrandbekämpfung.

„Glaubst du wirklich, dass es an der Axt lag?", fragte Mark, einer der Neulinge.

Die Veteranen starrten ihn an, als hätte er angedeutet, dass Jesus nicht das Kind von Maria sei.

„Wir hatten sie seit drei Jahren", antwortete schließlich Alice, die seit acht Jahren bei den Yavapai Hotshots dabei war. „Drei Jahre ohne einen Unfall. Jedenfalls nichts Erwähnenswertes."

Ha. Ich wusste, was Feuerwehrleute für *erwähnenswert* hielten, also ließ diese Aussage viel Raum für Schmerz und Leid.

„Keine Unfälle und kein einziges Feuer, das uns so unvorbereitet getroffen hat wie dieses", schloss Alice grimmig.

Noch eine Untertreibung. Das Feuer hatte eine Straße übersprungen und war durch eine Winddrehung, die aus dem Nichts kam, plötzlich auf uns zugerast. Wir hatten Glück, dass wir nur mit einer schweren Verletzung und dem Großteil unserer Ausrüstung davongekommen waren.

Meine verborgene animalische Seite trauerte um all die Waldbewohner, die dem Inferno nicht entkommen konnten.

Wir und drei weitere Teams hatten Tage gebraucht, um den Brand unter Kontrolle zu bringen. Und dies war erst die Vorsaison.

„Hast du schon einmal erlebt, dass es so knapp war?“, flüsterte Chuck, ein anderer Neuling.

Tatsächlich, viel, viel knapper. Ein Feuer, das mich immer noch in meinen Albträumen verfolgte.

Ich nickte leise.

„Glaubt ihr wirklich, dass die Axt einen Unterschied gemacht hätte?“, fragte Mark.

Niemand sagte offen: *Natürlich, du Idiot,* aber ihre Blicke taten es. Fast hätte ich erwartet, dass sie sich bekreuzigten und bei dieser Ketzerei *Amen* murmeln würden.

Baseballspieler waren bekannt dafür, abergläubisch zu sein, aber Feuerwehrleute waren noch schlimmer. Jeder Trupp hatte eine Art Glücksbringer und jedes Mannschaftsmitglied hatte seine eigenen persönlichen Symbole. Glücksunterwäsche, Glücksbandanas, Glückssocken... Meine Schwester trug sogar einen Glücksstrohhalm mit sich herum.

Ich hatte nie das Bedürfnis nach einem Glücksbringer verspürt, aber jetzt kamen mir Zweifel.

„Ich verstehe es nicht. Wer würde eine Axt stehlen?“, murmelte Joe. „Noch dazu von einer Feuerwehrmannschaft.“

„Nicht nur eine gewöhnliche Axt, sondern unsere Glücksaxt“, sagte Alice verbittert.

Ich war einen Tag nach dem Verschwinden der Axt eingetroffen, aber angeblich war sie ein Prachtstück, das bei jedem einzelnen Einsatz einen Ehrenplatz in unserem Führungsfahrzeug einnahm, seit sie sich vor drei Jahren der Abteilung angeschlossen hatte.

Ja, *angeschlossen* war tatsächlich der Ausdruck, den die Mannschaft benutzte, so als wäre die Axt eines Tages von selbst aufgetaucht.

Man könnte meinen, diese Axt sei eine heilige Reliquie, so wie die Mannschaft von ihr sprach.

„Wir hätten diesem Reporter nie davon erzählen dürfen“, murmelte Vic.

Das war noch so eine Sache mit dieser Mannschaft – all die Verschwörungstheorien darüber, wer die Glücksaxt gestohlen hatte und warum. Die meisten begannen mit dem Zeitungsartikel, der die Aufmerksamkeit aller aufsteigenden Diebe im ganzen Land auf die Glücksaxt gelenkt hatte.

Und hey. Wer würde kein Werkzeug haben wollen, das angeblich Feuer kontrollieren konnte?

Ich persönlich fand die ganze Sache ein wenig verrückt.

„Was war noch mal so besonders daran?", fragte Mark.

Vic schnaubte. „Wo soll ich anfangen?" Er ließ einen Moment verstreichen, dann ging er eine ganze Liste durch, die er an seinen mit Asche verschmierten Fingern abzählte. „Sonderanfertigung. Perfekt ausbalanciert. Musste nie geschärft werden... "

„Hinreißende Form. Eine echte Schönheit", fügte Joe hinzu.

Chuck warf mir einen Blick zu, der fragte: *Spricht er von einer Axt oder einem Vollblut?*

„Woher hattet ihr sie?", fragte Mark.

„Aus einer örtlichen Schmiede", sagte Alice.

„Können wir den Schmied dazu bringen, eine neue zu fertigen?"

„Du meinst, die *Schmiedin* soll eine neue fertigen." Alice schaute auf das Fahrerhaus unseres Trucks und dachte nach. „Vielleicht geht das. Ich werde den Captain fragen, wenn wir ankommen." Dann seufzte sie. „Ich hoffe nur, sie kann ihre Magie noch einmal spielen lassen."

Ich rutsche auf meinem Platz herum. Magie?

Gerüchten zufolge konnte man in Sedona kaum zwei Schritte gehen, ohne auf irgendeine Art von Übernatürlichen zu stoßen, sei es eine Hexe, ein Hexenmeister, ein Gestaltwandler – so wie ich – oder sogar den gelegentlichen Vampir. Genug, dass eine geheime Regierungsbehörde, die mit der Überwachung solcher Dinge beauftragt war, ein Büro in der Stadt angesiedelt hatte. Den Agenten, der dort angestellt war, kannte ich – Ingo, ein Wolfsgestaltwandler, mit dem ich ein paarmal zusammengearbeitet hatte, bevor er die Feuerwehr verlassen hatte. Ich hatte Ingo angerufen, als ich in Sedona angekommen war, aber wir hatten noch keine Gelegenheit gehabt, uns zu treffen.

Ich nahm mir vor, ihn zu fragen, obwohl ich hoffte, dass die Gerüchte übertrieben waren, vor allem, wenn es dabei um Magie ging. Mein Clan gab sich nicht wirklich mit Hexen und Hexenmeistern ab – nicht mehr seit einer Reihe von tödlichen Zusammenstößen im Gebiet meiner Heimat. Die blutigen Ereignisse lagen zwei Jahrhunderte zurück, aber der alte Groll saß noch immer tief.

Am Fenster des Trucks zog die ausgedörrte Landschaft vorbei. Ich starrte in die Ferne und dachte nach. War es ein Fehler gewesen, Wyoming für eine Saison in Arizona zu verlassen? Ich hoffte es nicht. Aber der Start war nicht gerade optimal verlaufen und wir befanden uns technisch gesehen noch in der Vorsaison.

Ich schloss die Augen und versuchte, nicht zu urteilen. Wenn sich diese Mannschaft als so seltsam herausstellte, wie ich es befürchtete, konnte ich immer noch nach Wyoming zurückkehren. Aber zuerst würde ich diese Saison zu Ende bringen – und hoffentlich den unerklärlichen Drang stillen, nach Sedona zurückzukommen. Er hatte an mir genagt, seit ich ein paar Jahre zuvor wegen eines Feuers hier durchgefahren war.

Es ist unser Schicksal, brummte mein inneres Biest.

Ich schnaubte, als ich an die karge Landschaft und diese abergläubische Truppe dachte. Das war mein Schicksal?

Gott, ich hoffte nicht.

Ich verschränkte die Arme, legte mein Kinn auf die Brust und erlaubte mir, einzudösen.

Kapitel 2

ABBY

Träume besuchten meinen Schlaf, wie Touristen Sedona – viele und viel zu oft. Ich erinnerte mich jedoch nur selten an sie, außer an das allgemeine Gefühl.

Manche waren beängstigende Träume, in denen ich zu einem unbekanntem Ziel eilte, ohne jemals dort anzukommen. Andere waren glückliche Träume, ebenso vage, aber viel willkommener. Wieder andere waren sinnliche Träume. Auch diese waren etwas unscharf in ihren Details, aber heiß und befriedigend.

Oder nicht ganz so befriedigend, weil ich immer allein aufwachte. Wie mit vielen Dingen im Leben hatte ich gelernt, sie zu genießen, solange ich konnte.

An jenem Dienstagmorgen war ich mitten in einem fantastischen Sextraum, und Junge, war der gut. Ein riesengroßer Mann und ich trieben es auf einer flachen, harten Oberfläche in einem großen Industriegebäude... oder war es unter den Sternen? Mein Partner – wer auch immer er war – hatte sanfte Hände und eine weiche Stimme, die im Kontrast zur Härte seiner Muskeln und – ähm, anderen Teilen – stand. Teile, die er hervorragend einzusetzen wusste. So gut, dass die Erde bebte, als ich kam. Einmal... zweimal...

Ich wurde aus dem Traum gerissen, weil, wow. Hatte sich die Erde wirklich bewegt?

Ich schloss meine Augen und sank zurück auf die Matratze, bereit, für einen letzten Hauch dieses Traums ein Erdbeben zu riskieren.

Für ein paar glückselige Momente tat ich genau das und wiederholte den Teil, in dem mein geheimnisvoller Mann kraftvoll in mich stieß und meine Welt erschütterte.

Aber anstatt in der Ekstase aufzuheulen, wurde ich aus dem Traum gerissen. Mit weit geöffneten Augen setzte ich mich auf, alle meine Sinne plötzlich geschärft.

Etwas passierte. Etwas Reales, kein Traum.

Die Erde grollte erneut und ich verkrampfte mich. Das Bett wackelte nicht und die Wände ebenfalls nicht, aber die Luft – oder etwas in der Luft – vibrierte. Etwas Mächtiges und Geheimnisvolles.

Kein Donner. Auch kein Flugzeug. Etwas anderes.

Magie.

Mein Herz raste.

Sedona war voll davon – besonders auf der Painted Rock Ranch, wo meine Schwestern und ich lebten. Die mächtigsten Quellen dieser Magie waren Sedonas berühmte Wirbel – und ein paar geheime Wirbel genau hier auf unserem Land –, aber die Magie war überall in der ganzen spektakulären Landschaft verstreut.

Ich starrte aus dem Fenster und studierte die dunklen, zerklüfteten Umrisse der umliegenden Tafelberge. Drüben auf dem Teppich am Fußende des Bettes hob mein Hund Roscoe seinen pelzigen Kopf und schaute sich ebenfalls um. Doch einen Moment später seufzte er und legte sich wieder schlafen.

Ein paar Minuten lang achtete ich auf jedes Geräusch oder jede Bewegung, aber es kam nichts. Hatte ich mir das alles nur eingebildet, oder war es real?

Real, sagte mir mein Instinkt. Oder zumindest eine reale Warnung.

Mit den Händen umklammerte ich die Bettdecke. Eine Warnung, wovor? Wann? Wo?

∞∞∞∞

Das Gefühl der Vorahnung begleitete mich durch die langen Morgenstunden und auf meinem Weg zur Arbeit. Sobald ich mich jedoch in mein neuestes Projekt vertieft hatte, löste sich dieses ungute Gefühl auf. Seltsame und unerwartete Ereignisse waren in Sedona an der Tagesordnung. Aber Arbeit war Arbeit und ich musste mich konzentrieren.

Ich klappte meine Schweißermaske runter, beugte mich über den klassischen Volkswagen und heizte den Plasmaschneidbrenner an. Funken flogen, als ich eine Paisley-Form in die Motorhaube schnitt, wobei ich mich sicherer bewegte, als ich mich fühlte. Ein 1972er-VW-Käfer war vielleicht nicht viel wert, aber wenn ich das hier versaute, würde meine Kundin wütend sein. Und Gott wusste, dass das Verhältnis von Erfolgen zu Fehlern in meinem Leben stark in die falsche Richtung tendierte.

Aber, hey. Den kleinen Nervenkitzel war es wert.

Drüben auf der anderen Seite des Ladens riefen mein Hammer und mein Amboss eifersüchtig nach mir. Tatsächlich war ich Schmiedin, aber ich übernahm alle möglichen Arten von Metallarbeiten.

Bald, versprach ich ihnen.

Ich schnitt die rechte Seite der Tropfenform aus, dann die linke und schließlich die obere Spitze. Dann *klopf! Klopf!* Ein paar Schläge mit der Hinterseite des Brenners lösten den Ausschnitt aus dem umgebenden Metall, und es klapperte auf den Boden.

Ich lehnte mich zurück und prüfte mein Werk. Fünf Paisleys waren fertig. Noch viele, viele mehr standen an. Aber der Effekt war genauso, wie ich es mir erhofft hatte. Das Auto sah aus, als wäre es aus Spitze, nicht aus Metall.

Ich gratulierte mir stillschweigend selbst, klappte meine Maske runter und widmete mich dem nächsten Wagenteil.

Hinter mir hämmerten die anderen drei Mitarbeiter von Heavy Metal Sedona an ihren Projekten. Einige waren funktional, andere eher künstlerisch – ein Ranch-Tor hier, ein maßgefertigtes Spalier dort, dazu verschnörkelte Weinregale, alles aus Metall.

Als ich kurz innehielt, um Wasser zu trinken, entdeckte ich Rich, den Leiter der in Sedona ansässigen Waldbrandbekämpfungsmannschaft, der mit einem Mann das Büro meines Bosses betrat, der ein Bodydouble von Paul Bunyan, dem legendären Holzfäller, hätte sein können – groß, stämmig und mit dem gleichen rot-schwarzen Flanellhemd, das man mit dem Volkshelden assoziierte.

Ich wirbelte herum und fühlte mich instinktiv zu ihm hingezogen, dann – hoppla. Ich zwang mich, mich auf meine Arbeit zu konzentrieren.

Nun, ich versuchte es. Aber als sein Duft herüberwehte, nahm ich den rauchigen Geruch wahr.

Feuerwehrmann, sagte meine Nase.

Ein ausgeprägter Geruchssinn war eine der wenigen übernatürlichen Eigenschaften, die mir meine Mutter vererbt hatte. Und ich war der Meinung, je weniger, desto besser.

Leider war es für mich normal, den Geruch einer Person aus einer halben Werkstatt Entfernung wahrzunehmen – und in einem Laden voller schwitzender Männer war dies nicht besonders praktisch.

Aber unter dem rauchigen Geruch lag etwas Schönes. Etwas anderes. Ich ertappte mich dabei, wie ich vorsichtig schnupperte und einen verträumten Duft wahrnahm, der mich an die Ufer eines moosbewachsenen Baches irgendwo hoch in den Rocky Mountains entführte.

Ich schloss die Augen. Dieser Duft war so beruhigend.

Dann fing jemand an, auf Metall herumzuhämmern, und das Gefühl verflüchtigte sich. Ich blinzelte und machte mich wieder an die Arbeit.

Mehrere Paisleys später stieß etwas gegen meine Beine. Als ich mich umdrehte, sah ich Louie, den schlappohrigen Köter meines Bosses.

Ich streichelte ihn und verkrampfte mich dann, als ich sah, dass sich sein Herrchen näherte.

„Hi, Abby", sagte Walt und lächelte breit.

Oh, oh. Etwas war im Busch.

Walt warf mir diesen Blick zu – der, der sagte: *Vergiss nicht, wer hier der Boss ist* –, dann scheuchte er Louie weg und deutete auf einen der beiden Männer neben sich.

„Du kennst doch noch Rich, oder?"

Ich zwang mich zu einem knappen Lächeln. „Hi."

Es war nicht so, dass ich Rich nicht mochte. Als Leiter der Elitefeuerwehr in Sedona war er einer der wenigen, der auf meiner Grünen Liste stand. Der Rest seiner Mannschaft stand auf meiner ebenso kurzen Liste von neutralem Gelb, während jeder andere Mann auf der Welt auf die Rote Liste gehörte. Vielleicht hatten sie es nicht alle verdient, dort zu stehen, aber es war sicherer, davon auszugehen.

So wie der in Flanell gehüllte, dunkelhaarige Paul Bunyan, der breitschultrig neben Rich stand. Eindeutiges Material für die Rote Liste. Egal, wie gut er roch oder wie schön er ein freundliches Lächeln vortäuschte.

„Das ist Cooper, der in dieser Saison zu unserem Team gestoßen ist. Cooper, darf ich dir Abby vorstellen", sagte Rich. „Sie hat früher in Colorado in einer Hotshot-Mannschaft gearbeitet."

Man konnte einen Mann anhand seiner Gesichtsbehaarung beurteilen, und dieser Cooper hatte lange, geschmeidige Koteletten, die zum Kinn hin angewinkelt waren, so wie bei Hugh Jackman in einem der liebenswürdigeren Momente von *Wolverine*. Ein Mann, den man begehren konnte, vielleicht, aber man sollte ihm definitiv, *definitiv* nicht trauen.

„Hi", brummte Cooper.

Die Stimme passte zu seinem Duft – tief, erdig und heiser.

„Ich nehme an, ihr seid wegen der Axt hier, was?", fragte ich, da ich wusste, dass Rich Walt gestern angerufen hatte.

Rich nickte. „Äxte, genau genommen."

Ich neigte den Kopf. Die Axt, die ich vor drei Jahren angefertigt hatte, war vielleicht mit einem Hauch niederer Magie versetzt gewesen, aber sie war ganz sicher nicht in der Lage, sich ungeschlechtlich fortzupflanzen.

Nun, zumindest hoffte ich das. Aber verdammt. Alles war möglich, wenn man bedachte, wie unberechenbar meine Magie war. Zumindest das Fünkchen, das ich von meinem Vater geerbt hatte.

„Du weißt, dass der Diebstahl unserer Axt es bis in die Zeitungen von Phoenix geschafft hat, oder?", fragte Rich. Ich nickte, damit er fortfuhr. „Eine Dame war so gerührt von der Axt und... nun ja, du weißt schon, von Kevins Geschichte..." Seine Stimme wurde ein wenig rau und er räusperte sich. „Sie will einen neuen Satz Glücksäxte sponsern – zwanzig, genug für die ganze Truppe. "

Meine Kinnlade klappte auf und blieb dort. So viele Gründe, so viele gemischte Gefühle.

Vor drei Jahren hatte ich die Axt zu Ehren eines örtlichen Feuerwehrmanns angefertigt, der bei einem schrecklichen Brand ums Leben gekommen war. Seine Familie hatte sie der Mannschaft geschenkt, mit der Begründung, dass sein Geist so weiterleben würde. Im Laufe der Jahre hatte die Axt den Ruf eines Glücksbringers erlangt.

Und jetzt sollte ich zwanzig davon herstellen? Nicht nur zwanzig Äxte, sondern *Glücksäxte* für Männer und Frauen in einem der weltweit gefährlichsten Berufe?

Wenn das mal kein Druck war.

„Ähm... ähm... " Ich zauderte und versuchte, einen Weg zu finden, wie ich mich aus dieser Sache herausreden konnte.

Ja, ins Metall der ursprünglichen Axt war ein wenig Magie geschmiedet. Aber nur eine winzige Dosis und äußerst laienhaft in der Hoffnung, sie scharf und glänzend zu halten. Alles andere, was ich in das Projekt gesteckt hatte, waren Herz, Seele und Kummer. Ich kannte Kevin nicht, aber ich war selbst einst Feuerwehrfrau gewesen und jede Tragödie traf mich tief in der Seele.

„Ich weiß, es ist viel", fügte Rich hinzu. „Aber wenn es jemand schaffen kann, dann du. Ich weiß es. "

Dieser *Kein-Druck*-Hügel wuchs zu einem Berg der Größe von Everest an, der so hoch aufragte, dass die Wolken den Gipfel verdeckten.

Der Griff um meine Schweißermaske wurde zu einem Todesgriff, als ich nachrechnete.

„Zwanzig Äxte... für diese Saison? Die in... drei Wochen beginnt? "

„Offiziell", sagte Rich schnell.

Ha. Wir wussten beide, wie bedeutungslos *offiziell* war, wenn es um Mutter Natur und den Klimawandel ging. Die Zahl der Waldbrände war im Laufe der Jahre in die Höhe geschnellt, und wir hatten mit längeren Feuersaisons mit Rekordbränden zu kämpfen.

Das beste Beispiel: Richs Team war bereits von seinem ersten Brand in der Vorsaison zurück. Ich hatte in der Zeitung davon gelesen, aber es zeigte sich genauso deutlich in den dunklen Ringen unter seinen Augen.

Walt warf mir einen vielsagenden Blick zu.

Ich zeigte auf den Volkswagen. „Ich würde sie wirklich gern herstellen, aber die Kundin, die dieses Projekt in Auftrag gegeben hat..."

„... hat sich freundlicherweise bereit erklärt, es für einen guten Zweck zurückzustellen", warf Walt ein.

Ich blinzelte. Oh.

Walts Augen funkelten. Alles in allem war er ein fairer Boss, der meine Fähigkeiten und meinen Wunsch, in Ruhe gelassen zu werden, respektierte. Er war auch ein guter Geschäftsmann und ein engagierter Unterstützer der Feuerwehr. Zum Teil, weil es das Richtige war, und zum Teil wegen der Steuervorteile. Dieses Projekt erfüllte beide Kriterien.

Trotzdem, zwanzig Äxte in drei Wochen, das würde knapp werden. Wirklich knapp.

Ich rieb mir das Kinn. „Von Grund auf oder überholt?"

Rich zögerte nicht. „Von Grund auf. Genau wie die Letzte."

Oh. Mein. Gott. Ein Mann, der an Wunder glaubte.

„Du weißt aber schon, dass das mit dem *Glück* nur... nun ja, Glück war, oder?", sagte ich.

Rich gluckste. „Sicher. Aber wir wissen, dass wir uns auf dich verlassen können."

Es drehte mir den Magen um und ich konnte die Schlagzeilen schon vor mir sehen. *Mannschaft mit „Glücksäxten" verendet unter unvorhersehbaren Umständen tragisch...*

Ich war seit meinen jüngeren, wilderen Tagen ziemlich weit gekommen und stolz darauf, ein verantwortungsvoller Mensch zu sein. Aber verdammt. *Diese* Art von Verantwortung?

Ich rechnete kurz nach. „Ich kann bestenfalls eine Axt pro Tag herstellen, und dann auch nur eine schlichte. Kevins war viel aufwendiger."

Rich nickte und ich war mir sicher, dass er sich, genau wie ich, an jeden Wirbel erinnerte, den ich in die glänzende Oberfläche geätzt hatte. Jedes einzelne dieser künstlerischen Elemente hatte Stunden gedauert.

„Wir wollen, dass sie genauso werden wie die von Kevin", beharrte er.

Ich drehte mich zu Walt um und betete, dass die Stimme der Vernunft sprechen möge.

Aber, ha. *Erhörte und ignorierte Gebete* waren ein weiteres Verhältnis, das in meinem Leben in die falsche Richtung kippte.

Walt stieß mich mit der Schulter an. „Ich habe Rich gesagt, dass ich zuversichtlich bin, dass du das schaffst."

Was er zwischen den Zeilen sagte, sprang mir in neonfarbener Schrift entgegen.

„Das ist wichtig, Abby", fügte Walt mit ernster Miene hinzu. „Unsere oberste Priorität."

Ich hob meine Hände. „Ich schaffe es, zwanzig Äxte herzustellen, bis... vielleicht bis Mitte Mai. Ihr könntet sie schrittweise einführen."

Rich schüttelte den Kopf. „Unsere Sponsorin möchte sie Ende des Monats in einer Zeremonie zu Kevins Ehren überreichen."

„Ende *dieses* Monats?" Ich stieß einen Schrei aus.

Rich nickte. „Kevins Familie hat zugestimmt, dabei zu sein und alles. Und obwohl es uns nicht um die Publicity geht... nun, du weißt genauso gut wie ich, dass wir jede Anerkennung brauchen, die wir bekommen können."

Wir bezog sich auf den Beruf der Feuerwehrleute und ich hätte nicht mehr zustimmen können. Das und finanzielle Mittel standen immer ganz oben auf der Wunschliste eines jeden Brandbekämpfers.

Aber, scheiße. Was war mit den Folgen, falls – wenn? – sich diese Äxte als nicht so glücksbringend herausstellten?

Walt hob beschwichtigend die Hände in die Luft. „Ich habe alles genau durchgeplant."

Ha. Er hatte dasselbe über die Rentensparpläne für die Mitarbeiter gesagt, aber die waren weiterhin nicht verwirklicht worden.

„Mit ein wenig Hilfe kannst du es schaffen", fuhr er fort.

Mein Herz wurde schwer, als ich mich in der Werkstatt umsah. Walt hatte vor, ein Gruppenprojekt daraus zu machen, nicht wahr? Ich hatte Gruppenprojekte schon in der ersten Klasse gehasst. Ich hasste sie immer noch.

„Ich arbeite allein." Ich funkelte ihn an.

„Nimm es als Gelegenheit, deine Führungsqualitäten zu entwickeln", schoss Walt zurück.

Verdammt, ich hasste es, wenn er meinen Argumenten zuvorkam.

„Was ist mit deinen anderen Kunden?", versuchte ich es. „Du hast doch nicht alle überredet, ihre Liefertermine zu verschieben, oder?"

Walt schüttelte den Kopf. „Die anderen werden an ihren Projekten weiterarbeiten. Wir haben für dich einen anderen Assistenten gefunden."

Ich runzelte die Stirn. Wir, wer?

Walt und Rich grinsten einander an, dann wandten sie sich an Paul Bunyan – ähm, Cooper.

Er blinzelte sie an und schnappte nach Luft.

„Ich?"

Rich klopfte ihm auf die felsbrockengroße Schulter. „Ja, du. Hast du nicht gesagt, dass du in der Nebensaison Metallarbeiten machst?"

Cooper fielen fast die Augen heraus. Wunderschöne, warme, braune Augen, wie ich feststellen musste. Warm und tief, so als gäbe es unter ihrer Oberfläche eine ganze Welt zu entdecken.

Rote Liste, erinnerte ich mich. Nichts, worüber ich ins Schwitzen geraten sollte.

„Ich arbeite in der Nebensaison oft mit *Holz*. Ich habe meinem Onkel bei ein paar Metallprojekten geholfen, aber nichts dieser Art." Seine steife Körperhaltung und der knappe Ton machten deutlich, dass er mit dieser Sache nichts zu tun haben wollte.

Gut. Dann waren wir schon zwei.

„Mach dir keine Sorgen", sagte Walt. „Abby wird die Sache schon hinbekommen. Du brauchst ihr nur zu assistieren."

Ich begegnete Coopers Blick, indem ich weit, weit nach oben aufschaute. Da ich mich ungefähr auf der Höhe seiner

Schultern befand, müsste ich mich ganz weit zur Seite lehnen, um hinter ihn zu spähen. Er war so breit und seine ganze Masse bestand aus Muskeln. Aber sobald wir uns in die Augen sahen, wusste ich, dass wir uns in einem Punkt absolut, völlig, vollkommen einig waren: Diesen Job nicht zu wollen. Ansonsten konnte ich bereits erkennen, dass wir nichts gemeinsam hatten. Er sah aus wie ein netter, höflicher, bodenständiger Kerl, der in einer normalen Kleinfamilie aufgewachsen war.

Ich hatte mir mit fünfzehn Flammen auf die Arme tätowieren lassen.

Seine Mutter, dessen war ich mir sicher, würde dabei ausflippen. Meine Mutter hatte die kunstvollen Tätowierungen erst nach etwa einem Jahr bemerkt.

Das würde auf keinen Fall funktionieren, und ich öffnete den Mund, um genau das zu sagen.

Doch während wir uns in die Augen sahen, passierte etwas Seltsames. Mein innerer Alarm verblasste und wurde durch ein Gefühl der Wärme ersetzt, zusammen mit einem Gefühl der tiefen Verbundenheit. Und für den Bruchteil einer Sekunde tat meine Seele etwas, das sie selten tat.

Sie fühlte sich im Frieden. In absolutem, ruhigem, völligem Frieden. Ein wenig wie an manchen Abenden, nachdem ich meine Tochter ins Bett gebracht hatte und dort stehen geblieben war, um ihren gleichmäßigen Atemzügen zu lauschen, nachdem sie eingeschlafen war.

Dann kam ich wieder zur Besinnung. „Ich will und brauche keinen Assistenten."

Und, autsch. Mein eigener Tonfall machte mich traurig. War ich so verbittert? So isoliert?

Aber die Mauern meiner inneren Festung waren bereits hochgezogen, die Zugbrücke geschlossen, der Graben gefüllt.

Walt seufzte, dann wandte er sich an Rich. „Gebt uns bitte einen Moment, ja?"

Ohne auf eine Antwort zu warten, zog er mich sanft zur Seite.

„Also, Abby..."

Als Kind hatte ich von einer Vaterfigur geträumt, die in genau diesem ruhigen, beständigen Tonfall sprach. Jemand, der mir erklärte, wie die Welt funktionierte und wie ich hineinpassen konnte. Stattdessen hatte ich alle Dinge selbst herausfinden müssen – und das immer, immer auf die harte Tour.

Ich verschränkte die Arme und funkelte ihn an.

„Dies ist ein wichtiger Vertrag und es gibt niemanden, der ihn besser erfüllen kann als du."

Mir ein gutes Gefühl zu geben, war die erste Stufe von Walts Argumentation. Stufe zwei würde die geschäftliche Seite beinhalten, das wusste ich.

„Es ist für uns auch eine große Chance", fuhr Walt fort. „Nicht nur wegen der Provision, sondern auch wegen der Publicity."

In meinem mentalen Lexikon stand *Provision* in großer, fetter, goldgeprägter Schrift. *Publicity* hingegen war ein schmutziges Wort weiter unten auf der P-Seite.

Ich schaute zu Cooper hinüber, der von Rich ähnlich belehrt wurde.

„In den nächsten Wochen sollte es ruhig sein", sagte Rich. „Und wenn wir doch zu einem Brand gerufen werden, hast du genügend Zeit, um zur Wache zu kommen."

Wenn Cooper seine Fäuste noch tiefer in seine Taschen schieben würde, könnte er sich die Zehen kitzeln. Feuerwehrleute sehnten sich nach Action, Befriedigung und Nervenkitzel. Aber sie benötigten auch Schweiß, Blut und Tränen. Ich wusste das, weil ich selbst dazu gehört hatte.

Aber wenn man nicht gerade eine kreative Ader hatte und es genoss, auf innere Dämonen einzuschlagen, bot der Beruf des *Schmiedegehilfen* zwar sehr viel *Schweiß*, aber wenig *Befriedigung*.

Und, hoppla. Mein Körper glühte von den Gedanken an einen anderen Zusammenhang von *Schweiß* und *Befriedigung*. Ich ließ meinen Blick über Coopers Schultern und Brust schweifen, während ich mich in meiner Fantasie in die Horizontale und zwischen diese muskulösen Arme versetzte.

Bums, bums, bums, kicherte die Verführerin in mir.

Ich pustete Luft nach oben über mein Gesicht. Hormone sollten verdammt sein.

„Ich kann diesen Job allein erledigen", versicherte ich Walt. „Ich brauche nur genug Zeit, um es ordentlich zu machen."

„Du wirst genug Zeit haben, um es ordentlich zu machen – drei Wochen, mit einem Assistenten", sagte Walt und spielte dann den bösen Bullen. „Du wirst diesen Job übernehmen, Abby. Du wirst ihn gut machen. Und du wirst es mit Coopers Hilfe tun." Dann drehte er sich mit einem breiten Grinsen zu Rich um, als hätte ich tatsächlich zugestimmt. „Wir sind dabei. Wir fangen morgen an. Das gibt Abby etwas Zeit, sich vorzubereiten."

Ha. Dafür würde ein Jahrhundert nicht ausreichen.

Pablo, ein weiterer von Walts Angestellten, arbeitete ein paar Schritte entfernt an einer Feuerstelle und ich starrte in die Glut. Schritt für mentalen Schritt ging ich in sie hinein und suchte Zuflucht.

Jeder Mensch hatte einen mentalen Rückzugsort, dachte ich mir. Für meine Schwester Erin war es das Gleiten durch den Himmel. Für Pippa war es das Formen von geschmolzenem Glas. Wenn meine Tochter Claire dem Alltag entfliehen wollte – was Gott sei Dank nicht allzu oft vorkam –, kauerte sie sich mit ihren Stofftieren unter eine Decke.

Meine Zuflucht war das Feuer. Flammen. Knisternde, reinigende Hitze. Ein Ort, an dem ich unbesiegbar war und an den mir niemand zu folgen wagte.

Meine Atemzüge wurden langsamer und ich rieb über die Tätowierungen auf meinen Armen.

Das ist keine große Sache. Alles wird gut. Das altbekannte Mantra kreiste durch meinen Kopf, wieder und wieder. *Ich habe ein ganzes Leben voll von harten Schlägen überlebt. Ich werde auch das hier überleben.*

Vage nahm ich wahr, wie Walt und Rich sich die Hände schüttelten, um den Deal zu besiegeln. Ich spürte, wie Cooper mich anschaute, ganz und gar nicht erfreut. Ich nahm das geschäftige Treiben und Klappern in der Metallwerkstatt wahr, als wäre es eine Million Kilometer entfernt. Erst als Walt mir auf die Schulter klopfte, tauchte ich aus meinem Rückzugsort wieder auf.

„Also, alles bereit für den Start morgen. Nicht wahr, Abby?"

Er funkelte mich mit strengen, aber ermutigenden Augen an. *Du schaffst das.*

Du wirst es schaffen, wollte er wohl eher sagen, aber verdammt. Ich war jetzt eine verantwortungsbewusste Erwachsene und ein Job war ein Job.

Ich streckte mein Kinn nach vorn und zwang mich zu einem knappen Nicken. Das war alles, was Walt von mir bekommen würde.

„Perfekt", verkündete er. „Wir sehen uns morgen, Cooper. Pünktlich um neun."

„Bis morgen", trällerte Rich.

Cooper knurrte. So leise, dass ich bezweifelte, dass Rich oder Walt es hörten.

Aber ich hörte es. Ich drehte mich gerade rechtzeitig um, um zu sehen, wie die Bartstoppeln an seinem Kinn dichter wurden. Auch leuchteten seine Augen nicht mehr mit warmem Braun, sondern in einem Ziegelrot.

Als er meinen Blick spürte, sah er mir in die Augen, und ich starrte ihn an.

Gestaltwandler?

Seine Nasenlöcher bebten, als er an der Luft schnupperte.

Gestaltwandler. Eindeutig.

Er knurrte nicht: *Was bist du?* aber die Botschaft war klar.

Hätte ich darauf eine einfache, einsilbige Antwort gehabt, hätte ich vielleicht geantwortet. Aber das tat ich nicht, denn ich war einer der seltenen Fälle, in denen zwei Hälften kein Ganzes ergaben.

Ich holte tief Luft, wandte mich ab und schüttelte missmutig den Kopf.

Ich hatte nur wenige Wochen Zeit, um zwanzig Äxte zu fertigen. *Glücksäxte*, die das Leben hart arbeitender Menschen schützen würden. Und ein großer, stämmiger Gestaltwandler – Spezies unbekannt – würde mir dabei die ganze Zeit über die Schulter schnaufen.

Ich hätte schreien können.

Stattdessen klappte ich meine Schweißermaske runter , drückte auf den Abzug meines Plasmaschneidbrenners und entfesselte den Feuerstrahl.

Kapitel 3

COOPER

Am nächsten Morgen parkte ich hinter dem Gebäude und stellte den Motor ab... Ich starrte auf das Armaturenbrett. In der Feuerwache bereiteten sich alle auf die neue Saison vor. Sie testeten die Ausrüstung. Führten Übungen durch. Freundeten sich an.

Ich befand mich im Heavy Metal Sedona und verschwendete meine Zeit.

„Hab einen schönen Tag, mein Junge. Und denke daran, dass das, was du tust, auch wichtig ist." Dies waren die inspirierenden Worte, mit denen Rich mich losgeschickt hatte.

Er hatte es auch todernst gemeint. Genau wie Alice und die anderen Veteranen der Feuerwehrmannschaft von Yavapai. Seit meinem Besuch in Las Vegas waren mir nicht mehr so viele wahnhafte Seelen begegnet. Sie glaubten tatsächlich an diese ganze Glücksaxt-Geschichte.

Das tat die örtliche Polizei ebenfalls, die nach Kräften ermittelte, obwohl sie keine Spuren hatten.

Die Berufsanfänger und andere Neulinge nahmen das Ganze mit einer Mischung aus Belustigung und Bestürzung auf.

„Glaubst du, die meinen es ernst, oder nehmen sie uns nur auf den Arm?", hatte Mark geflüstert.

„Es schmerzt mich, das zu sagen, aber ich glaube, sie meinen es ernst." Chuck seufzte.

Ich kratzte mit dem Fuß über den Boden. Hatte ich wirklich Jobangebote von drei erstklassigen Mannschaften abgelehnt, um mich dieser Hokuspokus-Bande anzuschließen?

„Vielleicht hat diese Glücksaxt... wie heißt das noch gleich?“, grübelte Mark. „Einen Placeboeffekt.“

„Solange sie uns nicht zum Yoga zwingen...“, murmelte Chuck.

„Oder dazu, uns auf einen Wirbel einzustimmen“, fügte Mark hinzu.

Oder einer feurigen Schmiedin zu helfen, die keine Hilfe will, hätte ich fast hinzugefügt. Eine Schmiedin, die das Tier in mir mit einem Blick erkannt hatte.

Mein innerer Grizzly brummte verträumt. *Das hat sie allerdings.*

Wütendes Feuer störte meinen Schlaf nicht, wohl aber der Hauch einer Frau mit braunem Haar und grünen Augen. Die ganze Nacht hindurch.

Rotbraunes Haar, korrigierte mein Bär. *So wie Ahornbäume im Herbst.*

Oder passender wäre wie die schattigen Sockel der roten Klippen von Sedona.

Ich dachte über die Situation nach. Abby wusste, dass es Gestaltwandler gab, obwohl es nur sehr wenigen Menschen bekannt war.

Sie ist kein Mensch, schlussfolgerte mein Bär mit einem kleinen Jauchzen.

Nein, das war sie nicht. Also, was war sie dann?

Ihrem Geruch nach zu urteilen, keine Gestaltwandlerin.

Keine Vampirin, denn die hatten überhaupt keinen Geruch.

Sie riecht gut, verkündete mein Bär. *Wie Löwenzahn und Heidelbeeren.*

Im Chaos der konkurrierenden Gerüche in der Metallwerkstatt war ihr süßer Duft wie eine Rose im Unkraut herausgestochen.

Also definitiv keine Vampirin. Damit blieben zwei Möglichkeiten: Hexe oder Relikt – ein Mensch mit einer Spur übernatürlicher Abstammung.

Alles, nur keine Hexe, betete ich.

Dabei wurde sogar mein Bär still.

Mit einer Hexe zu arbeiten, kam absolut nicht infrage. Nicht nach dem Krieg, den sie vor Generationen gegen meinen Clan geführt hatten.

Okay – vor vielen, *vielen* Generationen. Vor so vielen, dass ich die Details nicht kannte – nicht einmal, warum sie genau gekämpft hatten. Aber das Wichtigste wusste ich: Hexen waren grausame, unberechenbare Wesen, denen man nicht trauen durfte.

Nicht, dass ich jemals einer Hexe begegnet wäre, aber so hatte ich es gehört.

Außerdem hatte sie die Glücksaxt geschmiedet. Das könnte doch Hexerei sein, nicht wahr?

Oder nur Aberglaube, meinte mein Bär.

Hinter mir klapperten die Garagentore der Metallwerkstatt auf. Mit zusammengebissenen Zähnen ging ich hinein.

Walt stellte mir Louie, den Hund, und drei Männer vor – zwei jüngere, Matt und Pablo, sowie Bob, den Veteran der Gruppe – dann ließ er mich allein.

„Abbys Assistent, was?" Pablo warf einen Blick in ihre Richtung. „Viel Glück, Mann."

„Ja, bring einen Helm mit." Matt gluckste. „Damit sie dir den Kopf nicht abreißen kann."

Ich spürte, dass er nur halb scherzte.

„Ach komm schon." Bob nahm sie in Schutz. „Sie braucht nur ein bisschen Freiraum."

Ja, so wie das letzte Feuer, an dem ich gearbeitet hatte – ein paar tausend Hektar, mehr oder weniger.

„Lass sie in Ruhe, dann wird alles gut", sagte Bob, sowohl zu mir als auch zu den anderen beiden.

Ich hätte sie liebend gern in Ruhe gelassen, aber ich war zu ihrem gottverdammten Assistenten ernannt worden.

Abbys Ecke des Ladens zu finden, war leicht. Ich folgte ihrem Duft – und dem Lärm.

Rumms! Krach!

Metallstücke flogen aus einem Container und klapperten über den Werkstattboden. Ich konnte Abby nicht sehen, aber ich konnte sie murmeln und fluchen hören.

„Abby, dein Assistent ist hier", rief Matt.

Ein rostiges Brecheisen landete nur wenige Zentimeter von meinen Zehen entfernt. Als Nächstes kam eine alte Schaufel, die auf dem Zementboden abprallte und an meinem Stiefel liegen blieb.

Ja, ich hatte die Botschaft verstanden.

Ich ging zu der weniger tödlichen Seite des Containers herum und spähte hinein. Es sah aus wie die Kulisse eines apokalyptischen Films, in dem Abby als einzige Überlebende der Welt durch die Trümmer kroch und entschlossen war, sich gegen eine anrückende Armee von Cyborgs zu wehren.

Und welch ein Glücksfall für mich. Ich hatte die Rolle des Bösewichts in diesem Film ergattert.

„Guten Morgen", sagte ich, denn meine Mutter hatte mir Manieren beigebracht.

Offensichtlich hatte Abbys Mutter nicht das Gleiche für sie getan. Nach einem scharfen Blick machte sie sich wieder daran, Metall zu hieven.

„Ich bin hier, um zu helfen", fügte ich hinzu.

So. Jetzt konnte ich behaupten, es versucht zu haben.

„Ich benötige keinen Assistenten", murmelte Abby.

„Nun, du hast aber einen."

„Das werden wir ja sehen", murmelte sie.

Nicht gerade ein vielversprechender Anfang.

Der Morgen war kühl, aber sie schien sich in einer Jeans, einem Trägertop und einem von der Schulter gerutschten Pullover wohlzufühlen. Vielleicht hielten sie die Flammen warm, die auf ihren Armen tätowiert waren. Sie schienen zwischen Licht und Schatten zu flackern, wenn sie sich bewegte. Die Lichter der Werkstatt tanzten über ihr Haar und auch das schimmerte zwischen Kastanienbraun und Kupferfarben.

Und, Junge. Für ein so dünnes, zartes Ding machte sie jede Menge Lärm. Ein zartes Ding, voller aufgestauter Kraft – oder Wut. Sie war viel kleiner als ich mit meinen einen Meter neunzig, aber was ihr an Körpergröße fehlte, machte sie durch Frechheit und brutale Entschlossenheit wieder wett. In diesem Moment stemmte sie einen Klavierrahmen mit ihrem ganzen Körper zur Seite.

Ja, einen kompletten Klavierrahmen.

„Darf ich. . . ?“, begann ich.

„Nein“, schnaufte sie und schob ihn zur Seite.

Ich zuckte zusammen. Ein Autounfall hätte weniger Lärm gemacht. Aber in Bezug auf das Verhältnis von Kraft zu Gewicht war sie ziemlich beeindruckend. Ich müsste Lastwagen herumschieben, um so viel Wucht auszuüben.

Das Poltern, Murmeln und Hin- und Herschieben ging noch zehn Minuten so weiter. Dann sprang Abby flink wie eine Katze aus dem Container und marschierte umher, wobei sie herumliegende Gegenstände in eine grobe Reihe trat – alles von verbogenen Schraubenschlüsseln bis zu Industrieschrott und rostigen Schaufeln. Sie hob eine Hand an ihr Kinn und betrachtete das Chaos grübelnd.

Ich hielt einen sicheren Abstand und beäugte die rostige Sammlung, bevor ich die schönen, glänzenden Stahlbarren in Augenschein nahm, die an einer Wand gestapelt waren. Zu Hause im Sägewerk meiner Familie hatten wir immer wieder Schrottteile für Reparaturen benutzt. Aber nicht, wenn Leben auf dem Spiel standen.

„Du verwendest keinen neuen Stall?“, fragte ich.

Sie schaute nicht einmal auf.

Ich nahm das als ein Nein.

Abby griff nach einem Schraubenschlüssel, der so groß war wie mein Arm, und musterte ihn. Sie studierte ihn ernsthaft, drehte ihn in die eine oder andere Richtung, hielt ihn nah an ihre Augen und blinzelte an der Länge entlang.

Eine Minute verging, dann noch eine.

An der Feuerwache überprüfte die Mannschaft die Schläuche. . . machte sich mit den neuen Abläufen vertraut. . . und lernte einander kennen. Aber ich nicht. Nein, ich war Zuschauer für eine tätowierte Braut, die Metall lieber mochte als Menschen.

Abby warf den Schraubenschlüssel weg und verbrachte die nächsten fünf Minuten damit, einen rostigen Vorschlaghammer zu inspizieren.

Ich schwankte auf den Füßen. Bob Dylan hatte einmal gesungen, dass ein Mensch, der nicht damit beschäftigt ist, geboren zu werden, damit beschäftigt ist, zu sterben. War dies wirklich die beste Verwendung meiner Zeit?

„Kann ich etwas helfen?", wagte ich es schließlich.

„Ja. Geh weg."

„Das würde ich gern", murmelte ich.

„Was hält dich davon ab?"

„Außer deiner herausragenden Gesellschaft?"

Sie warf mir einen bösen Blick zu und wandte sich wieder dem Vorschlaghammer zu, den sie von einer Hand in die andere warf und ein paarmal herumwirbelte. Entweder sie prüfte die Gewichtsverteilung oder stellte sicher, dass ich meinen Abstand hielt.

Das tat ich, ganze zwei Meter entfernt.

Schließlich schlüpfte sie in eine Lederschürze und heizte die Feuerstelle in ihrem Bereich der Werkstatt an. Ich stellte mich neben sie und wartete. Die Kohlen nahmen erst die Farbe von Ziegelsteinen an, dann wurden sie orange. Abby schob den Vorschlaghammer unter die Kohlen und wartete noch eine Weile.

Das alles erinnerte mich an die Arbeit mit meinem Onkel Rory. Geduld war eine Tugend und meine wurde auf eine harte Probe gestellt.

Andererseits überdauerte alles, was Rory herstellte, Generationen.

Außerdem war Onkel Rory ungefähr so groß wie ich. Vielleicht sogar noch größer. Abby reichte mir gerade mal bis zu den Schultern und hatte den schlanken, straffen Körperbau einer olympischen Turnerin. Es war allerdings schwer, sich vorzustellen, wie sie Fans umarmte oder für Kameras lächelte.

„Also, was soll ich tun?", fragte ich und mimte den *respektvollen Lehrling.*

„Geh aus dem Weg."

Sie riss den Vorschlaghammer aus dem Feuer und wirbelte dabei einen Schauer von Glut auf.

Ich zeigte auf den Raum zwischen uns. „Ich bin aus dem Weg."

„Du stehst in meinem Licht", brummte sie und positionierte den Vorschlaghammer auf dem Amboss.

Ihr Licht, nicht *das* Licht.

Es erinnerte mich an die Phase, die meine älteste Schwester als Teenager durchgemacht hatte. Meine pure Existenz war der Fluch ihres Lebens.

Helen ist jetzt nett zu uns, bemerkte mein Bär.

Ja, aber was waren es elende drei Jahre gewesen?

„Wie ist das?" Ich trat ein Stück zurück.

„Immer noch zu nah." Abby verpasste dem Amboss einen Aufwärmschlag, genau dort, wo mein Schatten fiel. Dann *Bumm! Bumm! Bumm!* fing sie an, auf das glühende Eisen einzuschlagen.

Ja, auch diese Botschaft hatte ich verstanden.

Kapitel 4

COOPER

Man kann von jedem Menschen etwas lernen, pflegte mein Onkel Rory zu sagen. Also tat ich in den nächsten Stunden mein Bestes, um Abby in diesem Sinne zu beobachten. Sie war gut – hervorragend – mit effizienten und präzisen Hammerschlägen, die den Vorschlaghammer in die Knie zwangen.

Strähnen ihres Haars lösten sich aus ihrem Pferdeschwanz und Schweiß glitzerte auf ihren Tätowierungen, so dass sie wie echte Flammen flackerten.

Als sie innehielt, um einen Schluck Wasser zu trinken, stieg meine Hoffnung. Ihr Arm war doch vom vielen Hämmern bestimmt müde. Sie würde meine Hilfe doch jetzt sicher annehmen.

Aber nein. Sie hielt nur lange genug inne, um in einer Schublade zu wühlen und farbige Papierschnipsel beiseitezuschieben, bis sie einen Buntstift fand. Ja, einen Buntstift. Sie knallte die Schublade zu und setzte ein paar Markierungen auf den Stahl.

Ich trat näher heran. „Ich bin hier, um zu helfen, weißt du."

„Ich benötige keine Hilfe."

„Hör mal, ich bin genauso glücklich darüber wie du…"

Ihre Grimasse verriet mir, dass ihr Elend das Meine bei Weitem übertraf.

„… aber du kannst mich genauso gut etwas machen lassen."

Sie schaute mich schweigend an und warf mir dann ihre Wasserflasche zu.

„Also gut. Füll die auf."

Es war eher eine Erlaubnis als eine Bitte und nicht gerade die Art von Aufgabe, die ich mir erhofft hatte. Aber egal. Ich schnappte sie mir und ging in die behelfsmäßige Küche, während ich mir selbst ein Versprechen gab. Ich würde den heutigen Tag durchhalten und dann ein ernstes Wörtchen mit Rich auf der Feuerwache sprechen. Entweder würde er mich aus diesem lächerlichen Auftrag entlassen oder er hätte ein Crewmitglied weniger. Überall im Westen waren Feuerwehrmannschaften unterbesetzt, und mit meiner Erfahrung könnte ich schneller einen Job finden, als Abby *Geh Weg* sagen konnte.

In der Zwischenzeit würde ich Onkel Rorys Geduld aufbringen und versuchen, etwas zu lernen. Zum Beispiel angefangen damit, welche Art von übernatürlicher Kreatur sie war.

Die nächsten drei Stunden verbrachte ich damit, zu beobachten und zu warten. Allmählich entschied ich, dass *Hexe* am besten passte.

Warum? Weil die Flammen der Feuerstelle über den Stahl leckten, aber niemals über ihre Hände, egal, wie nah sie kam.

Weil ein paar gut platzierte Schläge den massiven Stahl in eine vollkommen neue Form brachten – eine, die er bedingungslos akzeptierte, wie ein Hund, der seinem Herrchen gefallen wollte.

Weil ihr Hammer sich mit seiner eigenen Energie bewegte und zurücksprang, um einen strafenden Schlag zu versetzen, dann den nächsten.

Irgendeine Art von elementarer Magie war hier im Spiel. Dessen war ich mir sicher.

Außerdem war sie verdammt launisch und definitiv eine Rebellin – zwei klassische Anzeichen für eine Hexe. Obendrein hasste sie Leute. Und Bären.

Sie hasste mich.

Vielleicht nicht unbedingt hassen. Vielleicht wurde sie nur zu oft enttäuscht, murmelte mein Grizzly.

Möglicherweise. Aber das war nicht meine Schuld. Je eher ich wieder mit Leuten zusammenarbeitete, die Begriffe wie *Zusammenarbeit, Kommunikation* und *Fröhlichkeit* verstanden, desto besser.

Sie rackerte sich allerdings ab. Bis zur Mittagspause hatte sich der stumpfe Vorschlaghammer in eine Art Hacke verwandelt, mit einem stumpfen Ende, das schließlich zu einem Axtkopf werden würde.

„Du hast eine Stunde Mittagspause", sagte Walt zu mir. „Nutze sie."

Der Supermarkt war nur ein paar Häuserblocks entfernt, also machte ich mich zu Fuß auf den Weg, wobei ich mir vorstellte, durch einen Wald zu wandern und nicht auf einer belebten Hauptstraße zu gehen. Ich bewegte meine Finger und stellte mir vor, wie ich mit meinen Bärenkrallen einen Lachs aus dem Fluss fischte und mit den Lippen saftige Beeren zum Nachtisch pflückte.

All das war weit entfernt von dem Schinkenkäsebrot, das ich im Supermarkt gekauft hatte, aber es war in Ordnung. Ich verbrachte die meiste Zeit der Nebensaison in Bärengestalt und genoss die Ruhe der Laubwälder und verschneiten Berge. Jetzt war Feuersaison und die verbrachte ich überwiegend in Menschengestalt – ein Rhythmus, den ich mir angewöhnt hatte, seit ich zwei Tage nach meinem Highschoolabschluss der Feuerwehr beigetreten war.

Ein paar Minuten vor Ablauf der vollen Stunde kehrte ich in die Schmiede zurück und stellte meine offene Packung Saft auf die Werkbank, bevor ich mich wieder an die „Arbeit" machte – was bedeutete, dass ich Abby zuschaute.

„Hast du jüngere Brüder?", fragte ich irgendwann.

Sie schaute mit gerunzelter Stirn zu mir auf. „Warum?"

„Ich wundere mich nur. Du bist hervorragend im Ignorieren."

Sie schnaufte und wandte sich wieder der Arbeit zu, aber ich bemerkte, dass ihr Blick zuerst über meine Brust streifte.

Also, juhu. Ich fiel für sie nicht in die *kleine Bruder*-Kategorie. Ich hatte nicht viele Probleme, aber der Jüngste des Lundsven-Clans zu sein, war eines davon.

Die nächsten zwei Stunden verliefen genauso wie der Vormittag. Abby hämmerte den ganzen Nachmittag weiter, ohne auch nur ein wenig nachzulassen.

Um fünfzehn Uhr klingelte ein Handyalarm. Abby eilte zu ihrem Auto und wirbelte noch einmal herum, um einen Befehl zu bellen.

„Nichts anfassen.“

Ich tat nichts, außer Louie zu streicheln, der sich zu mir auf die Hintertreppe gesellte, während Abby weg war. Um 15:25 Uhr war sie zurück – mit einem Kind. Mit einem wirklich quirligen, aufgeschlossenen Kind, das einen flauschigen, rosa Stoffhasen in der Hand hielt. Alle Jungs im Laden freuten sich.

„Claire!“

Das Mädchen winkte fröhlich, überhäufte Louie mit Umarmungen und kam dann ganz sonnig, freundlich und vertrauensvoll zu mir herüber.

„Hallo! Ich bin Claire. Das ist Hopper.“

„Hallo Claire. Hallo Hopper. Ich bin Cooper.“

So viel soziale Interaktion hatte ich den ganzen Tag nicht erlebt und die Hälfte davon mit einem Stofftier.

„Arbeitest du auch hier?“, fragte Claire.

Ich unterdrückte ein Schnauben. „Nur... ähm, ehrenamtlich...“

Abby rückte näher, ganz Mama-Bär, die ihr Junges beschützte.

Unscharfe Erinnerungen schossen mir durch den Kopf und ich erinnerte mich daran, wie meine Mutter vor sehr langer Zeit das Gleiche getan hatte, um mich im Wald zu beschützen. Nur dass in diesem Fall die Bärenmama wirklich eine Bärin war und ich das Jungtier.

Ich lächelte leicht. Wenn ich das nächste Mal zu Hause anrief, würde ich meiner Mutter von dieser Erinnerung erzählen müssen. Das würde ihr gefallen.

Abby lenkte Claire zu einer nahegelegenen Werkbank. „Wie wäre es, wenn du ein Bild malst?“

Aha. Jetzt ergaben die Buntstifte und das farbige Papier Sinn.

„Okay. Oh! Ich male eins von dir und Cooper!“

Abby knirschte mit den Zähnen. „Was immer du willst, Süße.“

„Oh! Saft!" Claire quietschte, als sie meine Saftpackung entdeckte. „Darf ich welchen haben?"

Abby schüttelte den Kopf. „Der gehört Cooper und er hat schon aus dem Karton getrunken."

Bei ihr klang das so, als hätte ich Läuse.

„Tut mir leid, Kleine." Ich schob den Karton beiseite, damit Claire nicht anstarren musste, was sie nicht haben durfte, und holte ihr ein Glas Wasser.

„Danke, Mr. Cooper."

Ich grinste. Höfliches Kind. „Nur Cooper ist gut, danke."

„Was machst du da?", fragte Claire.

„Ein Pulaski", antwortete Abby.

Hätte ich meine Augen geschlossen, hätte ich schwören können, dass eine vollkommen andere Person mit ihr den Platz getauscht hatte. Ihr Ton war süß, liebevoll und optimistisch, als wäre die Welt ein großartiger Ort voller wunderbarer Dinge und netter Menschen.

Aha. Vielleicht hatte die Eiskönigin also tatsächlich ein warmes Herz.

Claire nickte verständnisvoll. Offenbar kannte sie sich gut genug mit Feuerwehrausrüstung aus, um Pulaskis zu kennen – eine Axt-Dechsel-Kombination, mit der man Gräben ausheben und Gestrüpp abhaken konnte. Interessant.

„Aber das wird nur ein Modell", fuhr Abby fort. „Bevor ich mit den richtigen anfange."

Aha. Jetzt ergab das alles einen Sinn.

„Als würdest du üben?", fragte Claire.

Abby nickte. „Sie müssen wirklich gut werden. Wirklich, wirklich gut, damit sie ihre Aufgabe gut erfüllen können und niemand verletzt wird."

Ich schaute zu ihr hinüber und bemerkte die grimmige Konzentration in Abbys Augen. Also, hmm. Vielleicht hatte Rich recht damit, Abby dieses Projekt anzuvertrauen.

Ich ließ meinen Blick über ihr feuriges Haar und den grimmigen Gesichtsausdruck schweifen. Vielleicht war sie eine Hexe. Ruppig wie die Hölle, aber nicht wirklich böse.

Ich kratze mich am Kinn. Gab es eine solche Hexe überhaupt?

Eines war sicher. Mit diesem Hitzkopf hatte es mehr auf sich, als ich zunächst gedacht hatte.

Bumm! Bumm! Abby hämmerte wieder auf das Metall ein.

Wann immer sie eine Pause machte, um ihre Arbeit zu prüfen, bombardierte Claire mich mit ihren Fragen.

„Hast du Brüder und Schwestern?"

Jeweils zwei. Nun, heutzutage. Ein alter Schmerz machte sich in meiner Brust breit.

Claire, so stellte ich fest, hatte keine Geschwister.

„Hast du einen Hund?", fragte sie als Nächstes.

Ich hatte keinen, aber sie hatte fünf. Roscoe war allerdings der Einzige, der ins Haus durfte.

Ich erfuhr das und alle möglichen Details über die anderen vier – ihre Farbe, die Namen, ihre Größe...

Das Interview wurde jedes Mal unterbrochen, wenn Abby hämmerte, aber in dem Moment, in dem der Lärm aufhörte, warf Claire eine weitere Frage ein.

„Hast du ein Pferd?"

Keins. Claire hatte eine ganze Herde, obwohl sie die Grenzen zwischen Spielzeug und echten Tieren zu verwischen schien.

„Wusstest du, dass nur Afrikanische Elefanten große Ohren haben?", fragte sie als Nächstes.

Nein, das wusste ich nicht, aber jetzt schon. Ich erfuhr außerdem, dass Asiatische Elefanten kleine Ohren hatten.

„Bist du ein guter Schmied?", fragte sie in einem abrupten Themenwechsel.

Ha. „Nein. Ich bin Feuerwehrmann."

„Mein Grandpa ist auch Feuerwehrmann. Und Mommy war auch bei der Feuerwehr, bevor ich geboren wurde."

Aha. Das wusste ich über Abby, aber ich hatte nicht gewusst, dass es in der Familie lag.

„Mein Großvater war auch Feuerwehrmann", erzählte ich ihr. „Und mein Vater, meine Mutter, mein Onkel, meine Cousins..."

Die Liste war lang. Lang genug, dass Abby mir einen Blick zuwarf und sich dann schnell abwandte.

„Wow. Wie viele Cousins und Cousinen hast du denn?", fragte Claire.

Ich zählte die Finger meiner linken Hand, dann die meiner rechten und dann wieder die auf der linken Seite... und verlor die Übersicht.

„Viele", stellte ich fest.

„Ich habe keine", sagte Claire ein wenig traurig.

„Ja, aber du hast all diese Hunde und Pferde."

Ihre Grübchen blitzten auf und ich fragte mich, ob Abby als Kind auch so ausgesehen hatte.

Im Laufe der nächsten Stunde erfuhr ich noch mehr über meine vorübergehende Chefin und wunderte mich immer mehr. Claire war ein Sonnenschein und voller Freude. Abby war eine Gewitterwolke. War das angeboren oder anerzogen – oder ein Mangel daran in Abbys Fall? Was hatte Abby dazu inspiriert, Schmiedin zu werden? War sie eine Hexe? Und warum ließ ihr Duft meinen Bären so träumen?

„Was war dein größtes Feuer?", fragte Claire als Nächstes.

Darüber dachte ich nach. Eine knifflige Frage, denn es gab viele – und ebenso viele verschiedene Arten, dies zu beurteilen. Das Gleiche galt für die Emotionen, die mit einigen von ihnen verbunden waren.

Lauf zurück, schrie mein Bruder Peter in meiner Erinnerung. Laut genug, um über das Getöse des herannahenden Feuers hinweg gehört zu werden. *Ich habe das hier im Griff. Hilf du den anderen.*

Es war meine erste Saison in der Waldbrandbekämpfung. Für Peter war es die Letzte.

Ich starrte in die Vergangenheit. Es war mir damals nicht einmal in den Sinn gekommen, Peter zu bitten, sich mit mir zurückzuziehen, so wie ich es in meinen Träumen gebettelt hatte.

Claires Buntstift hörte auf, sich zu bewegen. Und, hoppla. Auch Abbys Hämmern hielt inne.

Ich platzte mit dem heraus, was mir zuerst in den Sinn kam. „Diablo Canyon Feuer."

„Oh! Meine Freundin Tana hat ein Pferd namens Diablo!"

Eine willkommene Ablenkung. Ich ergriff sie und fragte nach dem Pferd und Claires Freundin.

So ging es noch eine Weile weiter und die Seitenblicke, die Abby mir zuwarf, begannen einen sanfteren Schimmer zu haben.

Dank Claire vergingen meine letzten Stunden im Laden viel schneller als die ersten. Als sich 17:00 Uhr näherte, gingen die anderen Jungs schnell, aber Abby arbeitete weiter.

„Also gut, jetzt ist Schluss. Zeit, Feierabend zu machen", verkündete Walt eine halbe Stunde später an der Tür.

„Ich komme", erwiderte Abby auf seine dritte Mahnung hin.

Sie protestierte nicht gegen meine Bemühungen, beim Aufräumen zu helfen. Obwohl sie zweimal hinschaute, als ich jedes Werkzeug an seinen Platz zurücklegte – als wäre ich ein kompletter Idiot, der den ganzen Tag über auf nichts geachtet hatte. Also, ein Hoch auf mich. Ich konnte stolz auf einen kleinen Sieg nach Hause gehen.

„Oh, das ist für dich." Claire hielt mir ein Bild hin.

„Wow. Danke schön."

Claire strahlte. Ich auch. Sie hatte mich so gemalt, dass meine Beine über den Rand des Papiers hinausragten. Sie hatte mir sogar einen krummen Hammer in die Hände gedrückt – oder war das ein Pulaski? Der rosa Schnörkel, der meine „Arbeit" überwachte, musste Hopper sein, und das wirbelnde Strichmännchen an der kastenförmigen Feuerstelle Abby.

„Gefällt es dir?", wollte Claire wissen.

Ich drückte das Bild an meine Brust. „Ich liebe es. Vielen Dank."

„Sehen wir uns morgen?", fragte Claire, als wir zu unseren Wagen gingen.

Ich spitzte die Lippen und war mir nicht sicher, wie ich antworten sollte. Lügen waren immer schlecht, aber ein Kind anzulügen, war noch schlimmer.

Also begnügte ich mich mit: „Einen schönen Abend, Kleine."

Kapitel 5

ABBY

„Und wie war dein Tag?", fragte meine Schwester Erin beim Abendessen.

„Abgesehen von dieser Störung heute Morgen?", brummte ich.

Erin neigte ihren Kopf in Claires Richtung, um mich zu warnen, es nicht zu erwähnen. Aber es war zu spät.

„Welche Störung, Mommy?"

Ich füllte ihr Wasserglas nach. „Die neuen Pferde waren etwas unruhig, das ist alles."

Das war jedoch nicht genau das, was Erin und ich geschlussfolgert hatten, als wir vor dem Abendessen über unsere Observationen sprachen. Wir waren uns sogar einig, dass etwas Unbekanntes die Magie, die in die rote, felsige Landschaft gewebt war, gestört hatte. Was genau es war, wussten wir nicht. Wir wussten nur, dass es nichts Gutes verhieß und wir auf der Hut sein mussten.

Aber das war ohnehin unser *Modus operandi*.

„Ich meinte, wie war dein Tag auf der Arbeit?", fragte Erin.

Oh, das. Nicht halb so schlimm, wie ich erwartet hatte, um ehrlich zu sein.

Ich drehte meine Gabel in die Spaghetti und überlegte, warum das so sein könnte. Zum Abendessen waren nur wir vier Stubenhocker im Haupthaus – Claire, Erin, ihr Partner Nash und ich. Pippa und ihr Partner Ingo waren bei ihrem Vater zu Besuch in Colorado.

Ich informierte Erin und Nash über den Feuerwehrauftrag und den Assistenten, der mir zugeteilt worden war.

Ein sehr großer, ziemlich stiller Assistent, dessen grüngraues Flanellhemd – eine Variation des roten Hemdes, das er an dem Tag getragen hatte, an dem ich ihn kennenlernte – die Farbe seiner sanften, braunen Augen betonte.

Ein Flanellhemd, das ich als Decke benutzen könnte, so groß war es.

Er war so groß. Vielleicht nicht in puncto Höhe, aber doch im Hinblick auf Muskelschichten – ein Detail, das mir unweigerlich auffiel, vor allem, als er sich bis auf ein T-Shirt ausgezogen hatte – XL, aber immer noch eng um seine Brust und den Bizeps. Der Rücken, doppelt so breit wie meiner, war mit zwei gekreuzten Äxten und der Aufschrift *Pine Ridge Hotshots, Wyoming* verziert.

„Den ganzen Tag lang?“ Erin starrte mich an. „Er hat dich nur beobachtet? Wie nervig.“

Tatsächlich war es das nur in der ersten halben Stunde gewesen. Danach fiel es mir gar nicht mehr auf. Der nervige Teil zumindest. Es war schwer, den Rest von ihm nicht zu bemerken.

Alles in allem war er keine schlechte Gesellschaft. Er prahlte nicht mit seinen Fähigkeiten in der Brandbekämpfung und gab mir keine ungebetenen Ratschläge, wie ich meine Arbeit besser machen könnte. Selbst als ich versucht hatte, ihn loszuwerden, war er gelassen geblieben. Es war ein wenig so, als hätte ich Roscoe zu meinen Füßen, wenn ich mich abends entspannte. Er war da und doch unaufdringlich. Anspruchslos. Fast tröstlich.

„Er war nett“, sagte Claire. „Er ist Feuerwehrmann und hat viele Cousins.“

Offensichtlich fand sie diese beiden Fakten beeindruckend. Aber ich fand sein Verhalten gegenüber Claire beeindruckend. Offensichtlich war dieser Mann ein vernarrter Onkel... Oder war er ein abwesender Vater?

Ich ärgerte mich wieder über ihn, nur für alle Fälle.

„Warum habe ich keine Cousins und Cousinen, Mommy?“, fragte Claire.

Ich zeigte mit meiner Gabel auf Erin und Nash. „Frag sie.“

Nash verschluckte sich an seinen Spaghetti. Erin klopfte ihm auf den Rücken. „Nun, ähm... vielleicht bekommst du eines Tages welche.“

„Bald?“ Claire blieb hartnäckig.

Nash schaute Erin mit einem winzigen, anspielungsreichen Wackeln der Augenbrauen an.

„Wir werden sehen“, sagte sie und berührte spielerisch seinen Arm.

Vor einem Jahr hätte ich über diese Turteltauben noch die Augen verdreht. Aber Nash war mir sympathischer geworden, und ich hatte Erin noch nie so glücklich gesehen. Es fiel mir leicht, mir vorzustellen, dass sie eine Bande süßer, lauter Kinder hätten, die wie ihre Eltern zu verantwortungsvollen Drachengestaltwandlern heranwachsen würden. Erin wäre eine tolle Mutter und ein fantastisches Vorbild. Nash würde einen großartigen Vater abgeben, geduldig, ruhig und nachsichtig.

Geduldig. Ruhig. Nachsichtig. Das kam mir bekannt vor.

Ich ertappte mich dabei, wie meine Gedanken in eine gefährliche Richtung abschweiften.

„Möchte jemand Nachschlag?“ Ich stand schnell auf.

∞∞∞∞∞

Nach dem Essen meldete sich Erin freiwillig, um Claire eine Geschichte vorzulesen, was mir Zeit für einen kurzen Spaziergang gab.

„Ich bin bald zurück“, murmelte ich und hielt die Tür lange genug auf, damit Roscoe mir folgen konnte. Draußen gesellten sich Calvin, Hobbes und unsere anderen Ranch-Hunde zu uns.

Sterne und ein Halbmond beleuchteten den Weg zur Koppel, wo ich eine Pause einlegte, um nach unseren neuesten Pferden zu sehen. Domino, ein Schecke mit einem tiefen Hohlkreuz, wieherte zur Begrüßung.

„Lebst du dich gut ein?“, flüsterte ich und streichelte ihn.

Er stupste mich zustimmend an der Schulter an.

„Du bist jetzt an einem sicheren Ort“, versicherte ich ihm. „In einem sicheren Zuhause. Für immer.“

Er und eine altersschwache Stute namens Annie waren bereits kurz vor ihrem Weg zum Schlachthof gewesen, als ich sie

39

fand. Ich setzte sie auf meine gedankliche Liste der geretteten Tiere, auch wenn ich die genaue Zahl nicht mehr nennen konnte. Sechsundzwanzig? Siebenundzwanzig?

„Ihr habt jetzt ein schönes Zuhause und alles wird gut", murmelte ich sowohl zu mir selbst als auch zu dem Pferd.

Domino schnippte mit dem Schwanz und ließ den Kopf sinken, während ich ihm den Widerrist kraulte. Annie war nicht so zutraulich, aber das war in Ordnung. Sie durfte ihren Freiraum haben.

Alle zwanzig Hektar. Mein Herz schlug höher, als ich mich auf unserem staubigen Anwesen umsah. Meine Tante hatte uns drei Schwestern ihre Ranch am Rande von Sedona vermacht, und wir taten unser Bestes, um den Ort am Laufen zu halten.

Ich gab den Pferden einen letzten Klaps und ging weiter in Richtung Tafelberg. Im Laufe der Jahre hatten wir einen dünnen Pfad zum Gipfel ausgetreten, aber fünf Minuten später bog ich an meiner eigenen Stelle ab. Ich trat auf flache Felsen, um keine Fußspuren zu hinterlassen. Nachdem ich um eine Ecke gebogen und den Konturen des Tafelbergs gefolgt war, wurde ich beim Anblick eines Felsvorsprungs langsamer.

Eine der Pflegefamilien, bei denen ich als Kind gelebt hatte, war regelmäßig in die Kirche gegangen. Sie hatten in den drei Wochen, die ich bei ihnen verbracht hatte, jeden Sonntag die Messe besucht. Ihr Schritt veränderte sich jedes Mal, wenn sie sich der Kirchentür näherten, und ihre Stimmung wurde dunkler, geradezu spirituell.

Genauso näherte ich mich diesem besonderen Felsvorsprung.

Ich strich mit der Hand über den flachen Felsen, der mir als Kirchbank diente, und ließ meinen Blick über die Schlucht schweifen, die die Nordostseite der Ranch begrenzte. Langsam nahm ich Platz, stützte mein Kinn auf die Knie und dachte nach.

Zuerst dachte ich über jemanden nach, der geduldig, ruhig und nachsichtig war. War ich zu schroff gewesen? War er vertrauenswürdig? Wie schnell konnte ich ihn wieder loswerden? Wollte ich das wirklich?

Dann wandte ich mich dem zu, was wirklich wichtig war: den Äxten.

Vor Jahren war ich an diesen Ort gekommen, um den Tod eines Feuerwehrmanns zu betrauern, mich um meine Lieben zu sorgen und über meine eigene Sterblichkeit zu grübeln. Ich hatte in dieser Nacht kaum geschlafen und den folgenden Tag in einem Anfall von Energie verbracht, der mich stundenlang auf den Stahl einhämmern ließ. Bei Einbruch der Dunkelheit hatte ich die perfekt geformte, perfekt ausbalancierte, beste Axt meines Lebens geschmiedet.

Rich hatte geweint, als ich die Axt in die Feuerwache brachte, und selbst Alice, das nüchternste Mitglied der Mannschaft, hatte die Energie kommentiert, die sie auszustrahlen schien. Damals hatte ich es nur als ein weiteres Beispiel für Sedonas übertriebene Magie abgetan.

Aber jetzt war ich mir nicht mehr so sicher. War ihre dreijährige Glückssträhne wirklich nur Glück gewesen, oder war es Magie?

Magie, die ich nie beherrscht hatte... Bis in die jüngste Vergangenheit.

Ich streckte die Hand aus und berührte den Felsen neben mir.

Die Painted Rock Ranch hatte ihren Namen von der Kunst, die in einer längst vergangenen Ära in die Steine geritzt worden war. Dieser Felsvorsprung war mit nur einer Handvoll Piktogramme markiert, aber sie reichten aus. Besonders eines – das Spiralsymbol.

Ich schob meine Hand langsam darauf zu und hielt den Atem an. Dann atmete ich aus und zeichnete sanft die Linien nach, ähnlich wie ich Domino getätschelt hatte. Wirbel waren höchst unberechenbar und reagierten heftig, wenn man sie zu einem ungünstigen Zeitpunkt erwischte. Ein wenig wie ich.

Manchmal war der Wirbel dumpf, fast schläfrig. Zu anderen Zeiten knisterte er vor Energie – meistens wütend, aber in seltenen Fällen auch einladend.

Jetzt war einer der letzteren. Uff.

Ich schloss die Augen und dachte an zwanzig Glücksäxte. Zwanzig vertrauensvolle Feuerwehrleute. Zwanzig Leben, die sich auf mich verließen.

Wärme sickerte aus dem Felsen in meine Finger und sagte mir, dass ich es schaffen konnte.

Alles schön und gut, aber wie genau?

Das war der Haken – Wirbel waren selten spezifisch. Bisher hatte ich nur zwei Ausnahmen erlebt: den Tag, an dem unsere Ranch von Harlon Greene, einem Blitze schleudernden Hexenmeister, angegriffen wurde, und die Nacht, in der Pippa um Hilfe geschrien hatte, während sie gegen erbarmungslose Vampire kämpfte.

Beide Male war ich zum Wirbel gelaufen und beide Male hatte ich seine explosive Energie nutzen und lenken können.

Nicht, dass ich es jemals wieder vorgehabt hätte. Dies zu tun, hatte das innere Verlies aufgebrochen, in dem ich meine eigene, angeborene Magie weggeschlossen hatte. Magie, vor der ich Angst hatte, sie zu benutzen oder auch nur anzuerkennen.

Aber wenn es um den Wirbel ging... darauf konnte ich vertrauen. Ich nickte und dankte ihm im Stillen für seine Hilfe in diesen Momenten, in denen es um Leben und Tod ging.

Die meiste Zeit über war der Wirbel einfach nur eine stille Ermutigung, so wie jetzt. Aber wie die idealen Eltern, die ich nie hatte und doch selbst sein wollte, war das alles. Ermutigung, aber keine direkte Anleitung. Eher wie eine *Du schaffst das, Schatz!*-Art von Aufmunterung, bei der ich trotzdem meinen eigenen Weg finden musste. Ich konnte lediglich darüber schlafen... und hoffen, dass meine Träume mir helfen würden.

Mein Herz schlug bei dieser Aussicht ein wenig höher. Aber hilfreiche Informationen aus Träumen zu schöpfen, war sogar noch seltener als die Hilfe eines Wirbels.

Langsam stand ich auf und entfernte mich.

„Gute Nacht", flüsterte ich dem Wirbel zu. Der Nacht zu. Verdammt, zum ganzen Universum und allem darin. Zu den Pferden, meiner Familie... sogar zu der stillen Person, die den ganzen Abend immer wieder in meinen Gedanken aufgetaucht war.

Dann machte ich mich auf den Weg zurück ins Haus zu meinem allabendlichen Ritual.

„Noch eine Geschichte", bettelte Claire, die inzwischen im Bett lag, als die zweite Geschichte des Abends endete. „Die vom Traumweben."

Ich streichelte ihr sanft über die Wange und bedauerte den Tag, an dem ich ihr diese Geschichte erzählt hatte. Sie wurde von der Familie meines Vaters überliefert – die Geschichte über besondere Menschen mit besonderen Kräften, deren Träume den ganzen Weg von der Nacht in den Tag überspannten und zu einem glücklichen Ende großer Probleme führten.

Wahrscheinlich nur eine Geschichte, aber manchmal musste ich mich wundern.

„Heute Abend nicht, meine Süße." Ich küsste sie auf die Stirn und legte mich neben sie.

An der Decke standen keine Antworten gekritzelt, aber sie war eine beruhigend leere Leinwand, also ließ ich meinen Blick eine Weile darauf ruhen. Claires Atemzüge wurden langsamer, als sie einschlief. Ich seufzte und genoss den einfachen Frieden dieses Moments.

Irgendwann regte sich Roscoe und ich schlich mich in mein eigenes Bett.

Es war schon spät und ich brauchte die Ruhe. Und was das Problem mit den Glücksäxten anging...

Ich würde darüber schlafen. Vielleicht, wenn ich sehr, sehr viel Glück hatte, sogar davon träumen.

Kapitel 6

ABBY

Irgendwann vor dem Morgengrauen riss ich meine Augen auf. Zwei erschrockene Herzschläge später richtete ich mich ruckartig auf.

Kein einziger Vogel sang. Nicht eine Zikade zirpte. Nicht ein Lufthauch rührte die mächtigen Eichen am Bach. Ich starrte aus dem Fenster.

Es passierte wieder – dieses Brummen. Lautlos, bewegungslos, bis auf diese heftige Vibration in der Luft.

Magie. Und dieses Mal war es nicht nur eine Warnung.

Ich sprang aus dem Bett und rannte barfuß den Flur hinunter. Auf halbem Weg ließ mich ein weiteres Grollen innehalten. Ich packte die Badezimmertür und meine Gedanken rasten. In dem Moment, in dem es aufhörte, eilte ich zu Claires Zimmer. Sie schlief tief und fest, obwohl Roscoe von ihrem Bett gesprungen war und leise wimmerte.

Beinahe hätte ich Claire in meine Arme gehoben und wäre mit ihr und Roscoe aus dem Haus gerannt. Aber mein Instinkt sagte mir, dass dieses Brummen kein Erdbeben war und Claire hier sicher wäre. Was auch immer vorgefallen war, geschah an einem entfernten Ort.

Nachdem ich einen letzten Blick auf Claire geworfen hatte, stapfte ich die Treppe hinunter. Schnell zog ich mir einen Pullover, eine Jacke und Stiefel an und ging hinaus. Roscoe wagte sich mit mir hinaus, drängte sich jedoch an meine Beine.

Ich schnupperte an der Luft und erstarrte bei einem Brummen einer anderen Frequenz. Ein Gegengrollen sozusagen, als die Erde gegen die Störung, die sie ausgelöst hatte, zurück brummte. Ich musste tief in mich gehen, um sie auseinanderzuhalten, aber die ursprüngliche Störung kam in kürzeren, leichteren Stößen.

Walt hatte einst einen Teil seiner Werkstatt an einen Bildhauer vermietet, der aus Stein einen buckligen Kokopelli mit Flöte und wilder Frisur geschaffen hatte. Es hatte Tage gedauert, mit einem ständigen *Hack, Hack, Hack*, bis die Steinstückchen sich den Schlägen seines Meißels ergaben.

Dies war ähnlich, nur dass irgendwo in der Ferne jemand an der Magie herummeißelte.

Die Tür zu Erins und Nashs Hütte öffnete sich und Licht fiel auf die Veranda.

Geht es dir gut? rief sie in meine Gedanken. *Und Claire?*

Ich glaube schon, rief ich zurück und nutzte die besondere Verbindung zwischen uns Schwestern.

Was war das?

Ich hatte keine Ahnung.

Ein Schatten tauchte über ihrer Hütte auf und schwebte dann über uns. Er brachte mein Haar zum Flattern.

Das war Nash, Erins knallharter Partner, ein Drachengestaltwandler. Feuerbälle erhellten den Himmel, als er durch die Luft flog und uns erbittert bewachte.

Aber gab es dort draußen tatsächlich eine Bedrohung oder nur eine Störung? Im Nordosten kroch eine dünne, orangefarbene Linie über den Horizont, und ich rief Erin zu: *Es fühlt sich so an, als käme es von dort drüben.*

Stille herrschte, als wir beide darauf lauschten.

Airport Mesa? fragte Erin in dem Moment, als ich zu demselben Schluss gekommen war.

Ich verkrampfte mich während des nächsten Brummens und hielt mich an einem der Verandapfosten fest.

In meinen Gedanken spürte ich, wie Erin sich bewegte. *Wo willst du hin?*

Zur Klippe hinüber. Warte kurz...

Nash flog tiefer, um den Luftraum über ihr zu schützen.

Die Klippe bedeutete zum Wirbel – Erins Wirbel. Zumindest war er das in meinen Gedanken. Unsere Großtante hatte jeder von uns vor Jahren einen anderen Wirbel gezeigt –

oder ein anderes Portal zum selben Wirbel. Pippas befand sich drüben im Westen und mein Wirbel oben auf dem Tafelberg.

Als die Luft wieder brummte, zuckte ich zusammen und stellte mir vor, wie die Erde ächzte. Irgendwo machte sich jemand an der Magie zu schaffen, die in Sedonas Landschaft gewebt war. Um sie zu stehlen, fast wie das Gold aus einer verbotenen Mine.

Der Wirbel pulsiert zur gleichen Zeit, berichtete Erin. *Schwach, aber ich kann es spüren.*

Ich schloss meine Augen und versetzte mich an meinen besonderen Ort. Beim nächsten Brummen dieser mysteriösen Störung reagierte mein Wirbel. Er zuckte fast so wie ein Pferd, das von Fliegen irritiert wurde.

Nash grummelte laut und sank tiefer herab.

Wir sehen uns das einmal an, sagte Erin zu mir.

Und *wusch!* Ein zweiter geflügelter Schatten gesellte sich zu Nash und sie schossen in Richtung Airport Mesa davon.

„Seid vorsichtig", flüsterte ich.

Ich spannte mich an und erwartete ein weiteres Grollen der Luft im gleichen Intervall wie bei den vorherigen Störungen. Aber es kam nichts.

Schade, dass Pippa und Ingo nicht zu Hause waren. Ingo wäre mit seinem Regierungsjeep sofort losgerast, um Nachforschungen anzustellen. Als Beamter der übernatürlichen Gesetzeshüter war es sein Job – und seine Leidenschaft –, Leute zu beschützen. Aber er und Pippa waren in Colorado.

Zwanzig angespannte Minuten vergingen. Ich wippte von einem Fuß auf den anderen und versuchte, warm zu bleiben. Die Farben am Himmel wurden intensiver, als sich die Sonne dem Horizont näherte. Schon bald würde es hell werden und es wäre zu riskant, in Drachengestalt herumzufliegen.

Wie aufs Stichwort kamen Erin und Nash in Sichtweite und setzten zu einer sanften Landung an. Erin schüttelte ihre Flügel aus, was mein Haar aufwirbeln ließ.

Meine Schwester, die Drachengestaltwandlerin. Ich war nur ein klein wenig eifersüchtig, das schwöre ich.

„Habt ihr etwas gesehen?", rief ich, während Roscoe sich hinter meinen Beinen versteckte.

Ja und nein, berichtete sie. *Es gab ein paar geparkte Autos am Ausgangspunkt des Wanderwegs und ein paar Leute auf dem Airport Mesa, aber das ist nicht ungewöhnlich.*

Es stimmte. Leute wanderten oft zum Sonnenaufgang auf den Airport Mesa.

Wir schauten einander an. Die Störung hatte aufgehört, aber es beruhigte mich nicht.

Seltsam, schloss Erin.

Sie verschwanden hinter ihrer Hütte und tauchten kurze Zeit später in menschlicher Gestalt und angezogen wieder auf. Nash war bereit, mit seinem Fahrzeug loszurasen.

„Wir sehen uns bei der Arbeit", sagte Nash und küsste Erin zum Abschied, als die Sonne gerade über dem Horizont aufzugehen begann.

Sie umarmte ihn, als würde er in eine Schlacht ziehen.

Wenn Pippa mit Ingo hier wäre, hätte sie ihn genauso umarmt.

Meine Arme schlossen sich um... Leere.

„Ruf an, sobald du Neuigkeiten hast", rief ich.

Nash fuhr los und hinterließ eine Staubwolke, die aufstieg und sich dann langsam auflöste.

Erin und ich schauten ihm nach, dann gingen wir widerwillig unserer Wege. Was auch immer dort draußen passiert war, es war jetzt vorbei, und wir mussten zur Arbeit.

Ich warf einen letzten langen Blick in die Umgebung und ging dann ins Haus. Ein neuer Tag brach an. Ich fragte mich, welche Klarheit die aufgehende Sonne bringen würde, wenn überhaupt.

Kapitel 7

COOPER

Um fünf vor neun am nächsten Morgen starrte ich auf den Hintereingang von Heavy Metal Sedona. Als Walt die Türen aufrollte, sah er überrascht aus, mich wiederzusehen.

Verdammt, ich war auch überrascht.

„Guten Morgen. Schön, dass du wieder da bist."

„Schön, hier zu sein", murmelte ich eher höflich als ehrlich.

Ich war am Vortag mit dem festen Vorsatz gegangen, Rich ein Ultimatum zu stellen. Entweder er erlaubte mir, mich mit dem Rest des Teams auf die Saison vorzubereiten, oder ich würde mir eine andere Mannschaft suchen, für die ich arbeiten könnte.

Und doch war ich hier und zurück in der Metallwerkstatt. Warum?

Nun, ich hatte noch nie so leicht aufgegeben und eine dickköpfige, unsoziale Schmiedin würde mich jetzt auch nicht dazu bringen.

Außerdem hatte mir ein mitternächtlicher Streifzug in Bärengestalt eine Million Gründe geliefert, diese faszinierende Landschaft eine Saison lang zu erkunden. Wie konnten so winzige, duftende Blumen aus so trockenem, leblosem Boden sprießen? Wie würde ihr Honig wohl schmecken? Wie viele faszinierende kleine Verstecke gab es in dieser roten, felsigen Landschaft, die nur darauf warteten, entdeckt zu werden.

Als ich zurückkam, hatte ich mir das Bild, das an der westlichen Wand der Feuerwache hing, lange und genau angesehen. Ein Bild von Kevin, der vor ein paar Jahren ums Leben gekommen war. Es verschwamm jedoch mit einem ähnlichen Bild, das an der Wand in meiner Heimatwache in Wyoming hing.

Kevin war vor vier Jahren gestorben und die Yavapai Hotshots hatten seitdem kein größeres Unglück mehr erlebt. Nicht mit der von Abby gefertigten Glücksaxt.

Fasziniert? Ja, das war ich, trotz meiner Abneigung gegen Hexen und Zauberei.

Also beschloss ich, Abby noch einen Tag zu geben. Das Ultimatum konnte ich später immer noch stellen.

„Morgen." Bob kam herein, gefolgt von Matt und Pablo.

„Guten Morgen", murmelte Pablo.

„Nicht sicher, ob es einer ist", stöhnte Matt zwischen zwei Schlucken dampfenden Kaffees.

Walt kam herüber und wies mir einen Spind zu. Hatte er abgewartet, ob ich meinen ersten Tag mit Abby überstehen würde?

Wahrscheinlich.

Pablo klopfte mir auf die Schulter. „Glückwunsch! Du bekommst einen eigenen Spind und alles."

Ja, das würde die Arbeit mit ‚Miss Mürrisch Arizona' wieder wettmachen. Trotzdem war es schön, akzeptiert zu werden – zumindest von einigen Leuten.

Ich tauschte meine Jacke gegen eine dicke Lederschürze. Vielleicht war es Wunschdenken, denn Abby hatte mich nicht einmal in die Nähe ihres kostbaren Projekts gelassen.

Bisher nicht.

Um fünf nach neun stürmte sie, sichtlich aufgewühlt, herein. Hatte sie Claire vielleicht zu spät an der Schule abgesetzt?

Als sie mich entdeckte, blieb sie abrupt stehen.

„Morgen", murmelte ich und band meine Schürze sorgfältig zu.

Sie kniff die Augen zusammen, eindeutig misstrauisch. Aber ich hatte mir nichts weiter vorzuwerfen als schiere Hartnäckigkeit – oder Ignoranz. Meine Erfahrung in der Metallverarbeitung bestand hauptsächlich darin, den Blasebalg in Gang zu halten und meinem Onkel Werkzeuge zu reichen. Ich war dafür ungefähr so qualifiziert wie für eine Operation am offenen Herzen. Und wie bei einer Operation am offenen Herzen könnten hier wirklich Leben auf dem Spiel stehen, wenn man Rich und Alice Glauben schenken durfte.

Mit einem Grunzen der – Begrüßung? Enttäuschung? – verschwand Abby hinter der Tür ihres Spinds. Ja, so schlank war sie. Sie machte allerdings genug Lärm für eine Herde Mustangs, warf ihre Tasche hinein und wechselte ihre Schuhe auf ihre typisch aggressive Art, als hätten sie ihr persönliches Unrecht getan.

„Hey, Abby. Hast du das heute Morgen gespürt?", fragte Matt.

Das Getöse hinter der Tür hörte sofort auf.

„Was gespürt?", piepste sie etwas zu beiläufig.

„Meine Freundin hat gesagt, sie hätte gespürt, wie die Wirbel kurz vor Sonnenaufgang aufgeflackert sind."

Ich verzog das Gesicht. Glaubte Matt wirklich an diesen spirituellen Hokuspokus?

Abbys Antwort war so neutral wie der Zementboden in der Werkstatt. „Sie sind aufgeflackert?"

„Ja. Sie sagte, die Wirbel hätten riesige Energieimpulse ausgestoßen. Danach konnte sie nicht mehr schlafen."

Den dunklen Ringen unter Abbys Augen nach zu urteilen, hatte sie es auch nicht gekonnt.

Aber mehr als *Hmm* sagte sie nicht.

„Oh. Rich sagte, du wolltest die", sagte ich und reichte ihr eine alte Axt, die er aus dem Lager geholt hatte.

Manche Frauen standen auf Pralinenschachteln oder Blumensträuße. Ich persönlich würde mich über ein Glas schönen, dickflüssigen Waldblumenhonig freuen.

Abby liebte alte Äxte.

Ihre Augen leuchteten auf und ihre Wangen erröteten vor Aufregung.

Mein innerer Bär griff es auf und galoppierte in eine vollkommen unpassende Richtung davon, indem er von Liebe, Ewigkeit und Schicksal schwärmte.

Schicksal? Ich erstarrte. Das konnte nicht sein.

Ich verdrängte diesen Unsinn aus meinem Kopf. Dummer Bär.

Abby riss mir die Axt aus der Hand und drehte sich um, als wollte sie sie schützen.

„Gern geschehen", brummte ich.

„Danke", murmelte sie und machte sich wie ein Hund mit einem Knochen, den er nicht teilen wollte, auf den Weg in ihre Ecke des Ladens.

Sie war so aufgeregt – und/oder vertieft –, dass sie nicht reagierte, als ich mich zu ihr gesellte. Sie begutachtete einfach weiter die Äxte – die alte Axt und die, die sie am Vortag gefertigt hatte. Bislang hatte sie nur den Kopf der Modellaxt hergestellt. So wie es aussah, waren heute die Befestigungsstücke dran, denn man steckte nicht einfach einen Stahlkopf auf einen Holzstiel und hackte drauflos – es sei denn, man wollte, dass der Stahlkopf wegflog und jemanden verletzte. Er musste mit zwei langen, dünnen Stäben, einer Niete und mehreren Holzkeilen passgenau angebracht werden.

Ich wusste das nur, weil Abby die alte Axt auseinandernahm. Sie studierte jedes Teil ehrfürchtig, drehte jedes Stück in ihren Händen und glitt mit einem Finger über jede Oberfläche. Dann machte sie sich daran, Kopien für ihr Modell anzufertigen. Das dauerte den Rest des Tages und ich bekam genauso viel Gelegenheit zum Mitmachen wie am Vortag.

Nämlich null.

„Wie alt ist die?", fragte ich und streckte die Hand nach dem abgenutzten Griff aus.

„Alt." Sie schlug meine Hand weg.

„Wofür benutzt du sie?"

„Das wirst du schon sehen."

Sie war von einsilbigen Antworten zu kurzen Sätzen übergegangen. Ein Grund zum Feiern?

Ich griff wieder nach der Axt und zählte auf meinen Größenvorteil, um mich notfalls selbst zu verteidigen. Ich erwischte sie beim zweiten Versuch und erntete einen bösen Blick von Abby.

„Du bist diejenige, die sie auseinandergenommen hat", betonte ich. „Es ist ja nicht so, dass ich sie beschädigen werde."

„Alles ist möglich", murmelte sie. „Du weißt schon, wie ein Elefant im Porzellanladen."

Ich schnaubte. „Wohl eher ein Bär in einer Schmiede.“

Abby erstarrte.

Ich auch. Hoppla.

Ihr harter Blick streifte über meine Wange und meinen Bart... hinunter zu meiner Brust, dann zu meinen Armen...

„Bär, was?“, flüsterte sie.

Ich öffnete meine Handflächen und zeigte ihr die menschlichen Hände und Finger.

„Im Moment nicht“, antwortete ich leise.

Zu meinem Schock und Erstaunen griff sie nach meinen Händen.

Ihre Berührung war zögerlich. Vorsichtig. Ihre Haut – keine Überraschung – war schwielig.

Warm, brummte mein Bär. *Schön.*

Meine Hände ließen ihre winzig aussehen, aber irgendwie fühlten sie sich an, als würden sie perfekt passen.

Mein Kehlkopf wippte, die einzige Bewegung, die ich meinem Körper erlaubte.

Einmal, an einem freien Tag im Sommer, hatte ich mich in meine Bärengestalt verwandelt, um über eine wunderschöne Bergwiese zu wandern. Vögel sangen und Wildblumen tanzten in der Brise. Ein Schmetterling war vorbeigeflattert und dann auf meiner Nase gelandet. Ich hatte ganz still gestanden und kaum geatmet.

Genau wie jetzt.

Abby strich mit den Händen über meine, griff dann nach meinen Fingern und...

„Au.“ Ich zuckte zurück, als sie fest zudrückte und den Moment ruinierte.

Suchte sie nach Krallen?

„Entschuldigung.“ Sie zog sich schnell zurück.

Ich rieb mir die Hände und wünschte, ihre wären immer noch dazwischen gefangen.

Dann beugte ich mich vor, um den Moment zu nutzen. „Und was ist mit dir?“

Ihre Lippen bebten ganz leicht. „Was meinst du?“

„Ich meine, was bist du?“

Die Farbe wich aus ihren Wangen.

„Eine Hexe?", riet ich.

Und, wow. Das war, als hätte jemand auf sie geschossen. Ihre Augen blitzten auf und ihre Hände ballten sich zu kleinen Vorschlaghämmern. Das Feuer in der Schmiede flackerte wütend und ich hätte schwören können, die Farben ihrer Tätowierungen wurden intensiver.

„Ich bin Schmiedin", schnauzte sie. „Und jetzt erlaube mir, mich zu konzentrieren."

Sie wandte sich wieder den Teilen der Axt zu, aber die Art, wie sich ihr Brustkorb hob und senkte, sagte mir, dass sie sich nicht konzentrieren konnte.

Fast hätte ich mich entschuldigt, aber was hatte ich eigentlich getan?

Trotzdem fühlte ich mich beschissen, weil sie verärgert war. Nicht sauer auf mich, aber trotzdem wütend.

Eine Stunde verging, bis ich einen Weg fand, ihr ein Friedensangebot zu machen – indem ich ihre Wasserflasche füllte. Sie nahm sie wortlos an – ihre Version eines Friedensangebots?

„Werden Äxte immer noch auf die gleiche Weise hergestellt?", fragte ich und deutete auf die neuen und alten Teile auf ihrer Werkbank.

„Jupp." Ihr Ton war so schnippisch wie immer, aber vielleicht geringfügig weniger widerwillig.

Eines war sicher. Sie machte mich ratlos. War sie nun eine Hexe oder war sie keine?

„Mittagspause!", rief Pablo vergnügt.

Abby wirbelte von mir weg und steuerte auf die private Ecke zu, in der sie am Vortag ihr riesiges, hausgemachtes Mittagessen verschlungen hatte. Genug Essen für eine ganze Feuerwehrmannschaft – und wir waren notorische Vielfraße.

Ich seufzte und wiederholte meinen Gang zum Supermarkt – genau wie meinen Schwur, diesen Job aufzugeben.

Als wir zur Arbeit zurückkehrten, war Abby... nun ja, nicht *verhalten*, sondern... still. Nein, das passte auch nicht. Auf jeden Fall war sie konzentrierter und nicht halb so verbittert wie sonst.

Ein gutes Zeichen? Ein gefährliches? Ich hielt vorsichtshalber Abstand.

Später tönte der Alarm ihrer Uhr, und sie schüttelte sich leicht.

„Ich muss gehen“, sagte sie und legte die Axt auf ihre Werkbank.

Ich warf einen Blick auf die Werkstattuhr. Um drei. Zeit, ihre Tochter abzuholen?

„Ich bin gleich wieder da“, sagte sie und joggte zu ihrem Auto. „Fass nichts an.“

Ich seufzte. So viel zum Thema Fortschritt.

Ich fegte den Boden in der Werkstatt – den ganzen Boden überall, nicht nur Abbys Arbeitsplatz – und erntete dafür Lob von Bob und Gelächter von den anderen. Dann, nachdem ich ein paar Schlucke Saft aus dem Karton getrunken hatte, den ich mittags gekauft hatte, übte ich das Zusammenbauen der alten Axt, die Abby als Modell diente.

Abbys Wagen – ein grüner Ford, der älter war als wir beide – war laut genug, um als Frühwarnsystem zu dienen. Ich legte die Axt genauso zurück, wie Abby sie hinterlassen hatte.

„Hallo, Mr. Cooper!“, rief Claire strahlend und fröhlich.

„Nur Cooper“, erinnerte ich sie sanft. „Wie war die Schule?“

„Toll! Schau mal, was ich im Kunstunterricht gemacht habe!“

„Wow! Ist das Black Beauty?“

„Bukephalos“, korrigierte sie mich, ohne den geringsten Anflug von Verärgerung. *So* ganz anders als ihre Mutter.

„Bu-wer?“

„Das Pferd von Alexander dem Großen“, sagte sie ganz sachlich.

Wow. Ein Kind, das sich mit der Antike auskannte – oder zumindest mit deren Pferden.

Claire drehte eine Runde durch die Metallwerkstatt, damit alle ihr Kunstwerk bewundern konnten. Abby warf unterdessen einen Blick auf die Werkbank und funkelte mich dann böse an. Ihr Blick sagte: *Du hast sie angefasst, verdammt noch mal.*

Ich sah ihr in die Augen und signalisierte so etwas wie: *Ja, das habe ich. Aber ich habe deine Arbeit mit Respekt behandelt und alles wieder so zurückgelegt, wie ich es vorgefunden habe.*

Verdammt. Was war eigentlich los mit ihr? Ich war mit fünf Geschwistern aufgewachsen und wusste, wie man teilte. Andererseits hatte ich eine Mutter, die in einem ansonsten chaotischen Haushalt für Recht und Ordnung sorgte. Vielleicht hatte Abby das nicht gehabt?

Claire sprang zu ihrem üblichen Platz in der Nähe von Abbys Amboss hinüber. „Oh! Saft! Darf ich welchen haben?"

Abby warf mir einen weiteren finsteren Blick zu. Dieser sagte: *Um Himmels willen, hast du nicht gehört, was ich gestern gesagt habe?*

Dann folgte sie Claires Blick... und erstarrte.

„Klar. Ich habe dir deinen eigenen mitgebracht." Ich deutete auf die kleinere Packung neben meiner großen. „Wenn deine Mutter nichts dagegen hat, natürlich."

Ich schaute Abby an und dachte – wagte jedoch nicht zu sagen – *Ha. Habe ich dich.*

„Darf ich, Mom? Darf ich?" Claire wandte sich mit großen, unwiderstehlichen Augen an Abby – leuchtend grün, genau wie die ihrer Mutter.

Abby starrte noch einen Moment länger, dann nickte sie knapp. „Aber vergiss nicht... "

„Vielen Dank, Mr. Cooper!", sprudelte Claire heraus und kam ihr zuvor. „Vielen Dank!"

Ich öffnete ihn und reichte Claire ihren Saftkarton, bevor ich mit meinem zum Anstoßen dagegen stieß. „Gern geschehen."

Claire kicherte, was mich zum Grinsen brachte.

„Was hast du heute gemacht, Cooper?"

Nichts, platzte ich fast heraus. *Deine Mutter hat mich nicht gelassen.*

Ich begnügte mich mit: „Hauptsächlich habe ich deiner Mutter bei der Arbeit zugesehen."

„Sie ist eine wirklich gute Schmiedin", stimmte Claire zu, ohne meinen Unterton zu bemerken.

Abby bemerkte ihn jedoch. Das erkannte ich an dem scharfen Blick, den sie mir zuwarf.

„Das ist sie", stimmte ich zu. „Deshalb habe ich auch kaum etwas von den Halterungen angefasst, während sie weg war.

Ich würde es nicht wagen. Du weißt schon, weil Metall so zerbrechlich ist."

Abby rollte mit den Augen. Claire kicherte.

„Was hast du heute gemacht?" Ich wechselte das Thema.

Claire stürzte sich in eine detaillierte Beschreibung ihres Tages, während sie mit den Buntstiften kritzelte. Ich erfuhr, was sie zum Mittag gegessen, welche Spiele sie in der Pause gespielt und dass ihre Freundin Casey mit ihrer Familie einen Ausflug mit dem Wohnmobil unternommen hatte...

Abbys Handy klingelte, aber sie ignorierte es.

Eine Minute später klingelte es erneut. Dann noch einmal. Fluchend wandte sie sich ab, um den Anruf anzunehmen.

„Hallo?"

Einen Sekundenbruchteil später versteifte sich ihr Körper. „Woher hast du diese Nummer?"

Oh, oh. Das hörte sich nicht gut an.

„Ich habe dir doch gesagt, du sollst mich nicht anrufen." Ihre Stimme klang leise und giftig.

Claire schaute auf.

„Ich bin nicht dein *Baby*, Jay", zischte Abby.

Claires Buntstift schwebte über dem Papier und ihr sonniger Gesichtsausdruck verzog sich.

Abby stakste aus der Werkstatt, um den Rest des Gesprächs außer Hörweite zu führen.

Ich schaute ihr nach und warf dann einen Blick auf Claire, die blass geworden war. Scheiße.

Ich griff nach einem Buntstift, zog einen Hocker neben Claire heran und setzte mich, um ihr die Sicht auf Abby zu versperren, die draußen auf und ab ging.

„Hier. Lass mich dir einen Zug malen."

„Einen Zug?" Claire klang nicht besonders interessiert.

„Ja, genau." Ich legte mehrere Blätter nebeneinander und fing an, zu zeichnen. „Einen ganz besonderen."

Claire beugte sich um mich herum und schenkte mir kaum Beachtung. „Wie besonders?"

Mein erster Gedanke war ein Zirkuszug, den sie mit Tieren füllen konnte. Aber dann hatte ich eine bessere Idee, basierend auf dem, was sie mir am Vortag erzählt hatte.

„Es ist ein Zug, der Tiere rettet und sie nach Sedona bringt."

Und, uff. Das erregte ihre Aufmerksamkeit.

„Ein Rettungszug? Cool."

„Ja." Ich zeichnete eine lange Reihe flacher Güterwaggons, einen pro Blatt. „Aber ich bin nicht sonderlich gut darin, Tiere zu malen. Kannst du mir helfen?"

Sie nickte eifrig.

„Also, welche Tiere kommen in den ersten Waggon?", fragte ich.

Pferde natürlich. Sie hatte sogar Namen für sie.

„Das ist Domino und das ist Annie..."

Ich nickte und beugte mich vor, damit sie nicht sehen konnte, wie Abby gefährlich gestikulierte. Wenn Hände Messer wären, würde Jay – wer auch immer das war – in hundert blutige Stücke zerhackt werden.

Claires zweites Abteil war eher eine große Hundehütte, während im dritten Abteil Alpakas untergebracht wurden.

Als ich das nächste Mal aufschaute, war Abby nicht mehr am Telefon. Sie stand da und starrte – oder funkelte böse – in die Ferne. Sie hatte ihre Arme um sich selbst geschlungen und rieb damit auf und ab, so wie es Leute taten, wenn sie Trost brauchten. Die Tafelberge und Gipfel von Sedona erhoben sich im Hintergrund und ließen sie winzig erscheinen. Fast zerbrechlich.

Mein Herz zerriss ein wenig.

Ich hatte noch nie jemanden gesehen, der so... so...

Allein war, fügte mein Bär traurig hinzu. *Einsam.*

Ich brannte darauf, zu ihr hinüberzugehen und diese Umarmung etwas tröstlicher zu machen. Aber Abby ließ mich kaum in die Nähe ihres Ambosses. Sie würde mich ganz sicher nicht an ihren Körper heranlassen.

Ich konnte nichts anderes tun, als ein weiteres Blatt Papier zu Claires Zug hinzuzufügen. Sie füllte einen vierten und fünften Waggon – Windhunde in einem, Pitbulls in einem weiteren – dann brachte sie in einem sechsten Waggon Elefanten unter. Asiatische Elefanten, die Art mit den kleinen Ohren.

Draußen rollte Abby mit den Schultern, um sich zu beruhigen. Dann stapfte sie wieder herein.

Ich entfernte mich langsam von Claire, ganz nach dem Prinzip, mich nie zwischen eine Bärenmama und ihr Junges zu stellen.

Abbys Blick verfinsterte sich, als sie mich dort sah, wurde jedoch wieder freundlicher, als sie sich auf Claire konzentrierte.

„Warum zeigst du deiner Mom nicht den Zug?", flüsterte ich.

Claire schnappte sich die Blätter und sprang zu Abby hinüber. „Schau mal, Mommy. Ich habe einen Rettungszug gemalt!"

Abbys Gesicht war eine steinerne Maske, aber einen Moment später wurde sie weicher. Sie kniete sich hin und umarmte Claire.

„Was für ein schönes Bild, meine Süße." Sie schaute kaum hin, aber das hielt ihre Stimme nicht davon ab, zu beben.

Ich wandte mich ab, um ihnen Raum zu geben. Aber ich kam nicht umhin, zu hören, was sie sagten.

„Ist alles in Ordnung, Mommy?", fragte Claire.

Der Riss in meinem Herzen wurde ein wenig tiefer.

„Alles ist gut, meine Süße."

Claire klammerte sich an ihre Mutter. „Er kommt doch nicht zurück, oder?"

Ich ballte meine Hände zu Fäusten. Wer war dieses Arschloch?

„Nein, mein Schatz. Alles wird gut. Alles *ist* gut."

Je mehr Abby sagte, desto mehr wusste ich, dass es nicht stimmte.

Jay, so nahm ich an, war ihr Ex. Claires Vater vielleicht. Der Typ, der Abby so verbittert gemacht hatte?

Mein Bär brummte.

Wer auch immer Jay war, er war definitiv eine Bedrohung.

Mein Kinn juckte, als sich die Stoppeln dort verdichteten, und ich konnte nicht anders, als prüfend auf die Tür zu schauen.

Aber es war niemand da. Keine Bedrohung. Die Geister von Abbys Vergangenheit, die für mich unsichtbar waren, schrien ihr ins Gesicht. So schien es zumindest.

Hinter uns fingen die anderen an, aufzuräumen.

„Feierabend, alle zusammen", rief Walt.

Dieses Mal ließ Abby mich in ihrem Bereich helfen. Sie erlaubte mir sogar, Claire zum Auto zu begleiten und sie zu verabschieden. Ich stand lange da und schaute zu, wie die roten Rücklichter ihres Fords im stetigen Strom der Pendler verschwanden.

Als ich in mein Auto stieg und am Straßenrand hielt, brannte ich darauf, nach links abzubiegen und ihr zu folgen. Nur für alle Fälle. Aber mein Heimweg bog nach rechts ab und Abby hatte nicht darum gebeten, dass ich ihr folgte.

Nach einer weiteren langen Minute der Unentschlossenheit fuhr ich nach rechts.

Mein Herz fühlte sich allerdings so an, als wäre es nach links abgebogen.

Kapitel 8

ABBY

Erst die Wirbelstörungen, dann Jays Anruf. Ich konnte mich des Eindrucks nicht erwehren, dass etwas nicht stimmte. Meine Schwestern andererseits...

„Ich würde mir an deiner Stelle keine Sorgen machen", sagte Pippa.

Sie und Ingo waren gerade rechtzeitig von ihrer Reise zurückgekehrt, um einen Ausritt bei Sonnenuntergang zu machen. Apache, ihr Schecke, und Buckeye, Erins Schimmel, flankierten mein Pferd, Lucky. Tatsächlich flankierten sie *mich*, um mir zu zeigen, dass ich nicht allein war.

Gott, ich liebte meine Schwestern. Sie hatten meine miese Laune sofort gespürt – was nicht schwer war, wenn man bedachte, wie ich die Autotüren zugeschlagen oder mein Handy weggeworfen hatte (auf den weichen Verandasessel, weil ich mir kein neues leisten konnte, aber trotzdem) – und sie hatten mich zu einem kurzen Ausritt überredet.

Ingo hatte versprochen, die Störung am Airport Mesa gleich morgen früh zu untersuchen. In der Zwischenzeit hatte er sich bereit erklärt, das Abendessen zu kochen, während Nash mit Claire Fußball spielte, so dass ich mit meinen Schwestern ausreiten konnte.

Ich schluckte und warf einen Blick zurück zum Haupthaus. Wenn man sich vorstellte, dass die beiden jemals auf meiner Roten Liste gestanden hatten...

Was mir nur zeigte, welch ein beschissener Menschenkenner ich war. Jay hatte anfangs auf meiner Grünen Liste gestanden.

Vielleicht sollte ich also fortan jedem Mann vertrauen, den ich nicht sofort mochte, und jeden hassen, dem ich vertraute.

So wie Cooper. Hatte er es verdient, auf meine Gelbe Liste aufzusteigen?

Lucky warf den Kopf zurück, so dass sein Geschirr klirrte. War das ein Ja?

Die Sache mit dem Orangensaft war mir sehr zu Herzen gegangen, und ich wusste, dass auch der Rettungszug nicht Claires Idee gewesen war. Ich wünschte mir nur, sie hätten auch einen Waggon für mich gemalt.

„Es ist nicht das erste Mal, dass Jay so etwas macht, oder?", bemerkte Pippa.

Leider nicht. Alle paar Jahre setzte sich mein Ex in den Kopf, dass er vielleicht doch ein Vater sein sollte, und forderte seinen „rechtmäßigen" Platz in Claires Leben ein.

Der Scheißkerl war nicht einmal bei Claires Geburt dabei gewesen. Erin und Pippa schon, und ihre Freudentränen waren genauso groß wie meine gewesen, als sie Claire zum ersten Mal im Arm hielten. Aber Jay? Kein Anruf, um sich nach uns zu erkundigen. Keine Karte. Nichts.

„Wahrscheinlich will er nur irgendeiner Frau imponieren", brummte ich und dachte an seinen letzten Anruf zwei Jahre zuvor.

Pippa schnaubte. „Wenn dem so ist, tut sie mir leid."

Mir tat sie auch leid – nur hätte *sie* genauso gut *ich* sein können. Verdammt, ich *war* es gewesen. Zumindest mein altes Ich, das nicht nur Jays unbestreitbarem Charme verfallen war, sondern kopfüber eine Klippe hinunterstürzte – eine Klippe wie die, an der sich unsere Pferde auf dem Weg zu unserem Lieblingsaussichtspunkt bei Sonnenuntergang stetig entlangschlängelten.

Jay, ein stattlicher Bullenreiter mit funkelnden, kornblumenblauen Augen, hätte jede seiner Groupies haben können, die sich ihm an den Hals geworfen hatten, aber er wollte *mich*. Ein Blick auf mich auf der Tribüne bei einem Rodeo hatte ihm gereicht, um mir am nächsten Tag und am übernächsten Tag und am Tag danach nachzustellen, jedes Mal mit diesem vernichtenden Lächeln bewaffnet.

Niemand hatte je so viel Interesse an mir gezeigt. Niemand.

Das Leder knarrte, als ich mich im Sattel bewegte. Ich wünschte, Lucky würde das Tempo erhöhen. Vielleicht könnten wir auf diese Weise vor meinen Erinnerungen davonlaufen.

Nach ein paar Tagen des märchenhaften Nachstellens hatte ich nachgegeben und war in Jays Bett gelandet. Ich hatte jede Minute dieser wunderbaren zwei Wochen genossen. Jedes Streicheln seiner schwieligen Hände, jeden Kuss, jedes Flüstern, jeden heißen, harten Stoß. Er hatte mir wirklich das Gefühl gegeben, eine Königin zu sein.

Das musste man Jay lassen: Er wusste, wie man eine Frau in den Himmel hob und sie anbetete.

Leider war die Zeitspanne seiner Aufmerksamkeit nur unwesentlich länger als seine Bullenritte. Ehe ich mich versah, war er bereits bei der nächsten süßen Braut gelandet, die ihm ins Auge gefallen war – und dann bei der nächsten und der nächsten. Jay könnte sein eigenes Rodeo veranstalten und die Tribünen mit all den Frauen füllen, die er im Laufe der Jahre in sein Bett gelockt hatte.

Es tut mir leid, Baby, hatte er gesagt, als ich ihn mit meiner Nachfolgerin im Bett erwischte. *Aber, hey. Wir hatten doch eine schöne Zeit, nicht wahr?*

Er hatte sie genauso schnell abserviert, aber das war für mich nur ein schwacher Trost.

Ich war Jays Königin gewesen, aber an dem Tag, an dem ich ihm sagte, dass ich schwanger war, hatte er mich wie eine Hure behandelt.

Wie kannst du sicher sein, dass es von mir ist?

Als wäre ich diejenige, die bei jedem Halt der Rodeo-Tournee einen neuen Bettgefährten hätte.

„Vielleicht sucht er nur nach einer kostenlosen Unterkunft", brummte Erin.

Auch das war möglich. Vor neun Jahren war Jay noch auf dem Gipfel der Welt gewesen. Jetzt verletzt und pleite, war er nur noch ein gescheiterter Ex-Rodeo-Star, der von Freunden, verstaubten Trophäen und der schnell verblassenden Anziehungskraft eines Stars lebte.

„Er hat gesagt, er will das Sorgerecht." Meine Stimme brach.

„Das wird er nie bekommen", versicherte Pippa mir. „Nicht nach dem, was er vor fünf Jahren getan hat."

Erin warf ihr einen Blick zu. Ich berührte die Narbe an meiner Wange und knirschte mit den Zähnen.

„Das wird er nie durchziehen", sagte Erin entschlossen.

Apaches scharrte mit den Hufen über Felsen, als wollte er ihre Worte unterstreichen.

„Hunde, die bellen, beißen nicht", versuchte Pippa zu scherzen.

„Ha-ha", brummte ich.

Aber sie hatte recht. Jay war ein Wolfsgestaltwandler und hielt sich selten an seine Versprechen.

Drohungen andererseits...

Lucky riss den Kopf zurück und sagte mir damit, ich solle die Aussicht genießen, solange ich konnte.

Ich streichelte seine blasse Mähne. „Wunderschön."

Die Farben des Sonnenuntergangs ließen den Himmel wie rosa, orange und rote Buntglasscheiben wirken. In der Landschaft spiegelten sich die Farben wider und sie steuerte mit all den Kiefern und Eichen grüne Elemente bei. Die Lichter der Stadt funkelten in der Ferne, zusammen mit den wenigen Lichtern, die von unserer Ranch heraufleuchteten.

Meine Ranch, erinnerte ich mich. Meine Schwestern, meine Tochter. Mein Leben.

Entschlossen hob ich mein Kinn. Ich war die Herrin über mein Schicksal und Kapitänin meiner Bestimmung. Ich war eine starke, fähige Frau, eine angesehene Metallkünstlerin und eine verdammt gute Mutter. Jay war ein Niemand und ich würde nicht zulassen, dass er mir meinen Frieden raubte, geschweige denn meine Tochter. Nicht jetzt, niemals.

„Niemals", flüsterte ich in den Wind.

∞∞∞∞

In dieser Nacht versuchte ich, Jay wegzuträumen.

Ich wachte wütender auf als je zuvor – auf ihn und auf mich selbst. Wenn Traumweberei wirklich eine magische Kraft war, dann hatte ich sie ganz sicher nicht geerbt.

Das einzig Positive an Jays plötzlichem Anruf war, dass er mich in die perfekte Stimmung versetzte, um bei der Arbeit auf Stahl einzuschlagen.

Ich drehte den Barren – einen Block rohen Stahls – in meinen Händen, um ein Gefühl dafür zu bekommen. Um die unsichtbaren Linien zu lesen und den Stahl in meinem Kopf in die richtige Form zu bringen. Dann schob ich ihn unter die Kohlen meiner Feuerstelle und ging meine nächsten Schritte durch. Genug der Tüftelei. Jetzt war es an der Zeit, zur Sache zu kommen.

Ich griff nach meinem Lieblingshammer, legte den glühenden Barren auf meinen Amboss und fing an.

Klopf. Klopf. Bumm! Klopf. Klopf. Bumm!

Das rot glühende Metall flammte auf und ergab sich langsam einem uralten Rhythmus, der von Generationen von Schmieden weitergegeben worden war.

Klopf. Klopf. Bumm!

Mit jeder Berührung verschwand die Außenwelt mehr und mehr, bis nur noch ich, das Metall und das Feuer übrig waren. *Mein* Feuer – das Feuer neben mir und das Feuer in mir.

Schweiß rann mir die Stirn hinunter und Magie heizte durch meine Adern, als ich wieder und wieder und wieder zuschlug.

Allzu bald kühlte das Metall ab und ich musste innehalten, um es erneut zu erhitzen.

Erst nach drei weiteren Zyklen – in denen ich draufloshämmerte und dann innehielt, um es wieder aufzuwärmen – bemerkte ich Cooper dort.

Was viel aussagte, denn der Kerl war riesig. Und still, besonders heute. Er gab mir Raum. Ließ mich konzentrieren.

Oder vielleicht wollte er sich nur vor mir in Acht nehmen?

Nun, das sollte er auch. Ich wollte oder brauchte keinen Assistenten.

Ich öffnete den Abzug der Feuerstelle, um die Temperatur zu erhöhen. Der Luftzug rauschte durch den Kalender, der über meiner Werkbank hing, und ich runzelte die Stirn. Drei Wochen noch in diesem Monat und ich musste zwanzig Äxte schmieden. Ein Hydraulikhammer würde die Sache beschleunigen, aber die Arbeit von Hand ließ das Metall zu mir zurücksingen und mich leiten, während ich es in seine neuen Formen lockte. Metall zu bearbeiten, war wie ein Pferd zu trainieren – es war besser, es zu führen, als es zu brechen, vor allem, wenn man wollte, dass mit jedem Schlag ein wenig Magie in das Metall hineinsickerte.

Ich warf einen Blick auf Cooper, dann auf das Metall, das in den Kohlen ruhte. Dann wieder auf Cooper – genauer gesagt, auf seine dicken, muskulösen Arme. Ich hatte einen guten Anfang gemacht, das Metall in die gewünschte Form zu bringen, aber...

Nun... vielleicht war es an der Zeit, den Männern zu vertrauen, vor denen mich mein Instinkt gewarnt hatte.

Ich räusperte mich und schaute zu ihm auf. Und auf und *auf*.

„Hast du schon jemals als Schmied- und Schlägerteam gearbeitet?"

Er schaute mich mit seinen warmen, braunen Augen unverwandt an und nickte. „Ja. Ich schlage manchmal für meinen Onkel."

Ich kratzte mich am Kinn, dann griff ich nach meinem treuen Zwölf-Pfund-Hammer. Ich hielt ihn ihm hin und zog ihn dann wieder an meine Brust. War das wirklich eine gute Idee?

Cooper schnaufte. „Ich kann zuschauen oder helfen. Rate mal, was die Sache für dich beschleunigen wird."

Ich verzog das Gesicht und hielt ihm das Werkzeug wieder hin.

Er sah beleidigt aus und starrte auf das größere Modell hinter mir.

Ich schnaufte, dann gab ich nach und reichte ihm einen Vierzehnpfünder. Männer!

Selbst den nahm er nur mit Verachtung an. Offensichtlich hatte er das Zwanzig-Pfund-Biest im Visier gehabt, das hinter mir an der Wand hing. Nun, das könnte er benutzen, wenn er sich bewährt hatte.

Was er auch tat, und zwar rasant.

Zuerst ließ ich ihn an einem Stück Altmetall üben, was mir einen weiteren bösen Blick einbrachte. Aber ich wollte ihn auf keinen Fall ohne einen Probelauf an mein Projekt heranlassen.

„Okay. Mach es mir nach. Ich hämmere zuerst, du folgst. Wenn ich *hoch* sage... "

Er nickte und unterbrach mich. „Dann schlage ich noch einmal und dann höre ich auf. Ich weiß. "

Ich schaute ihn an, dann auf das Metall, und fing an.

Bumm! machte mein Hammer.

Bäng! Sein Hammer landete genau im Abdruck von meinem.

Ich zielte ein wenig weiter nach rechts.

Cooper schlug genau an die gleiche Stelle.

Ich führte ihn durch drei weitere Schläge und blinzelte das Ergebnis an. Wow! Solide Technik, solides Zielen und *wirklich* solide Schläge. Ein einziger Schlag erledigte die Art von drei meiner eigenen.

Er schmunzelte.

Kraft und Genauigkeit waren also kein Problem. Die Frage war nur, wie lange er es durchhalten konnte?

Ziemlich lange, wie sich herausstellte.

Ich erhitzte das Metall erneut und wir machten uns ernsthaft an die Arbeit.

Bumm!

Bäng!

Bumm!

Bäng!

Wir machten fünf Durchgänge und als ich *hoch* rief, schlug Cooper noch einmal zu und hielt dann inne.

Ein Mann, der Anweisungen befolgen konnte. Juhu.

Und was den Fortschritt anging... verdammt. Vielleicht hätte ich ihn früher arbeiten lassen sollen. Der quadratische Stahlblock, mit dem ich begonnen hatte, war bereits lang und schlank.

Ich erhitzte ihn und wir gingen in eine weitere Runde. Das Metall gab unseren Schlägen immer mehr nach.

Als ich das nächste Mal innehielt und mir den Schweiß von der Stirn wischte, schaute ich auf. Pablo starrte zu uns herüber. Bob auch.

Walt wandte sich schnell ab, aber nicht, bevor ich ihn grinsen sah. Hmpf. Was war mit ihm los?

Cooper nutzte die Pause, um sich das Flanellhemd auszuziehen, so dass er nur noch ein enges, schwarzes T-Shirt trug. Innerhalb einer Stunde hatte er sich zum Achtzehnpfünder hochgearbeitet, und das T-Shirt – ähm, eng – an seiner Haut. Der Axtkopf nahm inzwischen Gestalt an, obwohl die Details noch Zeit benötigen würden.

Details, wie die trainierten Muskellinien unter dem schwarzen T-Shirt. Aber das fiel mir nur vereinzelt auf. Wirklich. Ich war zu sehr in meine Arbeit vertieft.

Nicht nur meine Arbeit. Teamarbeit, flüsterte eine kleine Stimme in meinem Kopf.

Ja, Teamarbeit. Reibungslos und geübt, als hätten wir jahrelang zusammengearbeitet.

Bumm!

Bäng!

Es war ein Rhythmus. Ein Herzschlag. Ein Tanz.

Cooper sagte den ganzen Morgen über kaum ein Wort, und ich tat es auch nicht. Das brauchten wir nicht. Wir waren so gut aufeinander eingestimmt.

„Fünf Minuten Pause", murmelte ich schließlich und schnappte mir meine Wasserflasche. Meine volle Wasserflasche, obwohl ich wie ein Fisch getrunken hatte.

Ich starrte auf Coopers Rücken, als er loszog, um seine aufzufüllen.

Dann starrte ich noch ein wenig mehr, denn, nun... nasses T-Shirt. Muskeln. Breite Schultern. Schweiß, der auf seiner Haut glitzerte.

Ich wirbelte herum und starrte in das Feuer. Ausnahmsweise hatte ich nicht das Bedürfnis, dorthin zu flüchten. Da, wo ich war, war ich genau richtig.

So ungern ich es auch zugab – wir waren ein verdammt gutes Team.

Kapitel 9

COOPER

Mein dritter Arbeitstag mit Abby begann genauso ruhig – aber etwas weniger aggressiv – wie die beiden Tage zuvor. Sie verbrachte den größten Teil des Vormittags damit, die Halterung für die neue Axt zu überarbeiten, was mich zum Nachdenken brachte. Zauderte sie oder war sie in dieser Sache wirklich sehr, sehr gewissenhaft?

Dann dachte ich an das Porträt an der Wand der Feuerwache und an die Verantwortung, die ihr aufgebürdet worden war. Zwanzig Glücksäxte zum Schutz einer ganzen Feuerwehrmannschaft.

Gewissenhaft entschied ich und wischte mir den Schweiß von der Stirn.

Am späten Vormittag war Abby mit den Befestigungen fertig, setzte ihre glänzende neue Axt zusammen und ging nach draußen, während ich – nutzlos? hoffnungsvoll? – hinter ihr herlief.

Am hinteren Grundstücksrand wich der raue Asphalt einem felsigen Untergrund. Abby hackte ein paarmal darauf herum, prüfte erst den Axtkopf, dann die Dechsel des Pulaski. Ihr geübter Umgang mit dem Werkzeug zeigte, dass sie wirklich als Feuerwehrfrau gearbeitet hatte, und das nicht nur für eine Saison.

Ich fragte mich, was sie dazu gebracht hatte, aufzuhören. Claire zu bekommen vielleicht?

Wie dem auch sein mochte, sie hatte einen ziemlich interessanten – und beeindruckenden – Lebenslauf. Hexe. Feuerwehrfrau. Schmiedin. Liebevolle Mutter. Trotzdem gab es noch so viele Rätsel.

„Hier. Probiere du sie." Sie streckte mir die Axt entgegen.

Ich blinzelte. Wenn sie mir ihre Tochter anvertraut hätte, wäre ich nicht weniger überrascht gewesen.

Sie gestikulierte. „Sie ist gut ausbalanciert, aber ich glaube, ich habe das Ende der Axt ein wenig zu stark angewinkelt."

Ich wog das Werkzeug in einer Hand, dann hackte ich in den Boden und zog die lose Erde in einer langen Furche entlang. Als Nächstes hebelte ich ein Stück Asphalt hoch, das von einer Ecke des Parkplatzes abgerutscht war.

Die Axt sang praktisch in meinen Händen und ich hätte noch stundenlang fröhlich weiter auf den Hinterhof einhacken können. Das war es, wofür ich ausgebildet war. Es fühlte sich an, als wäre ich dafür geboren. Aber es war eine Sache, ein Stück Wildnis zu zerhacken, um es zu schützen, und eine andere, Walts Hinterhof in eine Einöde zu verwandeln. Also hörte ich auf und wog die Axt erneut in der Hand. Sie war in jeder Hinsicht nahezu perfekt. Der Winkel war ein oder zwei Grad ungenau, aber ich hätte mich schwergetan, zu erkennen, was nicht stimmte, wenn Abby es nicht erwähnt hätte.

Ein großes Lob also an meine sture, unsoziale Vorgesetzte. Sie hatte ein verdammt gutes Gespür für Metall – und für die Brandbekämpfung.

„Sie ist perfekt ausbalanciert", sagte ich zu ihr. „Und du hast recht, dass der Winkel ein wenig zu spitz ist, aber manche mögen das so. Mein Cousin hat sein Pulaski auf einen noch engeren Winkel eingestellt."

„Cousin, was? Welcher?"

Sie hatte Claire und mich also beim Plaudern belauscht. Interessant.

„Jack", sagte ich, als würde ihr das etwas sagen.

Aber, verdammt. Sie hatte tatsächlich mit mir gesprochen. Nicht gerade eine angeregte Unterhaltung, aber sie war auch nicht länger die steinerne Wand, die sie gestern gewesen war.

Sie nahm mir das Werkzeug ab und untersuchte es auf Unvollkommenheiten.

Ein benachbartes Geschäft – *Facet-nating Gems* – teilte sich den hinteren Parkplatz mit der Metallwerkstatt, und eine Verkäuferin in einem ihrer charakteristischen türkis-orangefarbenen T-Shirts lief mit einem Handy am Ohr auf und ab.

„Nicht ein einziger", klagte sie. „Ja, ich habe sie alle probiert, aber keiner der Edelsteine ist aufgeladen." Sie drehte sich um und pirschte in die andere Richtung. „Es ist, als hätte jemand den Wirbel abgeschaltet."

Abby riss den Kopf herum.

„Ich kann es im Boynton Canyon versuchen oder ich kann bis morgen warten." Sie hielt inne und hörte zu. „Ich meine, die Wirbel haben schon öfter Fluktuationen gezeigt, aber noch nie so etwas. Selbst meine Hellseherin hat das nicht kommen sehen."

Ich runzelte die Stirn. Hellseherin?

Abby zog die Stirn in Falten und starrte erst in die Ferne, dann auf die Furche, die ich gegraben hatte.

Eine Minute verging, dann noch eine, während sie grimmig die Erde betrachtete.

Ich wich zurück. Nur für alle Fälle.

„Warte einen Moment", sagte sie schließlich und joggte hinein.

Ich wartete an der Tür, als sie sich ihre Jacke schnappte und zu Walt rief: „Wir werden eine Weile unterwegs sein, okay? Wir müssen diese Axt testen."

Mussten wir das?

Walt protestierte nicht einmal mit einem Pieps – ein Beweis für sein Vertrauen in Abby.

Sie schnappte sich zwei Dinge – Richs alte Axt und einen großen Jutesack – und stürmte zu ihrem Wagen. Sie schloss ihn auf und wandte sich dann mit einem verärgerten Blick an mich.

„Jetzt beeile dich schon. Und bring die Axt mit."

Die fünfzehnminütige Fahrt, die nun folgte, war eine der seltsamsten meines Lebens. Der Ford Fiesta der 1990er-Jahre war nicht für Bären gemacht, und ich konnte mich geradeso auf den Beifahrersitz quetschen. In meiner Eile hatte ich die Äxte zwischen meinen Knien auf den Boden gestellt. Bei jeder Bodenwelle zuckte ich zusammen und stellte mir den Schaden vor, den die Griffe an meinen Geschlechtsteilen anrichten würden.

Das wäre eine Geschichte, die ich nie am Lagerfeuer erzählen würde.

Abby fuhr hoch konzentriert, ohne ein Wort zu sagen.

Ich dachte über die Situation nach. Es wäre durchaus möglich, dass sie an einen abgelegenen Ort fuhr, um mich loszuwerden. Andererseits war ich derjenige, der eine Axt in der Hand hielt.

„Wir testen die Axt… am Flughafen?", fragte ich, als wir an einem Schild vorbeirasten.

„Nein."

Mehr sagte sie für die nächsten Kilometer nicht, bis sie zum Parkplatz an einem Wanderweg abbog, wo sie neben einigen Autos weiterer Besucher parkte. Sie steckte beide Äxte in den Leinensack, reichte sie mir und machte sich auf den Weg.

„Folge mir."

„Klar, Boss", murmelte ich und stützte die Griffe der Äxte auf meiner Schulter ab.

Ich war vom unwillkommenen Assistenten zu ihrem persönlichen Sherpa geworden. Zählte das als Aufstieg?

Auf der Wanderwegmarkierung stand *Airport Mesa Wirbel*. Ich wusste nicht viel über Wirbel, aber ich war mir sicher, dass es verpönt wäre, mit einer Axt darauf einzuschlagen. Wollte ich denn wirklich einen Wirbel mit einer Hexe besuchen?

Wir gingen an zwei Gruppen vorbei, die aus der entgegengesetzten Richtung kamen, und beide warfen mir erschrockene Blicke zu.

„Weißt du, wie dubios das aussieht?", zischte ich.

„Was?" Abby blickte zurück.

„Eine kleine, wütende Frau, die vor einem großen Kerl davonstapft, der etwas in einem Jutesack trägt."

„Ich bin nicht klein. Und ich bin nicht wütend", knurrte Abby und wirbelte wieder davon. „Außerdem bist du so groß nun auch nicht."

Ha. Erzähle das mal dem Ford Fiesta.

„Du lässt mich wie einen Axtmörder aussehen", beschwerte ich mich.

„Nun, das wäre gar nicht so weit hergeholt", murmelte sie.

Das verletzte mein Ego. Ich war ein Feuerwehrmann, ein Held für kleine Kinder und gelegentlich auch für Erwachsene – hauptsächlich für solche, deren Häuser von Flammen umgeben waren, wie meine Schwester einmal trocken bemerkte. Das war einer der Zeitpunkte, an denen der Durchschnittsbürger seine Wertschätzung für „unqualifizierte Arbeitskräfte" wie uns steigerte.

„Ich könnte dich ermorden und deine Leiche in diesen Sack stecken, und niemand würde es bemerken", sagte ich, gerade als ein Pärchen an der nächsten Kurve auftauchte.

Sie blieben schlagartig stehen.

„War nur ein Scherz", murmelte ich und eilte vorbei.

Die nächsten zwanzig Minuten vergingen lautlos, bis auf das Knirschen unserer Stiefel auf dem Schotter. Wir befanden uns hoch oben auf dem Airport Mesa und die Aussicht war fantastisch. Capital Butte, Cathedral Rock, Wilson Mountain... Überall, wo ich hinschaute, ragten Felsen in zerklüfteten Formationen in die Höhe. Der Duft von Wacholder stieg mir in die Nase.

Himmlisch, bis auf den Axtmörderteil.

„Hier entlang." Abby bog nach rechts ab, abseits des Weges. Fünf Minuten später blieb sie stehen und studierte den Boden.

„Ist der Wirbel nicht da drüben?" Ich deutete auf die Stelle, wo eine Handvoll Wanderer leicht bergab von unserer Position Fotos schossen. Sie waren durch das Gestrüpp kaum sichtbar.

Abby schüttelte den Kopf, dann streckte sie eine Hand aus, zeigte mit der Handfläche nach unten und ging herum.

„Dort zeigt das Schild hin, aber das Herz des Wirbels ist genau... ungefähr... hier."

Sie blieb stehen und schaute nach unten.

Ich umklammerte die Axt fest mit der Hand. Wenn sie irgendetwas Hexenhaftes tat, würde ich verschwinden.

„Wirbel, was?" Ich spürte gar nichts.

„Er kommt und geht." Abby trat einen Schritt zurück und schaute sich um. Mit zusammengekniffenen Augen starrte sie auf etwas am Rande der Lichtung. „Dort. Schau dir das mal an."

Vorsichtig trat ich heran. „Diese Asche, meinst du?"

Es war ein ganzer Haufen und ziemlich frisch.

Abby schüttelte den Kopf und wies es ab. „Viele Leute verbrennen Räucherstäbchen oder machen an den Wirbeln Lagerfeuer. Sie sollten es nicht, aber sie tun es trotzdem." Dann zeigte sie auf etwas anderes. „Ich meine das da."

Ich drehte mich um und entdeckte eine grobe, geschwungene Linie, die in die Erde gescharrt war.

Der Wind zerzauste mein Haar und ein Rabe krähte.

„Woran erinnern dich diese Spuren?" Abby sprach mit leiser Stimme.

Okay, das wurde jetzt ein wenig unheimlich.

Ich ertappte mich dabei, wie ich flüsterte, als ob jemand – oder etwas – uns hören könnte. „Das sieht wie eine Brandschneise aus."

Abby nickte grimmig und deutete dann auf eine Axt. Ich wickelte sie langsam aus und reichte ihr die von ihr gefertigte, dann trat ich zurück. Es war immer klug, großen Abstand von Abby zu halten.

Auf Walts Parkplatz hatte sie die Axt mit Kraft und Erfahrung geschwungen. Jetzt berührte sie kaum den Boden.

Aber, wow. Die Erde bebte und ich streckte meine Arme aus.

Erschrockene Schreie tönten von den Touristen.

Mit weit aufgerissenen Augen schaute Abby auf. Dann zog sie die Axt ein paar Zentimeter weiter, so dass eine dünne Linie parallel zu der bereits vorhandenen entstand.

Es war kein Geräusch zu hören, aber aus einem unbekannten Grund erinnerte es mich an das brummende, gefährliche Geräusch, das Bären ausstießen, wenn sie aus ihren Winterhöhlen krochen.

Abby starrte auf ihr Werk und zeigte dann auf die alte Axt. Als wir tauschten, hielt ich die von ihr geschmiedete Axt so weit wie möglich von meinem Körper entfernt.

Abby hob die alte Axt und zielte auf dieselbe Stelle.

„Mmmm, vielleicht solltest du nicht...", begann ich.

Zu spät. Die Spitze der Axt traf auf den Boden und wir warteten beide gespannt. Aber dieses Mal gab es kein Grollen. Überhaupt keine Störung.

Abby tauschte die Äxte ein weiteres Mal, mit demselben Ergebnis. Die Erde ächzte, als sie mit dem von ihr gefertigten Werkzeug schlug, aber das alte Pulaski löste keinerlei Reaktion aus.

„Versuche du es." Sie reichte mir die neue Axt.

Eine kalte Brise kroch unter meinen Kragen und ließ mir einen Schauer über den Rücken laufen.

Ich streckte die Hände hoch. Dies war einer der Momente, in denen ein schlauer Bär die Flucht ergreifen würde.

„Ich muss sehen, ob es an der Axt liegt..." Sie schluckte schwer. „... oder an mir."

Ich starrte sie an. Wenn ich auch nur den kleinsten Anflug von Bosheit – oder Wahnsinn – in ihr entdeckte, würde ich verschwinden. Aber Abbys Augen offenbarten eine Seele, die verängstigt und verwirrt war. So ähnlich wie ich.

Ich hob die Axt langsam und gab der Erde einen sanften Schlag, mit dem kein Feuerwehrmann, der etwas auf sich hielt, seine Zeit verschwenden würde.

Als sie auf den Boden schlug, zuckte ich zusammen. Aber da war nichts. Nur das leise Kratzen von Stahl über Fels.

„Versuche es noch einmal", drängte Abby. „Fester."

Ich tat es wieder – und wieder. Immer noch nichts. Wir tauschen noch zweimal, jedes Mal mit demselben Ergebnis. Die einzige Kombination, die eine Reaktion hervorrief, war Abby, wenn sie die Axt benutzte, die sie geschaffen hatte.

Das bedeutete... was genau?

Hexe, warnte mich eine Stimme in meinem Hinterkopf. *Sie hat die Axt hergestellt, die den Wirbel stört, und es gibt nur dann eine Störung, wenn sie die Axt schwingt.*

Ich folgte ihrem Blick, als sie die ursprüngliche Furche musterte, die wir unangetastet gelassen hatten.

„Das war von heute Morgen, was?", fragte ich.

Sie nickte leise.

„Und du warst nicht diejenige, die es getan hat?"

Sie schüttelte den Kopf und sah erschrocken aus.

Verdammt. Bedeutete das, dass eine weitere Hexe mit einer anderen magischen Axt auf freiem Fuß war?

Definitiv Zeit für einen schlauen Bären, sich aus dem Staub zu machen. Aber ich stand nur da und fragte mich, was schlimmer war: eine Hexe, die genau wusste, wozu sie fähig war, oder eine, die keine Ahnung hatte?

Jeder Bär, der bei klarem Verstand war, würde das alles mit einer Mischung aus Angst, Abscheu und Ekel aufnehmen. Aber ich registrierte nur den *Angst*teil. Abby war vielleicht eine Hexe, aber sie schien in Ordnung zu sein.

Mehr als in Ordnung, flüsterte mein Bär.

Ein wenig ruppig, vielleicht, aber sie arbeitete hart. Außerdem war sie eine liebevolle Mutter mit unerschütterlicher Hingabe für ihr Kind. Werte, die jeder Bär nachempfinden konnte, auch wenn Teile ihres Lebens ein ziemliches Chaos waren.

„Das war also jemand anders", schlussfolgerte ich.

Sie nickte wieder.

„Wer?", wagte ich zu fragen.

Langsam schüttelte sie den Kopf. „Das weiß ich nicht. Aber diese Axt haben sie nicht benutzt." Ich kratzte mich am Kinn und versuchte immer noch, das Rätsel zu lösen. Eine andere Hexe – oder halbe Hexe oder was auch immer Abby war – und eine andere Axt? Wenn ja, welche Axt?

Dann machte es *klick* und ich riss die Augen weit auf.

„Jemand mit der gestohlenen Axt?"

Abby stieß einen langen, langsamen Atemzug aus. „Ich hoffe es nicht, aber ja."

Mein Magen zog sich warnend zusammen. „Also stört jemand mit einer verzauberten Axt die Wirbel… aber warum?"

Sie blies die Wangen auf und die Furche an ihrer Stirn vertiefte sich. „Ich wünschte, ich wüsste es."

Kapitel 10

ABBY

In den nächsten zwei Tagen fertigten Cooper und ich fünf Äxte an. An den Details musste noch gearbeitet werden, aber wir waren so gut eingespielt, dass wir nicht aufhören wollten. Wir arbeiteten am Freitag und Samstag den ganzen Tag und machten uns am darauffolgenden Montag sofort wieder an die Arbeit. Das war auch gut so, denn um zehn Uhr morgens klingelte Coopers Handy.

„Lundsven, hallo", sagte er und wischte sich über die Stirn.

Seine Augen leuchteten auf, als er zuhörte, und sein ganzes Gesicht erhellte sich.

„Ich bin schon auf dem Weg."

Es gab einen Waldbrand, also musste er los. Und ich schwöre, ein Kind wäre nicht schneller zu einem Eiswagen gerannt.

„Warte. Nimm die." Ich reichte ihm die Axt, die wir gerade fertiggestellt hatten. Sie war noch nicht poliert, aber sie war stabil, und etwas in mir beharrte darauf, dass er sie mitnahm.

Er starrte sie an, dann nahm er sie langsam entgegen.

„Nenn es einen Probelauf. Wenn du die Chance bekommst, meine ich." Ich verdrehte nervös meine Hände.

Nervös, weil ich unbedingt wissen wollte, ob diese Axt dieses... besondere Etwas hatte, das dem Original innewohnte.

Nervös, weil jedes Feuer gefährlich war, und ich wollte, dass Cooper heil zurückkehrte.

Nun, das wünschte ich mir für jeden Feuerwehrmann und jedes Mal. Aber für ihn ganz besonders.

Er nickte und unsere Blicke begegneten sich für eine gefühlte Ewigkeit. Die Emotionen stauten sich in meiner Kehle und bildeten einen Kloß.

Coopers tiefe, braune Augen blitzten und funkelten. „Bis bald", flüsterte er.

Es kostete mich alles, was ich hatte, um ihn nicht zu berühren.

„Bis bald", flüsterte ich.

Dann war er weg.

Er blieb zwei Tage weg. Genug Zeit für mich, um die dekorativen Details unserer ersten paar Äxte fertigzustellen, aber in jeder anderen Hinsicht zu lang.

„Ich vermisse Cooper", seufzte Claire am zweiten Nachmittag seiner Abwesenheit.

Ja, das tat ich auch. Nicht nur wegen seiner Fähigkeiten mit dem Vorschlaghammer.

„Glaubst du, es geht ihm gut?", fragte Claire.

Mein Herz zog sich schmerzlich zusammen. „Dessen bin ich mir sicher."

Aber was, wenn nicht?

Ich starrte ins Feuer der Esse und stellte mir vor, wie er sich im Crow Canyon an der Grenze zwischen Arizona und Nevada abmühte, wo ein mittelgroßes Feuer wütete.

Ja, ich hatte es über den staatlichen Tracker mitverfolgt. Nein, das würde ich vor niemandem zugeben.

Ich stellte mir das Zischen des Feuers vor, das ständige Scharren der Äxte, das Knistern der Funkgeräte. Dann wirbelte ich von der Feuerstelle weg und widmete mich wieder den Details der Äxte, die wir bisher hergestellt hatten. Sie mussten perfekt sein. Sie mussten die Mannschaft beschützen.

Diese Äxte hätten keinen Einfluss auf das aktuelle Feuer, aber ich arbeitete so fieberhaft, als wäre ich mit Cooper im Wald unterwegs. Der Schweiß rann mir über das Gesicht und brannte in meinen Augen, während ich mein ganzes Wissen über Schmiedekunst und Feuer in meine Arbeit einfließen ließ. Ich hatte mit Pippas Vater, einem Pyromagier, drei Jahre lang in der Waldbrandbekämpfung gearbeitet. Ich wusste aus erster Hand, wie Waldbrände entstanden und wie sie sich über eine Landschaft bewegten. Ich kannte die Werkzeuge, die uns zur Verfügung standen, um sie zu bekämpfen – menschliche Werkzeuge und... ähm, *Spezialwerkzeuge*, wie Greg sie gern nannte.

Ich wagte es nicht, seine Zaubersprüche nachzuahmen. Aber ich konnte seine Tipps, Tricks und sein Wissen in das Metall einfließen lassen, das ich bearbeitete.

Als ich richtig in Schwung kam, konnte ich spüren, wie die Magie aus meinen Fingern sickerte. Sie floss regelrecht. Meine eigene Magie – nicht Gregs, nicht die meines Wirbels. Meine eigene Magie. Und ausnahmsweise versuchte ich nicht, sie aufzuhalten oder infrage zu stellen.

Das einzige andere Mal, dass das passiert war, war drei Jahre zuvor, als ich in einem Anfall von Emotionen die ursprüngliche Axt geschaffen hatte. Es war genau wie damals, aber jetzt war die Magie klarer und mächtiger.

Beschütze Cooper. Beschütze sie alle. Das Mantra hallte in meinem Kopf wider, immer und immer wieder. All die Feuerwehrleute, all die ausgedehnten Wälder, all die Kreaturen, die sie bewohnten.

Das Feuer in der Esse flackerte und mein Hammer sang. Das Metall sang ebenfalls, mal summend, mal dröhnend. Meine Umgebung schmolz dahin, bis es nur noch mich, das Metall und das Feuer gab.

„Abby!"

Ich riss den Kopf hoch und knurrte fast über die Störung.

Louies unaufhörlichem Bellen nach zu urteilen, gab es eine *echte* Störung.

Erst dann bemerkte ich, dass er in Walts Büro eingesperrt war. Und hoppla. Walt musste schon seit einer Weile versuchen, meine Aufmerksamkeit zu erregen. Eine schlanke Brünette stand neben ihm, perfekt gekleidet. Ihr Haar war zu einem eleganten Ballerina-Dutt gesteckt, und ihre riesige, glitzernde Handtasche blitzte im Licht der Werkstatt. Hermès? Gucci? Nicht meine starke Seite. Ich kannte mich besser mit Pferdefuttermarken aus.

Ein Mann in einem dunklen Anzug und mit Sonnenbrille stand neben einem eleganten beigefarbenen Geländewagen, der vor den Hintertüren in einer mit *Nur für Angestellte* gekennzeichneten Parklücke gehalten hatte. Ihr Chauffeur oder ihr Leibwächter?

Ich fragte mich, ob sich Zeit und Raum verzogen hatten, so dass diese Frau an der Fifth Avenue falsch abgebogen und in Sedona gelandet war. Oder hatte sie sich vielleicht auf dem Weg zum Serenity Canyon verirrt, dem tausend-Dollar-pro-Tag teuren Yogazentrum am Rande der Stadt?

Ich legte meinen Hammer auf den Amboss und konnte mir gerade noch ein geknurrtes *Was?* Verkneifen. Stattdessen gelang es mir, ein höflicheres „Ja?" hervorzubringen.

„Ms. Steinmeier hier möchte ein Projekt besprechen." Walt schenkte der Frau ein warmes Lächeln.

Seine Augen waren ein wenig glasig, als wäre Jacqueline Kennedy persönlich gerade in seine Werkstatt getreten. Sie wurden nur lang genug klar, um mich mit einem harten Blick zu fixieren, der sagte: *Sei nett. Dies ist eine wohlhabende Kundin mit reichen Freunden. Wir wollen ihren Auftrag.*

Ich warf einen vielsagenden Blick zu Bob, dann zu Pablo. Wir alle hatten unsere Fristen, aber meine war so eng wie das Korsett einer Dame aus dem neunzehnten Jahrhundert, die ich zum Glück nicht war. Konnte nicht einer der Jungs dem Wunsch des Glamourgirls nachkommen?

Walt schüttelte leicht den Kopf, um zu signalisieren: *Du kommst ihrem Wunsch nach.*

Ich starrte ihn an. Was war mit: *Diese Äxte sind wichtig? Unsere oberste Priorität?*

Sie schob ihre Handtasche auf den linken Arm, um mir die Hand zu schütteln. Das Glitzern fing das Licht ein und ließ den Raum um sie herum schimmern.

„Nennen Sie mich Liselle." Sie schenkte mir ein Lächeln, das Zähne aufblitzen ließ, die so blank waren wie ihre Schuhe.

„Liselle", sagte ich zuvorkommend.

Matt gluckste. Walt funkelte ihn an.

„Ich bin Abby", fügte ich schnell hinzu.

Liselle war etwa in meinem Alter, aber größer, gepflegter und supermodelschlank. Ihre blauen Augen waren so strahlend, dass sie fast lila wirkten. Farbige Kontaktlinsen nahm ich an. Ihr beigefarbenes Outfit hätte in ein britisches Landhaus gepasst.

„Mir wurde gesagt, ich solle nach Ihnen fragen. Ich habe ein besonderes Projekt, für das ich niemanden gefunden habe, der mir helfen kann." Sie senkte ihre Stimme und blinzelte. „Ich finde, dass Männer nicht wirklich zuhören."

Amen, hätte ich fast gesagt, und sie wurde mir sympathischer.

Ich legte den Hammer ab. „Welche Art Projekt?"

Sie zeichnete eine runde Form in der Luft, etwa in Höhe ihrer Knie. „Eine Feuerschale, damit ich auf meiner Terrasse ein Feuer machen kann."

Eine Terrasse, so groß wie ein Tennisplatz, würde ich wetten, mit einem millionenschweren Blick auf Sedona.

Ich zog an den Trägern meines Overalls, als sie mir beschrieb, was sie sich vorstellte. Es klang nicht kompliziert, aber ich ließ mich nicht täuschen. Frauen wie diese wollten – nein, *erwarteten* – immer eine Sonderbehandlung. Ich hatte einmal wochenlang an einem Tor für eine dieser schicken neuen Ranches gearbeitet – die Art mit mehr Badezimmern als Viehbestand. Die Kundin wollte, dass die Umrisse ihres geliebten Yorkies in die Mitte des Tors eingearbeitet wurden, komplett mit dem lächerlichen kleinen Zopf auf seinem pelzigen Kopf. Es war eine meiner besten Arbeiten, aber die Kundin war enttäuscht, weil ich mich für Pookies schlechte Seite entschieden hatte.

Ich konnte mir gerade noch verkneifen, zu fragen, welche Seite das war und zu erwähnen, wohin die Kundin es sich stecken konnte.

Also verdoppelte ich meine Schätzung für die Zeit, die ich benötigen würde, um eine Feuerschale für die kleine Miss Vanderbilt zu schaffen.

„Ich bräuchte ungefähr eine Woche dafür, aber ich bin bis zum Ende des Monats ausgebucht."

„Oh, das ist enttäuschend", seufzte sie.

Ja, nun. So war das Leben manchmal.

Sie stand da, spitzte die Lippen und wartete.

Ich wartete auch.

„Ich hatte gehofft, dass Sie es diese Woche schaffen könnten..." Sie schaute mir in die Augen.

Hoffnung war gut. Hoffnung war tröstlich. Aber das würde ihr ihre Feuerschale nicht schneller verschaffen.

Ich kratzte etwas Juckendes an meinem Ohr. Nein, an der Seite meines Kopfes.

Die Kohlen in der Feuerstelle knisterten warnend. Ich runzelte die Stirn. Eine Warnung, wovor?

„Walt sagte, Sie sind die Beste...", fuhr Liselle fort.

Ha. Walt gab diesen Titel von Mitarbeiter zu Mitarbeiter, wie es ihm gerade passte.

„Und offen gesagt, gefällt mir die Idee einer weiblichen Schmiedin. Das kann nicht leicht sein." Sie warf mir einen wissenden Blick zu.

Ich hatte das Gefühl, dass sie mehr über Vorstandsetagen als über Schmieden wusste, aber hey. Ich konnte es nachvollziehen... irgendwie.

„Es gibt doch sicher einen Weg, es dazwischenzuquetschen...", sagte sie und sprach dann mit vollem Elan weiter, als hätte ich zugestimmt. „Ich schicke Ihnen ein paar Skizzen. Sie wissen schon, damit Sie Zeit haben, über das Konzept nachzudenken."

Ein Konzept, wie eine echte Künstlerin. Cool.

Walt grinste mich hinter ihr auf eine Art an, die sagte: *Gut gemacht, Mädchen.*

Ich konnte nicht anders, als ein wenig zu strahlen. Diese Kundin wollte, dass ich – und zwar nur ich – an ihrem Projekt arbeitete. Auch Rich hatte auf mich bestanden. Mein Boss war zufrieden mit mir.

Ich holte tief Luft. Ich war von der *verzweifelten Ausreißerin* bis heute einen langen Weg gekommen.

Andererseits, huch. Dieses Jucken war jetzt *in* meinem Kopf.

Es gibt doch sicher einen Weg, es dazwischenzuquetschen...

Walt sagt, Sie sind die Beste...

Über das Konzept nachdenken...

Die Worte schwirrten mir durch den Kopf und ich malte mir aus, wie ich es dazwischenquetschen könnte, welche Konzepte ich entwickeln und als was für eine wundervolle Handwerkskünstlerin ich mich erweisen würde. Vielleicht könnte ich nach Feierabend daran arbeiten. Vielleicht könnte ich in der Zeit, die Cooper mir erspart hatte, eine kleine Feuerschale schaffen. Vielleicht...

Die Erkenntnis traf mich und plötzlich wurde mir kalt. Ich griff gerade noch rechtzeitig nach meiner Wasserflasche, um meinen Schock zu verbergen.

Denn plötzlich ergab alles einen Sinn. Walts benommener Gesichtsausdruck. Das Schimmern um Liselles Schultern. Die beruhigende Stimme in meinem Kopf. *Es gibt doch sicher einen Weg, es dazwischenzuquetschen...*

Liselle Vanderbilt – ähm, Steinmeier – war nicht nur überzeugend. Sie war eine Hexe. Eine Gedankenmanipulatorin. Keine perfekte, jetzt, da ich ihr auf die Spur gekommen war, aber trotzdem. Wie konnte sie es wagen?

Mein altes Ich hätte es ohne Umschweife herausposaunt. Aber mein neues Ich hatte gelernt, zu denken, bevor ich handelte, also tat ich das.

Wenn ich sie auffliegen ließ, würde sie erkennen, dass ich nicht ganz menschlich war, was sich als nachteilig für mich erweisen könnte. Ich hatte keine Ahnung, wie oder warum, aber das Leben hatte mich gelehrt, nicht alle Karten auf den Tisch zu legen... oder auf die Werkbank.

Aber ich hatte ganz sicher nicht vor, sie wie einen Gast der ‚Lightning Lane' in Disneyland an der Schlange vorbeilaufen zu lassen – eine Vorgangsweise, die mich wirklich geärgert hatte, als ich nach monatelangem Sparen mit Claire dorthin gefahren war.

„Sicher. Schicken Sie ruhig ein paar Skizzen", antwortete ich schließlich. „Ich werde über das Konzept nachdenken."

Ich würde bis zum nächsten Monat darüber nachdenken, aber das brauchte sie nicht zu wissen.

„Ich melde mich bald bei Ihnen", schloss ich.

Die Falte zwischen ihren Augenbrauen vertiefte sich und das Jucken in meinem Kopf wurde stärker. Trotzdem täuschte sie ein strahlendes Lächeln vor.

„Wunderbar. Ich gebe Ihnen meine Karte... “

Eine Karte, was? Wenn ich jemandem meine Kontaktdaten geben wollte, kritzelte ich sie auf einen dieser kostenlosen Notizblöcke, die von Immobilienmaklern und Drogerien verteilt wurden. Diese Dame hatte ihre eigene Visitenkarte – mit Prägung und allem.

Ich warf einen Blick auf das Blümchenlogo und versuchte mich dann selbst ein wenig in der Gedankenmanipulation.

„Wenn Sie mich jetzt entschuldigen würden... “, sagte ich und wandte mich wieder meinem Projekt zu.

Sie können jetzt gehen, drängte ich in ihre Gedanken. *Sie brauchen hier keine Zeit zu verschwenden.*

Fast hätte ich gejubelt, als sie einen Schritt auf die Tür zu machte. Doch dann entdeckte sie meine Esse und zwitscherte: „Oh, wie interessant! Woran arbeiten Sie?“

Bis zu diesem Zeitpunkt hatten in meinem Hinterkopf nur ein paar Alarmglocken geklungen. Jetzt schrillten sie ohrenbetäubend.

Jemand hatte die Originalaxt gestohlen. Jemand könnte an den neuen Äxten, die ich schmiedete, genauso interessiert sein.

Jemand wie sie?

Ich konnte nicht sagen, warum, aber es schien ratsam, keine Details zu verraten.

Meine Gedanken schweiften zu Cooper und mein Stirnrunzeln vertiefte sich.

Es war auf jeden Fall ratsam, denn diese Äxte könnten Mitglieder seiner Feuerwehrmannschaft schützen... besonders einen, der mir immer mehr ans Herz wuchs.

Glücklicherweise waren die Äxte, die wir gefertigt hatten, unter einem Haufen Schrott versteckt. Die Teile, die um meinen Amboss herum zu sehen waren – die Teile, die den Axtkopf am Holzstiel hielten –, hätten alles Mögliche sein können.

„Ähm... “ Mist. Was sollte ich ihr sagen?

Mir fiel nichts ein, obwohl in einer hinteren Ecke meines Kopfes ein unbewusstes Etwas vor sich hin tickte. Meine Finger zuckten.

Peng! Ein ohrenbetäubendes Klappern kam von der anderen Seite der Werkstatt.

„*Pendejo!*" Pablo fluchte über den Metallschrott, den er aus einem Regal gestoßen hatte, und schaute sich dann verärgert um. „Tut mir leid."

Ich schaute auf meine Hände hinunter und schloss hastig die Finger, die in seine Richtung gezeigt hatten. Dieser kleine Unfall hätte zu keinem besseren Zeitpunkt passieren können... aber was, wenn es gar kein Unfall war?

Liselles Handy klingelte und sie griff in ihre Handtasche.

„Es tut mir leid. Ich melde mich später", murmelte sie und wandte sich ab.

Ja – vorzugsweise viel später.

Trotzdem überschlugen sich meine Gedanken. Ich würde meinen Schwestern – und Ingo, der in der Abteilung für übernatürliche Phänomene arbeitete – von dieser auswärtigen Hexe in der Stadt erzählen müssen. Was, wenn er Liselle nicht auf dem Radar hatte?

Ich ertappe mich dabei, wie ich mir auch Cooper zurückwünschte. Er hatte schnell bemerkt, dass ich nicht ganz menschlich war. Welche Erkenntnisse hätte er wohl über diese Frau gewinnen können?

Und das war nur einer von vielen Gründen, warum ich ihn vermisste.

Ich brachte den Stahl zurück zu meinem Amboss und fing an zu hämmern, um eine unwillkommene Besucherin zur Tür hinaus auf die Straße zu treiben.

Wer war Liselle Steinmeier? Wollte sie wirklich nur eine Feuerschale oder hatte sie andere Pläne? Könnte ich – sollte ich? – versuchen, deswegen etwas zu unternehmen?

Und was war mit Cooper? Ging es ihm gut? Wann würde er nach Hause kommen? Ähm – ich meine, wann würde er zurückkommen?

Schon witzig, wie ich hoffte: *je früher, desto besser.*

Kapitel 11

COOPER

„Endlich zu Hause", murmelte Vic, während der Truck vor sich hin ratterte.

Es wurde auch Zeit, murmelte mein Bär.

Von dem Moment an, als wir Tage zuvor die Stadt verlassen hatten, hatte mich etwas zurückgezogen.

Jemand, murmelte mein Biest.

Ja, jemand. Aber ich hatte die ganze Zeit mein Bestes getan, um dies zu leugnen.

Ich zeigte es nicht und öffnete die Augen nur lang genug, um das Schild *Willkommen in Sedona* zu sehen. Mein Zuhause war Wyoming. Aber ja. Sedona war für den Moment in Ordnung.

Zu Hause ist, wo das Herz wohnt, murmelte mein Grizzly und wiederholte damit einen der Lieblingssprüche meiner Mutter.

„Gute Arbeit, Leute", verkündete Rich. „Das habt ihr gut gemacht."

Das hatten wir, obwohl dieses Feuer nicht so schwierig gewesen war wie das davor. Aber, verdammt. Wir würden nehmen, was wir bekommen konnten. Eine zufriedene Heimfahrt war allemal besser als die Alternative.

„Auf einer Skala von eins bis zehn, wie würdet ihr das Feuer bewerten?", fragte Mark.

Mein Bär gluckste. Solch eine Anfängerfrage. Aber ich war wahrscheinlich auch nicht anders gewesen, als ich angefangen hatte.

Alice zuckte mit den Schultern. „Maximal eine Vier."

Ich persönlich hätte es mit einer Drei eingeschätzt. Die Herausforderung lag eher in der Lage des Feuers als in seiner Heftigkeit.

Keine große Sache – sofern ein achthundert Hektar großer Waldbrand keine große Sache sein konnte.

„Wir hatten Glück mit dem Windwechsel, nicht wahr?", bemerkte Chuck.

„Ja, und mit der Art und Weise, wie das Feuer an diesem alten Viehhof zum Erliegen kam", stimmte Vic zu.

Ich fuhr mit einem Finger über den Griff meiner Axt, sagte kein Wort, dachte jedoch viel nach. Normalerweise wären meine Arme nach zwei Tagen pausenlosen Grabens und Hackens wie Blei, aber dieses Mal nicht. Normalerweise benötigte man mehrere Brandschneisen, um ein Feuer zu stoppen, aber es war nur eine an jeder Front des Feuers nötig gewesen. Und es gab viele Fronten – eine in jedem Knick in der Landschaft –, aber das Feuer hatte keine einzige Linie übersprungen, die wir in die Erde gegraben hatten. Es war einfach zum Stillstand gekommen wie ein Hund, der an der Grenze eines unsichtbaren Zauns bellte. Es hatte ewig gewütet und geknistert, aber es hatte diese unsichtbaren Grenzen nie überschritten.

Ich schaute nach unten. Waren diese Glücksfälle tatsächlich nur Glück? Oder war mehr im Spiel?

Meine Schulter berührte Vics, als unser Lkw durch zwei aufeinanderfolgende Linkskurven fuhr. Dann kamen wir quietschend vor der Feuerwache zum Stehen und alle stiegen erschöpft, aber glücklich aus. Die Sonne ging gerade unter und ich blieb in der Einfahrt stehen, um den Anblick zu genießen.

Dann fuhr ein Wagen vor und noch bevor ich die Insassen erkannte, schlug mein Herz höher.

„Cooper! Du bist wieder da!" Claire winkte fröhlich aus dem Fenster von Abbys Ford. Kaum hatte Abby geparkt, sprang Claire heraus und umarmte mich. Nun, sie umarmte meine Beine. Ich beugte mich vor, tätschelte ihr den Rücken und grinste. Das Einzige, was nach einem erfolgreichen Brandeinsatz noch besser war, als nach Hause zu kommen, war jemanden zu haben, der einen willkommen hieß.

„Ich freue mich auch, dich zu sehen, Kleine."

Ich lächelte Abby an, die aus dem Auto gestiegen war und näher kam.

„Es tut mir leid. Sie hat darauf bestanden", sagte Abby und verschränkte die Arme fest.

Ihre Augen leuchteten jedoch. Nach der Wärme zu urteilen, die ich dort spürte, meine auch.

Schön, dich zu sehen, brummte mein Bär fröhlich.

Es ist auch schön, dich zu sehen, spürte ich, wie sie dachte, wenn nicht sogar sagte. Es zeigte sich im Glanz ihrer Augen und dem Beben ihrer Lippen.

„Hallöchen, Abby." Rich winkte.

Abby starrte mich noch eine Sekunde länger an, dann drehte sie sich mit einem kleinen Ruck zu ihm um. „Oh. Hi, Rich. Ich habe gehört, ihr habt das Feuer gestoppt, bevor es Sunset Ridge erreicht hat. Gute Arbeit."

Der Durchschnittsbürger wusste nicht genug von Waldbränden, es sei denn, einer wütete direkt vor seiner Haustür. Aber Abby hatte dieses Feuer offensichtlich mitverfolgt. Ganz genau. Das war nicht schwer, wenn man wusste, wo man die Informationen finden konnte. Aber man musste sich genug dafür interessieren, um es zu tun.

Abby interessiert sich, versicherte mir mein Grizzly.

Das Glühen in ihren Augen bestätigte es. Oder war das nur ein Nebeneffekt des Sonnenuntergangs?

Claire schaute von meinen Beinen auf. „Du riechst wie Grandpa."

Stimmt. Der Feuerwehr-Großvater, den sie erwähnt hatte.

„Wie Rauch, was?", fragte ich.

Claire nickte. „Wie der Wald. Und auch wie Dreck."

Wie Magie? fragte ich mich.

„Ich wette, du riechst viel besser", sagte ich und wir glucksten beide.

Wenn es doch nur so einfach wäre, mit Abby zu kommunizieren.

„Du bist sicher müde, also möchten wir dich nicht aufhalten", sagte Abby. „Wir waren nur in der Nähe und konnten nicht anders, als Hallo zu sagen."

Heavy Metal Sedona lag an der Hauptstraße. Die Feuerwache befand sich in einer langen Sackgasse. Ich bezweifelte also, dass sie zufällig vorbeigefahren waren.

„Ich freue mich, dass ihr das getan habt." Ich war wirklich, wirklich froh.

Wie durch ein Wunder schenkte Abby mir ein schüchternes Lächeln. Nur ein winziges, in den Mundwinkeln verstecktes, aber definitiv da.

Mein Magen entschied sich genau für diesen Moment, um zu knurren.

Claire tätschelte mein Bein. „Ich habe auch Hunger. Können wir eine Pizza essen gehen, Mom? Bitte? Oh! Können wir Cooper einladen?"

Abby versteifte sich und ich tat es ebenfalls. Allerdings nicht, bevor mein Herz einen hoffnungsvollen Sprung machte.

„Ich glaube, Cooper muss sich erst einmal ausruhen, Süße. Er ist gerade erst von einem Feuereinsatz zurückgekommen."

„Aber er muss doch essen!"

Mein Magen knurrte wieder und ich antwortete, ohne nachzudenken. „Ich würde gern Pizza essen. Und ich lade euch ein, wenn es euch nichts ausmacht, zu warten, bis ich kurz geduscht habe."

Nur um das klarzustellen, das war meine Bärenseite, die aus mir sprach. Meine menschliche Seite war zu erschöpft, um klar zu denken.

„Es macht uns nichts aus", versicherte Claire mir.

Abby warf Claire einen Blick zu, obwohl die Röte auf ihren Wangen verriet, dass sie ihr zustimmte.

„Ähm... nein. Es macht uns nichts aus."

Mein Bär führte einen Freudentanz auf.

„Aber wir laden dich ein", fügte sie schnell hinzu.

Ich vertagte diese Diskussion auf später und stürzte mich in die schnellste Dusche meines Lebens, angetrieben von neuem Elan.

„Heißes Date, was?", gluckste Mark.

Ich tat mein Bestes, um ihn auszulachen. „Genau. Mit meiner Schmiedechefin und ihrem Kind. Nicht gerade das Material für ein *Date*."

„Könnte es sein", sagte Mark. „Frauen lieben es, wenn man ihre Kinder mag."

Ha. Mark war praktisch selbst noch ein Kind. Was wusste er schon?

Trotzdem klopfte mein Herz und obwohl ich es eilig hatte, rasierte ich mich besonders sorgfältig. Zum Glück hatte ich eine Jeans und ein sauberes weißes Hemd in meinem Spind – ein schönes Oberhemd zum Zuknöpfen, keines der kostenlosen T-Shirts, die ich von einer Wohltätigkeitsveranstaltung oder einem dankbaren örtlichen Geschäft bekommen hatte. Nicht genug, um es auf das Titelblatt einer Zeitschrift zu schaffen, aber eine Verbesserung gegenüber der Arbeitskleidung, in der Abby mich normalerweise sah.

Ich prüfte mein Haar und meinen Bart, trug einen Spritzer Rasierwasser auf – eine Gefälligkeit von Chuck, obwohl er es bislang nicht wusste. Sein Spind befand sich neben meinem und er war ein Neuling, also hatte ich kein zu schlechtes Gewissen.

Schließlich eilte ich hinaus, wo Abby Claire dabei beobachtete, wie sie auf unsichtbaren Linien Himmel und Hölle spielte.

„Fertig." Ich schloss die Tür der Feuerwache hinter mir.

Abby schaute zu mir hinüber und schaute dann ein zweites Mal. Ihr Kehlkopf wippte bei einem Schlucken und sie ließ ihren Blick über meinen Körper schweifen.

„Oh! Du siehst so gut aus, Mr. Cooper!", rief Claire.

„Gut genug für einen Pizzaabend?", fragte ich.

„Wirklich gut", murmelte Abby. „Ich meine... ähm... gut genug."

Ich verbarg ein Grinsen.

„Du riechst auch gut", fügte Claire zu. „Rieche an ihm, Mommy."

Ich lachte. Abby sah halb beschämt, halb versucht aus. „Schätzchen, wir riechen nicht an Leuten. Nicht so wie Roscoe."

„Aber du riechst trotzdem gut, Mr. Cooper", beharrte Claire.

Ich grinste. „Nur Cooper."

Alice kam in diesem Moment über den Parkplatz und gab ihren Senf dazu: „Wow. Du kannst dich ziemlich gut herausputzen, Lundsven."

Das konnte ich, wenn es mir wichtig war. Und heute Abend war es mir wichtig. Und zwar sehr.

Versau das bloß nicht, brummte mein Bär.

Es war sinnvoll, in nur einem Auto zu fahren, und Gott sei Dank hatte Claire darum gebettelt, dass dies mein Pickup sein sollte, bei dem sie auf dem Vordersitz – dem einzigen Sitz – mit uns fahren konnte. Ich fügte einen weiteren Grund, das Kind zu lieben, zu einer sehr langen Liste hinzu.

Sie saß zwischen uns und plauderte während der Fahrt wie ein Wasserfall. Sobald wir uns im Restaurant gesetzt und bestellt hatten, übernahm sie ebenfalls die meiste Zeit das Reden. Für mich war das in Ordnung – für Abby auch, wie ich vermutete. Sie schien nicht auf Small Talk zu stehen.

Mir war es ohnehin recht. Es war einfach schön, Zeit mit ihr an einem Ort zu verbringen, an dem wir nicht eimerweise schwitzten oder Hämmer schwangen.

Claire fragte nach dem Feuer. Nach meinem Zuhause in Wyoming. Nach meinen Schwestern und Brüdern...

„Ja, drei Brüder, zwei Schwestern", sagte ich.

Claire runzelte die Stirn. „Aber du hast gesagt, du hättest zwei Brüder."

Verdammt. Wer hätte gedacht, dass die Kleine ein so gutes Gedächtnis hatte? Und, Mist. Wie sollte ich das erklären?

Mein Gesichtsausdruck musste mich verraten haben, denn Abby zog ein langes Gesicht.

„Claire, Süße... ", versuchte sie es, aber ich schüttelte den Kopf. Mein Fehler, meine Aufgabe, ihn zu beheben.

„Ich schätze, ich weiß nie, wie ich es zählen soll", gab ich zu. „Ich habe jetzt zwei Brüder. Hier drin habe ich immer noch drei." Ich deutete auf mein Herz und gab mein Bestes, um das Beben aus meiner Stimme fernzuhalten. „Aber einer ist gestorben."

„Oh! Das ist traurig", sagte Claire.

Ja, das war es. Mehr, als ich es erklären konnte.

Niedergeschlagen schaute Abby zu Boden.

„Wie hieß er?“, fuhr Claire fort.

„Süße…“, unterbrach Abby sie.

„Peter. Der Älteste“, sagte ich, als seine letzten Worte in meinem Kopf widerhallten.

Lauf zurück. Ich habe das hier im Griff. Hilf du den anderen.

Der gute, alte Peter. Er passte auf seinen kleinen Bruder auf, so wie er es Mom versprochen hatte.

„Ist er in einem Feuer gestorben?“, fragte Claire.

„Claire!“, mahnte Abby. „Es tut mir so leid“, sagte sie und wandte sich dann wieder Claire zu. „Süße, Leute reden nicht gern über traurige Dinge.“

„Aber du hast gesagt, reden ist gut. Weißt du noch, als Cindy gestorben ist.“

Abby musste meinen entsetzten Gesichtsausdruck bemerkt haben, denn sie berührte meinen Arm. „Cindy, der Hund. Kein Mensch.“

Ich atmete auf. Puh.

„Ich habe Cindy geliebt“, sagte Claire abwehrend.

Abby nickte. „Ich auch, aber mit Menschen ist es anders.“

Das war es auch, aber vielleicht hatte sie mit dem Reden ja recht. Also versuchte ich es zum ersten Mal überhaupt.

„Es gab ein großes Feuer und Peter hat es nicht heraus geschafft. Er hat jedoch dafür gesorgt, dass ich es schaffe.“

Abby biss sich auf die Lippe und behielt ihre Hand auf meinem Arm. Aus einem unbekannten Grund sprudelten weitere Worte heraus.

„Er war wirklich witzig und wirklich groß…“

„Größer als du?“, fragte Claire mit weit aufgerissenen Augen.

Ich lachte. „Viel größer.“

Wenn ich jetzt darüber nachdachte, passten mir seine alten Flanellhemden relativ gut. Vielleicht war es also nur die Art, wie ich mich an ihn erinnerte.

Es war gar nicht so schwer, über ihn zu reden, wie ich es mir vorgestellt hatte. Und es war viel besser, als sich zu verstellen. Also machte ich weiter.

„Meine anderen Brüder spielten mir manchmal Streiche, aber Peter kam mir immer zu Hilfe. Wie das eine Mal, als Chris mich an die Klimmzugstange hob und mich dann da hängen ließ. Es war so hoch, dass ich Angst hatte, loszulassen." Ich gluckste. „Aber Peter hat mich dort heruntergeholt. Er hat mir auch ausgeredet, ein Badewannenboot zu bauen, nachdem Chris mir diesen Floh ins Ohr gesetzt hatte."

„Eine Badewanne?" Abby gluckste.

Ich grinste. „Genau. Ich dachte wirklich, dass es funktionieren würde. Aber Peter hat meine Mutter überredet, uns ein kleines aufblasbares Boot für den Teich zu besorgen."

„Oh! Können Roscoe und ich ein Boot haben, Mom?", fragte Claire.

Ich verkniff mir ein Lachen.

„Und wo willst du es benutzen, Schatz?", fragte sie.

„Bei uns im Bach. Oh! Oder wir könnten damit zum Lake Powell fahren. Meine Freundin Casey ist dort mit einem Hausboot gefahren, weißt du."

Ich wusste es, denn Claire hatte mir an einem Nachmittag in der Werkstatt davon erzählt. Casey machte viele tolle Ausflüge mit ihren Eltern – Plural –, aber sie hatte nicht so viele Pferde wie Claire.

Abby seufzte. „Erinnere mich daran, wenn sich dein Geburtstag nähert."

Claire hatte am fünften Juli Geburtstag, das wusste ich, weil sie es mir erzählt hatte. Wann war Abbys?

Ich stellte mir einen Kuchen, alberne Hüte und aufgeregte Hunde für Abbys Geburtstag vor. Einen kleinen Stapel Geschenke, eins von jeder der Schwestern und der „Großväter", die Claire erwähnt hatte. Auch eins von mir. Aber was würde ich ihr schenken?

Einen Spielplatz, entschied ich schließlich, denn Abby war eine Mutter und ihrem Kind zuzusehen, wie es Spaß hatte, würde ihr große Freude bereiten, wie meine Mutter zu sagen pflegte. Meine Schwester, ihr Mann und einer meiner Cousins hatten außerhalb der Saison ein Geschäft eröffnet, das Spielplätze entwarf und baute. Ich könnte mir die Pläne von ihnen besorgen... vielleicht sogar ein paar eigene Ideen einbringen...

Gut, dass unsere Getränke kamen und diese unnützen Fantasien unterbrachen. Claire fing sofort an, ihre Limonade zu schlürfen, während Abby ihr Glas – Gingerale – an meins hob.

„Auf Peter", flüsterte sie.

Wir stießen an und ich wiederholte den Toast leise.

Abby blickte in die Ferne und es brauchte nicht viel Fantasie, um zu wissen, dass sie an Kevin und andere gefallene Feuerwehrleute dachte.

„Hey", flüsterte ich einen Moment später.

Mit einem Blinzeln schaute sie auf.

Ich stieß mein Glas gegen ihres. „Auf einen Pizzaabend. In Sedona."

Sie verzog die Lippen zu einem dünnen Lächeln und erwiderte: „Darauf auch."

Wir sahen uns lange in die Augen und Wellen des Verständnisses schwappten zwischen uns hin und her. Wellen von allen möglichen Dingen, von denen Leute, die keine Brände bekämpften, keine Ahnung hatten. Wie Kummer, Schuld und Bedauern – und wie wir gelernt hatten, damit zu leben. Aber auch andere Dinge, wie der Schrecken – und der Nervenkitzel –, wenn man sich in unmittelbarer Nähe eines wütenden Waldbrandes befand.

„Manchmal vermisse ich es", flüsterte Abby nach ein paar Sekunden des Schweigens.

Ich wusste, dass ich es vermissen würde. So sehr ich die Ruhe der Nebensaison auch liebte, nach einer Weile juckte es mich wieder. Das war einer der Gründe, warum es mir nie gelungen war, jemanden zu finden, der bereit war, meine lange Abwesenheit auszuhalten – und meine Rastlosigkeit in der Nebensaison. Ich hatte noch nie eine Frau getroffen, die mich interessierte und die es verstand.

Bis ich Abby traf.

Aber, verdammt. Sie war eine Hexe, oder zumindest zum Teil Hexe.

Unsere Pizza wurde gebracht und unterbrach diese Gedanken – tatsächlich alle Gedanken, denn ich war völlig ausgehungert –, und wir stürzten uns darauf.

„Pass auf deine Finger auf, Claire“, gluckste jemand. „Falls dich diese beiden Biester aus Versehen beißen.“

Ich schluckte meinen Bissen Pizza hinunter und stand auf, wobei ich verspätet einen Hauch von Wolfsgestaltwandler wahrnahm.

„Ingo!“ Ich erhob mich, um ihm kurz auf die Schulter zu klopfen, und stellte mich dann der Blondine neben ihm vor. „Cooper.“

„Ich bin Pippa, Abbys Schwester. Und wow. Ich dachte, *sie* wäre diejenige mit dem Bärenhunger.“

Ja, das war mir aufgefallen. Wie ein Bär, der in einem verdorrten Wald sich selbst überlassen worden war.

„Halbschwester“, brummte Abby, obwohl die Blicke, die sie austauschten, voller Geschwisterliebe waren.

„Dieselbe Mutter, verschiedene Väter“, erklärte Pippa fröhlich, als sie sich neben Claire setzte.

„Sehr verschiedene“, murmelte Abby.

„Hallöchen, Claire. Ich habe dich vermisst!“, sagte Pippa und umarmte sie seitlich.

„Ich habe dich auch vermisst.“ Claire hielt ihr Pizzastück hoch. „Willst du mal abbeißen?“

„Lecker.“ Pippa biss behutsam hinein. „Danke, meine Süße.“

„Entschuldigt. Wir wollten nicht stören“, sagte Ingo.

Ich öffnete meinen Mund, aber Pippa kam mir zuvor. „Wir stören doch nicht, oder?“

Abby schaute mir in die Augen und ich spürte, wie sie innerlich seufzte, genau wie ich. Doch, sie störten. Aber es war natürlich nicht so, dass wir eine richtige Verabredung hatten. Oder?

Ich zeigte auf den Stuhl neben mir. „Ingo, setz dich.“

Er klopfte mir auf die Schulter. „Wir haben uns schon zu lange nicht gesehen, Mann.“

Ja, das stimmte. Wir verbrachten ein paar Minuten damit, uns auszutauschen, zu erklären, zu staunen. Nun, ich jedenfalls. Ingo war viel ausgeglichener als das letzte Mal, als ich ihn gesehen hatte – ausgeglichener im Sinne von *ruhiger* und im Sinne von *glücklich mit Pippa zusammen*. Wie sich herausstellte, lebten sie mit Abby und einer weiteren Halbschwester auf der Ranch, die Pippa und den beiden gehörte.

Ich hatte noch nie einen Grund gehabt, eifersüchtig auf Ingo zu sein, aber plötzlich war ich es. Und das nicht wegen der Ranch oder Pippa, so nett sie auch zu sein schien.

Pippa war eine Glaskünstlerin. Die dritte Schwester, Erin – war Heißluftballonpilotin. Abby war Schmiedin...

„Wir arbeiten alle gern mit Feuer", kicherte Pippa, als sie sah, wie ich versuchte, das Rätsel zu lösen.

Ich lächelte höflich, aber meine Gedanken waren ganz woanders. Waren alle drei Hexen?

Vor einer Woche hätte mir der Gedanke vielleicht noch den Appetit verdorben. Aber nachdem ich Abby kennengelernt hatte... nun, ich fing an, zu glauben, dass ich stattdessen Klischees gegenüber misstrauisch sein sollte.

Wir bestellten eine zweite Pizza und die Zeit verging wie im Flug. Aber als das Thema auf Ingos Arbeit kam...

Als Agent der ABDKS – der Agentur zur Beobachtung, Dokumentation und Kontrolle des Supernatürlichen – war das meiste seiner Arbeit geheim. Aber die Wirbelstörung war in aller Munde, also sprachen wir darüber.

„Abby sagte, dass ihr zwei auf den Airport Mesa gewandert seid", sagte Ingo und senkte seine Stimme.

Pippa verdrehte die Augen. „Jetzt fängt er schon wieder an. Du bist nicht im Dienst, schon vergessen?"

Er küsste sie auf die Wange. „Das stimmt, aber da es schwer ist, Cooper zwischen Bränden zu erwischen... "

„Okay. Du hast natürlich recht." Pippa seufzte. „Und mit Abby wirst du wohl auch darüber reden wollen, nehme ich an."

„Worüber reden?", fragte Claire.

Alle wurden plötzlich sehr, sehr still.

„Über wirklich langweiliges Zeug", sagte Pippa schließlich. „Wie wäre es, wenn wir beide nach Hause gehen und ein paar Brownies backen, während die Jungs über die Arbeit reden? Deine Mutter kann später zu uns stoßen."

„Juhu! Brownies!" Claire sprang auf.

Abby schaute mich an, dann Ingo und spitzte die Lippen. Dann nickte sie und stand auf, um Claire und Pippa zu verabschieden.

„Wir sehen uns morgen, Cooper!" Claire winkte.

Ich grinste und winkte zurück. „Bis morgen."

Pippa beugte sich vor und Ingo gab ihr einen langen, anhaltenden Kuss.

Abby verdrehte die Augen. Claire kicherte. Ich tat mein Bestes, um meinen Bären davon abzuhalten, sich diese Art Kuss mit Abby vorzustellen.

Was keinen Sinn ergab, aber...

Es ist genauso, wie Mom sagt, brummte mein Bär fröhlich. *Liebe muss keinen Sinn ergeben.*

Liebe, was?

Schicksal, brummte mein Bär.

Je mehr Zeit ich mit Abby verbrachte, desto sicherer war ich mir dessen. Aber wohin würde uns das Schicksal führen?

Ich schaute zu, wie sie gingen. Abby würde in einer Minute zurück sein, aber mein Herz folgte ihr trotzdem. Ich schluckte, als sich die Tür schloss, und dann fiel mir Ingo wieder ein.

Ich drehte mich schnell um und sah, wie er mich anstarrte.

Ich griff nach meinem Getränk, versteckte mich halb dahinter und winkte in Richtung Tür. „Claire ist ein süßes Mädchen."

„Die beste", murmelte er und musterte mich immer noch. Dann gluckste er. „Zuerst konnte ich nicht glauben, dass sie mit Abby verwandt ist."

Mir ging es genauso, aber mein Herz zog sich trotzdem vor Kummer zusammen.

„Ja. Abby ist etwas..." Ich verstummte. *Mürrisch? Ungeduldig? Unfähig zu kooperieren?*

Aber die Adjektive, die ich vor einer Woche vielleicht noch benutzt hätte, erschienen mir jetzt hart und abwertend.

„Eine harte Nuss", sagte ich schließlich.

Ingo lachte. „Ja, wenn Nüsse aus Stahl wären. Aber sie ist in Ordnung, wenn sie dich erst einmal hereingelassen hat. Im Gegensatz zu Pippa hatte sie es als Kind ziemlich schwer, also..." Er winkte vage durch die Luft.

Ich spitzte die Ohren. „Sie sind nicht zusammen aufgewachsen?“

Er schüttelte den Kopf. „Ihre Mutter ist abgehauen, als sie noch klein waren, und hat die Väter mit den Töchtern allein gelassen. Pippas Vater ist Greg Martin – erinnerst du dich an ihn, der Kommandant der Dakota Creek Crew?“

Ich nickte. War das der Großvater, von dem Claire sprach?

„Erins Vater ist auch super. Aber Abbys...“ Ingos säuerlicher Gesichtsausdruck sprach Bände. „Ich schätze, sie hatte nicht so viel Glück.“

Ich warf einen Blick zur Tür und setzte die Puzzleteile langsam zusammen. All die geretteten Tiere, die Claire erwähnt hatte. Der gequälte Blick, der manchmal in Abbys Augen schien. Die Art, wie sie ihr Essen hinunterschlang...

Ich nahm mir vor, meinen Eltern zu sagen, wie sehr ich sie schätzte.

„Aber sie ist eine großartige Mutter“, schloss Ingo in einem heiteren Ton. „Ich habe das Gefühl, sie wäre wie Claire gewesen, wären die Dinge anders gelaufen.“

„Sie ist großartig“, stimmte ich zu. Und nicht nur als Mutter.

Aber, verdammt. Ihre eigene Mutter hatte sie im Stich gelassen?

Ich beugte mich vor und flüsterte: „Ist ihre Mutter eine Hexe?“

Ingo lachte trocken. „Die Frau ist ein Albtraum, aber nein, keine Hexe. Eine Drachengestaltwandlerin.“

Ich machte große Augen. „Was ist mit Abbys Vater? Ein Hexenmeister?“

Ingo zuckte mit den Schultern. „Keine Ahnung.“ Dann kniff er die Augen zusammen. „Hast du ein Problem mit Hexen?“

Ich öffnete den Mund, um zu widersprechen, hielt dann jedoch inne. Hatte ich das?

„War nur eine Frage“, sagte ich ein wenig lahm.

Ingo schaute mir bohrend in die Augen. „Pippa ist Pyromagierin, so wie Greg. Eine Feuertänzerin, um genau zu sein.“

Meine Kinnlade klappte auf. Ich hatte von Feuertänzern gehört, jedoch noch nie einen in Aktion gesehen. Ich hatte es auch nie gewollt. Aber wenn Ingo Pippa vertraute – verdammt, wenn er sie liebte und eine Ranch mit den drei Schwestern teilte...

„Sie sind super", versicherte Ingo mir. „Die andere Schwester, Erin, ist eine Windflüsterin und ihr Vater ein Wettermacher".

Ich starrte ihn an.

„Wirf all deine Vorurteile über Hexen und Hexenmeister über Bord, Cooper", mahnte er. „Genauso, wie wir uns wünschen, dass die Leute ihre Ansichten über Gestaltwandler über Bord werfen."

Ein gutes Argument. „Entschuldige. Ich verstehe es... langsam. Es ist nur schwer, nicht auf der Hut zu sein, schätze ich."

Ingo schnaubte. „Es ist ja nicht so, dass sie dich in einen Frosch verwandeln würde."

Ich lachte trocken. „Hoffen wir einfach, dass sie ihre Magie nur ins Metall einfließen lässt."

Ingo gluckste, dann wurde er ernst. „Nun, ich bin froh, dass du bei ihr in der Werkstatt bist. Nur für den Fall, dass Jay beschließt, eine Nummer abzuziehen."

Mein innerer Bär fuhr bei der Erwähnung von Abbys Ex die Krallen aus. „Meinst du, das wird er?"

Ingo zuckte mit den Schultern. „Schwer zu sagen. Ich habe den Kerl nie getroffen. Pippa und Erin sind sich einig, dass er ein Arschloch ist, aber... nun ja, diese Schwestern..." Er grinste liebevoll. „Wenn sie sich über etwas ärgern, ärgern sie sich. Man sollte sich nicht mit ihnen anlegen."

So viel hatte ich bereits verstanden. Und verdammt. Abby hoch drei...

Die Tür der Pizzeria schwang auf und Abby kam wieder herein.

Ich lehnte mich zurück, um nicht den Eindruck zu erwecken, als hätten wir heimlich getuschelt, obwohl es durchaus der Fall war.

Abby rutschte in die Sitzecke und ich drehte den Pizzateller so, dass sie sich das letzte Stück nehmen konnte.

„Also, diese Störung am Airport Mesa...", erkundigte sich Ingo.

Abby kaute immer noch, also nickte sie mir zu, dass ich das Reden übernehmen sollte.

„Wir waren vor ein paar Tagen dort oben", sagte ich. „Die Erde war um den Wirbel herum ausgegraben worden... " Abby murmelte etwas und deutete mit ihrem Ellbogen.

„Genau", korrigierte ich mich und las ihre Zeichensprache. „Am echten Wirbel nicht die Stelle, zu der die ganzen Touristen gehen. "

„Und?" Ingo machte eine ungeduldige Handbewegung.

Ich zeichnete einen Halbkreis auf mein Platzdeckchen. „Jemand hat so eine geschwungene Linie gegraben und die Spuren sahen so aus, wie ein Pulaski sie hinterlassen würde. "

Ingo runzelte die Stirn und Abby zeigte auf mich.

„*Genau* wie ein Pulaski", betonte ich.

Ingo hob die Augenbrauen, als er erst mich und dann Abby ansah. Er schaute mich mit einem Ausdruck an, der fragte: *Du kannst dieses Gemurmel tatsächlich verstehen?*

Natürlich. Konnte er es nicht?

Er musterte uns beide noch einen Moment, dann fuhr er mit seinem Verhör fort. „Wirklich genauso? "

Abby machte eine hackende Handbewegung, während ich die Worte ergänzte: „*Ganz* genauso. Ich würde Geld darauf wetten, dass diese Spuren von einem Pulaski stammten. "

„Aber wie... " Er verstummte kurz und beugte sich dann vor. „Ihr glaubt, es war die Axt, die aus der Feuerwache gestohlen wurde? "

Wir nickten beide.

„Die Glücksaxt?" Ingo hob seine Hände zu Gänsefüßchen in die Luft.

Wir nickten erneut.

„Die Glücksaxt, die du hergestellt hast?" Er starrte Abby an.

Sie schluckte, dann nickte sie langsam.

„Die Glücksaxt, die jemand gestohlen hat", fügte ich nur zur Sicherheit hinzu.

Ingo starrte Abby an. So fest, dass ich sehen konnte, wie sie zusammenzuckte.

„Es tut mir leid, Abby, aber ich muss das fragen. Welche Magie hast du in diese Axt gewebt?" Er klang ein wenig ängstlich in Bezug auf die Wahrheit.

So wie ich.

„Keine!", platzte Abby heraus, dann ließ sie den Kopf hängen. „Nichts Absichtliches. Ich schwöre es!"

Ich hatte noch nie jemanden gesehen, der so zerrissen war, obwohl ich genauso fühlte.

Als Kind hatte man mir beigebracht, Magie unter allen Umständen zu meiden. Aber man hatte mir auch beigebracht, mich für das Richtige einzusetzen. Für die Wahrheit zu kämpfen, auch wenn es wehtat. Zu helfen, zu schützen und selbstständig zu denken.

Und einfach so kippte meine mentale Waage.

Ich ertappe mich dabei, dass ich Ingo anknurrte. *Hör ihr zu.*

Er zog die Augenbrauen hoch, aber dann nickte er langsam.

Wir warteten beide und gaben Abby Zeit und Raum.

Die ganze Zeit über knurrte mein Bär vor sich hin und erinnerte mich an eines: *Was auch immer sie sagt, du musst ihr auch zuhören.*

Kapitel 12

ABBY

Ich rutschte auf meinem Sitz hin und her und wünschte, ich wäre nicht so abwehrend gewesen. Aber dafür gab es einen triftigen Grund. Ich war schuldig im Sinne der Anklage, wenn auch ungewollt.

Ich ließ meinen Kopf im gleißenden Scheinwerferlicht von Ingos fragenden Augen hängen. „Nichts, wovon ich wusste. Das schwöre ich!"

„Es ist keine Anschuldigung, Abby." Seine Stimme war sanft, sogar entschuldigend. „Ich versuche nur zu verstehen, was vor sich geht."

Damit waren wir schon zu zweit. Oder zu dritt, wenn man bedachte, dass Cooper ebenfalls gespannt dasaß.

Ich starrte eine lange Zeit auf meine Hände und hoffte halb, Ingo würde das Thema fallen lassen. Aber es war richtig, dass er die Frage stellte, und ich wusste es. Claire hatte auch recht damit, dass Reden besser war, als sich zu verstellen.

Ich warf Cooper einen Blick zu. Wenn er über schwierige Dinge reden konnte, könnte ich es vielleicht auch.

Ich atmete tief durch und fing sehr, sehr leise an, zu reden.

„Ich habe Magie. Ich weiß, dass ich welche habe. Aber ich habe stets mein Bestes getan, um sie zu unterdrücken."

Cooper nickte zustimmend, während Ingos Blick verständnislos war.

„Warum würdest du sie nicht benutzen?"

„Weil sie von meinem Vater stammt und ich mich weigere, ihm in irgendetwas ähnlich zu sein. In keinerlei Hinsicht. Koste es, was es wolle." Meine Stimme brach ein wenig. Dann streckte ich mein Kinn nach vorn. „Wenn du ihn kennen würdest, würdest du es verstehen."

Zu Ingos Ehre sei gesagt, dass er nicht nachfragte. Er sah jedoch so aus, als wollte er es wirklich gern.

Und, verdammt. Ich brannte darauf, es zu erklären. Ich wollte es mir endlich von der Seele reden. *Meine Mutter ist abgehauen, als ich noch ein Baby war, und im Gegensatz zu meinen Schwestern hatte ich keinen tollen Vater, der die Lücke füllte.*

Es gab viele Lücken. Abgründe, um genau zu sein.

Aber das alles auszuführen, würde bedeuten, zu jammern, und ich hatte mir geschworen, nicht länger verbittert zu sein. Claire hatte etwas Besseres verdient. Also blieb ich beim Kern der Sache.

„Aber manchmal sickert ein wenig Magie durch. Sogar, ohne dass ich es merke. So muss es gewesen sein, als ich die Axt für Kevin geschaffen habe." Ich schluckte. „In letzter Zeit passiert es häufiger."

Coopers Gesichtsausdruck war unmöglich zu entschlüsseln, und ich sehnte mich danach, seine Gedanken zu lesen.

Ingo beugte sich näher heran. „Welche Art von Magie?"

Ich schaute ihm in die Augen. Wie viel wagte ich, einem Mann zu verraten, dessen Job es erforderte, über supernatürliche Aktivitäten zu berichten? Andererseits war Ingo ein guter Mann, der sich entschieden hatte, über ein paar Dinge hinwegzusehen, wenn es um die Interessen unserer Familie und nicht die Interessen seines Jobs ging. Aber wie viel konnte er sich erlauben, durchgehen zu lassen?

„Elementarmagie", flüsterte ich schließlich. „Du weißt schon – Erde, Luft, Feuer, Wasser."

„Alle vier?", fragte Cooper mit schmerzverzerrtem Gesicht.

Oh, ich stieß hier definitiv an seine Grenzen.

„Nur Erde… und ein kleines bisschen Feuer." Ich tat mein Bestes, um es unbedeutend klingen zu lassen.

„Erde, wie… ?", fragte Cooper.

„Lass mich raten", warf Ingo ein. „Metalle."

Ich nickte und hielt meinen Blick gesenkt.

„Ein Hephto… ähm, Hephaisto…“ Ingo kämpfte mit dem offiziellen Begriff.

„Hephaistid“, flüsterte ich.

Das Wort leitete sich von Hephaistos ab, dem griechischen Gott des Feuers, der Schmiedekunst und der Essen. Mir gefiel der Gedanke an einen Gott, der nur den Schmieden gewidmet war, aber ich hatte stets abgestritten, solche Kräfte zu besitzen.

Bis in jüngster Vergangenheit.

Ingo senkte die Stimme zu einem Flüstern. „Du glaubst also, dass in die Axt, die du geschmiedet hast, etwas Magie eingeflossen ist?“

„So muss es sein“, gab ich zu.

Über die Jahre hinweg hatte ich eine innere Mauer gegen die Magie errichtet, die in mir pulsierte. Aber etwas sickerte hindurch, vor allem, wenn ich mich aufregte. Und ich war an dem Tag, als ich Kevins Axt geschaffen hatte, definitiv aufgewühlt gewesen.

Aber in letzter Zeit war die Magie freier geflossen. Und verdammt. Was sagte das über die Äxte aus, die ich jetzt herstellte? Ich beabsichtigte nur, dass sie bei der Brandbekämpfung effektiv wären – aber was, wenn sie jemand für einen anderen Zweck benutzte?

Glücklicherweise schien Ingo sich auf Kevins Axt zu konzentrieren… für den Moment.

„Also, wozu genau ist diese Axt fähig?“, fragte er.

Ich biss mir auf die Lippe. „Ich bin mir nicht sicher.“

Schweigen lastete schwer wie Blei auf uns.

Schließlich lehnte sich Ingo zurück und schenkte mir ein knappes Lächeln.

„Eines der vielen Dinge, die ich von Pippa gelernt habe, ist, wann man Feierabend machen sollte.“ Er griff nach der Rechnung, bezahlte trotz unserer Proteste den gesamten Betrag und beugte sich dann wieder ernst vor. „Danke für die Informationen. Ich übernehme ab hier.“ Er warf mir einen vielsagenden Blick zu. „Das ist jetzt mein Fall, okay?“

Ich hasste es, wenn Männer mir sagten, wie ich mein Leben zu führen hatte. Aber Ingo hatte meine Schwester vor Vampiren gerettet. Er hatte geholfen, unsere Ranch zu retten. Er würde sein Leben für meine Tochter riskieren, das wusste ich.

Außerdem war ich eine Schmiedin. Er war ein Agent in der übernatürlichen Strafverfolgung. Es war ziemlich offensichtlich, in wessen Zuständigkeitsbereich dies fiel.

Also, kein Protest. Nur ein leicht gezwungenes Nicken.

Ingo stand auf, um zu gehen, und wir folgten ihm. Draußen klopfte er Cooper freundschaftlich auf die Schulter. Die Wucht hätte mich taumeln lassen, aber Cooper bewegte sich kaum.

„Wir sollten uns öfter treffen", stimmte Cooper zu. „Du weißt schon, um die Gelegenheit zu nutzen, solange wir können."

Ingo riss die Augenbrauen in die Höhe. „Du hast nicht vor, länger als die Feuersaison zu bleiben?"

Das Herz schlug mir bis zum Hals.

Cooper schaute mich an und ein Tsunami von Emotionen wirbelte zwischen uns hin und her. Dann riss er seinen Blick von mir los und ich starrte auf meine Stiefel.

„Ich schätze, das werden wir sehen", war alles, was er sagte.

„Nur fürs Protokoll, ich spreche mich dafür aus, dass du bleibst." Ingo gluckste.

Ich stimmte auch dafür, obwohl ich es im Gegensatz zu Ingo nicht aussprach.

Ingo fuhr mit einem Winken davon und ließ mich allein auf dem dunklen Parkplatz zurück. Nun ja, mit Cooper, aber dunkle Gedanken zogen mich in eine einsame Höhle des Zweifels.

Warum sich jemand an den Wirbeln zu schaffen machte, wusste ich nicht. Aber sie hatten die Axt benutzt, die ich geschmiedet hatte, also war es teilweise meine Schuld. Ich hatte Magie in diese Axt geschmiedet. Magie mit einer dunklen Seite fürchtete ich, trotz des Glücks, das sie gebracht hatte. Dunkle Magie, die sich jetzt jemand zunutze machen wollte. Aber wer? Wie? Warum?

Die Fragen stürmten auf mich ein wie ein Hagel von durchdringenden Pfeilen von allen Seiten... außer von einer. Von der Seite, auf der Cooper stand.

Als er meinen Arm berührte, blinzelte ich. Und zeitweilig wurde mir warm. Ich fühlte mich geborgen. In dem Sturm meines inneren Aufruhrs hielt mir jemand den Rücken frei.

Ein sehr großer, ausgesprochen knallharter Jemand. Jemand, der sich sorgte.

Ich schluckte bei diesem ungewohnten Gefühl und schaute dann auf.

„Mach dich deshalb nicht verrückt", murmelte er.

Ha. Seit wann waren Bären so gut im Gedankenlesen?

Ich brachte ein dünnes Lächeln zustande. „Die Gewohnheit ist schwer zu brechen."

In dem Moment, als ich dies sagte, zuckte ich zusammen. Gott, das klang so verdammt... schwach.

Ein paar stille Sekunden verstrichen, dann kam etwas völlig Unerwartetes.

Eine Umarmung.

Eine große, vorsichtige Umarmung, denn Cooper kannte mich inzwischen. Mit langsamen, sanften Bewegungen zog er mich in die wärmste, sicherste, undurchdringlichste Umarmung der Welt. Ich rutsche hinein, wie ich in einer warmen Sommernacht in den Bach rutschen würde.

In der einen Sekunde war ich so gespannt wie ein Bogen. Dann atmete ich aus.

Und atmete aus und aus und ließ alles los. Alles außer dem Gefühl seines weichen Flanellhemds... dem sauberen, holzigen Duft... seinem gleichmäßig schlagenden Herzen.

Mein Puls wurde langsamer, um sich seinem anzupassen. Ich schmiegte mich näher... und näher an ihn. So wie ich mich fühlte, wenn ich mich mental im Feuer verkroch, um mich vor der Realität zu verstecken, fühlte ich mich jetzt auch. Mit dem Unterschied, dass das Feuer gefährlich knisterte und mich von der Welt abschnitt. Aber diese Umarmung – diese Bärenumarmung – zog mich an einen friedlichen, freundlichen Ort, an dem ich nicht allein war.

Dann, *summ!* Ein Auto raste auf der benachbarten Straße vorbei und hupte einen Lastwagen an. Innerhalb von Sekunden waren sie verschwunden, aber wir lösten uns langsam voneinander.

Ich holte tief Luft und hätte mich gern wieder in Coopers Arme geschmiegt. Stattdessen trat ich einen Schritt weg und strich dabei mit den Händen über seine Arme.

„Ähm, danke. Das habe ich gebraucht", gab ich zu und versuchte, ihm nicht in die Augen zu sehen.

Es gelang mir nicht, und ich war froh darüber, denn sie waren wie zwei leuchtende Goldmünzen, ein unerwarteter Schatz in diesem kleinen Abenteuer eines abendlichen Ausflugs.

„Ich helfe gern", brummte er leise.

Ich beobachtete das Leuchten seiner Augen – und wow, das Funkeln – während der nächsten langen, stillen Minute und prägte mir das Wunder des Ganzen genau ein.

Dieser Mann war nett gewesen, einfach so. Er hatte meinen Moment der Schwäche nicht ausgenutzt. Er hatte mir geholfen, ihn zu überwinden.

Ich räusperte mich und löschte das Dankeschön, das mir auf der Zunge lag. Das hatte ich doch schon gesagt, nicht wahr?

„Zeit zu gehen, denke ich." Er deutete mit einer Geste zu seinem Wagen, die mich aufforderte, mir etwas Besseres einfallen zu lassen.

Ich hatte dutzende Ideen, aber ich konnte keine davon aussprechen. Also gingen wir los.

Ich ärgerte mich die ganze Rückfahrt zur Feuerwache, wo wir aus seinem Pickup schlüpften und neben meinem Auto stehen blieben.

Letzte Chance, schrie eine Stimme in meinem Kopf.

Ich spitzte die Lippen. Cooper schob die Hände in die Taschen. Keiner von uns wollte, dass dieser Abend endete, aber die Gewohnheit trieb uns vorwärts.

„Danke. Das war wirklich nett." Seine Stimme war leise und kontrolliert, aber seine Augen glühten immer noch.

Ich nickte. „Ja, das war es."

Ich wollte nicht gehen. Ich wollte nicht, dass dieser Abend ausklang.

„Schön, dass du heil zurückgekommen bist", sagte ich und versuchte, es zu überspielen. „Ich meine, ihr alle. Ich meine. . ."

Seine Mundwinkel zuckten und die Augen funkelten. „Ich bin auch froh."

Ich umklammerte meinen Schlüsselbund und erinnerte mich an all die schlechten Entscheidungen, die ich je getroffen hatte. Ich sagte mir, dass ich in mein Auto steigen und wegfahren sollte, und zwar schnell.

Meine Lippe bebte, als ich aufschaute – und auf und auf.

„Ich sollte besser gehen", flüsterte ich, rührte mich aber nicht von der Stelle.

„Ich denke, das solltest du", murmelte er, genauso leise und unbeweglich wie ich.

Ich nickte, denn ja. Wir waren uns einig.

Wir waren uns auch noch über etwas anderes einig, wie sich herausstellte. Zum Beispiel über einen Kuss.

Denn anstatt zu gehen, streckte ich mich auf die Zehenspitzen und schlang meine Arme um seinen Hals. Cooper senkte den Kopf im selben Moment hinab und unsere Lippen trafen sich.

Meine Seele seufzte und jeder Muskel entspannte sich – außer denen, die meine Lippen über seine tanzen ließen. Geben. Nehmen. Erforschen. Dann meldeten sich ein paar andere Muskeln und ließen meine Hände über seinen breiten Rücken streicheln.

Unsere Nasen stießen aneinander, also neigte ich den Kopf. Und oh. Das war sogar noch besser. Wärmer. Fester, dann weicher, als meine Lippen das kleine Stück Haut erreichten, das von seinem Bart umrandet wurde. Dann schmiegte ich meine Wange an seinen Bart und das Prickeln war genau richtig.

Ich umfasste sein Gesicht und vertiefte den Kuss. Ein fantastischer, verwirrender Kuss. Kein Feuerwerk, kein Stoß der Lust. Nur ein Gefühl von Richtigkeit. Verbundenheit. Zu Hause.

Cooper murmelte etwas, veränderte den Winkel und wow. *Da* war der Stoß der Lust. Ich ließ meine freie Hand über seinen Rücken gleiten und presste mich näher an ihn. Und ja. *Da* war auch das Feuerwerk.

Das volle Programm. Alles, was ich je mit Jay gefühlt hatte, aber mehr – viel mehr – ohne die Warnsignale.

Heißes, pulsierendes Verlangen schoss durch meine Adern und Cooper gab einen kleinen, erstickten Laut von sich. Ich drängte mich vor und spürte, wie er hart wurde. Ich wollte das, genau das. Brauchte es…

Dann versteifte ich mich, als ich mich an Claire erinnerte, die zu Hause auf mich wartete.

Ich neigte mein Kinn leicht, unterbrach den Kuss, blieb aber nah. Etwa eine Minute lang keuchte ich an seiner Brust, und er hielt mich ununterbrochen fest.

„Claire…", flüsterte ich und fragte mich, ob es eine Ausrede war.

Nur noch ein wenig länger, würde ein Mann wie Jay sagen. *Sie kommt doch zurecht.*

Cooper nickte und bewies damit, dass er kein solcher Mann war.

„Du musst sie ins Bett bringen, ja?", sagte er und respektierte, dass die abendliche Gute-Nacht-Geschichte für Claire wichtig war.

Ich wich zurück und nickte. „Und ihr eine Geschichte vorlesen."

Er grinste. „Dann noch eine und noch eine…"

Ich lachte. Junge, er wusste, was Sache war.

„Immer noch eine mehr für sie", sagte ich.

Er lächelte, dann zog er mich in eine kurze Umarmung. „Lies ihr eine für mich vor. Vielleicht etwas über einen Bären?"

Ich dachte über unsere Möglichkeiten nach. „*Gute Nacht, Mond* hat einen Bären."

„Das wird reichen." Im gedämpften Universum seiner Umarmung spürte ich, wie sich seine Brust seufzend hob und senkte. Dann ließ er mich sanft los. „Wir sehen uns morgen."

Mein Herz stockte bei dieser Erinnerung an die reale Welt, in der ich auf der Hut sein musste. Ein Ort, an dem ich ungeduldig und verärgert sein musste. Wo ich bissige Bemerkungen machen musste, damit jeder wusste, dass man sich nicht mit mir anlegen durfte. Wo ich…

Ich unterbrach mich. Musste ich das wirklich? Diese Parallelwelt war ein viel freundlicherer, sanfterer Ort. Aber auch ein gefährlicher Ort, denn der ausgelöste Schmerz, wenn ich meine Deckung fallen ließ, wäre viel, viel schlimmer.

Ich trat schnell zurück und sprang fast in mein Auto.

„Tschüss", flüsterte Cooper und drehte sich zur Seite.

Ich winkte, unfähig, wegen des Kloßes in meinem Hals zu sprechen. Dann fuhr ich los.

∞∞∞∞

„Nun, das hat Spaß gemacht", sagte Pippa, als ich wieder nach Hause kam. Claire war bereits in ihrem Meerjungfrauenschlafanzug im Bad und machte sich bettfertig. Dann wackelte Pippa mit den Augenbrauen. „Und wow. Wenn es Ingo nicht gäbe, würde ich mich auf *jeden* Fall an Cooper ranmachen."

„Ach ja? Ich schätze, das ist mir nicht aufgefallen."

Sie schnaubte. „Ha. Es ist dir aufgefallen, und du weißt es selbst. Ich habe gesehen, wie dein ganzer Körper auf ihn reagiert hat. Und die verliebten Blicke, die du ihm zugeworfen hast..."

„Ich habe ihm keine verliebten Blicke zugeworfen!"

Aber, verdammt. Meine Wangen wurden heiß und ich sehnte mich immer noch nach ihm.

„Fast hätte ich dich angerufen, um anzubieten, dass Claire bei uns übernachten kann. Du weißt schon, damit du und Cooper..."

Ich unterbrach sie, bevor sie genau das aussprechen konnte, worum sich meine Fantasien gedreht hatten.

„Nicht nötig. Nicht jetzt und niemals", knurrte ich.

Ich hasste es, wie Pippas Blick mich bemitleidete.

„Schon gut, schon gut", wiegelte sie schnell ab und bemühte sich um einen leichteren Tonfall. „Schönen Abend noch." Sie wünschte Claire eine gute Nacht und ging dann zur Tür, wo sie innehielt.

Ich machte mich auf schwesterliche Ratschläge gefasst – irgendetwas in der Art von *Man lebt nur einmal* oder solch ein Unsinn.

Aber Pippa deutete auf den Tisch. „Oh – Erin hat die Post abgeholt. Da ist ein Brief für dich."

Mit diesen Worten ging sie in die Nacht hinaus. Ich lauschte, wie sich ihre Schritte langsam entfernten, als sie auf die umgebaute Scheune zuging, in der sie und Ingo wohnten.

„Ich bin so weit, Mom!", rief Claire die Treppe hinunter.

„Ich komme gleich, mein Schatz", antwortete ich und griff nach dem Brief. Etwas, das offiziell aussah. Vielleicht von Claires Schule? Oder eine Rechnung?

Anwaltskanzlei Watson, Hernandez und Gray stand auf dem bedruckten Umschlag.

Ich runzelte die Stirn. Was war das jetzt? Irgendetwas über unseren Grundstückswert oder Wasserrechte?

Ich zog den Brief heraus und fing an zu lesen. *Sehr geehrte Ms. Carson...*

Sekunden später blieb mir der Atem weg und meine Knie zitterten.

Unsere Kanzlei vertritt Mr. Jay Wilson in Angelegenheit um das Sorgerecht und Wohlergehen Ihrer Tochter...

Jegliches Blut wich aus meinen Wangen.

Mr. Wilson hat sich entschieden, das gemeinsame Sorgerecht einzuklagen...

Nur über meine Leiche! hätte ich fast geschrien, als ich die nächsten Teile im Schnelldurchlauf überflog.

... Antrag wird vorbereitet... beim Familiengericht eingereicht... vorgeschlagener Sorgerechtsplan...

Meine Hände zitterten. Wie konnte das passieren?

Mr. Wilson wünscht, eine Sorgerechtsregelung zu treffen, die sicherstellt, dass er aktiv an Claires Leben teilhaben und ihr Liebe, Anleitung und Unterstützung geben kann...

Unterstützung, von wegen. Jay war pleite. Und Liebe? Jay liebte nur sich selbst. Was Führung anging, würde ich ihm nicht einmal zutrauen, ein blindes Pferd aus einem Graben zu führen. Der Mann hatte noch nie Interesse an Claires Wohlergehen gezeigt. Warum also jetzt?

Das Papier knitterte unter meinem Griff, als ich die letzte Zeile las.

Wir danken Ihnen für Ihre Aufmerksamkeit in dieser Angelegenheit und hoffen, eine Lösung zu finden, die in Claires bestem Interesse liegt.

Claires bestes Interesse war es, gerade genügend Kontakt zu ihrem biologischen Vater zu haben, um zu verstehen, warum sie ohne ihn besser dran war. Und das hatte sie bereits getan.

Unter der Unterschrift befand sich der Hinweis auf eine Anlage.

Anlage: Absichtserklärung zur Beantragung des Sorgerechts.

Mein Puls raste. Scheiße. Meinte Jay das ernst?

„Kommst du?", rief Claire vom oberen Ende der Treppe.

Ich schob den Brief hinter meinen Rücken. Sie konnte ihn von dort, wo sie stand, nicht sehen, aber ich war so in Panik.

„Ja. Ich komme."

Ich stopfte den Brief in ein hohes Regal und ging nach oben, um eine Gutenachtgeschichte zu lesen. *Gute Nacht, Mond*, mit besonderer Betonung auf den Bären. Nach außen hin war ich die ruhige, liebevolle Mutter, die Claire kannte, und reimte Zeilen wie *Raum* und *Kletterbaum*... *Matsch* und *Platsch*... *Kätzchen* und *Tätzchen*...

„Bär und Claire", kicherte sie.

Ich umarmte sie ganz fest.

Innerlich war ich wütend – und meine Gedanken überschlugen sich. Jay hatte kein Geld, um einen Anwalt anzuheuern. Er hatte auch nicht das Interesse.

Hatte er von einer Erbschaft erfahren, die mit der Bedingung verbunden war, dass er sein Leben endlich in Ordnung brachte?

Ausgeschlossen.

Hatte er Gott gefunden und entschieden, für sein Verhalten Buße zu tun?

Das bezweifelte ich wirklich sehr.

Für Jay musste etwas dabei herausspringen – und dieses *Etwas* war nicht die Freude an Claires Gesellschaft. Etwas Greifbares, wie Geld. Genug, um die Kosten für einen Anwalt wieder hereinzuholen.

Aber was? Warum?

„Gute Nacht, alle und überall", half Claire mir, die Geschichte zu beenden. Dann umarmte sie Roscoe. „Gute Nacht, Roscoe. Gute Nacht, Mommy."

„Gute Nacht, Baby. Träume süß."

Sie lächelte. „Wirst du mir einen schönen Traum weben?"

Ach, wenn ich das nur könnte.

Ich stand auf und küsste sie. „Ich werde mir Mühe geben, Schatz.“

Kapitel 13

ABBY

Eine nervenaufreibende Woche verging und die Metallschmiede war meine einzige Zuflucht. Wenn doch nur der Rest der Welt ein Ort wäre, an dem Probleme mit ein paar Hammerschlägen gelöst werden könnten.

Die Werkstatt war der Ort, an dem ich glücklich war. Dort konnte ich alles kontrollieren, von der Temperatur meiner Feuerstelle bis zur Anzahl und Kraft der Hammerschläge, mit denen ich die Äxte formte.

Bei der Arbeit konnte ich vortäuschen, es gäbe die Außenwelt nicht.

Außerdem hatte ich dort den weltweit besten Assistenten. Cooper, der mir beigebracht hatte, welch gute Gesellschaft ein Bärengestaltwandler sein konnte. Mit ihm war es leicht, mich in einem gleichmäßigen Rhythmus zu verlieren.

Bumm!

Bäng!

Bumm!

Bäng!

„Hoch", murmelte ich.

Er schlug noch einmal zu, dann wartete er, während ich das Metall wieder aufwärmte.

Wir hatten in den vergangenen Tagen einen perfekten Rhythmus gefunden. So perfekt, dass wir kaum sprachen – auf eine gute Art. Stattdessen kommunizierten wir mit unseren Augen. Mit Hammerschlägen. Mit leisen, kaum wahrnehmbaren Gesten. So gut waren wir aufeinander eingespielt.

Auf der anderen Seite waren unsere Körper ein wenig zu gut in der stillen Kommunikation. Jedes Mal, wenn wir uns berührten, wurde mein Körper heiß. Jedes Mal, wenn ich innehielt, um mir den Schweiß abzuwischen, schossen mir Bilder einer anderen heißen und schweißtreibenden Aktivität durch den Kopf. Jedes Mal, wenn Cooper sich mir näherte, kribbelten meine Zehen. Einmal stieß ich mit dem Rücken direkt gegen seinen Unterleib, und ein wilder, ungezähmter Teil in mir winselte, bevor ich einen Schritt zurücktrat.

„Oh, ich sollte dich warnen", sagte Cooper irgendwann. „Meine Mutter ist heute auf Durchreise und kommt vielleicht vorbei, um Hallo zu sagen." Er zog ein Gesicht, als wäre es ihm sehr, sehr peinlich.

„Deine Mutter, was?"

Er errötete. „Ja, weil ich ihr *große Freude bereite*." Er hob seine Finger zu Gänsefüßchen in die Luft. „Ich werde es so kurz wie möglich halten."

Ha. Ich erkannte einen guten Sohn, wenn er von mir stand.

„Oh, und tu mir einen Gefallen", fuhr Cooper fort.

Ich neigte den Kopf.

„Versprich mir, dass du alle Spitznamen, die du vielleicht hörst, aus deinem Gedächtnis verbannst."

Ich brach in Gelächter aus. Vielleicht freute ich mich sogar darauf.

„Keine Versprechen."

Er grinste und wir machten uns wieder an die Arbeit.

Als eine Stunde später die Glocke über der Ladentür läutete, drehte ich mich um und erwartete, Coopers Mutter zu sehen – eine gestandene Frau mit warmen, braunen Augen und einem leichten Lächeln, genau so wie er.

Stattdessen entdeckte ich einen großen, drahtigen Mann mit langem, silbernem Haar, das zu einem lockeren Pferdeschwanz gebunden war.

Sein Blick traf mich wie ein Schlag, und ich schwankte zurück. Dann schritt er mit seiner gebieterischen Präsenz auf mich zu. Matt, Pablo und Bob wichen zurück und starrten nur. Das war auch gut so – denn so bemerkten sie nicht, dass kleine Metallteile in der Werkstatt nach vorne zischten, um ihrem Meister zu huldigen.

Oder genauer gesagt, meinem Vater.

Wäre Ingo hier gewesen, hätte er vielleicht geflüstert: *Hexenmeister. Hephaistid.*

Walt öffnete seine gläserne Bürotür, wagte sich aber nicht heraus. Louie auch nicht, so gern er auch knurrte und bellte. Die einzigen beiden Seelen, die sich nicht instinktiv zusammenkauerten, waren Cooper und ich.

Ich hielt meinen Hammer fest umklammert an meiner Seite. Cooper sträubte sich und ein Hauch von Moosduft wehte durch den Laden. Er war so kurz davor, sich zu verwandeln.

„Abby." Mein Vater grinste und schritt auf mich zu.

Das Grinsen galt nicht mir, sondern meinem Namen – dem einzigen Teil von mir, auf den mein Vater stolz war. Abby, wie Edward Abbey, einer der wenigen Menschen, die mein Vater bewunderte. Er fand es auch toll, dass wir unseren Nachnamen zufällig mit Rachel Carson, der wegweisenden Umweltschützerin, gemeinsam hatten.

Ja, in dieser Hinsicht war mein Vater ein echter Brüller.

Er stürmte nah an mich heran – *ganz* nah heran. Er hätte mich so bedrängt, wie er es immer tat, wenn Cooper nicht dazwischen gegangen wäre. Sie waren ungefähr gleich groß und starrten sich wie zwei Rottweiler in dem Bruchteil einer Sekunde an, bevor die Hölle ausbrach.

Magie stieg in der Luft auf und die Haare an Coopers Nacken verdichteten sich.

Ich streckte die Hand aus, um Coopers Rücken zu berühren, und flüsterte: „Alles gut."

Eine Lüge, denn mein Vater bedeutete nie etwas Gutes. Ich schaute sogar hinter ihn, falls ihm die Polizei auf den Fersen war.

Aber, nein. Dieses Mal wenigstens nicht.

Dank Cooper schoss mein Herzschlag nicht in die Höhe, aber es schlug stark genug, um jede Zelle meines Körpers zu erschüttern. Umso mehr, als ich das Beben in Coopers Arm bemerkte.

Er hatte den Vorschlaghammer auf seine Schulter gehoben, als mein Vater sich näherte. Jetzt erfüllte ein elektrisches Knistern die Luft, und Coopers Muskeln spannten sich an.

Verdammt. Mein Vater setzte Magie ein und versuchte, Cooper zu zwingen, die Waffe – ähm, das Werkzeug – abzulegen.

Mein Vater sah Cooper mit bohrendem Blick an und forderte Unterwerfung. Aber der sture Bär rührte sich nicht. Der Vorschlaghammer wollte es aber unbedingt. Ich konnte spüren, wie er unter der Kraft der Magie meines Vaters heiß wurde.

Stahlstücke glitten über den Boden und Schrauben klapperten in den Schubladen an der Wand. Werkzeuge, die dort hingen, lehnten sich in einem der Schwerkraft trotzenden Winkel zu ihm.

„Hör auf damit, Ed", befahl ich mit tiefer, gleichmäßiger Stimme.

Der Mann hatte immer darauf bestanden, dass ich ihn bei seinem Vornamen nannte. Also, nein, wir hatten nicht gerade eine herzliche Vater-Tochter-Beziehung.

Magie lag schwer in der Luft. Die Nasenlöcher meines Vaters bebten. Schweiß brach auf Coopers Stirn aus. Ihre Augen glühten und brannten sich in den Blick des jeweils anderen.

„Hör sofort damit auf, Dad", knurrte ich, bevor es zu einer handfesten Auseinandersetzung kam.

Die Augen meines Vaters zuckten zu mir, und ich begegnete ihm mit meinem härtesten Blick.

Schließlich hörte die Luft auf, zu knistern, und Cooper ruckte nach vorn, als der unsichtbare Druck aufhörte.

Mit weit aufgerissenen Augen schien er zu fragen: *Das ist dein Vater?*

Ich seufzte. Leider ja. Nicht, dass ich das laut gesagt hätte.

„Was willst du hier?", verlangte ich.

„Kann ein Mann nicht gelegentlich nach seiner Tochter sehen?"

Ich verschränkte die Arme. „Ist es das, was du tust?"

Denn Claire, so hatte ich festgestellt, stand nicht auf seiner Liste.

Der Gedanke ließ mein Herz schmerzen, aber es war besser so. Sie hatte bereits einen egozentrischen, gestörten Übernatürlichen, der sich in ihr Leben einmischen wollte – Jay. Sie brauchte nicht noch einen zweiten.

Ed zuckte mit den Schultern. „Ja, um nach dem Rechten zu sehen. Und außerdem... " Er verstummte mit einem Blick, der sagte: *Mauern haben Ohren, weißt du.*

Ha. Besonders die bärengroße Mauer, die ein paar Zentimeter entfernt stand und bereit war, meinen Vater in Stücke zu reißen.

Noch nie war ich so sehr geneigt, Cooper zu umarmen. Aber das konnte ich nicht. Nicht, wenn mein Vater dabei war.

„Hier draußen." Ich zeigte auf die Hintertür.

Cooper machte einen Schritt, um uns zu folgen, aber ich legte ihm eine Hand auf die Brust.

„Ich mache es kurz", flüsterte ich und hoffte, dass es stimmte.

An jenem Abend in der Pizzeria hatten Coopers Augen sanft geglüht. Das Licht, das jetzt in ihnen strahlte, war etwa tausend Watt stärker und heißer. Viel gefährlicher. Er verschränkte die Arme und starrte immer noch auf meinen Vater.

Ich tätschelte ihm sanft die Brust. „Danke. Ich meine es ernst. Aber ich muss das machen. Es wird nicht lange dauern."

Das bedeutete, mir die neueste Tirade meines Vaters anzuhören und ihn dann wegzuschicken, bevor ich in einen seiner verrückten Pläne hineingezogen wurde.

Cooper beugte sich vor und drückte gegen meine Hand. Spürte er sie überhaupt?

„Bist du sicher?" Er schaute mich fragend an.

Sicher darüber, meinen Vater loswerden zu wollen? Ganz sicher. Ja.

Sicher über die Umarmung, die ich ihm später schuldete? Auch das.

Ich nickte, dann folgte ich meinem Vater hinaus. Cooper blieb in der Tür stehen und jedes gesträubte Haar auf seinem Körper signalisierte: *Wenn du etwas versuchst, bist du tot.*

„Dummer Bär", murmelte mein Vater, als ich die zwanzig Schritte zu ihm gegangen war.

Mein Blutdruck verdoppelte sich. „Hast du jemals etwas Nettes über jemanden zu sagen?"

Und autsch. Ich zuckte zusammen, als ich mich selbst in dieser Aussage erkannte. Vielleicht kam ich mehr nach meinem Vater, als ich dachte. Oder vielleicht war ich auch nur verbittert. Wie auch immer, ich nahm mir vor: *Sage nette Dinge zu anderen Menschen. Besonders zu Cooper.*

Mein Vater zuckte mit den Schultern. „Ich sage es, wie es ist."

Ich verschränkte meine Arme. „Nein, du urteilst nach nur einem Blick."

Autsch, schon wieder. Ich nahm mir vor, auch daran zu arbeiten.

Dann stieß ich einen verärgerten Laut aus. „Schön, dich zu sehen und so..." (eine weitere Lüge) „... aber wie du sehen kannst, bin ich bei der Arbeit. Du weißt schon, Arbeit? Die Art, wie ich meinen Lebensunterhalt verdiene?"

Ed schnaubte. „Du bist nur genau wie der Rest von ihnen im Hamsterrad gefangen."

Der Rest von ihnen war die allgemeine Bevölkerung, für die mein Vater nichts als Verachtung übrighatte.

Aber man konnte sich mit ihm nicht streiten, also verkniff ich mir eine bissige Antwort.

„Der Punkt ist, dass ich nicht einfach gehen kann, wann immer ich will, also bitte komme zur Sache."

Mein Vater runzelte die Stirn. „Seit wann bist du so missgünstig?"

Ich schnappte. „Seit du mich bei Tante Carrie abgesetzt hast, als ich sieben war. Oder vielleicht das zweite oder dritte Mal, als ich dich angefleht habe, es nicht zu tun. Selbst nachdem ich dir von Onkel Carl erzählt hatte..."

Meine Stimme schwankte dann und sogar mein Vater verzog das Gesicht. Carl war ein böser Mann gewesen. Ich hatte das Schlimmste verhindert, indem ich jede Nacht die Kommode gegen meine Tür geschoben hatte. Carls eigene Töchter hatten nicht so viel „Glück".

„Ich habe dafür gesorgt, dass er bekam, was er verdient", stöhnte Ed.

„Ja – fünf Monate später, als du mich abholen kamst. Ein toller Vater."

„Was für ein Vater wäre ich denn, wenn ich zulassen würde, dass all die Dummköpfe dort draußen die ganze Welt durcheinander bringen?"

Es gab Umweltschützer und es gab Ökokrieger. Mein Vater hatte die Grenzen dieser beiden Kategorien längst überschritten. Der Zweck heiligte die Mittel, auch wenn der Kollateralschaden Menschenleben einschloss. Also war er eher ein Ökoterrorist, dessen bevorzugte Werkzeuge Brandstiftung und Sabotage beinhalteten. Ein Brand in einem Gentechniklabor, durchtrennte Gondelbahnen bei der Erweiterung eines Skigebiets... ganz zu schweigen von einer besonderen Vorliebe für das Stören von Bergbauarbeiten...

Ich seufzte. Pippas Vater war Feuerwehrmann. Erins Vater entwarf Motorrad-Sonderanfertigungen.

Mein Vater stand auf der Fahndungsliste der Regierung.

Ich riss die Hände hoch, bevor meine Gedanken die lange, hässliche Liste von Eds Verbrechen noch weiter durchgehen konnten.

„Warum bist du hier?"

„Weil etwas nicht stimmt." Mein Vater legte seine Hände auf meine Schultern. Aus dem Augenwinkel sah ich, wie Cooper nach vorn stürzte und sich kaum zurückhalten konnte.

Der Mann hätte einen Orden verdient, aber alles, was ich ihm je um den Hals gehängt hatte, war Geringschätzung.

Wieder nahm ich mir vor, dies zu ändern.

„Etwas stimmt definitiv nicht. Ich kann es spüren", betonte mein Vater.

Mein Herz wurde warm. Hatte mein Vater endlich seine illusorischen Bestrebungen lange genug unterbrochen, um mich an die erste Stelle zu setzen, so wie Erins und Pippas Väter es immer getan hatten? Hatte er gespürt, dass ich mir Sorgen wegen Jay machte? Würde er sich endlich für mich einsetzen?

Ich blinzelte und hielt die Freudentränen zurück.

„Es ist wieder diese verdammte Edelweiß-Corporation", fuhr Ed fort.

Meine Seifenblase platzte, verpuffte und verbrannte.

„Edelweiß?“, schimpfte ich.

„Ja. Noch mehr Erschließung. Genau hier in deiner Heimatstadt.“ Er deutete mit der Hand über die umliegenden Tafelberge und Felstürme.

Ich liebte Sedona. Das tat ich wirklich. Ich hasste Erschließungen. Aber in diesem Moment sah ich nur Rot.

„*Deswegen* bist du hier?“, zischte ich.

Cooper trat einen Schritt näher, bereit zum Angriff.

Mein Vater blinzelte mich auf eine Art an, die fragte: *Warum sollte ich sonst hier sein?*

Nicht meinetwegen, so viel stand fest. Auch nicht seiner Enkelin wegen. Ich verfluchte mein dummes, verwundetes Herz.

Die Augen meines Vaters leuchteten wie Flammen auf, und er kam ein wenig näher. „Du meinst, es gibt noch einen großen Konzern, der sich hier einschleichen will?“

Die Luft knisterte erneut vor Energie, und er rieb sich in der Hoffnung auf einen Kampf eifrig die Hände.

„Nein!“, bellte ich, obwohl *wahrscheinlich* wohl eher der Wahrheit entsprach. Sedona wurde ständig von Bauunternehmen belagert, einschließlich eines Hexenmeisters, der es auf meine eigene Ranch abgesehen hatte. Aber das war jetzt nicht der Punkt.

Ich schüttelte meinen Kopf und versuchte, klarer zu denken. „Weißt du was, Ed? Ich habe die Nase voll.“

Er nickte energisch. „Ich weiß, wie du dich fühlst. Sie haben dieses Land den amerikanischen Ureinwohnern gestohlen. Sie haben es den Kleinbauern gestohlen. Jetzt wollen sie noch mehr stehlen, damit sie ihre gottverdammten Einkaufszentren bauen können...“

Ich griff mir in die Haare, um ihn nicht wegzustoßen.

„Nein, ich habe die Nase voll von *dir*“, unterbrach ich ihn. „Ich weiß, dass ich nicht so wichtig bin wie all das hier.“ Ich winkte mit der Hand über die atemberaubende Landschaft hinter unserem Parkplatz. „Aber eine Tochter sollte ihrem eigenen Vater wenigstens gelegentlich so wichtig sein.“

Er runzelte die Stirn. „Was hat das mit dir zu tun?“

Knurrend fletschte ich die Zähne. „Weil ich es verdiene, dass du dich einmal – nur einmal – um mich sorgst. Aber das hast du nie geschafft. Du hast es nicht einmal versucht."

Er riss die Arme hoch. „Ich sorge mich. Deshalb bin ich..."

„Im Gefängnis gelandet? Deshalb hast du mich bei Freunden und Verwandten im Stich gelassen, weil du etwas Besseres zu tun hattest?"

„Es ist ja nicht so, als wäre deine Mutter besser gewesen", brummte er.

Deshalb hatte ich mir vorgenommen, ihr die gleiche Rede zu halten, wenn sie das nächste Mal in die Stadt kam. Aber das brauchte er nicht zu wissen.

„Ich spreche von dir, Ed, und von den Dingen, die du kontrollieren kannst."

„Ja, nun, diese Baufirmen fallen genau in diese Kategorie." Er senkte die Stimme. „Sie wurden von ein paar Magiekundigen aufgekauft. Eine ganze verdammte Familie von ihnen."

Ich hätte schreien können. Wenigstens war es eine Familie, die ganz war.

„Dann lass es die verdammte ABDKS wissen", schnauzte ich. Das war die Agentur zur Beobachtung, Dokumentation und Kontrolle des Übernatürlichen, wie mein Vater sehr wohl wusste. Er stand auch auf ihrer Beobachtungsliste. „Ich kenne sogar einen ihrer Agenten. Soll ich dich mit ihm in Kontakt bringen?"

Das war eher eine Drohung als ein Angebot, und er wusste es.

Aber er wusste nicht, dass dieser Agent Ingo war, der mit meiner Schwester Pippa auf meiner Ranch lebte. Oh, und dass Erins Mann ebenfalls ein ehemaliger Agent war.

Ich war noch nie so versucht gewesen, meinen Vater zu einem Familienessen einzuladen. Andererseits war ich generell noch nie in Versuchung, meinen Vater zu einem Familienessen einzuladen.

„Noch eine verdammte Regierungsbehörde", spie er. „Denen kann man nicht trauen. Habe ich dir denn gar nichts beigebracht?"

Er besaß die Frechheit, enttäuscht zu klingen, und das war der Tropfen, der das Fass zum Überlaufen brachte.

„Oh, es ist dir gelungen, mir jede Menge beizubringen. Wie sehr es schmerzt, allein zu sein. Wie schlimm Hunger brennt. Wie weit die Zukunft entfernt ist, wenn es sich wie ein Marathon anfühlt, einen einzigen Tag zu überstehen." Cooper rückte ein Stück näher, als ich meine Stimme hob. „Aber es gab noch so viel mehr, was du mir *nicht* beigebracht hast. Zum Beispiel, wie sich Liebe anfühlt. Wie Vertrauen funktioniert. Was es bedeutet, sich auf jemanden zu verlassen."

Cooper bewegte sich wieder und wie aus dem Nichts bildete sich in meinem Kopf eine kristallklare Definition für jedes dieser Dinge. Liebe, Vertrauen. Verlässlichkeit.

Der Gedanke nahm mir den Wind aus den Segeln und ich schnappte nach Luft. Ich war mit Ed wirklich fertig – und ich wünschte mir, dass er ging, aber ich war zu überdreht, dafür zu sorgen, ohne eine noch größere Szene zu machen.

Und dann kam Cooper, mein eigener privater Ivanhoe.

„Ich… ", begann mein Vater.

„Sie sind bereit, zu gehen?", schaltete sich Cooper ein. „Gut. Ich begleite Sie hinaus."

Technisch gesehen waren wir *draußen* – auf dem Hinterhof –, aber ich hatte noch nie einen Mann so sehr geliebt wie in diesem Moment.

Okay, okay. Ich hatte noch nie einen Mann geliebt. Jay war eine Schwärmerei. Aber hier und jetzt, als ich in Coopers, tiefe, sichere, braune Augen blickte…

Mein Puls stockte und mein rasendes Herz wurde einen Tick langsamer.

„Darf ein Mann nicht einmal mit seiner Tochter reden?", begann mein Vater.

„Nicht, wenn er so redet. Nein, Sir." Cooper deutete auf die Tür.

Mein Herz flatterte. Streng, aber höflich. Ich würde eines Tages nach Wyoming reisen müssen, um zu sehen, ob dort alle Männer so erzogen wurden oder nur die Lundsven-Brüder.

Mein Vater hob die Hand, krümmte die Finger und versuchte es mit einem weiteren Zauberspruch.

Ich machte eine abschneidende Bewegung, eine für jedes Wort. „Wage es ja nicht, Ed. Wage. Es. Ja. Nicht."

Die Augen meines Vaters – moosgrün wie meine, aber überhaupt nicht wie meine – blitzten auf, bevor sie dunkler wurden.

„Es macht mich traurig, dich so zu sehen, Abby", sagte er schließlich und wandte sich der Tür zu.

Ich schnaubte. „Es sollte dich traurig machen, dass du es erst jetzt siehst, Ed. Es ist schon Jahre so."

Mit diesen Worten wandte ich mich der grandiosen Landschaft und dem endlos blauen Himmel zu.

Hinter mir ertönten zwei Paare schwerer Schritte – die meines Vaters und die von Cooper. Die Hintertür der Metallwerkstatt öffnete sich knarrend und schlug dann zu.

Ich zählte die Sekunden, eine für jeden Schritt, den mein Vater brauchte, um durch die Werkstatt zu gehen und vorn wieder herauszukommen. Ein Automotor heulte auf und bog auf die Hauptstraße ab. Wütendes Hupen folgte und ich schloss die Augen.

Es vergingen Minuten, bis sich die Hintertür öffnete, dieses Mal etwas leiser. Ohne ein Wort zu sagen, trat Cooper neben mich und legte mir langsam und vorsichtig einen Arm um die Schultern. Das Gewicht des Arms hätte mich eigentlich in die Knie zwingen müssen, aber stattdessen sickerte seine Wärme zu mir herüber und gab mir die Kraft, die Schultern durchzudrücken.

Wir standen eine lange Zeit so da und keiner von uns sagte ein Wort.

Kapitel 14

COOPER

Nachdem ihr Vater gegangen war, blieb ich noch gut zehn Minuten lang mit Abby auf dem Parkplatz. Aus den Augen ja, aber eindeutig nicht aus dem Sinn. Abby ballte ihre Hände zu Fäusten, die an ihren Seiten zitterten. Dann blinzelte sie ein paarmal, neigte den Kopf zurück und schloss die Augen.

Mein Dad machte das auch. Der tapfere Ersatz fürs Weinen, dachte ich.

Er würde Abby mögen, beschloss ich. Hexe oder nicht.

Aus irgendeinem Grund brachte mich der Gedanke zum Lächeln. Aber ich verbarg es, bevor sie es bemerkte.

„Ich sehe nur kurz nach der Feuerstelle", murmelte ich schließlich, um ihr Raum zu geben.

Sie war heiß – sehr heiß –, als sie sich fünf Minuten später zu mir gesellte. Ihr Gesicht war fleckig, ihr Blick auf den Boden gerichtet.

Ich reichte ihr einen Hammer, schob den Axtkopf ein wenig tiefer in die Flammen und griff nach meinem Vorschlaghammer, bereit, zu beginnen. Auch in dieser Hinsicht war sie wie mein Vater. Arbeit war die beste Medizin. In den Monaten, nachdem wir Peter verloren hatten, hatte mein Vater eine ganze Scheune gebaut.

Abbys Kehlkopf wippte und sie sah mir in die Augen.

Ich neigte mein Kinn, um ihren stillen Dank anzunehmen. Dann stupste ich sie an.

„Fünfzehn Äxte geschafft, nur noch fünf weitere", murmelte ich.

Es war erstaunlich, wie weit wir gekommen waren und wie schnell. Abby hatte sogar die Zeit gefunden, die meisten Äxte fertig zu gravieren. Einige waren mit Flammen verziert, andere mit abstrakteren, wirbelnden Mustern, und keine glich der anderen. Auf einer war sogar ein zähnefletschender Drachenkopf zu sehen – vielleicht eine Anspielung auf ihre Mutter?

Nach einem Nicken – und einem langen Ausatmen, griff sie nach dem Hammer. Dann legte sie den nächsten Axtkopf auf den Amboss und machte sich wieder an die Arbeit.

Bumm! Ihr Hammer bestrafte das Metall mit der doppelten Kraft meines Zwanzigpfünders. Sie schlug und schlug darauf ein...

Als sie das nächste Mal innehielt, um das Metall wieder zu erhitzen, sah ich, wie Matt und Pablo besorgte Blicke austauschten. Ich tat so, als würde ich es nicht bemerken. Offensichtlich war dies keiner der Momente, in denen *Reden* besser war als *Vortäuschen*.

Abby hörte stundenlang nicht auf, nicht einmal für eine Mittagspause. Als sich die Ladentür einem weiteren Neuankömmling öffnete, verkrampfte sie sich.

„Mach dich bereit", flüsterte ich, als eine ältere Dame auf Walts Büro zuging und sich bückte, um Louie zu streicheln. Walt zeigte auf mich und ich winkte, als sie zu mir herübersah.

Meine Mutter drückte die Hände auf ihr Herz und eilte herbei. „Mein Baby! Da bist du ja!"

„Baby?" Matt gluckste.

Ich seufzte. Ich könnte achtzig oder neunzig Jahre alt werden und wäre immer noch ein Baby für meine Mutter. Trotzdem erwiderte ich ihre Umarmung und ließ mich von ihr hin und her wiegen, so wie sie es getan hatte, als ich ein Kind war.

„Hallo, Mom."

Zehn Jahre zuvor hätte ich diese offene Zuneigung vielleicht als peinlich empfunden. Jetzt wusste ich sie zu schätzen – besonders nachdem ich Abby und ihren Vater erlebt hatte. Meine Mutter liebte mich über alles, und das war ein wahres Geschenk.

Also umarmte ich sie und zeigte ihr, dass ich sie auch liebe.

„Oh, Cooper. Du bereitest mir so viel Freude, weißt du“, flüsterte sie, so wie sie es immer tat.

„Das freut mich, Mom.“

Abby, die an der Seite stand, ging von erschrocken zu amüsiert über.

Ich wackelte mit den Augenbrauen, um anzudeuten: *Ich habe dich gewarnt.*

Abby grinste unverhohlen.

Das war ein weiterer Pluspunkt bei den Besuchen meiner Mutter. Sie hatte eine Art, die Stimmung aller zu heben. Das war es auf jeden Fall wert, auch wenn ich hinterher gnadenlos aufgezogen wurde.

Meine Mutter ließ mich los, schaute mich an und umarmte mich dann erneut. Schließlich löste sie sich von mir, obwohl es sie einige Mühe kostete. Sie hatte uns Kinder schon immer gehalten und dann wieder losgelassen, aber seit dem Verlust von Peter...

„Schön, dich zu sehen“, sagte ich sanft.

Das war es. Das war es wirklich. Aber doppelt so sehr für eine Mutter, die eines ihrer Kinder verloren hatte. Ein weiterer Grund, warum ich jede Umarmung ertragen würde, die sie wollte – oder brauchte.

Meine Mutter ging zum zweiten Teil ihrer Begrüßung über und klopfte mir auf den Arm, so wie sie dem Baby meiner ältesten Schwester auf den Po klopfte, wann immer sie den kleinen Kerl halten durfte, was oft der Fall war.

„Es ist so schön, dich zu sehen“, flüsterte sie wieder, klopfte mir dann auf die Schulter und schaute sich um. „Nun? Möchtest du uns nicht vorstellen?“

Das war die dritte Stufe von Moms Begrüßung, und sie umfasste jeden im Umkreis von dreißig Metern. Mom *liebte* es, die Leute kennenzulernen, mit denen ich Zeit verbrachte.

Sie drehte sich im Uhrzeigersinn, also stellte ich ihr zuerst Bob vor, dann Walt (den sie schon kannte, aber egal), dann Matt und Pablo und schließlich...

„Das ist Abby.“ Meine Stimme klang ein wenig belegt.

„Abby!", rief meine Mutter, als würde sie jemanden treffen, von dem ich ihr alles erzählt hatte – was ich definitiv nicht getan hatte – und schlang ihre Arme um meine Chefin.

Abby stand steif da, ihre Arme wurden an ihre Seiten gepresst und sie umklammerte ihren Hammer fest.

„Ähm... Mom... ", warnte ich.

„Ach, psst, Kind", schimpfte sie leise.

„Nicht jeder mag es, Fremde zu umarmen", gab ich zu bedenken.

„Unsinn. Jeder braucht eine Umarmung."

Ich wies sie nicht darauf hin, dass sie, wenn sie konsequent sein wollte, auch Walt, Bob, Matt und Pablo umarmen müsste.

Schließlich ließ sie Abby los und klatschte in die Hände. „Eine weibliche Schmiedin. Das gefällt mir."

Abby erholte sich immer noch von der Umarmung, also antwortete ich für sie. „Sie war auch Feuerwehrfrau."

Und, hoppla. Meine Mutter zog sie in eine noch engere Umarmung. Für sie war jedes Mitglied der Feuerwehr ein Mitglied der Familie.

„Oh, das ist ja wunderbar! Welche Mannschaft?"

„Dakota Creek", keuchte Abby in der Umarmung. „In Colorado."

„Oh! Unter Greg Martin?"

Abby schaute von ihrer gefangenen Position an der Schulter meiner Mutter auf. „Sie kennen ihn?"

„Natürlich kenne ich ihn. Wir kennen uns seit Ewigkeiten. Sie sind doch nicht etwa seine reizende Tochter, oder?"

Ich zuckte zusammen, denn das wäre Pippa, und mit ihr verglichen zu werden, war wahrscheinlich wie für mich, mit Peter verglichen zu werden. Man hatte keine Chance, diesem Standard jemals gerecht zu werden.

Dann machte meine Mutter es selbst wieder wett, indem sie sich korrigierte: „Oh, Moment. Sie müssen die reizende Stieftochter sein, von der er immer so schwärmt."

Abbys Augen wandelten sich von zurückhaltend zu überrascht zu... glücklich und ein wenig feucht.

„Ich schätze, das bin ich."

„Wunderbar, wunderbar. Was für ein Vergnügen", sagte meine Mutter absolut aufrichtig.

Ich verbarg ein Grinsen. Die gute alte Mom.

„Das Vergnügen ist ganz meinerseits", sagte Abby.

Wow. Ein seltenes Kompliment, das von Abby kam. Der Glanz in ihren Augen sagte, dass sie es auch so meinte.

Meine Mutter wandte sich wieder an mich: „Ich dachte, du wärst hier, um Brände zu löschen. Aber ist das nicht schön! Wenn du das nächste Mal zu Hause bist, kannst du Onkel Rory noch mehr helfen."

Gott, ich hoffte nicht. Die Arbeit mit Abby war nicht halb so schlimm, wie ich es erwartet hatte. Tatsächlich machte es mir sogar Spaß... sehr. Aber das hatte eher mit Abby als mit der Schmiede zu tun.

„Oh. Dad lässt dich grüßen", fuhr meine Mutter fort. „Und Helen und Christopher und Hattie und Parker und..."

Sie ging die ganze Liste durch – alle meine Geschwister, Cousins und Cousinen, Tanten, Onkel... Die meisten von ihnen hatten zu einer oder anderen Zeit irgendwann einmal zur Pine Ridge Feuerwehr von Wyoming gehört.

Abbys Augen wurden immer größer.

„Greta lässt dich auch lieb grüßen", fügte meine Mutter mit einem vielsagenden Unterton hinzu.

Abby verzog das Gesicht und ich beeilte mich, die Sache richtigzustellen.

„Tut sie das wirklich oder sagst du das nur?", fragte ich.

Meine Mutter setzte ihren besten *Eine Mutter weiß es am besten*-Ausdruck auf, den sie so gut beherrschte. „Nun, Greta würde liebe Grüße schicken, wenn du liebe Grüße schickst."

Ich fuhr mir mit einer Hand durch mein verschwitztes Haar. Eines Tages würde meine Mutter aufhören müssen, mich mit der netten Bärin von nebenan verkuppeln zu wollen. Greta backte leckere Kekse, und sie teilte gern. Sie war nicht launisch und sie fluchte nicht.

Aber sie konnte weder Stahl hämmern noch schweißen oder sich um eine Feuerstelle kümmern. Ich würde wetten, dass sie auch keine anständige Brandschneise graben könnte.

Mit halb geschlossenen Augen atmete ich Abbys Duft von Löwenzahn und Heidelbeeren.

Für ein paar glückselige Sekunden stellte ich mir vor, zu einer anderen Zeit an einem anderen Ort zu sein. Dann öffnete ich mit einem kleinen Ruck die Augen.

Der Blick meiner Mutter wanderte von mir zu Abby und wieder zurück.

„Grüß Greta und die anderen Nachbarn von mir", antwortete ich schnell. So. Das sollte die Dinge für Abby klarstellen.

„Ich bin ein wenig spät dran für das Mittagessen, aber ich habe noch ein paar Snacks gekauft." Meine Mutter deutete auf die große Bäckereikiste, die sie neben Walts Büro abgestellt hatte. „Kannst du kurz Pause machen?"

Das hatte ich erwartet. Das Einzige, was meiner Mutter mehr Freude bereitete, als ihre Kinder zu sehen, war es, sie essen zu sehen... und essen und essen. Vorzugsweise Hausmannskost, aber auch Speisen zum Mitnehmen – ein absolutes Tabu, zu unserer Kinderzeit – waren in Ordnung.

„Das wäre toll, danke."

„Perfekt. Wollen Sie sich zu uns gesellen?" Meine Mutter drehte sich zu Abby um, deren Blick sich mit einem Dutzend Emotionen auf einmal füllte. Hoffnung, Freude, Angst...

„Ich habe jede Menge mitgebracht", fügte meine Mutter schnell hinzu.

Ha. Das war bei meiner Mutter eine Selbstverständlichkeit.

„Ähm... ich würde...", begann Abby.

Walt lehnte sich mit einem Telefon in der Hand zur Tür heraus. Die Hand hatte er über den Hörer gelegt. „Hey, Abby. Komm doch mal her. Es ist diese Frau – die, die die Feuerschale haben will." Seine ernste Miene sagte: *Vermassle es nicht.*

Abby verzog das Gesicht, dann setzte sie ein Lächeln für meine Mutter auf. „Danke, aber ich habe das Gefühl, das wird eine Weile dauern."

„Was soll ich tun, während du weg bist?", fragte ich.

„Dich von meinem Amboss fernhalten?", scherzte sie.

Ich riss die Hände hoch. „Ich würde es nicht wagen."

Sie grinste schief.

„Aber im Ernst“, fuhr ich fort. „Was kann ich Nützliches tun?“

Sie dachte darüber nach. „Vielleicht kannst du an ein paar Griffen arbeiten? Du kannst doch mit Holz umgehen, oder?“

Meine Mutter klopfte mir auf die Schulter. „Er ist ein wunderbarer Schreiner.“

„Danke, Mom“, seufzte ich. Es gab nichts Besseres als eine uneingeschränkte Empfehlung von der eigenen Mutter.

Trotzdem leuchteten meine Augen auf, als wäre ich ein Golden Retriever, der gerade einen Ball entdeckt hatte. Abby vertraute mir. Sie hatte mir sogar meinen eigenen Job gegeben. Eine wichtige Aufgabe. Ich konnte mich endlich vor ihr beweisen. . .

Sie zeigte auf etwas. „Dort drüben findest du Hickory-Holz und Pablo kann dir alle Werkzeuge geben, die du benötigst.“

„Großartig.“ Ich konnte mein Glück nicht fassen.

„Abby!“ Walt gestikulierte ungeduldig.

Sie seufzte und drehte sich zu ihm um. „Es tut mir leid. Ich muss los. Es hat mich gefreut, Sie kennenzulernen“, sagte sie zu meiner Mutter.

„Es war auch schön, Sie kennenzulernen. Grüßen Sie Greg von mir. Oh, und nehmen Sie sich auf dem Weg nach draußen etwas mit.“

„Das werde ich machen , danke.“ Abby lächelte und ging auf Walt zu.

Ich folgte ihr mit dem Blick und meine Seele dehnte sich mit jedem Schritt, den sie tat, weiter aus, bis sie wie ein Gummiband zurückschnappte.

„Nettes Mädchen“, flüsterte meine Mutter.

Faszinierend wäre wohl eher das richtige Wort. Je mehr ich über sie erfuhr, desto mehr wollte ich herausfinden.

„Das ist sie“, murmelte ich und versuchte, die Sehnsucht in meiner Stimme zu unterdrücken.

Kapitel 15

ABBY

Ganz und gar nicht erfreut, marschierte ich zu Walt hinüber. Es kam nicht oft vor, dass ich zu etwas eingeladen wurde, und sei es nur ein Imbiss in der Metallwerkstatt. Der Drang, die Einladung anzunehmen, war sogar noch seltener, aber dieses Mal wollte ich wirklich bleiben. Das Abendessen mit Cooper war großartig gewesen, und ich hätte nichts dagegen gehabt, noch etwas Freizeit mit ihm zu verbringen – auch wenn seine Mutter dabei wäre. Außerdem erwachte meine innere Anthropologin, wenn ich seine Mutter so uneingeschränkte Liebe ausstrahlen sah. Normale Familien waren für mich eine Quelle endloser Faszination.

Aber dieses Glück hatte ich heute nicht. Nicht, wenn Walt mich zu sich winkte.

„Ja... auf jeden Fall... “ Er nickte der Person am anderen Ende der Leitung zu. „Kein Problem.“

Ich trat gerade auf die Türschwelle von Walts Büro, als er das Gespräch beendete. „Perfekt. Ich schicke sie gleich rüber.“

Ich sträubte mich. Die Person, die er schickte, sollte besser nicht ich sein.

Walt kritzelte eine Adresse auf einen Zettel und reichte ihn mir. „Das war diese Frau – Ms. Steinmeier. Du weißt schon, die, die die Feuerschale haben will.“

„Die, die *nächsten Monat* ihre Feuerschale bekommt“, korrigierte ich ihn.

Die Hexe, hätte ich fast hinzugefügt, aber das behielt ich für mich.

Walt schüttelte den Kopf. „Du bist mit den Äxten im Zeitplan voraus, dank Coopers Hilfe."

Das stimmte. Aber wir waren gerade gut in Fahrt. Warum jetzt aufhören?

„Wir können es uns nicht leisten, sie zu verlieren", sagte Walt grimmig.

Wegen einer Feuerschale? Ich runzelte die Stirn. Konnten Hexen Gedanken über das Telefon manipulieren?

Er klapperte mit einem Schlüsselbund. „Hier, nimm den Transporter. Was auch immer sie will, mache es möglich. Hast du das verstanden?"

„Hör mal, Walt... "

Mein Boss hob eine Hand, definitiv nicht in nachgiebiger Stimmung. „Die Äxte sind wichtig, aber das hier ist es auch. Und jetzt geh." Jeder Zug auf seinem Gesicht sagte: *Vermassle das nicht.* Dann wurde er etwas lockerer: „Sie sagt, sie hat Vertrauen in dich. Ich vertraue auch auf dich."

Hmm. War das Liselles Gedankenmanipulation oder kam es von Herzen?

Trotzdem war es so, wie ich es meinem Vater gesagt hatte. Ein Job war ein Job und ich konnte meinen Boss nur begrenzt unter Druck setzen. Außerdem war Liselle im besten Fall eine drittklassige Hexe. Ich hatte nichts von ihr zu befürchten. Ich musste nur aufpassen, dass sie mir nicht auf die Schliche kam.

Ein Blick auf die Uhr – zwei Uhr nachmittags – trieb mich zur Eile an. Wenn ich diesen Hausbesuch noch einschieben wollte, bevor ich Claire von der Schule abholte, musste ich mich beeilen.

„Vielen Dank", sagte ich und wählte einen Zimt-Donut aus der Schachtel, die Coopers Mutter mir auf dem Weg nach draußen anbot. An der Tür drehte ich mich noch einmal um und schaute Cooper an. Unsere Blicke begegneten sich ein weiteres Mal. Und, oh. So viel Sehnsucht, so viel gesagt, ohne ein Wort auszusprechen.

„Abby... ", grummelte Walt.

Verdammt noch mal. Ich machte eine Kehrtwende und marschierte zu seinem Transporter. Unterwegs ließ ich mir den Donut schmecken.

Je länger ich fuhr, desto bitterer wurde meine Stimmung. Erst mein Vater, dann musste ich eine nette Einladung ausschlagen, und jetzt das. Ich verfluchte all die gaffenden Touristen, die mit quälend langsamer Geschwindigkeit fuhren und schimpfte über jede Villa und jeden Golfplatz, an denen ich entlang der Jacks Canyon Road vorbeikam. Ein Golfplatz. Mit Gras. In der Wüste.

Ich verzog das Gesicht. Okay, vielleicht stimmten meine Werte in geringer Weise mit denen meines Vaters überein.

Mein Stirnrunzeln vertiefte sich, als mir ein weiterer Gedanke in den Sinn kam. Spielten Hexen Golf?

Ich grübelte darüber nach und konzentrierte mich nur halb auf die Straße. Als in der Gegenrichtung ein Pick-up vorbeifuhr, fiel mir etwas auf, und ich riss den Kopf herum. Ich drehte mich zurück, um ihn im Rückspiegel zu beobachten, konnte aber nicht erkennen, was meine Aufmerksamkeit erregt hatte, bevor er aus meinem Blickfeld verschwand.

Ich rutschte auf meinem Sitz hin und her und gab mein Bestes, um mich auf die bevorstehende Aufgabe zu konzentrieren. Ein paar Kurven später hielt ich am Eingang eines eingezäunten Wohnviertels, wo sich ein Sicherheitsmann aus einem kleinen Häuschen lehnte.

„Wie kann ich Ihnen helfen?“, fragte er.

Ich prüfte die Adresse, die Walt aufgeschrieben hatte. Wow. Vielleicht hatte er recht damit, diese Kundin behalten zu wollen, Hexe hin oder her. Das Wohnviertel schrie nach viel Geld – wirklich viel Geld, wenn man sich die Häuser ansah, die an den makellosen Golfplatz grenzten. Der Hubschrauberlandeplatz in der Mitte der Siedlung war ein weiteres Indiz. Wer auch immer hier wohnte, hatte das Geld, um sich eine herrliche Aussicht und viel Privatsphäre zu kaufen.

„Ich bin hier, um Liselle Steinmeier zu treffen“, sagte ich und versuchte, vorzutäuschen, ich würde hierhergehören.

Der Typ warf einen Blick auf das Logo an der Seite des Transporters – so viel zum Thema hierherzugehören – und ließ seinen Blick über eine Liste gleiten. „Name?“

„Abby Carson.“ Er setzte ein Häkchen und drückte dann einen Knopf, um das Tor zu öffnen. „Dritte Villa auf der rechten Seite.“

Eine Villa, in der Tat. Ich starrte auf eine Garage, die groß genug für vier Autos war, und parkte dann auf dem großen, offenen Platz daneben. Kurz darauf klingelte ich an der Tür und trat zurück, wobei ich versuchte, nicht beeindruckt auszusehen. Aber, verdammt. Die Villa war eine Schönheit, eine Mischung aus traditionellem Lehmziegel mit modernen Linien und riesigen Glasscheiben, in denen sich der Courthouse Butte widerspiegelte. Nicht schlecht.

Die Tür öffnete sich und ich erwartete fast, dass ein uniformierter Butler erscheinen würde. Aber nein. Nur Liselle Steinmeier, die Dame des Hauses. Sie war vielleicht eine Hexe, aber sie trug kein schwarzes Kleid oder einen spitzen Hut. Mit ihrem pfauenblau und weiß gestreiften Oberteil und der dazu passenden Hose sah sie eher aus wie das Titelblatt einer Modezeitschrift. An ihren Ohrläppchen funkelten winzige, blaue Ohrstecker. Saphire?

„Oh, hallo! Danke, dass Sie gekommen sind!“ Sie winkte mich herein, als sei dies ein Freundschaftsbesuch.

Das Betreten eines Hexenhauses war ein Grund, warum ich an der Schwelle zögerte. Der andere war der makellose, weiße Teppich. Ich trat meine Füße sechsmal über der Fußmatte ab und folgte ihr dann durch das Haus. Zu beiden Seiten des langen Flurs zweigten sich große Räume ab. Wohnzimmer, Salon, Arbeitszimmer, Büro, Musikzimmer, Bibliothek, Kammer...

Mir gingen die Worte für die großen Räume mit all den beeindruckenden Möbeln aus, in denen jeweils mehrere Sofas mit Bergen von Zierkissen standen. Viele, viele Kissen in allen Farben des Regenbogens.

Liselle Steinmeier – oder ihr Inneneinrichter – strebte definitiv einen bunten, verspielten Look an.

Im Haus war es allerdings unheimlich still. Entweder waren alle beim Golf oder Ms. Steinmeier lebte allein.

Beim Golfen entschied ich. Frauen wie ich lebten vielleicht allein – oder so allein, wie es für eine Alleinerziehende möglich ist. Aber Frauen wie Liselle – jung, reich, perfekt zurechtgemacht – mussten ein Dutzend Verehrer zur Auswahl haben, besonders mit ein wenig Magie an den Fingerspitzen.

Berühmte Rennwagenfahrer. CEOs. Aufstrebende Künstler. Andere wohlhabende Erben...

Ich nahm einen schwachen Hauch von ledrigem Rasierwasser wahr und *charmanter Rodeoreiter* ging mir durch den Kopf. Dann entdeckte ich eine Ledercouch und lachte über das Bild in meinem Kopf. Wenn eine Frau wie sie jemals eine Affäre mit einem Kerl wie Jay hätte, würde sie ihn und seine dreckigen Stiefel ganz sicher nicht in ihr Haus einladen. Sie würde ein Abenteuer wagen und mit ihm in seinen Wohnwagen gehen, den sie für die kurze Dauer ihrer stürmischen Affäre idyllisch finden würde.

Ich warf einen Blick in die riesige Küche. Kein einziger Kessel in Sicht, kein Besen. Aber das beruhigte mich nicht.

Schließlich gelangten wir auf eine Terrasse im hinteren Bereich.

„Also, das hier ist die Stelle." Sie zeigte auf vier Sofas, die ein Quadrat um einen Metallrahmen bildeten, der von der Asche eines kürzlichen Feuers geschwärzt war.

Eine Feuerschale, mit anderen Worten. Ich schaute meine Gastgeberin an.

„Bei Sonnenuntergang ist es wunderschön und wenn die Sterne leuchten..." Sie schaute sich verträumt um.

Ich nickte ungeduldig. Ja, ja. Die Sterne leuchteten auch über unserer Ranch. Es ging hier um die Feuerschale.

„Wie ich sehe, haben Sie schon eine..." Ich versuchte, die Dinge voranzutreiben.

„Ja, aber ich will noch eine haben. Genau dieselbe, aber kleiner, damit sie tragbar ist."

Ich schaute mich um. Das Grundstück war riesig, mit mehreren schönen Stellen für ein Feuer. Tatsächlich genau wie auf unserer Ranch. Aber eine große Feuerstelle war genau das Richtige, wenn wir unter den Sternen um ein Feuer sitzen wollten. Warum sollte man sich die Mühe machen, sein Feuer zu verlegen?

Es sei denn, man war vielleicht eine Hexe.

Ich schluckte und stellte mir vor, wie sie über einem Feuer säuselte. Konnte sie auf diese Weise Zaubersprüche heraufbeschwören?

Mein Hexenmeistervater konnte es nicht und Erin und ihr Vater auch nicht. Noch nicht einmal Pyromagier wie Greg und Pippa konnten es. Aber es gab viele Arten von Magie und verschiedene Arten von Hexen mit sehr unterschiedlichen Kräften. Vielleicht benötigten einige von ihnen Feuer, um zu zaubern.

Dann fiel mir plötzlich etwas auf. Hatte sich in der Nähe der ausgegrabenen Spuren am Airport Mesa nicht auch Asche befunden?

Meine Kehle wurde trocken. Mein ganzes Leben lang hatte ich mein Bestes getan, um mich von der Magie zu distanzieren. Jetzt wünschte ich mir fast, ich wüsste mehr über diese geheime Welt.

Ich kramte nach meinem Maßband und einem Klemmbrett und fing an zu skizzieren, bevor Liselle mein Unbehagen bemerken konnte. „Sie möchten also eine, die mit dieser identisch ist?"

„Ja. Fast identisch. Die Schlitze am oberen Rand sind besonders wichtig. Ich liebe es, wie sie den Rauch verwirbeln."

Gefiel ihr nur, wie das aussah, oder spielte diese Eigenschaft auch eine Rolle beim Zaubern?

Sie beobachtete mich genau, aufmerksam auf eine Reaktion.

„Verstanden", sagte ich so neutral wie möglich, während ich weiter skizzierte.

Ich ging in die Hocke, um mir die Schale besser ansehen zu können, doch meine Gedanken überschlugen sich. Jemand hatte vor ein paar Tagen den Wirbel am Airport Mesa gestört. Jemand, der ein Feuer entzündet *und* die Glücksaxt benutzt hatte – eine Axt, in die Magie eingewoben war.

Liselle?

Ich schaute sie aus den Augenwinkeln an, dann zum Geräteschuppen auf der anderen Seite des Grundstücks. Andererseits gab es drittklassige Hexen in Sedona wie Sand am Meer und die Stadt zog gelegentlich auch mächtigere Übernatürliche an. Sogar gefährliche. Liselle war nur eine mögliche Verdächtige in einer ziemlich großen Gruppe und ich bezweifelte, dass ihre Magie stark genug war, um echte Probleme zu verursachen.

Aber wenn sie ihre Magie mit dem verband, was ich versehentlich in Kevins Axt eingewoben hatte...

Ich nahm mir vor, dass ich mit Ingo sprechen musste – und zwar bald. In der Zwischenzeit skizzierte ich das Muster, das auf den Körper ihrer Feuerschale geätzt war.

„Fast wie aus *Der Herr der Ringe*", scherzte ich, obwohl mein Verstand an *Runen* dachte. Magische Runen?

Liselle lachte. „Das sagen viele Leute. Tatsächlich sind sie altnordisch."

Ich gab mein Bestes, um dumm zu klingeln. „Oh, wow. Ist das ein Glücksreim oder so etwas?"

So etwas in der Art, sagten ihre intriganten Augen. Oder bildete ich mir das nur ein?

„Tatsächlich bin ich mir nicht sicher." Sie gluckste. „Vielleicht sollte ich es besser prüfen, nur für den Fall, dass es ein Fluch ist."

Wir lachten beide. Haha. Ein echter Brüller.

Asche beschmierte meine Finger, als ich das Muster an der Oberkante der Feuerschale nachzeichnete. Liselle verkrampfte sich.

Ich auch, denn, huch. Ein warmer Strom floss durch das Metall, als wäre es mit einer Strom führenden Batterie verkabelt. Sehr schwach, aber definitiv vorhanden.

Jemand hatte diese Feuerschale für mehr als nur Feuer benutzt.

Ich zwang mich, mit dem Finger lässig über das Muster zu gleiten. Dann begann ich mit einer zweiten Skizze, um die Runen auf der anderen Seite zu zeichnen.

„Es wird schwer, das genau richtig hinzubekommen...", murmelte ich zur Schau. „Haben Sie eine Kopie des Entwurfs, mit der ich arbeiten kann?"

„Lassen Sie mich nachsehen..." Sie ging ins Haus, dann kam sie zurück und blätterte durch die Fotos auf einem Tablett. „Vielleicht habe ich sie noch..."

Sie brauchte ewig und mein Blick fiel auf die Uhr an der Wand. Fünf nach halb drei. Immer noch genug Zeit, bis die Schule aus war, selbst wenn man die längere Fahrt von diesem Ort aus berücksichtigte.

„Hier ist eine..." Sie zeigte mir ihr Tablett. „Oh, warten Sie. Das war nur der Entwurf. Lassen Sie mich mal sehen..."

Sie blätterte durch ihre Dateien. Viele, viele Dateien. Die Uhr tickte.

„Das hier hat mir auch gefallen, aber es hatte nicht gepasst...", murmelte sie und kam vom eigentlichen Thema ab.

Ich bewegte mich auf die Tür zu. „Wissen Sie, lassen Sie sich einfach Zeit. Sie können Walt eine E-Mail schicken, wenn Sie den Entwurf gefunden haben."

„Nun, ich würde es lieber sofort erledigen", murmelte sie und suchte immer noch weiter. „Es sollte nur einen Moment dauern..."

Eine weitere Minute verging. Dann noch eine, die gelegentlich durch kleine Ausrufe unterbrochen wurde.

„Oh! Hier ist es." Sie lächelte, dann runzelte sie die Stirn. „Oh, Moment. Das ist es nicht..."

Es folgte eine Sackgasse nach der anderen. Ich kratzte mir den Kopf und schaute auf die Uhr. Dann erstarrte ich, weil ich ein Kribbeln in meinem Kopf spürte – genau wie an dem Tag, als Liselle die Werkstatt besucht hatte.

Piep! Piep! Piep! Der Alarm meiner Uhr tönte. Ich starrte darauf, dann auf die Uhr an der Wand.

Meine Uhr zeigte drei. Die Wanduhr zeigte Viertel vor.

Liselle folgte meinem Blick und schüttelte dann den Kopf. „Oh, Entschuldigung. Die geht immerzu nach."

Mir fielen fast die Augen aus dem Kopf, als ich noch einmal auf die Uhr schaute. Die wenigen Minuten, die vergangen waren, waren wohl eher zwanzig geworden. Verdammt. Liselle hatte es also doch geschafft, meinen Kopf zu manipulieren.

Mit einem Aufschrei steuerte ich auf die Tür zu. „Ich muss gehen."

„Oh, entschuldigen Sie. Habe ich Sie zu lange aufgehalten?" In ihrer Stimme lag ein siegreicher Unterton.

Fast hätte ich mich umgedreht, um sie anzufunkeln, aber ich hatte keine Zeit mehr. Die Metallwerkstatt um drei zu verlassen, ließ mir genug Zeit, um Claire abzuholen. Aber hier war ich noch eine Viertelstunde weiter entfernt.

Die Reifen des Transporters quietschten, als ich aus ihrer Einfahrt raste.

Liselle winkte mir fröhlich hinterher. „Ich schicke Ihnen den Entwurf."

Hexe. Schlampe. Ich fluchte den ganzen Weg zum Tor, wo sich der Wachmann aus seiner Hütte lehnte.

„Sie haben es eilig, was?" Er drückte auf den Knopf, um das Tor zu öffnen.

Ich kochte innerlich, als es sich zur Seite schob. Ja, ich hatte es eilig. Ich durfte nicht zu spät kommen, um Claire abzuholen. Das konnte ich einfach nicht. Nicht nur, weil die Schule es missbilligte, sondern auch für mich selbst. Ich hatte mir geschworen, dass meine Tochter niemals die Erfahrung machen würde, dass jemand zu wenig Wert auf sie legte, um sie pünktlich abzuholen. Ich selbst musste manchmal stundenlang warten. Man hatte mich sogar ganz vergessen und keine noch so große Liebenswürdigkeit von Lehrern oder den Polizisten, die sie schließlich riefen, machte das wieder wett.

Liselle sollte verdammt sein, weil sie mich zu spät kommen ließ!

Ich erstarrte. Hatte sie mich absichtlich aufgehalten?

Ungeduldig ließ ich den Motor aufheulen, als das Tor zur Seite glitt, und raste dann die Straße hinunter.

Verdammt, verdammt, verdammt. Warum sollte Liselle dafür sorgen wollen, dass ich zu spät kam?

Mein Herz zog sich zusammen. Claire. Sie wäre allein. Aber warum?

Ich konnte nicht ergründen, warum es Liselle interessieren sollte. Trotzdem strömte Panik durch meine Adern.

Ich raste um mehrere Kurven und auf die Hauptstraße, wo ich schluckte. Die Schule würde Claire nur an diejenigen Personen freigeben, die auf einem offiziellen Formular aufgeführt waren. Das bedeutete mich, meine Schwestern, Greg und Mike. Claire konnte also nichts passieren, oder?

Trotzdem griff ich nach meinem Handy und versuchte verzweifelt, Pippa zu erreichen, die der Schule am nächsten war. Aber sie antwortete nicht, ebenso wenig wie Erin, bei der ich es als Nächste versuchte.

Ich wich auf die Gegenfahrbahn aus, um ein riesiges Wohnmobil zu überholen, fluchte dann und versuchte zu denken. Wer war sonst noch in der Nähe, um an Claires Schule Stellung zu halten, bis ich dort ankam?

Ich zögerte, dann wählte ich eine andere Nummer. Eine vertraute Stimme meldete sich nach dem dritten Klingeln.

„Heavy Metal Sedona. Walt am Apparat.“

Meine Worte kamen überstürzt heraus. „Hier ist Abby. Kannst du mich mit Cooper verbinden?“

„Cooper?“

„Ja, Cooper. Jetzt sofort.“

Walt bemerkte die Dringlichkeit in meiner Stimme. „Ist alles in Ordnung?“

Ich raste die Straße hinunter. Gott, ich hoffte es.

Kapitel 16

COOPER

In dem Moment, als Walt mich zu sich rief, wusste ich, dass etwas nicht stimmte. Abbys atemlose Worte bestätigten es.

„Ich brauche jemanden, der sofort zu Claires Schule fährt", flehte sie am Telefon.

Abby geriet nie in Panik. Aber sie klang so, als wäre sie kurz davor.

„Ich werde etwa fünfzehn Minuten zu spät kommen, aber ich brauche jemanden, der dort wartet, bis ich ankomme", sagte sie. „Nur für alle Fälle. Bitte... "

Ich wusste nicht, was das für ein *Fall* sein könnte, aber das war auch egal. Wenn Claire etwas benötigte, war ich da.

„Ich bin auf dem Weg", sagte ich zu Abby und rannte zur Tür.

Die gute Nachricht war, dass meine Mutter bereits gegangen war, so dass ich ohne ein Wort der Erklärung hinausstürmen konnte.

Die schlechte Nachricht war... nun, alles andere.

Die Schule befand sich direkt an der Hauptstraße und war leicht zu finden. Es war ein wenig schwierig, den Feierabendverkehr zu bewältigen, aber die meisten Leute waren schon weg, also war es nicht schwer, einen Parkplatz zu finden. Ich sprang aus meinem Wagen und eilte ein paar Schritte hinter einem Mann, von dem ich annahm, dass er sein Kind abholen wollte, zum Eingang.

Wie sich herausstellte, hatte ich recht – und das nicht auf eine gute Art.

Am oberen Ende der Treppe wartete eine stämmige, nüchterne Frau mit ein paar Kindern. Sie trug kein Namensschild, aber ihre seriöse Aufmachung und ihre Ausstrahlung von Verantwortung verrieten, dass sie die Direktorin war.

Der Typ schlenderte die Treppe hinauf und hob seinen Cowboyhut, ganz aalglatt und großspurig.

„Ich bin hier, um Claire abzuholen."

Claire zuckte zusammen, was meinen Bären zum Knurren brachte. Ich flog die Treppe hinauf und überholte ihn.

Claire rannte zu mir und klammerte sich an mein Bein. „Cooper!"

„Hallöchen, Kleine." Ich beugte mich vor, um sie zu schützen. Was auch immer hier vor sich ging, es war nicht gut.

„Moment mal", bellten der Typ und die Direktorin gleichzeitig.

Ich streckte eine Hand in die Luft, um zu zeigen, dass ich keine böse Absicht hatte. Mit der anderen Hand hielt ich Claire fest, die ihr Gesicht an meinen Oberschenkel drückte und nur ein Schatten des glücklichen, vertrauensvollen Mädchens war, das ich kannte.

„Wer zum Teufel sind Sie?", fragte der Typ.

Die Direktorin warf ihm einen vernichtenden Blick zu, der sagte: *Hüten Sie Ihre Zunge, junger Mann.*

„Ich bin Cooper Lundsven, Ma'am", sagte ich und richtete meinen Blick auf die Direktorin. Ich weigerte mich, den Kerl zu beachten.

Nicht irgendein Kerl. Ein Wolfsgestaltwandler, warnte mein Bär, der seinen Geruch wahrgenommen hatte.

„Claires Mutter ist auf dem Weg", sagte ich und beugte mich hinunter, um es zu Claire zu sagen. „Sie ist auf dem Weg hierher. Mach dir keine Sorgen", murmelte ich und tätschelte ihr den Rücken.

Mit den Händen umklammerte sie meine Jeans. Sie war wirklich besorgt.

Ein winziges Nicken war ihre einzige Antwort.

Die Direktorin schaute auf ihr Klemmbrett. „Ich sehe Sie nicht auf der Abholliste."

„Nein, Ma'am. Das bin ich auch nicht. Claires Mutter hat mich nur gebeten, hier zu warten, bis sie eintrifft."

„Nun, ich bin Claires Vater, und ich bin hier, um sie abzuholen", erklärte der Mann.

Ich fletschte fast meine Zähne. Oder besser gesagt, meine Reißzähne. Dieser Trottel war Claires Vater?

Braunes Haar, kalte, blaue Augen. Der Kerl war groß und sportlich, aber er machte diesen verbrauchten Eindruck, der sagte, dass seine glorreichen Tage mindestens ein Jahrzehnt zurücklagen.

„Name?", fragte die Direktorin.

„Jay Wilson."

„Sie stehen auch nicht auf der Liste", sagte sie.

„Welche Liste? Ich bin ihr gottverdammter Vater!", brüllte er und trat einen Schritt vor.

Die Direktorin war einen Kopf kleiner und dreißig Jahre älter als er, aber sie wich keinen Zentimeter zurück.

„Schulvorschrift. Schüler dürfen nur an Erwachsene ausgehändigt werden, die auf der Liste der Abholberechtigten stehen. Es ist zu ihrer eigenen Sicherheit. Ich bin sicher, das ist auch Ihre Priorität."

Ich war mir dessen nicht so sicher, wenn man bedachte, wie sehr sich Claire an mich klammerte.

„Meine Priorität? Meine verdammte Priorität?", maulte er, so dass sich viele Köpfe drehten. „Sie ist mein Kind. Geben Sie sie mir."

Sein Tonfall war der eines Mannes, der einen beschlagnahmten Lastwagen einfordern wollte. So viel zum Thema väterlicher Wärme.

„So funktioniert das nicht, Sir." Die Direktorin wandte sich an mich und beugte sich hinunter. „Claire, Schatz. Ich möchte, dass du zu mir kommst, bitte."

Claire schüttelte den Kopf und ich warf der Frau einen flehenden Blick zu. „Ich möchte sie nirgendwo hinbringen. Ich bin nur hier, um mit ihr zu warten."

Jay sah aus, als wollte er mich schlagen. Ich knurrte leise vor mich hin. *Soll er es doch versuchen.*

Aber nicht, wenn Claire dabei war. Ich drehte mich zur Seite, um mich zwischen ihn und sie zu stellen.

„Ich bin ihr Vater!", brüllte Jay. „Für wen zum Teufel halten Sie sich?"

Die Direktorin gab einem rundlichen Sicherheitsbeamten ein Zeichen, der in ein Funkgerät sprach, bevor er sich zu ihr gesellte.

Großartig. Jay würde dafür sorgen, dass wir beide verhaftet wurden – und schlimmer noch, dass Claire traumatisiert wurde.

„Ich bin nur ein Freund", sagte ich so ruhig wie möglich. „Wie ich schon sagte, Abby wird bald hier sein."

Jays langes Gesicht deutete darauf hin, dass er gehofft hatte, bis dahin – mit Claire – weg zu sein.

„Ein Freund? Ein verdammter Freund?" Er stieß gegen meine Schulter. „Ich will dir mal etwas sagen, *Freund*. Du kannst mit dieser Schlampe schlafen, soviel du willst, aber mein Kind kriegst du nicht."

Meine Fingernägel brannten, während ich darum kämpfte, meinen Bären unter Kontrolle zu halten. Dies war weder die richtige Zeit noch der Ort, um sich zu verwandeln. Aber verdammt, ich war nah dran.

„Nun, Mr. Wilson...", unterbrach die Direktorin. „Laut unseren Unterlagen haben Sie kein Sorgerecht."

Er runzelte die Stirn. „Sorgerecht? Ich werde es bekommen. Ich habe mir einen Anwalt genommen und alles."

Ha. Ich würde gern sehen, wie ein Anwalt seinen Fall vertritt, besonders nach dieser Szene.

„Nun, das ist eine Angelegenheit für das Gericht", sagte die Direktorin. „Ohne einen autorisierten Erwachsenen geht dieses Kind nirgendwohin."

Ich nickte energisch und machte deutlich, dass ich auf ihrer Seite war.

„Ich bin ihr verfluchter Vater!", beharrte Jay. „Wollen Sie einen Ausweis?"

„Ich möchte, dass Sie aufhören, Ihre Stimme zu erheben." Die Direktorin konnte nicht wissen, dass sie es mit einem Wolfsgestaltwandler zu tun hatte. Aber selbst wenn, bezweifelte ich, dass sie nachgeben würde. Die Frau verdiente einen verdammten Orden.

So ging es noch eine Weile weiter und Jay beachtete Claire kaum. Mein Herz blutete für das Kind, das sich wie eine Boa Konstriktor um mein Bein klammerte. Ich behielt eine Hand auf ihrem Rücken, um ihr zu zeigen, dass ich nicht mehr gehen würde.

In den nächsten paar Minuten eilten weitere Eltern herbei, um die anderen drei Kinder abzuholen, die mit der Schulleiterin warteten. Liebevolle, höfliche Eltern, die sich ausgiebig entschuldigten und einen großen Bogen um Jay machten. Kluge Leute.

Damit blieben nur noch ich, Claire, Jay und Wonder Woman übrig.

Die Schlange der Autos, die die Schule verließen, löste sich langsam auf. Ich hielt Ausschau nach Abby, aber ein paar Streifenwagen tauchten zuerst auf.

Scheiße. Wenn ich wegen Jays Schwachsinn verhaftet würde, würde ich ausrasten. Andererseits könnten sie mich mit ihm in eine Zelle stecken.

Mein Bär knurrte und schwor sich, ihn dafür bezahlen zu lassen, dass er Claire solchen Kummer bereitet hatte. Kein Kind sollte eine derartige Szene miterleben müssen.

„Die Polizei ist auf dem Weg", murmelte der Sicherheitsbeamte.

Dieser Anruf war so ziemlich alles, was er bis jetzt beigetragen hatte. Nutzlos. Die grauhaarige Schuldirektorin hingegen konnte Jay in den Arsch treten, dessen war ich mir sicher.

„Sie haben die verdammte Polizei gerufen?" Jay wich zurück.

Klugerweise antworteten sie nicht.

Jay beobachtete die herannahenden Streifenwagen noch ein paar Sekunden lang, dann fluchte er und ging die Treppe hinunter.

„Mach dir keine Sorgen, Kleine. Ich komme wieder", sagte er zu Claire.

Sie grub ihre Finger in mein Bein. Oh, sie war wirklich so besorgt.

Und du, seine Augen funkelten mich an. *Das wirst du mir büßen.*

Ich fuhr meine Eckzähne ein wenig aus, um zu sagen: *Nur zu, Arschloch.*

Eine große Gruppe von Fünft- oder Sechstklässlern mit Sporttaschen verließ die Schule durch einen Seiteneingang und stieg in einen Bus. Das verlangsamte die Annäherung der Streifenwagen, so dass Jay zu seinem Wagen eilen konnte. Als die Polizisten endlich durchkamen, näherten sie sich uns.

„Ist hier alles unter Kontrolle?", fragte einer.

Jay raste auf der anderen Seite der kreisförmigen Einfahrt von der Schule davon.

„Jetzt schon", murmelte der Sicherheitsbeamte.

Ich schnaubte und schaute Jay hinterher. Nein, es war nicht unter Kontrolle. Nicht, wenn Jay in der Nähe war. Aber wenigstens war er nicht länger in Claires Blickfeld.

Als ich in die Hocke ging, um sie anzusehen, schlang sie ihre Arme um meinen Hals und hielt sich fest.

„Es ist okay", flüsterte ich wieder und wieder. „Alles ist in Ordnung."

Kapitel 17

ABBY

Meine Hände zitterten an diesem Abend immer noch. Es war Stunden her, seit ich an der Schule angekommen war und Claire in Coopers Armen gefunden hatte. Sie hatte mich fest umarmt, als ich herbeigeeilt war, und ich hatte sie lange, lange festgehalten.

Ich hatte mich so oft bei Cooper und der Direktorin bedankt, dass sie mich anflehten, aufzuhören.

Ich versprach Claire genauso oft, dass alles in Ordnung wäre, aber sie klammerte sich stundenlang an mich.

Zu erschüttert, um zu arbeiten, tauschte ich an der Werkstatt nur die Autos, nahm mir den Nachmittag frei und fuhr nach Hause. Cooper folgte uns den größten Teil des Weges, nur für den Fall – ein Fall, an den ich wirklich nicht denken wollte.

Bevor wir uns trennten, bedankte ich mich noch hundertmal bei ihm und jedes Mal murmelte er die gleichen beiden Worte.

„Alles gut."

Diese Worte wiederholte ich in den nächsten Stunden vor mir selbst und ließ seine tiefe Stimme in meinem Kopf widerhallen.

Alles gut. Alles gut. Irgendwie.

Claire setzte ein tapferes Gesicht auf und das Füttern und Striegeln der Pferde half auch. Aber selbst nachdem ich sie an diesem Abend ins Bett gebracht hatte, ließ sie mich nicht von sich weg.

Gut, denn ich wollte auch nicht gehen.

„Ich muss doch nicht zu Jay gehen, oder?", wimmerte sie.

Mein Herz blutete. Wie die Mutter, so die Tochter – wir nannten unsere Väter beide beim Vornamen.

„Er hat gesagt, er bekommt Sorgen reicht", murmelte Claire ängstlich.

Sorgerecht. Sie kannte das Wort nicht, aber sie wusste genau, was es bedeutete.

„Nein. Niemals. Das werde ich nicht zulassen." Meine Stimme brach. Worte konnten nicht ausdrücken, was ich fühlte, aber ich versuchte es. „Es tut mir so, so leid, dass ich zu spät gekommen bin, Süße."

Sie tätschelte meinen Rücken. „Ist schon gut, Mommy. Cooper war da."

Ich hielt sie fest und wünschte, Cooper wäre Teil dieser Umarmung.

„Ich bin so froh darüber", murmelte ich.

„Ich bin auch froh."

Die Untertreibung des Jahres. Cooper war überzeugt, dass die Direktorin Jay allein hätte aufhalten können, aber Claire wäre ohne ihren großen, starken Freund doppelt traumatisiert gewesen.

Ich hielt sie fest im Arm und verfluchte mich immer wieder selbst. Ich hatte sie im Stich gelassen. Meine eigene Tochter. Wie konnte ich nur?

„Schlaf jetzt, Süße." Ich gab ihr einen Kuss. „Träum was Schönes."

Ich ertappte mich zu spät, um die Worte zurückzunehmen.

„Wirst du mir helfen?" Claire griff nach meiner Hand.

Mein Herz brach. Sie glaubte wirklich, dass ich es konnte. Es gab eine Zeit, in der ich es auch geglaubt hatte. Aber jetzt nicht mehr.

Andererseits hatte ich Magie in Kevins Axt eingewoben. In Zeiten der Not hatte ich Kraft aus dem Wirbel auf unserer Ranch geschöpft. Und die neuen Äxte, die ich jetzt herstellte, summten praktisch vor Magie. Also vielleicht...

Ich ließ mich neben Claire nieder und streichelte ihr sanft über die Wange. „Darauf kannst du wetten, meine Süße."

∞∞∞∞∞

Es war spät – sehr spät, als ich endlich nach unten ging, aber Pippa und Ingo waren immer noch da.

„Hi", flüsterte meine Schwester und zwang sich zu einem Lächeln.

Meine Antwort war heiser. „Hi."

Ein Schatten huschte durch das Mondlicht, das durch das Fenster hereinfiel, und ich spähte hinaus.

„Erin und Nash behalten alles im Auge, nur für alle Fälle", erklärte Ingo.

Ich beobachtete das Drachenpaar, das durch die dunkle Nacht glitt und sie mit kleinen Feuerstößen erhellte.

Ich war immer dankbar für meine Schwestern – und für ihre Partner –, aber ich war doppelt dankbar, dass zwei von ihnen sich in Drachengestalt und zwei in Wolfsgestalt verwandeln konnten. Das weltweit beste Nachbarschaftsschutzprogramm, genau hier auf meiner Ranch.

Plus ein Bär, flüsterte eine kleine Stimme in meinem Kopf.

Ich spitzte die Lippen und dankte Cooper im Stillen. Ich träumte sogar davon, dass er eines Tages zu uns kommen würde.

Dann holte ich tief Luft. Wagte ich es, diesen Wunsch irgendwann in meine eigenen Träume zu weben?

Aber es war eine Sache, ein oder zwei Nächte lang angenehme Bilder heraufzubeschwören. Es war eine ganz andere, diese Träume durch Dimensionen springen zu lassen und in die Realität umzusetzen – und mit der Enttäuschung zu leben, wenn man versagte.

„Können wir reden?", fragte Ingo leise.

Ich biss mir auf die Lippe. Sah ich so unnahbar aus?

Ja, wurde mir bewusst. Das tat ich.

Der Gedanke erfüllte mich mit Scham.

„Ja. Bitte", fügte ich schnell hinzu. „Danke."

Ein Teil der Anspannung fiel von seinen Schultern ab. „Was kannst du mir über diese Liselle erzählen?"

Ich erzählte ihm alles, bis zu jedem Detail, das von Bedeutung sein könnte. Da Ingo in der übernatürlichen Strafverfolgung tätig war, wusste er über solche Dinge viel mehr als ich. Also beschrieb ich die Frau, ihr Haus, die Feuerschale, die sie wollte, und die Gedankenmanipulation, derer ich sie verdächtigte. Ich zeigte ihm die Skizzen, die ich angefertigt hatte, und ihre Visitenkarte.

Ingo betrachtete die Runen mit gerunzelter Stirn. „Macht es dir etwas aus, wenn ich ein paar Fotos schieße und sie an die Agentur schicke?"

Ich schluckte und sah Pippa an. Als Agent der ABDKS war Ingo verpflichtet, verdächtige übernatürliche Aktivitäten zu melden. Aber als Mitglied unserer Familie hatte er die Pflicht, uns zu beschützen, und das tat er auch – auch vor der Aufmerksamkeit dieser Behörde.

„Kannst du das inkognito machen?", fragte ich.

„Ich nenne es eine Routinekontrolle, und wenn sie fragen, kann ich sagen, dass ich meine Quelle schützen muss. Ich kann jedoch nicht versprechen, dass niemand eins und eins zusammenzählen wird. Aber ich werde mein Bestes tun."

Ich schaute Pippa an und nickte dann.

„Tu es." Dann beeilte ich mich, hinzuzufügen: „Danke."

Während Ingo die Bilder mit seinem Handy wegschickte, fingerte Pippa an Liselles Visitenkarte herum.

„Sehr vornehm", murmelte sie. Es war kein Kompliment. „Mit Prägung und allem."

Ich nickte. „Eine Art Blume, glaube ich."

Eine seltsame, stachlige Blume.

„Edelweiß", murmelte Pippa.

Mir gefror das Blut in den Adern, und ich starrte sie an.

Pippa neigte den Kopf. „Was?"

Ich riss ihr die Karte aus den Händen. „Edelweiß? Bist du sicher?"

„Nun, ich bin keine Heidi und ich war noch nie in den Alpen, aber ja, ich bin mir sicher." Sie tippte es in ihr Handy und hielt dann das Bild hoch, das bei ihrer Suche auftauchte. „Siehst du? Edelweiß."

Ich starrte sie an und fing dann an zu stottern. „Mein Vater war heute im Laden... "

Pippa riss die Augen weit auf. „Dein Vater war hier?"

Ich verzog das Gesicht. „Er war auf der Durchreise und kam in der Werkstatt vorbei." Ich kramte in meinem Gedächtnis nach dem, was er gesagt hatte.

Es ist wieder diese verdammte Edelweiß-Corporation. Sie wurden von ein paar Magiekundigen aufgekauft...

Ich erklärte es Ingo, der anfing, in sein Handy zu tippen.

„Edelweiß Corporation... " Er wartete und schaute stirnrunzelnd auf die Anzeige. „Luxus-Immobilien-Bauträger mit Projekten in Colorado, Neu Mexiko, Montana, Oregon... im ganzen Westen, wie es aussieht." Eine weitere Pause, während er überflog, was er gefunden hatte. „Vor ein paar Monaten wurde eine neue Partnerschaft mit Steinmeier Associates bekannt gegeben... "

Ich verzog das Gesicht. „Das ist diese Schlampe, Liselle."

Ich schimpfte mit mir selbst, beschloss dann aber, dass es nicht schnippisch war, wenn es die reine Wahrheit war. Was für eine Person bringt das Kind eines anderen in Schwierigkeiten?

Ingo legte sein Handy zur Seite. „Ich kann von hier aus nicht auf vertrauliche Dateien der Agentur zugreifen. Wir müssen bis morgen warten, um ihren Hintergrund zu prüfen." Dann rieb er sich den Kiefer und schaute mich an. „Oder ich könnte jetzt in die Stadt fahren, wenn du nicht warten willst."

Mein Herz schlug heftig. Ingo war ein wirklich guter Mann. Wenn man bedachte, dass er zu Beginn auf meiner Roten Liste stand...

Was mich nur daran erinnern sollte, welch ein schlechter Menschenkenner ich war und welche anderen Männer ich vielleicht falsch eingestuft hatte... so wie Cooper.

„Danke, aber es kann warten", sagte ich.

Pippa tippte sich gegen die Lippen. „Dann ist da noch die Frage nach Jay... "

Dieser Mistkerl, hätte ich fast geknurrt.

„Ist es ein Zufall, dass er ausgerechnet jetzt auftaucht? Noch dazu mit einem Anwalt?", fuhr Pippa fort.

Mein Verstand sah überall böse Verbindungen, aber vielleicht war ich nicht die richtige Person, dies zu beurteilen. Also tat ich mein Bestes, um mich an die Fakten zu halten.

„Zwei Dinge kommen mir daran komisch vor“, begann ich, obwohl ich eher von mehreren hundert ausgehen würde. „Jay hasst Anwälte. Er würde nie auf die Idee kommen, einen zu engagieren. Und er hat ganz sicher nicht das Geld, um einen zu bezahlen.“

„Wer sollte es also sonst tun?“ Pippa verzog das Gesicht und dachte nach. „Und warum? Wer würde sich die Mühe machen, sich in die Angelegenheiten eines anderen und dessen Kind einzumischen?“

„Jemand, dem Jays Beziehung zu Claire wichtig ist?“, vermutete Ingo.

Ich schnaubte. „Jay ist seine Beziehung zu Claire nicht wichtig. Warum sollte das der Fall für jemand anderen sein?“

„Gutes Argument“, räumte Ingo ein. „Das würde nur jemanden übrig lassen, der von alledem profitieren kann.“

Wir wurden alle still, ratlos.

Dann veränderte sich Ingos Gesichtsausdruck, und er schaute mich an.

Ich neigte den Kopf. „Was?“

Er zögerte, als wäre ich ein Hund, der zu oft nach ihm geschnappt hatte. Und, verdammt. Das hatte ich wahrscheinlich auch.

Schließlich sprach er: „Was, wenn wir die ganze Sache einmal umdrehen? Vielleicht geht es nicht darum, wer davon profitiert, dass Jay das Sorgerecht bekommt, sondern wer etwas zu verlieren hat.“

„Claire“, antwortete ich sofort.

Pippa und Ingo schauten einander an, dann mich.

„Claire und *du*“, sagte Pippa sanft.

Stimmt, aber ich konnte ihrem Gedankengang nicht folgen.

„Die Übertragung des Sorgerechts würde Jay Macht über *dich* geben“, betonte Ingo.

„Warum sollte er das wollen? Worüber habe ich die Kontrolle, die er – oder jemand anderes – haben will?“, fragte ich.

Pippa erblasste und einen Herzschlag später ich ebenfalls.

„Die Ranch“, sagten wir beide gleichzeitig.

Ingo führte den Gedanken fort: „Dieser Hexenmeister – wie heißt er doch gleich…“

„Harlon Greene“, spie ich praktisch.

„Stimmt. Der“, stimmte Ingo zu. „Wenn er an diesem Grundstück interessiert war, dann könnte es auch eine andere Hexe oder ein anderer Hexenmeister sein... aus ähnlichen Gründen.“

Ingo drückte es vorsichtig aus, aber wir wussten alle, was diese *Gründe* waren. Der geheime Wirbel – oder die Wirbel – auf unserem Grundstück.

Es wurde still im Raum. So still, dass ich die Pferde draußen wiehern hören konnte.

„Vielleicht hat Harlon jemand anderem von der Ranch erzählt.“ Pippa sah Ingo an. „Besteht eine Möglichkeit, seine engsten Vertrauten zu überprüfen?“

Ingo sah grimmig aus. „Dafür benötige ich auch die Datenbank der Agentur.“

Sie schauten mich beide an.

So ungeduldig wie ich war, schüttelte ich den Kopf. „Morgen.“

„Die gute Nachricht ist, dass Erin ihren Vater angerufen hat. Er ist auf dem Weg“, sagte Pippa und drückte mir eine Tasse Tee in die Hand. „Mike wird so schnell wie möglich hier sein.“ Ihr Ton wurde weicher. „Du weißt, dass mein Vater auch herbeeilen würde, wenn er nicht die Feuerwehrmannschaft leiten würde.“

Ich nickte trotz des Kloßes in meinem Hals. Ich verdankte Mike und Greg so viel. Claire auch.

Ich wusste, was sie sagen würden. *Ihr seid Familie. Natürlich würden wir alles für euch tun.*

„Aber er wird kommen, wenn wir glauben, dass wir die Hilfe benötigen“, versicherte Pippa mir.

Ingo tätschelte ihre Hand. „Aber ich glaube nicht, dass das nötig sein wird.“

Ich betete, dass es nicht der Fall wäre. Aber nur die Zeit würde es zeigen.

Kapitel 18

ABBY

„Bist du sicher?", fragte ich und hielt die Hände meiner Tochter.

„Ich bin sicher, Mommy." Sie riss ungeduldig daran. „Wir essen Pizza und so."

Es war 15:20 Uhr am nächsten Nachmittag – ein Freitag – und die Schule war zu Ende. Gott sei Dank war Jay nicht in Sicht, obwohl ich Cooper vorsichtshalber mitgebracht hatte.

Aber ich war nicht aus der Werkstatt gekommen, um Claire abzuholen, nur um sie dann wieder zu verabschieden.

„Alles wird gut, das verspreche ich", versicherte mir Lana Hawthorne, eine der ranghöchsten Wölfinnen der Twin Moon Ranch, mit einem warmen Lächeln.

Wir hatten uns erst vor ein paar Monaten kennengelernt, aber unsere Töchter waren schnell Freundinnen geworden und sie planten diese Übernachtung schon seit Wochen.

Ich verspreche auch, dass alles klar geht, wiederholte Lanas großer, knallharter Gefährte Ty Hawthorne mit einem grimmigen Blick.

Sie wohnten eine vierzigminütige Autofahrt entfernt, und im Gegensatz zu unserem bescheidenen Anwesen – mit sechs Bewohnern – war die Twin Moon Ranch mit über einhundert Gestaltwandlern riesig. Die meisten von ihnen waren knallharte Wölfe, die bereit waren, für das Leben und die Liebe zu kämpfen, wie sie in den letzten turbulenten Jahren bewiesen hatten. Seitdem hatte sich die Lage beruhigt und eine starke Führung hatte das Rudel gedeihen lassen. Der

Ort war mehr als eine Ranch, es war eine Gemeinschaft mit Geschäftsbeziehungen im ganzen Bundesstaat.

Eifersüchtig? Vielleicht ein wenig. Aber unsere winzige Gemeinschaft passte gut zu mir, zumal mein Wunsch lediglich *Frieden* war.

Cooper stand neben mir, hatte die Hände tief in die Taschen geschoben, still wie eine Maus. Eine ein Meter neunzig große Maus, deren körperliche Masse Tys größere Körperlänge mehr als wettmachte.

Verdammt gut, dass sie Verbündete und keine Feinde waren. *Meine* Verbündeten.

Mein Herz wurde warm und ich lockerte den Griff um Claires Hände. Sie wäre auf der Twin Moon Ranch genauso sicher – oder sogar sicherer – wie zu Hause. Außerdem hatte sie lange und friedlich geschlafen und war ohne eine Spur der Angst aufgewacht, die Jay ihr eingejagt hatte.

Sie hatte zwar nicht von Träumen berichtet, aber hey. Nachdem, was sie durchgemacht hatte, war guter Schlaf ein Wunder. Warum also ihre Chance auf eine Übernachtung bei ihrer Freundin ruinieren?

„Entschuldige. Ich bin einfach nur anhänglich, schätze ich." Ich küsste Claire, umarmte sie, küsste sie noch einmal für viel Glück, und umarmte sie erneut...

„Mom...", protestierte sie.

Ich zwang mich, zurückzutreten. „Viel Spaß, meine Süße. Ich sehe dich morgen."

„Tschüss!", rief sie und rannte in Richtung des Jeep Wagoneers der Hawthornes.

„Ich habe dich lieb", rief ich mit einem Kloß in meinem Hals.

„Ich habe dich auch lieb." Claire winkte fröhlich.

Ich stand da und erinnerte mich daran, dass ich meiner Tochter die normale Kindheit ermöglichen wollte, von der ich einst geträumt hatte. Mit einem guten Zuhause, Freunden... sogar mit Übernachtungen. Mit einem Wort: Stabilität.

Ich winkte noch lange, nachdem der Jeep der Hawthornes aus der Einfahrt der Schule verschwunden war.

„Na komm." Cooper tippt mir sanft auf die Schulter.

Meine Füße steckten im Teer fest, so schien es zumindest, aber mit viel Willenskraft gelang es mir, davonzuschlurfen. Es half, dass Cooper meine Hand nahm und daran zog.

Er machte sich nicht lustig oder spielte es herunter. Er stupste mich einfach weiter wie ein altes Pferd. Die Metallwerkstatt war nur sieben Minuten entfernt und wir waren die ganze Zeit über still. So ruhig wie heute waren wir noch nie, denn wir hatten die meiste Zeit damit verbracht, Metall zu hämmern.

Nun, Cooper hatte gehämmert. Ich hatte mehr geknallt und geschlagen. Aber hey. Wir hatten es geschafft.

Als wir zurückkamen, machte ich also da weiter, wo ich aufgehört hatte. Siebzehn Äxte waren fertig, blieben noch drei. Wir waren wirklich richtig in Fahrt.

Normalerweise machten wir um fünf Feierabend, aber ich war kurz davor, den letzten Axtkopf fertigzustellen, also blieb ich noch länger, nachdem Walt und die anderen gegangen waren. Cooper leistete mir Gesellschaft, treu wie ein alter Jagdhund, und um sechs hatten wir achtzehn Axtköpfe geschafft.

„Die sieht gut aus", murmelte Cooper, als er unser neuestes Meisterwerk unter einer Lampe drehte.

„Der Stiel sieht gut aus", betonte ich.

Gut war eine Untertreibung. Cooper hatte den gestrigen Nachmittag – den, den ich mir freigenommen hatte – damit verbracht, Stiele für unsere Äxte zu fertigen. Er war vielleicht noch kein Meister des Metalls, aber mit Holz konnte er wirklich umgehen.

Ich fuhr mit einem Finger am Griff entlang. „Wirklich. Er ist so glatt und die Passform ist genau richtig."

Ein stolzes Funkeln leuchtete in seinen Augen, doch er wies das Kompliment mit einem Schulterzucken ab. „Die ganze Axt sieht gut aus. Sie fühlt sich auch gut an." Er wog die Axt in einer Hand und reichte sie dann an mich zurück.

Ich schwang sie herum. „Perfekt, wenn ich das einmal selbst sagen darf."

Cooper hob eine Hand. „Schlag ein."

Ich lachte und griff nach oben – ganz nach oben, um mit ihm einzuschlagen. „Gut gemacht."

Ich schaute auf die Uhr, dann auf den nächsten halb fertigen Axtkopf, um abzuschätzen, wie lange es wohl dauern würde.

Cooper musste meine Gedanken wie ein Buch lesen, denn er zuckte zusammen.

„Geh ruhig", drängte ich ihn. „Ich fange nur mit dem nächsten an."

Er überlegte kurz und schüttelte dann den Kopf. „Nein. Ich habe heute Abend ohnehin nicht viel vor."

Ha. In Sedona gab es zwar kein großes Nachtleben, aber ein junger, attraktiver Feuerwehrmann konnte an einem Freitagabend trotzdem viel Spaß haben – und es gab zahlreiche Frauen, mit denen man diesen Spaß haben konnte.

Ich hingegen war eine alleinerziehende Mutter. Ruhige Abende zu Hause waren bei mir die Norm.

Aber Cooper weigerte sich, zu gehen. Er erweckte sogar den Eindruck, als hätte er einen triftigen Grund, zu bleiben.

Ich konnte nicht anders, als mir vorzustellen, dass ich der Grund dafür sein könnte.

Wir ließen die großen Hintertüren offen, um einen weiteren spektakulären Sonnenuntergang in Sedona mitzuerleben, bei dem der Himmel von orangen und roten Strahlen durchzogen wurde. Danach ließen wir sie noch eine Weile länger offen, denn auch die Sterne waren ein Erlebnis. Um sieben stand der Orion hoch und hell, perfekt eingerahmt von den Türen. Cooper hatte einen weiteren Griff fertig und ich machte große Fortschritte beim nächsten Axtkopf.

„Sollen wir uns etwas zu Essen bestellen?", schlug er vor, als wir beide eine Pause einlegten. „Ich lade dich ein."

„Nein, ich lade dich ein", sagte ich mit Nachdruck.

Die fünfzehn Minuten, die er zum Abholen des bestellten Essens benötigte, kamen mir wie eine Ewigkeit in der Wüste vor – lang und leer. Ich stand in der großen Tür und dachte an Claire... und versuchte, mich nicht um Jay oder Liselle zu sorgen. Mit einem Schaudern zog ich mich nach drinnen zurück, fest entschlossen, den Axtkopf zu vollenden.

„Okay, Boss. Zeit zum Essen", rief Cooper kurze Zeit später.

Mit ihm in der Nähe wirkte die ganze Werkstatt heller und fröhlicher, so wie die bunte Tüte aus dem *Cactus & Curry* Thai-Restaurant.

Ich warf Cooper ein Lächeln zu und drehte mich wieder zu meinem Amboss um. „Ich komme gleich. Ich bin fast fertig.“

„Das sagt mein Onkel auch immer. Weißt du, was meine Tante antwortet?“

„Was?“

Cooper warf mir einen vielsagenden Blick zu. „*Fast fertig* ist der beste Zeitpunkt, um für den Abend aufzuhören. Es macht den Start am nächsten Morgen viel einfacher.“

Ich lachte. „Sehr weise. Aber im Ernst, ich bin wirklich nah dran.“

„Das sagt mein Onkel auch“, seufzte er und klang ein wenig. . . genervt.

Ich starrte auf den Axtkopf und wusste genau, wo ich die nächsten Hiebe platzieren würde. Aber mein Herz pochte warnend. Sollte ich eine Axt beenden oder einen Freund behalten? Was war wichtiger?

Ich legte den Hammer ab und schaltete die Esse aus.

„Es tut mir leid. Ich bin gleich da.“ Ich band mir die Schürze ab, um ihm zu zeigen, dass ich es ernst meinte.

Während ich mir die Hände schrubbte, zog Cooper etwas über den Boden zu einer der hinteren Türen. Dann huschte er ein paarmal hin und her. Was machte er denn?

Ich verließ das Bad und ging zur Küchenzeile der Werkstatt, aber sie war leer. Ich ließ meinen Blick zu den Hintertüren schweifen und. . .

Mir stockte der Atem.

„Ist das okay für dich?“, fragte Cooper.

Er hatte eine Werkbank an die Türschwelle geschoben und das Abendessen dort gedeckt. Und nicht nur das Abendessen.

„Es ist wunderschön“, hauchte ich und musterte die flackernden Kerzen, die gelben Tischdeckchen und die lila Servietten, alles vor dem Hintergrund der sternenklaren Nacht.

Er errötete. „Der Typ im Restaurant hat darauf bestanden, das alles dazuzugeben.“

„Hat er nicht.“

„Doch hat er!", versicherte Cooper mir. „Er sagte, das Leben sei kurz, also lebe es in vollen Zügen."

„Ein kluger Mann", murmelte ich, während ich mir innerlich schwor, zukünftig mein Essen, so selten es auch vorkommen mochte, im *Cactus & Curry* zu bestellen.

„Es ist nicht zu kühl hier?", fragte Cooper.

Ich schüttelte den Kopf. Nicht mit den glücklichen Schwingungen, die meinen Körper und meine Seele wärmten. „Alles gut."

Ich setzte mich langsam und saugte alles in mich auf. Wann hatte mich das letzte Mal jemand mit so etwas verwöhnt?

Nun, Claire tat es manchmal, mit handgeschriebenen Notizen und Backwaren, bei denen Pippa ihr half. Meine Schwestern und ihre Väter betrieben auch immer einen riesigen Aufwand zu meinem Geburtstag.

Ich schluckte und erinnerte mich daran, wie viel Glück ich doch hatte.

Trotzdem blieb der Punkt bestehen. Wann war das letzte Mal, dass jemand außerhalb meiner Familie so etwas für mich getan hatte?

„Mangohähnchen für dich…" Cooper reichte mir die Bestellung. „Rindfleischpfanne für mich…" Dann stellte er eine kleine Weinflasche hin. „Alkoholfrei. Du musst allerdings die Saftgläser entschuldigen."

Ha. Es war auf jeden Fall besser als aus der Flasche zu trinken, wie Jay es getan hätte.

Ich runzelte die Stirn, dann verbannte ich den Mann aus meinen Gedanken.

Als Cooper Platz nahm, hoben wir unsere Gläser.

„Auf… ähm…" Seine Augen funkelten, aber er hielt zurück, was auch immer er sagen wollte.

Zum Teufel mit der Roten Liste, sagte mein Bauchgefühl. *Auf große Kerle mit großem Herzen und sanften Zügen.*

Auf uns, sagten Coopers Augen.

Draußen zirpten die Zikaden und die Sterne leuchteten hell.

„Darauf, das Leben in vollen Zügen zu leben", flüsterte ich schließlich.

Er berührte mein Glas mit seinem und brachte es zum Klingen. Der Laut hing in der Nacht, so klar und rein wie die Steppenluft. Unsere Blicke begegneten sich und Sekunden vergingen. Dann griff Cooper nach seiner Gabel.

„Nun, lass es dir schmecken."

Amen, sagte die nie zu sättigende Ecke meines Verstandes, und ich tat genau das.

Das Essen war köstlich und Cooper war so gnädig, nicht zu kommentieren, dass ich meine Portion wie ein ausgehungerter Wolf hinunterschlang. Aber, hey. Er schaufelte seine Portion auch ziemlich schnell weg.

Ich stellte mir eine große Familie an einem großen Esstisch vor und ausnahmsweise war ich einmal nicht neidisch. Ich war nur froh, dass Cooper das erlebt hatte.

Dann dachte ich an seinen Bruder und mein Herz schmerzte.

Mein Blick wanderte zu meiner Werkbank und der fast fertigen Axt. Meine Finger zuckten und ich brannte darauf, hinüberzustürmen und diesen Ausbruch von Magie – oder Entschlossenheit oder was auch immer das war – in diese Axt zu stecken.

Stattdessen holte ich tief Luft und versuchte, das Gefühl festzuhalten. Ich konnte mich nicht nur auf Glück verlassen, um Glücksäxte zu schmieden. Ich musste lernen, meine eigene Magie zu kontrollieren und zuverlässig anzuwenden, wie es mir meine Stiefväter einst geraten hatten. Damals hatte ich mich geweigert, auf sie zu hören. Aber wenn ich daran dachte, was gute Magie erreichen konnte, wenn man sie mit Bedacht einsetzte...

Ich zwang meine Gedanken zurück in die Gegenwart. Der *Cactus & Curry*-Typ hatte recht. Das Leben war kurz und ich musste es in vollen Zügen leben. Das bedeutete, jeden Moment des schönen Essens unter den Sternen zu genießen.

Und das tat ich. Mehr als ich seit langer, langer Zeit irgendetwas genossen hatte. Ich ließ mir jeden Bissen der süßen Mangosoße auf Hühnchen und Reis schmecken. Ich lachte über die Geschichten, die Cooper erzählte, lange nachdem wir uns von unseren leeren Tellern zurückgelehnt hatten.

Die Kerze, die Cooper am nächsten stand, flackerte und betonte seine Lippen. Als sie das nächste Mal aufflackerte, ließ sie seine Augen funkeln. Sie strahlten heller als je zuvor, ein sicheres Zeichen für seine Gestaltwandlerseite.

Eine Seite, die ich unbedingt kennenlernen wollte, denn auch das war ein Teil von ihm.

„Oh! Schau mal!" Cooper zeigte auf die Sterne.

Eine Sternschnuppe blitzte über den Himmel und wir sprangen beide auf.

„Da – noch eine!", sagte ich, als ich knapp hinter der Ladentür stand. „Schnell. Wünsch dir etwas."

Ich dachte einen Moment lang nach und beschloss dann, mir nichts zu wünschen. Für mich waren bereits genug Wünsche in Erfüllung gegangen und noch mehr zu verlangen, wäre vielleicht einfach zu viel verlangt.

Ich schaute zu Cooper und fragte mich, was er sich wünschte.

Ups. Er schaute mich an und seine Augen glühten ultrahell.

Und, oh. Wir standen ziemlich nah beieinander. Schön nah, um genau zu sein.

„Solch eine klare Nacht", murmelte ich, nur um irgendetwas zu sagen.

Er nickte abwesend. „Wunderschön."

Die große Wanduhr hinter ihm tickte und sagte mir, dass es spät wurde. Aber zum ersten Mal seit langer Zeit hatte ich niemanden, zu dem ich nach Hause eilen musste. Im Gegenteil, ich hatte hier gute Gesellschaft. Jemand, bei dem ich in Versuchung war, zu bleiben.

Es war sehr, sehr verlockend.

So verlockend, dass ich ein wenig näher rutschte. Und näher…

Die Kerzen hätten schon längst schwächer brennen müssen, aber sie flackerten hoch und hell und wehten wie kleine Fahnen.

Cooper griff nach meinen Händen. Seine Lippen bewegten sich.

Ich hielt den Atem an, dann sagte ich mir: *Ja.* Da niemand zu Hause auf mich wartete und ich hier und jetzt jemandem vertrauen konnte...

Coopers Lippen bewegten sich erneut – dieses Mal über meine.

Innerhalb weniger Herzschläge schmolz ich in seinen Armen dahin und die Kerzen tanzten wie wild.

Kapitel 19

COOPER

Ich versuchte, es langsam anzugehen, aber das gelang mir nicht. Innerhalb von Sekunden hatte ich Abby in einer Reihe von Küssen, die schnell außer Kontrolle gerieten, mit dem Rücken gegen die Wand der Werkstatt gedrückt. Aber Abby schien es nichts auszumachen. Zumindest nicht, wenn die glücklichen Laute, die sie von sich gab und die Art, wie ihre Hände wanderten, ein Zeichen waren.

Trotzdem trat ich lange genug auf die Bremse, um sicherzugehen.

„Zu schnell?" Ich keuchte. So sehr wollte ich sie.

Sie schüttelte den Kopf und zog mich näher zu sich. „Ich möchte das hier. Ich will dich."

Wäre ich in Bärengestalt, hätte ich mich aufgebäumt und gebrüllt. Aber mein menschlicher Körper konnte bessere Dinge, sie zum Beispiel küssen. Berühren. Erforschen.

Und, wow. Vielleicht hatte Abby eine geheime Gestaltwandlerseite, denn sie war so hemmungslos wie ein Bär. In kürzester Zeit hatte sie ihre Hände an meinem Körper hinuntergeschoben und öffnete meinen Gürtel.

Plötzlich hielt sie inne. „Ähm... zu schnell?"

Ich konnte mir ein Lachen nicht verkneifen und sie warf mir einen gespielt finsteren Blick zu. „Möchtest du andeuten, dass ich mich nicht mit dir vergnügen kann, wenn ich es will?"

Ich grinste. „Ich weiß, deine Fähigkeiten haben keine Grenzen."

Sie sah erfreut aus.

„Zum Glück bin ich mit deinem verruchten Plan einverstanden", sagte ich und versank in einem weiteren Kuss.

„Verruchter Plan?", sagte sie zwischen stockenden Atemzügen. „Sagt der Typ, der ein Essen bei Kerzenlicht organisiert hat."

„Das war die Schuld des Restaurantmitarbeiters", murmelte ich und arbeitete mich an ihrem Kiefer entlang.

Sie neigte ihren Kopf zurück und lenkte meine Küsse zu ihrem Hals.

„War er süß?", fragte sie.

Mein Lachen traf auf ihre Haut und kam zu mir zurück. Gott, roch sie gut.

„Ist mir nicht aufgefallen", murmelte ich zurück. „Dafür stehe ich zu sehr auf meine Chefin."

„Deine Chefin, was? Ist das nicht etwas tabu?"

Haha. Nicht so tabu wie das, was Bären gegen Hexen hatten. Aber darüber war ich längst hinweg.

„Zum Teufel mit Tabus", flüsterte ich.

„Ich habe eine Schwäche für Feuerwehrmänner", gab sie zu. „Irgendwie ein Klischee, was?"

Ich zog meine Hände an ihrer Taille nach oben und glitt über die Kanten ihrer Rippen, bevor ich eine weiche Stelle ihres Fleisches erreichte.

„Ich weiß nicht", sinnierte ich und legte meine Hand um ihre Brust. „Ist er süß?"

Sie lachte, dann schüttelte sie den Kopf. „Nee. Ich weiß nicht, was ich an ihm finden soll."

Ich lachte, aber eine Sekunde später verkrampfte sie sich. „Moment. Stopp."

Ich erstarrte, weil ich Angst hatte, dass sie die Sache abbrechen würde.

Sie hob die Hände vor ihr Gesicht und schaute dann wieder auf. „Das nehme ich zurück. Es war ein schlechter Scherz. Ich finde so vieles an dir. Mehr als ich verdiene. Du bist nett, süß und geduldig. Du weißt, wann du helfen und wann du dich zurückziehen musst. Du hörst zu – du hörst wirklich zu – und du spielst keine Spielchen mit meinem Herzen."

All das sprudelte nur so aus ihr heraus und ich starrte sie an, ohne zu wissen, wie ich reagieren sollte.

Ihre Augen glänzten fast mit Tränen. „Aber ich... ich bin nicht nett. Ich sage schlimme Sachen. Gemeine Sachen manchmal. Ich urteile schnell und ich urteile nicht gut.“

Ich griff nach ihren Händen, denn verdammt. War sie nicht ein wenig zu hart zu sich selbst?

„Ich weiß nicht“, flüsterte ich und versuchte es mit einem Scherz. „Ich finde, du urteilst im Moment ziemlich gut.“

Sie ließ ein kleines Lächeln aufblitzen und verbarg dann ihr Gesicht an meiner Schulter. „Vielleicht das erste Mal in meinem Leben.“

Ich umarmte sie fest. „Das bezweifle ich. Und was das Verdienen angeht... Du verdienst genauso viel Glück wie jeder andere auch. Vielleicht sogar mehr, nach allem, was du durchmachen musstest.“ Dann zuckte ich zusammen. Warum die schwierigen Seiten ihres Lebens hervorheben? Also füge ich schnell hinzu: „Wie den weltweit schlechtesten Lehrling. Noch dazu einen Bären.“

„Der netteste Bär, den ich kenne“, flüsterte sie und umarmte mich.

Ich war wahrscheinlich der einzige Bär, den sie kannte, aber hey. Ich würde nehmen, was ich bekommen konnte.

Allmählich beruhigte sich mein rasender Puls und ihrer auch. Eine Minute später hob sie den Kopf. „Tut mir leid. Ich wollte das hier nicht ruinieren. Können wir vielleicht... ähm... weitermachen?“

Erleichterung machte sich in mir breit. Sie festzuhalten war toll, aber sie zu lieben, war sogar noch besser.

„Auf jeden Fall. Ich denke, wir waren ungefähr... hier“, sagte ich und senkte meine Lippen zu ihren.

Sie öffnete ihren Mund unter meinem und sofort stand ich wieder in Flammen. Die beste Art von Feuer.

„Tatsächlich glaube ich, du warst eher so hier...“ Sie hob meine Hand zurück zu ihrer Brust.

„Und du warst ungefähr hier...“ Ich zog ihre Hand an meine Jeans.

Die Metallwerkstatt war stiller denn je, während die Nacht mit Leben pulsierte. Auf der Hauptstraße fuhren Autos vorbei, aber das Gebäude dämpfte die Geräusche und drängte den Rest von Sedona weit, weit weg. Die Nacht war kühl, aber mein Körper glühte vor Verlangen.

Wir gehören zusammen. Für immer, brüllte mein Bär, berauscht vom Duft des Verlangens.

„Cooper… ", flüsterte sie und presste ihre Hüfte gegen meine.

Nun, sie versuchte es, aber bei unserem Größenunterschied…

Ich hob sie hoch und sie schlang ihre Beine um meine Taille.

„Perfekt." Sie drückte sich gegen meinen Körper.

Es war perfekt, denn mit der Wand an ihrem Rücken konnte ich mich eng und fest an sie drücken. Näher…

Ihre Atemzüge kamen schneller und schneller, und sie veränderte den Winkel ihrer Beine.

Es war himmlisch, aber auch die Hölle, denn wir waren uns nah, aber immer noch vollständig bekleidet.

Abby fummelte an meinem Hemd herum, knurrte dann frustriert und ließ ihre Beine zu Boden sinken.

„Nennen wir es eine technische Auszeit", murmelte sie entschuldigend, als sie mir die Jeans hinunterschob.

Ich griff nach ihrer, aber sie schlang ihre Finger bereits um mich, und mein Gehirn hatte einen Kurzschluss. Ich stemmte mich mit einer Hand gegen die Wand, um den scharfen Biss des Verlangens zu kontrollieren.

Sie gluckste. „Vergiss nicht, zu atmen."

Ein schlaues Widerwort schoss mir durch den Kopf und verpuffte, als sie von unten nach oben streichelte. Langsam. Quälend, köstlich, brutal langsam, auf die bestmögliche Weise.

Als sie es noch einmal tat, grinste ich. „Du bringst mich noch um."

„Soll ich aufhören?" Ihr frecher Ton verriet, dass sie ihr Geld auf *Nein* setzen würde.

Sie hätte recht damit. Dies war die Art von Tod, die ein Mann tausendmal sterben könnte, ohne sich zu beschweren.

„Wage es ja nicht."

Sie lachte und rieb das nächste Mal noch langsamer auf und ab. „Ich habe dich doch vor meinen verruchten Methoden gewarnt."

„Warte, bis ich dran bin."

Ihr Atem stockte und ich spürte, wie ihr Puls in die Höhe schoss.

Warte nur, versprach mein Bär, und ich grinste.

„Darauf freue ich mich schon", versicherte Abby mir. „Aber zuerst... "

Sie änderte die Richtung und bewegte die Hand ein wenig schneller.

Mein Atem rauschte, als ich gegen ihre Finger stieß.

Ich hatte die Augen geschlossen, aber ich stellte mir vor, wie sich Bänder aus Feuer wie ein Käfig um uns schlangen. Oder vielleicht war *Refugium* ein besseres Wort, denn ich wollte nie wieder weg. Überall um mich herum pulsierten, tanzten und schwankten die Flammen.

Dann knurrte mein Bär und ich griff nach Abbys Hand, um sie aufzuhalten.

„So wie ich das sehe, haben wir ein paar Möglichkeiten", sagte ich und keuchte schwer.

Abbys Augen funkelten. „Andere als das, was wir gerade tun?"

„Eher wo", brachte ich hervor.

Ich hatte zu lange von diesem Moment geträumt, um das jetzt alles zu überstürzen. Aber Sex war wie ein Lauffeuer. Er diktierte sein eigenes Tempo und manchmal musste man sich einfach nur darauf einlassen.

„Was meinst du mit wo?"

Ich nahm es als gutes Zeichen, dass ihre Worte stockten. Mein Verstand war ebenso unfähig, zusammenhängende Gedanken zu fassen.

„Wie ein Bett vielleicht?"

„Überbewertet." Ungeduldig griff sie nach mir.

Doch ich hielt sie zurück.

Sie stieß einen verärgerten Laut aus. „Zum ersten Mal seit Jahren habe ich einen freien Abend – und einen Mann, den ich will. Den ich *brauche.*" Ihre Stimme brach und sie neigte den

Kopf nach rechts. „Im Ernst. Von mir aus können wir es dort auf der Werkbank treiben."

Genau dort fanden wir uns Sekunden später wieder, um auf eine ganz andere Art zu schlemmen. Abby hockte auf der Kante einer Werkbank, die die perfekte Höhe hatte – für mehr als nur Metallbearbeitung, wie sich herausstellte. Während ich die Kerzen zur Seite schob, hatte sie sich blitzschnell ihrer unteren Schichten entledigt und einen Verrenkungsakt in ihrem Oberteil vollführt.

„Hier." Sie reichte mir ihren BH und lehnte sich zurück.

Ich gluckste. „Meine Teenager-Fantasie ist gerade wahr geworden... etwa fünfzehn Jahre zu spät."

Dann zuckte sie zusammen. „Ich nehme an, in deiner Teenager-Fantasie gab es keine Kondome, oder?"

„Um genau zu sein... "

Ich riss mich lange genug von ihr los, um in meiner Brieftasche zu kramen. Das Kondom war dort drin, unberührt, für eine lange Zeit. Ich hatte viele Angebote gehabt, es zu benutzen, jedoch hatte mich keine dieser Frauen wirklich in Versuchung geführt. Aber jetzt...

Meine Hände zitterten, als ich das Päckchen aufriss und das Kondom abrollte.

Ihr Glucksen klang heiser. „Das darf ich nächstes Mal machen."

Nächstes Mal. Das hörte sich gut an.

Ich beugte mich vor, um sie zu küssen, und kam ihr dabei ganz nah. So nah, dass mein Schwanz sehnsüchtig schmerzte.

„Bist du sicher?", flüsterte ich an ihren Lippen.

„Nun, lass es uns dreifach prüfen." Sie führte meine Hand hinunter zu ihrer feuchten, warmen Mitte. Ihr Atem stockte, als ich einen Finger hineinschob, dann zwei.

„Das müssen wir auf jeden Fall dreifach prüfen", murmelte ich und machte mein Versprechen wahr, ihre Selbstbeherrschung zu erschüttern.

Abby krümmte sich und unterdrückte ein Stöhnen. Sie tanzte unter mir, dann klammerte sie sich an mein Hemd und keuchte.

„Wenn das nicht als bereit zählt... "

Ich grinste. „Ich habe erst zweimal geprüft. Du sagtest dreifach, richtig?“

Es war nur ein halber Scherz. Sie war ziemlich klein – nicht, dass ich das zu sagen wagte – und ich war ziemlich groß. Damit es sich für sie genauso gut anfühlte wie für mich... nun, es ergab Sinn, alles dreifach zu prüfen.

„Ich habe es nicht wörtlich gemeint...“ Ihr Protest wurde zu einem Keuchen, als ich einen dritten Finger hineinschob, aber dann atmete sie aus. „Okay, vielleicht ist eine weitere Minute des Prüfens ganz gut...“

Ihr Körper tanzte unter meiner Berührung und versicherte mir, dass sie dies auf eine gute Weise meinte.

„Oh... ah...“, murmelte sie und bewegte sich im Takt mit mir.

Ein Auto fuhr auf den Parkplatz nebenan und wir erstarrten. Wir waren außer Sichtweite, aber nur gerade so. Dann, puh. Es macht eine Kehrtwende und fuhr wieder weg.

Ich atmete aus, dann gluckste ich.

Abby schaute mich an. „Kein Exhibitionist, was?“

„Nein. Außerdem weißt du, wie dubios das aussieht?“

Sie wartete und grinste über die Erinnerung an unsere Wanderung zum Wirbel.

„Eine kleine Frau unter einem großen Kerl in einer leeren Werkstatt bei Nacht...“

Sie stieß mahnend mit einem Finger gegen meine Brust. „Ich bin nicht klein. Und so groß bist du nun auch wieder nicht.“

„Nicht?“ Ich führte ihre Hand zu dem gespannten Kondom, um mein Argument zu verdeutlichen.

„Okay, mittelgroß.“ Ihre Augen funkelten mit dem Nervenkitzel einer Herausforderung, und sie schob ihr Bein an meinem hoch. „Du denkst, ich komme mit dir nicht klar?“

„Du kommst mit allem klar“, sagte ich todernst.

Ihre Miene wurde weicher und sie hob ihre Hand an meine Wange.

„Du, Mr. Lundsven, bist ein guter Mann.“ Dann funkelten ihre Augen und sie schob ihr linkes Bein um meine Taille. „Und wenn du mich nicht sofort besinnungslos vögelst, werde ich schreien."

Ich grinste und beugte mich dann zu einem Kuss über sie. Ein Kuss, der schnell tief und verzweifelt wurde. Ich rückte näher... näher...

Dann stieß ich in sie. Sie keuchte und warf den Kopf zurück.

Die Kerzen, die ich zur Seite geschoben hatte, flackerten auf und ihre Flammen verschwammen.

Langsam, mahnte mein Bär, als ich tiefer in ihre heiße, enge Scheide glitt.

Ich wusste nicht, wie das Biest auf die Idee kam, dass *langsam* eine Möglichkeit wäre. Trotzdem rutschte ich einen Zentimeter zurück.

Abby ließ ihre Hände über meine Brust gleiten. „So sehr ich dieses Hemd auch liebe..."

Sie meinte das Flanellhemd, nicht das dünne Langarmshirt, das ich darunter trug. Ich zog beides mit einem Ruck aus und warf es zur Seite.

„Besser?"

„Auf jeden Fall." Sie ließ ihren Blick einen Moment lang schweifen, bevor sie sich ein wenig schüttelte. Dann packte sie meinen Hintern und zog mich unmissverständlich zurück. Sie heulte auf, als ich wieder in sie eindrang.

Ich stieß tiefer... tiefer... bis zum Anschlag tief hinein. Ich biss die Zähne zusammen, zog mich zurück und stieß wieder rein.

„Oh...", schrie Abby und stemmte sich gegen mich.

Wir gewannen nicht so sehr an Schwung, sondern es war eher so, dass der Schwung uns packte und mitriss. Aber das war nicht allzu überraschend. Wir hatten in den vergangenen Wochen viel Übung darin bekommen, einen perfekten Rhythmus zu finden. Warum nicht jetzt auch?

„Ja..." Abby stöhnte auf.

Die verspielten Feuerbänder, die ich mir vorgestellt hatte, wuchsen zu gewaltigen Flammen. Sie zischten in meinen Ohren und trieben mich an. Unser Tempo beschleunigte sich und unsere Bewegungen wurden heftiger. Und auch lauter, denn jeder harte Stoß wurde von einem rauschenden Stöhnen oder Schrei begleitet – ihre und meine.

Normalerweise bekämpfte ich Brände. Aber das hier war ein Inferno, dem ich mich gern hingab.

„Ja!", schrie Abby und zuckte in ihrem Höhepunkt zusammen.

Ich stieß noch ein... zwei... dreimal zu, dann explodierte ich mit einem Brüllen.

Wir klammerten uns aneinander, blind für die Welt, unfähig zu sprechen, uns zu bewegen oder zu denken.

Ich wollte gerade nach vorn fallen, als Abby sich in einem Nachbeben aufbäumte. Dies war kein guter Zeitpunkt, um seine Frau hängenzulassen, also drückte ich mich fest und tief hinein. Bären wissen, was Pflicht ist, wenn sie sie sehen, verdammt noch mal. Es brachte uns beide auf eine ganz neue Ebene der Lust, die eine Weile um meine Seele herumwirbelte.

Dann lehnte ich mich nach vorn und genoss Abbys Duft mit jedem keuchenden Atemzug. Sie ließ ihre Hände geistesabwesend über meinen Rücken wandern, schlang ihre Arme dann um mich und drückte mich fest an sich.

Ich rieb mich an ihrer Wange und drückte sie ebenfalls. Wenn sie dachte, ich würde irgendwo hingehen, hatte sie sich getäuscht. Wenn Bären liebten, liebten sie richtig, lange und heftig.

Für immer, flüsterte der Grizzly in mir.

Ich küsste sie, dann grinste ich. „Wir müssen Walt am Montag ein Kompliment zu seinen Werkbänken machen."

„Wage es ja nicht."

„Ich weiß nicht", neckte ich sie und zeichnete die Maserung des Holzes nach. „Nicht nur robust, sondern auch vielseitig einsetzbar."

Sie grinste. „Schmieden, Essen, Sex... "

Wir küssten uns, dann richteten wir uns langsam auf. Ich zog Abby in eine sitzende Position. Ihr Haar war zerwühlt und ihr Oberteil von unserer... ähm, Eile seitlich verdreht. Ich wagte nicht, ihr zu sagen, wie wunderschön sie aussah, aber es stimmte.

„Ich habe einen Vorschlag", sagte ich schließlich und wählte meine Worte sorgfältig. Dies war eine Frau, die ihr Herz in einer Festung hütete. Zu viel, zu früh, und ich würde sie verschrecken.

Sie wartete und beobachtete mich aufmerksam.

„In der Hütte, die ich miete, gibt es dieses Ding", fuhr ich fort. „Ich glaube, man nennt es ein Bett."

Sie lachte und die kleine Anspannung, die aufzusteigen drohte, verflog.

„Ein Bett, was?"

„Ja. Nicht so vielseitig wie das hier, aber privater und wahrscheinlich genauso stabil."

Sie warf mir einen frechen Blick zu. „Heißt das, du hast es bisher nicht getestet?"

Ich schüttelte den Kopf. „Ich hatte noch nie jemanden, der mir bei einem Test geholfen hätte."

„Und du willst, dass ich dir helfe?"

Ich nickte, während mein Bär innerlich hüpfte und tanzte. „Das will ich. Wenn du damit einverstanden wärst."

„Hmm. Mit einem Fremden nach Hause gehen..." Sie tippte den Finger gegen ihre Lippen.

„Einem Fremden?" Ich zeigte auf die Axtköpfe, die wir geschaffen hatten und die fein säuberlich auf einem Regal gestapelt waren. „Nachdem ich mit dir durch all das geschwitzt habe?"

Ihre Augen funkelten und sie strich mit einer Hand über meine Hüfte. „Geschwitzt, was?"

Mein Schwanz zuckte.

„Ich schätze, das werden wir auch testen müssen", sagte ich.

Ich küsste sie und wandte mich dann ab, um nach den Klamotten zu greifen, die wir überall verteilt hatten.

„Versprich mir, dass ich den das nächste Mal ausziehen darf", sagte ich und reichte ihr den BH.

„Ich verspreche es." Sie grinste.

Dreißig Sekunden später rasten wir in die Richtung meiner Hütte die Straße hinunter.

Kapitel 20

ABBY

Es war lange her, dass ich eine Nacht für mich allein gehabt hatte. Die Begeisterung war schwindelerregend, aber ich plagte mich auch mit Schuldgefühlen. Sollte ich nicht zu Hause sitzen und meine Tochter vermissen?

Nein, sagte ich entschieden zu mir selbst. Ich sollte die beste Nacht seit Jahren genießen.

Cooper, der im Fahrzeug vor mir saß, winkte. Ich konnte gerade noch seine Silhouette ausmachen.

Ich grinste und erwiderte den Gruß mit Lichthupe.

Ja, ich hatte darauf bestanden, mein eigenes Auto zu nehmen – und zu seinem Haus zu fahren, denn ich war nicht bereit, einen Mann in Claires und mein privates Heiligtum zu bringen. Und was die Fahrt in meinem eigenen Auto anging... Nun, eine kluge Frau hatte immer eine Fluchtmöglichkeit, egal, wie nett ein Mann zu sein schien. Dennoch war es schwer, sich Cooper als etwas anderes als süß und sensibel vorzustellen. Wenn es ein Problem gab, dann wäre ich es.

Meine Fingerknöchel wurden weiß von meinem festen Griff um das Lenkrad.

Zerstör das nicht, befahl ich mir selbst, wieder und wieder. *Mach dich einfach locker und hab Spaß.*

Aber ich war aus der Übung und von vergangenen Fehlern gezeichnet.

Was ich brauchte, war ein aufmunterndes Gespräch, und zwar jetzt. Ich schnappte mir mein Handy, drückte eine Taste und wartete darauf, dass meine Schwester antwortete.

„Hallo?" Erins Stimme knisterte über den Freisprecher.

„Hi. Ich bin es.“

Meine Schwester, Gott segne sie, reagierte sofort mit höchster Alarmbereitschaft. „Ist alles in Ordnung?“

Überaus in Ordnung, seufzten meine weiblichen Teile glücklich.

„Ja. Claire ist bei ihrer Pyjamaparty, und Lana hat geschrieben, dass sie sich gut amüsieren. Ich wollte nur fragen, ob du... ähm... äh...“

Erin wartete, während ich stotterte, und warf schließlich ein: „Bist du sicher, dass alles in Ordnung ist?“

„Ja! Es ist nur so, dass ich dich fragen wollte, ob du morgen früh vielleicht die Tiere füttern kannst, falls ich... ähm... äh... nicht zu Hause bin.“

„Nicht zu Hause? Wo solltest du denn sonst – oooh.“ Sie zog das Wort in die Länge, als die Realisierung einsetzte, was meine Wangen heiß werden ließ.

Trotzdem war es besser, als Pippas Reaktion gewesen wäre – ein Schrei zweifellos, gefolgt von einem Jubel: *Gut gemacht, Mädchen! Genieße jede Minute deiner Nacht.*

Ja, es gab einen Grund, warum ich Erin, die älteste und ruhigste von uns Schwestern, angerufen hatte. Sie würde mir den Gefallen nicht abschlagen. Sie hatte mich schon seit Jahren ermutigt, „einen neuen Freund“ zu finden.

Pippa drückte sich weniger feinfühlig aus. *Wann lässt du dich endlich mal wieder flachlegen?*

Nun, hier war ich also und tat genau das. Jedenfalls war ich auf dem Weg dahin.

„Das Füttern kann warten, bis du von der Arbeit zurück bist“, beeilte ich mich hinzuzufügen, nur um die darauffolgende bedeutungsschwere Pause zu überbrücken.

„Ähm, sicher. Ich sollte um zehn zurück sein.“ Als Ballonfahrerin arbeitete Erin lächerlich früh.

„Okay, danke. Tschüss.“

„Viel Spaß“, sagte sie leise.

„Tschüss“, wiederholte ich und legte auf, bevor ich vor Scham starb.

Trotzdem machte ich mir weiter Sorgen. War ich eine nachlässige Mutter? Eine grausame Tierhalterin? Tat ich das Richtige?

Die Zweifel lasteten auf einer Seite meines Verstandes, aber die Vorfreude – und eine aufsteigende Libido – ließen die Waage zur anderen Seite kippen. Und als ich mich daran erinnerte, was wir gerade getan hatten...

Der Motor heulte auf und ich musste auf die Bremse treten, um nicht in Coopers Truck zu fahren.

Ja, ich wollte es unbedingt.

Ich folgte ihm aus der Stadt hinaus, eine Seitenstraße hinunter und über einen langen, holprigen Weg, wo bescheidene Wohnhäuser auf je einem Hektar großen Grundstücken standen. Ein paar hielten Pferde und die meisten hatten Autos, die dank des dichten Grüns, das sich um die Reifen erhob, fast als Landschaftsgestaltung durchgehen konnten. Cooper bog in die Einfahrt des letzten „Hauses" auf der linken Seite – ein gepflegter Wohncontainer –, aber er hielt dort nicht an. Ein schmaler Weg führte daran vorbei und schlängelte sich durch das Gestrüpp und durch Bäume zu einer kleinen Hütte in einer privaten Ecke des Grundstücks.

Cooper parkte, stieg aus seinem Wagen und wartete auf mich.

Mein Herz klopfte. Ich wollte das. Ich hatte es verdient. Aber ein Teil von mir wollte eine Kehrtwende machen und zurück an meinen sicheren Ort flüchten.

Er schob die Hände tief in seine Taschen und wartete geduldig.

Mir wurde warm ums Herz. Der Mann war ein Heiliger.

Nun, vielleicht kein Heiliger, denn Heilige sollten sich in Metallwerkstätten sicher keinen fleischlichen Gelüsten hingeben. Aber ein wirklich guter Mann.

Ich parkte auf dem Platz neben ihm und stieg aus, während ich versuchte, nicht zu viel darüber nachzudenken.

„Wow", hauchte ich, abgelenkt von der Aussicht.

Er griff nach meiner Hand und drückte sie. „Ziemlich schön, was?"

Bäume schirmten die Zufahrtsseite der Hütte ab, aber die andere Seite bot einen freien Blick auf die Landschaft. Und welch eine Aussicht! Soldier Pass, Brins Mesa, Coffee Pot Rock…

„Wow", sagte ich noch einmal.

Vertraute Wahrzeichen aus einem neuen Blickwinkel zu sehen, war, als sähe man sie zum ersten Mal. Ich drehte mich zu Cooper um und auch hier war es ähnlich: derselbe Typ, eine andere Umgebung. Ein sehr privater Rahmen, bei sich zu Hause.

Er küsste mich, dann führte er mich hinein.

„Es ist nicht viel, aber es reicht. Du weißt schon, für eine Saison", sagte er und schaltete das Licht ein.

Seine Wangen wurden ein wenig rosa und auch mein Herz flatterte. Würde er wirklich nach nur einer Saison gehen?

Oder solange ich mich entscheide, zu bleiben, schienen seine Augen hinzuzufügen. Sogar zu flehen.

Ich will, dass du bleibst, wollte ich unbedingt antworten, aber ich konnte die Worte nicht hervorbringen.

„Es ist schön", war alles, was ich krächzen konnte.

Wir schauten uns eine lange, stille Minute um, wobei ich versuchte, nicht direkt auf das Bett zu starren, das an die gegenüberliegende Wand der Ein-Zimmer-Hütte geschoben war. Der Eingang befand sich hinter mir, und ein Kamin und eine Küchenzeile nahmen die beiden anderen Seiten ein. Ein durchgesessenes Sofa stand vor der Feuerstelle und ein alter geflochtener Teppich trennte die Bereiche des Häuschens.

Es war renovierungsbedürftig, aber es hatte durchaus Charakter.

Cooper trat an den Kamin, zündete das Anzündholz an, das bereits auf dem Holzstapel lag, und kam zu mir zurück, als es leise knisterte.

„Schön", murmelte ich und warf meine Jacke über einen Stuhl. Vielleicht war das eine schlechte Entscheidung, denn danach wusste ich nicht, was ich mit meinen Händen tun sollte.

Mein Blick fiel wieder auf das Bett, dann zurück zu Cooper. Wo genau sollten wir anfangen?

„Entschuldige. Ich bin ein wenig aus der Übung", gab ich schließlich zu.

Er schenkte mir ein schüchternes Lächeln. „Ich auch."

Ich schnaubte. „Du sprichst hier mit einer ehemaligen Feuerwehrfrau. Ich habe die Groupies gesehen, glaube mir."

Einsamkeit war kein häufiges Leiden unter jungen, trainierten Feuerwehrmännern. Zumindest nicht an dienstfreien Freitagabenden.

Er zuckte mit den Schultern. „Nicht mein Ding."

„Ach nicht?" Ich zuckte bei einem unwillkommenen Gedanken zusammen. „Was ist mit, wie heißt sie doch gleich – Greta?"

Sein Gesichtsausdruck wandelte sich zu stoisch leidend. „Meine Mutter versucht schon seit Jahren, uns zu verkuppeln. Auf diese Weise könnte ich neben meinen Eltern einziehen und glücklich bis ans Ende meiner Tage leben, während ich zu ihrer Sammlung niedlicher Enkelkinder beitrage, die zu Feuerwehrleuten heranwachsen. Dabei ist ihr egal, dass ich tatsächlich gar kein Interesse an Greta habe und Greta auch nicht an mir interessiert ist."

„Hmm", murmelte ich und versuchte, mir kein Urteil zu erlauben. Aber wow. Wie dumm war Greta?

Dann ertappte ich mich. Wie dumm war ich, dass ich gezögert hatte, als ich die Chance auf eine wunderschöne Nacht bekam?

Ich trat einen Schritt näher, dann noch einen, während ich meinen Blick auf seine Brust richtete – ein unübersehbares Ziel, auf das ich mich konzentrieren konnte.

Mein Herz schlug schneller und mein Körper wurde allein durch seine Nähe heißer.

„Greta steht nicht auf Feuerwehrmänner, was?", flüsterte ich und hob meine Hände an seine Rippen.

„Jedenfalls nicht auf diesen." Seine Stimme war ein leises Grollen.

„Vielleicht, wenn sie herausfindet, was für ein hervorragender Schmied du geworden bist... "

Er lachte und schlang seine Arme um meine Schultern. „Bestenfalls ein hervorragender Assistent."

Der Beste, flüsterte meine Seele.

Ich hob meinen Blick zur Höhe seines Kinns... zu seinen Lippen... seiner Nase... und wir ließen uns zu einem Kuss hinreißen. Das bedeutete, dass ich mich auf die Zehenspitzen streckte und gegen seine Brust drückte.

Wusch! Flammen züngelten durch meine Adern.

Cooper strich mit den Händen über meinen Rücken, dann umschloss er sanft meinen Kopf und vertiefte den Kuss. Und, wow. Der Mann war ein Meister darin, *Sanftheit* mit *Härte* und *Zärtlichkeit* mit *purer Kraft* zu verbinden. Es passte, wie ich annahm, zu einem Mann, der sich in einen Bären verwandeln konnte, der in der Lage wäre zu töten – oder zu kuscheln.

Er glitt mit der Zunge über meine und als er mit einer Hand über meinen Rücken und zu meinem Hintern hinunterfuhr, hätte ich fast gestöhnt.

Ich schob meine Hände über den weichen Stoff seines Hemdes und erkundete die harten Muskelpartien darunter.

„So sehr ich dieses Hemd auch liebe, es muss weg."

Trotzdem streichelte ich weiter, zeichnete die Konturen seiner Brust durch den Stoff nach und schob meine Hände darunter.

„Ich liebe es auch." Er gluckste. „Es hat Peter gehört."

Es war eine beiläufige Bemerkung, keine schwerwiegende Enthüllung, aber mein Herz schmerzte trotzdem.

„Glaubst du, es würde ihm etwas ausmachen?", fragte ich und versuchte, die Stimmung aufzulockern.

Cooper schüttelte den Kopf. „Ich glaube, er wäre damit einverstanden."

Trotz des Kummers, den der Gedanke auslösen musste, huschte ein Lächeln über seine Lippen. Ich zementierte es in meinen Gedanken. Wir alle hatten Tragödien und Dinge, die wir bedauerten. Aber wir alle mussten weitermachen und Coopers Art, dies zu tun, war besser als Trübsal zu blasen oder sich selbst zu bemitleiden.

Ich könnte einiges von ihm lernen.

Ich strich noch einmal mit den Händen über den Stoff und zog ihn dann zusammen mit dem langärmligen Hemd darunter über seine Schultern aus.

„Nun, dann. Das muss alles ausgezogen werden", befahl ich und kam wieder zur Sache.

„Ja, Ma'am."

Es gelang mir, ihn nicht anzustarren, als er sich der oberen Schichten entledigte, aber ich warf einen Blick auf ihn, bevor wir uns wieder küssten. Seine Schultern waren von Muskeln durchzogen, seine Brust wie ein sonnengewärmter Felsbrocken zum Anlehnen, und das tat ich dann. Und weiter unten... nun, sagen wir einfach, diese Teile waren ebenso warm und hart.

„So sehr ich diese Jeans auch mag...", murmelte er und ließ seine Hände über meinen Hintern gleiten.

Ich gluckste. „Das ist meine Bemerkung."

„Jetzt meine", sagte er leise und knurrend, als hätte er nicht nur die Jeans gemeint.

Es dauerte nicht lange, bis weitere Schichten folgten, und schon bald fand ich mich in seinen Armen auf dem Bett wieder.

„Alles gut?", flüsterte er und beugte sich über mich.

Dieser Mann war offensichtlich auf einer Schule gewesen, auf der alles über gegenseitige Einverständnis gelehrt wurde.

„Sehr gut. Bis auf diesen Teil." Ich zerrte an seiner Boxershorts.

Ich half ihm, sie herunterzurollen, und ergriff die Gelegenheit, die sich mir bot, sofort.

„Alles gut?", fragte nun ich und schlang meine Finger um seine Länge.

Er ließ den Kopf auf die Matratze sinken und ließ sich mit einem kleinen Krächzen neben mir nieder. „Ja, bitte."

Die Antwort passte nicht zu meiner Frage, aber ich verstand, was er meinte. Ich schmiegte mich an seine Wange, während ich mit der Hand meine Magie spielen ließ.

Nicht *diese* Art von Magie. Die Art, die jede Frau bei dem Mann, den sie liebte, ausüben konnte.

Mein Atem stockte. Moment. Liebe?

„Hör nicht auf", hauchte Cooper und ich machte mich wieder an die „Arbeit".

Doch mein Puls raste. Ich war keine Expertin im Hinblick auf Liebe. War es das, was das hier wirklich war?

Coopers Atem bebte und sein, ähm... nun, mein Griff füllte sich aus.

„Oh. Kondom?" Ich hasste es, die Stimmung zu unterbrechen, aber ich musste fragen. Ich werde es nie bereuen, Claire bekommen zu haben, aber wenn ich jemals ein weiteres Kind haben sollte, dann wäre es auf jeden Fall ein geplantes.

„Ich habe eins." Seine Stimme zitterte ein wenig, als er eine Schublade des Nachttisches öffnete.

„Nur eins?", scherzte ich.

Er grinste. „Nun, vielleicht mehr als eins."

Das Paket war neu und ungeöffnet – ein ermutigendes Zeichen. Außerdem war es eine Zehnerpackung, was sogar noch besser war. Ich zog eins heraus und legte es auf den Tisch, dann streichelte ich weiter über seinen Bestimmungsort.

Cooper gab einen weiteren tiefen, brummenden Laut von sich. Dann drehte er sich und küsste meinen Hals... mein Schlüsselbein... meine Brust...

Er schob einen Finger in das Körbchen meines BHs und mein Körper glühte vor Erregung. Dann zog er den BH-Träger beiseite und küsste sich zu meiner Brustwarze, was mich von meiner Mission ablenkte.

Ich krümmte mich ihm entgegen und schloss die Augen. Bis zu diesem Punkt hatten wir uns ziemlich zivilisiert verhalten. Aber jetzt...

Ich bäumte mich auf und schrie, als er seine Lippen um die enge Perle schloss und sie rollte. Hart.

„Oh..." Ich umklammerte seinen Kopf und verlangte nach mehr.

Mit seinen riesigen Händen drückte und knetete er das Fleisch der anderen Brust.

Es war verdammt gut, dass ich meinen BH bereits geöffnet hatte. Sonst hätte ich ihn vielleicht abgerissen. In einem präventiven Manöver schlüpfte ich auch aus meinem Höschen und ließ mich so zurückfallen, wie Roscoe es tat, wenn er am Bauch gestreichelt werden wollte. Auf Bauchstreicheln hatte ich es allerdings nicht abgesehen.

„Hier", flüsterte ich und führte seine Hand nach unten.

Nennt mich doch fordernd. Damit konnte ich leben.

Zum Glück konnte Cooper es auch. Er ließ eine Hand nach unten gleiten und machte mich sehr, sehr schnell sehr, sehr glücklich. Ich schloss die Augen und gab mich ihm hin. Ich vertraute ausnahmsweise einmal in meinem Leben.

Zum Glück hatte ich einen Mann, der nicht nur sanft, sondern auch geschickt war. Er wusste genau, wie er mich bis an den Rand des Abgrundes treiben konnte und wann er sich zurückziehen musste. Nicht so sehr, um mich zu necken, sondern um meinen Körper zu erwecken.

„Versprich mir... ", flüsterte ich, obwohl ich nicht wusste, worum ich ihn bat.

„Alles", hauchte er heiser an meiner Haut. „Alles."

So vage die Bitte auch war, er erfüllte jedes meiner Bedürfnisse – und viele, von denen ich gar nicht wusste, dass ich sie hatte. Ich war wie heißes Metall in seiner Schmiede, bereit, mich unter seiner Berührung zu verbiegen, zu verdrehen und zu dehnen.

„Oh!", rief ich, als er ein weiteres Stück unberührtes Territorium entdeckte. Wer hätte gedacht, dass es davon noch welche gab?

Kurz dachte ich an Jay. Der Mann war nicht annähernd der meisterhafte Liebhaber, für den er sich hielt. Dann löschte ich jeden anderen Gedanken aus meinem Kopf und genoss einfach.

„Ich fühle mich schuldig", brachte ich zwischen glücklichen Atemzügen hervor.

Cooper hielt lang genug inne, um sein Kinn auf meine Brust zu legen und mir in die Augen zu schauen.

„Schuldig? Weswegen?"

„Egoistisch zu sein."

Sein Lachen kitzelte meine Haut. „Das könnte ich auch sagen."

Ich fuhr mit den Fingern durch sein Haar und wünschte mir, er wäre nah genug, um ihn zu küssen. „Nun, dann hör nicht mit dem auf, was du gerade tust."

Sein strahlendes Lächeln wärmte meine Seele. „Ich mache gern weiter."

Der Mann stand zu seinem Wort – und noch mehr. Ich warf meinen Kopf hin und her, als er dort weitermachte, wo er aufgehört hatte. Schließlich rutschte er höher und nahm meinen Mund in einem leidenschaftlichen Kuss in Besitz. Er flüsterte: „So.“

Eine leichte Berührung befahl mir, mich zu drehen und ihm den Rücken zuzuwenden. Ich wollte mich auf Hände und Knie erheben, denn die Hündchenstellung gefiel mir durchaus. Aber Cooper drückte sanft auf meine Schultern.

„Einfach so. Liegend. Okay?“

Ich wackelte als Antwort mit dem Hintern. „Auf jeden Fall okay.“

Er verlagerte sein Gewicht, als er nach dem Kondom griff und damit herumfummelte. Als er sich wieder in Position brachte, holte ich tief Luft.

Und das war auch verdammt gut so, denn als er in mich hineinrutschte. . .

Ich keuchte, obwohl die Matratze das Geräusch dämpfte.

Er wich sofort zurück. „Zu schnell?“

Blindlings schlug ich mit der Hand auf seine Hüfte und flehte ihn an, zurückzukommen. „Genau richtig.“

Er küsste meine Schulter und stieß wieder hinein. Und, oh. Dieser Winkel war himmlisch – die Schmiede-Version des Himmels, kraftvoll und explosiv stoßend.

Die Geräusche, die ich von mir gab, mussten es deutlich gemacht haben. Cooper fand schon bald einen Rhythmus. Langsam, aber kräftig, wie riesige Basstrommeln, die dröhnten, dann den Klang durch den Raum vibrieren ließen, bevor sie wieder donnerten. . . und wieder und wieder.

Anstatt das Laken zu umklammern, stützte ich meine Hände jetzt gegen das Kopfteil. Es war sogar noch besser, denn so konnte ich mich seinen Stößen entgegenstemmen.

Cooper stöhnte, während ich in die Laken jaulte. Wieder und wieder, bis ich, überwältigt von Lust und Begierde, zum Höhepunkt kam. Cooper spannte sich an und zitterte, als er ein paar Herzschläge nach mir selbst explodierte.

Wir erstarrten unbeweglich, wie eine in Stein gemeißelte Statue – die Art, die nicht immer in Museen ausgestellt wurde.

Ich wusste nicht, wie lange wir so verharrten. Aber irgendwann entspannten sich meine Muskeln und Cooper schmolz auf mich herab. Seine kurzen, harten Atemzüge kitzelten mein Haar. Langsam streckte er die Beine aus und ich hakte meine Knöchel darüber, um ihn dicht an mir festzuhalten.

Das Gewicht seines Körpers drückte meinen auf die bestmögliche Weise in die Matratze. Mein Herzschlag wurde langsamer und ich war noch nie so glücklich, hatte mich noch nie so warm und erfüllt gefühlt. So beschützt. So geliebt.

Gut, dass wir uns nicht von Angesicht zu Angesicht gegenüberlagen. Ich konnte mein Gesicht fest in das Kissen drücken und gegen die Flut von Emotionen ankämpfen, während ich mir selbst sagte, dass es in Ordnung sei, in einem solchen Moment nicht klar zu denken – oder überhaupt zu denken.

Cooper schmiegte sich an meine Schulter und erweckte unsere Statue zum Leben. Dann murmelte er entschuldigend, rutschte weg, entsorgte das Kondom und eilte zurück. Ich wartete, ohne mich zu rühren, bis er an genau dieselbe Stelle zurückkehrte. Es sollte sich nicht so gut anfühlen, in eine Matratze gequetscht zu werden, aber das tat es.

Ich tätschelte seine Hand, dann die Matratze. „Dieses Bett bekommt zehn von zehn Punkten.“

Cooper bekam elf von zehn Punkten, aber das behielt ich für mich.

„Finde ich auch.“ Er verschränkte seine Finger in meinen und sagte mir damit, dass ich auch eine Zehn – oder Elf – war.

Das Feuer knisterte hinter uns und ich fasste allmählich den Mut, mich umzudrehen und ihm ins Gesicht zu sehen. Ich hasste es, meine Deckung fallen zu lassen, und doch war ich hier und ihm völlig ausgeliefert – emotional und körperlich.

Aber als Cooper – der süße, schweigende Cooper – meine Wange berührte, konnte ich nicht anders, als zurückzulächeln. Mein rasendes Herz beruhigte sich wieder.

Lange Zeit sagte keiner von uns etwas und meine Augenlider wurden schwer. Cooper zog an der Bettdecke und fluchte dann leise darüber, verheddert zu sein.

Ich half ihm, sie zu glätten und uns beide damit zuzudecken. Mit einem flackernden Feuer, einem bequemen Bett und einem

Bärengestaltwandler zum Kuscheln hatte ich es noch nie so gemütlich gehabt.

„Oh. Nehme ich dir deine Seite weg?", fragte ich. „Hast du überhaupt eine Lieblingsseite?"

Er schüttelte den Kopf. „Nein. Nur drinnen." Dann färbte sich sein Gesicht. Feuerrot. „Ich meine, in meinem Bett. Mit dir."

Ich grinste über die seltene Gelegenheit, einen großen, selbstbewussten Kerl dabei zu beobachten, wie er verlegen wurde.

„Pass lieber auf. Es könnte schwierig werden, mich wieder loszuwerden", warnte ich ihn.

Ich meinte es als Scherz, aber vielleicht war es keiner.

Er ließ seine Hand zu meiner Taille hinuntergleiten. „Vielleicht möchte ich dich gar nicht loswerden."

Ich tätschelte seine Hand und wünschte mir inständig, er würde es nie wollen. Denn dieses Gefühl – von Liebe, Akzeptanz und Möglichkeiten – fühlte sich verdammt gut an.

So gut, dass mein Verstand sich mit gefährlichen, glückseligen Träumen füllte.

Ich verschränkte meine Finger in seinen und lauschte, wie sein Atem langsamer wurde, als er dem Schlaf verfiel.

Kapitel 21

COOPER

Vor Jahren stolperte mein Bruder Chris nach einem freien Wochenende mit der „unglaublichsten" Frau zurück in die Feuerwache und behauptete, sein Leben hätte sich für immer verändert. In den folgenden zwei Wochen des Feuerlöschens hatte er nichts anderes getan, als über Schicksal, Liebe und Ewigkeit zu schwärmen.

Damals hatten wir ihn alle ausgelacht.

Jetzt, da ich in der Dunkelheit lag und Abby im Arm hielt, sang mein innerer Bär dasselbe Lied.

Schicksal... Wahre Liebe... Ewigkeit...

Chris war sofort zu Mara gerannt, als wir zu unserer nächsten achtundvierzigstündigen Pause zurückkehrten, und war verlobt wiedergekommen. Fast zehn Jahre später hatte seine Begeisterung kein Fünkchen nachgelassen. Im Gegenteil, er war glücklicher denn je, stolzer Vater von drei Kindern und freute sich auf ein erfülltes Leben mit seiner Gefährtin.

Ich kuschelte mich an Abbys Schulter und atmete ihren blumigen Duft. Es drang gerade genug Mondlicht in den Raum, dass ich die Flammen erkennen konnte, die auf ihren Arm tätowiert waren. Ihre Brust hob und senkte sich unter meinem Arm, und ihr kastanienbraunes Haar fiel in Wellen über meine Hand und bedeckte ihre nackte Brust halb.

Abby im Schlaf zu sehen, war etwa wie der Anblick eines UFOs. Ich fühlte mich ganz besonders – und ich bezweifelte, dass es mir jemand glauben würde, wenn ich es erzählte. Natürlich hatte ich nicht vor, es auszuplaudern.

Ich hielt sie ein wenig fester. Ich würde ihr Vertrauen niemals missbrauchen.

Ich werde sie niemals verlassen, erklärte mein Bär.

Das wollte ich nie, aber fühlte sie das Gleiche?

Ich schmiegte mich weiter an sie, markierte sie mit meinem Duft, und wunderte mich. Ich hätte nie gedacht, dass ich mit einer wortkargen, tätowierten, alleinerziehenden Mutter aus einer, wie man es nennen würde, „zerrütteten" Familie zusammenkommen würde. Und ich hätte mir nie vorstellen können, mit einer Hexe zusammen zu sein.

Andererseits hätte ich mir auch nie vorstellen können, dass ich eine Frau finden würde, die gegen loderndes Feuer – und ihre inneren Dämonen – kämpfen und soliden Stahl verarbeiten konnte. Ganz zu schweigen davon, dass sie ein wirklich süßes Kind großzog.

Würde die Hölle losbrechen, wenn ich Abby als meine Gefährtin mit nach Hause brächte, oder würde sich alles so einfach fügen wie bei Chris?

Ich holte tief Luft und sagte mir, dass dies einer zweiwöchigen Schicht nicht unähnlich war. Was auch immer passierte, würde passieren. In der Zwischenzeit war es das Beste, sich auszuruhen.

Ich schloss die Augen, kuschelte mich enger an Abby und schlief ein.

Aber nach gefühlt nur einer Sekunde...

Bumm! Ich fuhr schlagartig hoch und war vollkommen orientierungslos, bis auf Abbys festen Griff an meinem Arm.

„Was ist... "

Sie unterbrach mich mit einer scharfen Geste und starrte aus dem Fenster, wo die Sterne zu verblassen begannen.

Es dämmerte bisher nicht ganz, aber es war nicht mehr weit. Lag dort draußen ein Feind auf der Lauer? Mein innerer Grizzly knurrte.

Abby verspannte sich wieder und krallte ihre Finger in meinen Arm. Ihre Augen waren groß und wild, und ihr Atem kam stoßweise.

Einen Moment später lockerten sich ihre Schultern ein wenig.

„Hast du das nicht gespürt?"

„Was gespürt?", fragte ich.

Sie öffnete den Mund, um es zu erklären, und erstarrte dann.

„Das auch nicht?", fragte sie, als es vorbeiging.

Ich schaute mich um. Ein Erdbeben? Ein Gewitter? Ein Erdrutsch? Ich hatte nichts gespürt, aber Abby sah so aus, als wollte sie gleich die Flucht ergreifen.

„Schau nur." Sie zeigte auf das Wasserglas, das ich neben das Bett gestellt hatte.

Sekunden vergingen.

„Was denn…", begann ich und erstarrte dann.

Konzentrische Ringe durchzogen das Wasser, als Abby sich wieder verspannte.

Okay, das war seltsam. Wie ein Erdbeben, das Abby, das Glas und sonst nichts erschüttert hatte.

Draußen wirbelte ein winziger Staubsturm vorbei und ein Steppenläufer rollte herum.

Dann fiel mein Blick auf den Kamin. Das Feuer war bereits erloschen, aber plötzlich flackerte die Glut auf. Die Lichtpunkte spiegelten sich in Abbys Augen.

„Was passiert hier?", flüsterte ich.

„Eine Störung." Sie starrte in die Ferne und neigte den Kopf, um zu lauschen.

Endlich fügte ich alles zusammen. Irgendjemand, irgendwo, wirbelte Magie auf. Magie, die Menschen und Gestaltwandler nicht spüren konnten, aber Abby schon. Magie, die Feuer, Wasser und Luft beeinflusste…

Elementarmagie, flüsterte es in meinem Hinterkopf.

Aber sie kam nicht von Abby. Von wem dann?

„So wie neulich, als jemand am Airport Mesa neben dem Wirbel herumhantiert hat?", fragte ich.

„*Mit* dem Airport Mesa-Wirbel herumhantiert hat", korrigierte sie mich.

Sie stand auf und starrte aus dem Fenster. Ihre schlanke Gestalt war halb beleuchtet und lag halb im Schatten des Morgenlichts. Ich kam nicht umhin, mir eine Fee oder eine Göttin aus der griechischen Mythologie vorzustellen.

Sie verspannte sich wieder, dann drehte sie sich um und griff nach ihren Kleidern. Auch nach meinen – puh. Wo auch immer sie hinging, wollte sie mich mitnehmen.

Gut.

Sie warf mir meine Hose zu und klang dabei grimmig. „Komm. Wir müssen herausfinden, was los ist."

∞∞∞∞

Das einzige Positive daran, aus einem friedlichen Morgen mit Abby gerissen zu werden, war, dass sie aufgrund der Dringlichkeit – und der geringen Bodenfreiheit ihres Fords – mit mir in meinem Pickup saß. Ich fuhr über Nebenstraßen, während sie in gedämpftem Ton in ihr Handy sprach.

„Dieses Mal nicht am Airport Mesa", sagte sie zu ihrer Schwester, dann wartete sie. „Nein, es ist auch nicht Cathedral Rock. Irgendwo hinter dem Soldier Pass... vielleicht Mescal Mountain?"

Sie debattierten eine Weile. Erin und Nash mussten zur Arbeit, und Pippa und Ingo hatten sich bereits auf den Weg gemacht, um den Boynton Canyon zu erkunden, wo sie keinen Empfang hatten. Also blieben Abby und ich, um das Gelände hinter dem Soldier Pass zu erkunden.

„Seid vorsichtig", hörte ich Erin Abby über das Telefon ermahnen. „Und versucht weiter, Ingo zu erreichen."

„Machen wir", antwortete Abby ebenso knapp. Dann legte sie auf und wies nach rechts. „Hier abbiegen."

Verdammt gut, dass meine Beifahrerin jede Nebenstraße in dieser Stadt kannte. Nach vielen weiteren Kurven erreichten wir die Kreuzung von Dry Creek und Boynton Canyon Road.

Abby schloss die Augen und tat, was auch immer es war, das ihr ermöglichte, die Störung zu spüren.

Was mich betraf, so war ich auf pures Vertrauen angewiesen, denn ich konnte nichts fühlen. Aber es war ein wenig wie das Schmieden mit ihr. Es mochte mir wie eine dunkle Wissenschaft vorkommen, aber Abby wusste, was sie tat. Ich musste nur mitmachen und nach Problemen Ausschau halten.

„Dort entlang." Abby wies mich in eine Linkskurve.

Wir waren kaum hundert Meter gefahren, als ein Geländewagen um die Kurve rauschte und auf meine Spur schwenkte, während er in die Gegenrichtung raste. Zwei Köpfe drehten sich zu uns herum und einer von ihnen – ein Mann – gestikulierte wütend, als wäre ich der Verrückte, der auf seine Spur geraten war. Ich konnte kaum einen Blick auf die Frau neben ihm erhaschen, aber als ich es tat, gefror mir das Blut in den Adern.

Abby wirbelte herum und schaute dem davonrasenden Fahrzeug hinterher.

„Scheiße. Das ist Jay."

Ich hörte sie kaum. Meine Gedanken überschlugen sich. War das Lisa, die ich gerade gesehen hatte?

Ich zog meinen Fuß vom Gaspedal und schaute Abby an. Sollten wir den Bösewichten folgen – und ich war mir sicher, dass sie genau das waren – oder weiter zum Tatort fahren?

„Verdammt", murmelte Abby. „Was zum Teufel macht Jay hier draußen? Und wer war das bei ihm?"

„Lisa", brummte ich. „Glaube ich."

Abby neigte den Kopf. „Du meinst Liselle?"

Nachdem wir schnell unsere Observationen verglichen hatten, waren wir uns einig, dass wir dieselbe Frau meinten. Braunes Haar, bläulich-lila Augen. Reich, elegant, anmaßend.

Aber war sie diejenige, die wir mit Jay vorbeirasen gesehen hatten? Keiner von uns hatte einen klaren Blick erhaschen können, aber wir waren uns beide einig, dass der Eindruck passte.

„Also... Lisa oder Liselle?", fragte Abby. „Moment mal. Du kennst sie?"

Ich nickte knapp. „Ich wünschte, ich würde sie nicht kennen, aber ja." Dann zeigte ich über meine Schulter. „Sollen wir ihnen folgen oder weiterfahren?"

Ganz offensichtlich hatte ich unsere Rollen verinnerlicht. Sie war Batman und ich Robin, und ich würde ihr folgen, wohin auch immer sie ging. Ich hoffte nur, dass wir dabei nicht verflucht oder getötet wurden.

Abby dachte einen Moment lang nach und zeigte dann nach vorn. „Fahr weiter. Ich weiß, wo Liselle wohnt."

Sie schickte eine SMS, um Ingo auf dem Laufenden zu halten, sobald er wieder in Handyreichweite war. Dann gab sie mir ein Zeichen, auf einen Wanderweg-Parkplatz zu fahren. Als wir dort hielten, sprang sie heraus und suchte die Landschaft ab.

Es war atemberaubend. Still. Zeitlos. Aber auch unheimlich und bedrohlich.

„Die Störung war dort draußen." Sie wies auf einen Pfad, der vom Licht der Morgendämmerung erhellt wurde.

„Was ist dort draußen?"

„Devil's Bridge."

Noch mehr bedrohliche Vorahnung. Großartig.

Abby marschierte zügig los, und ich folgte ihr.

„Gibt es dort einen Wirbel?", fragte ich und erinnerte mich an unsere letzte Erkundungstour.

„Keinen permanenten, aber gelegentlich gibt es Berichte über einen Aufwärtsstrom. Ich selbst habe ihn nie gespürt."

„Und jetzt?"

Sie stieß einen besorgten Atemzug aus. „Ich denke, wir werden sehen. Aber ich kann die Störung spüren. Was auch immer sie hier draußen getan haben, der Wirbel ist nicht glücklich darüber."

Ich versuchte, mir einen glücklichen Wirbel vorzustellen, aber es war leichter, eine wirbelnde, wütende Kraft zu sehen – und viel beängstigender. Warum genau waren wir auf dem Weg dorthin?

Mein Bär brummte. *Denn wenn Lisa involviert ist, bedeutet es Ärger. Und wenn Jay dabei ist, könnte auch Claire in Gefahr sein.*

Ich ballte meine Hände zu Fäusten und widerstand dem Drang, meine Klauen auszufahren.

Es gab eine Menge zu ergründen, aber Laufen und Reden ging nicht gleichzeitig – nicht bei dem rasanten Tempo, das Abby anschlug, und nicht bei dem lauten Knirschen des Kieses, als wir den Weg hinunter joggten.

Nach zügigen zwanzig Minuten führte der flache Weg bergauf und kurze Zeit später. . .

Abby hielt an und gestikulierte. „Devil's Bridge."

Ich hob eine Hand und schirmte die Sonne ab. Vor uns erhob sich ein wuchtiger Tafelberg und der erste Sonnenstrahl brach gerade darüber hinweg. Er leuchtete direkt auf einen langen, schlanken, natürlichen Steinpass über einer Schlucht.

Dies war keine Aussichtstour, aber wir konnten nicht anders, als stehenzubleiben und den Anblick zu genießen. Sedona war atemberaubend, egal, wo man hinschaute, aber wow. Dies war wirklich ein Ort der Superlative. Die Luft roch nach Kiefern und Wacholder und mein Bär sehnte sich danach, die Gegend in aller Ruhe zu erkunden.

Ein anderes Mal, denn Abby machte sich bereits wieder auf den Weg und eilte auf den Steinbogen zu. Sie trat darauf hinaus und blieb dann in der Mitte stehen, wo sie sich umsah.

Ich folgte ihr langsam. Wir Bären hatten gern festen Boden unter den Füßen und ein so schmaler Felsbogen – selbst wenn er aus Stein bestand – war keine natürliche Wahl. Vor allem, wenn eine Hexe dort draußen ihr Unwesen getrieben hatte.

Genau wie Abby musterte ich den Boden. Der Felsen war zerkratzt, genau wie der Wirbel auf dem Airport Mesa.

„Also, dieser Wirbel...", flüsterte ich, als könnte er mich hören und angreifen. Und, verdammt. Wer wusste es schon?

Abby streckte die Arme aus und drehte die Handflächen nach unten, so wie Leute im Winter die Wärme eines Lagerfeuers aufsaugten. Dabei bewegte sie sich.

„Er ist schwach und diffus. Und er pulsiert ein wenig, so als wäre er wütend."

Ja, nun. Wer wäre das nicht, wenn Lisa in der Nähe war?

Sie musterte unsere Umgebung und trat dann gegen die Asche auf dem Boden. Sie wirbelte in die Luft und quoll über den Rand des Steinbogens, der nur wenige Schritte entfernt war.

Ich schnüffelte herum. Bären hatten mit die weltweit besten Nasen, und selbst in Menschengestalt war dieser Sinn gut geschärft.

„Das Feuer hat erst vor Kurzem gebrannt", sagte ich und schnüffelte weiter. „Zwei Leute kamen vor etwa einer Stunde hier durch. Jay und Lisa."

„Du meinst Jay und Liselle", murmelte Abby.

„Sie wurde mir als Lisa vorgestellt", sagte ich mit finsterer Miene. „Ich habe sie bei einem Einsatz in Nevada kennengelernt. Beim Clark Canyon Feuer."

Abby nickte und ich fuhr fort.

„Sie kam zu meiner Mannschaft, als wir eines Abends auswärts aßen, nachdem sich die Lage etwas beruhigt hatte. Sie bot uns an, für das Essen zu bezahlen, und lud uns zu sich nach Hause ein – ein wunderschönes Haus mit Blick auf den Lake Tahoe…" Ich verzog das Gesicht, als ich mich daran erinnerte, wie sie darauf zeigte. „Natürlich konnten wir das nicht annehmen…"

Die Anwohner behandelten Feuerwehrleute in der Regel gut, brachten uns selbst gekochte Mahlzeiten und hingen überall dort, wo wir unser Lager aufschlugen, große Dankesschilder auf. Wir bekamen auch viele Einladungen zum Essen, aber die mussten wir prinzipiell ablehnen. Als Regierungsangestellte durften wir keine Geschenke annehmen.

„Wir haben ihr das erklärt, aber sie beharrte weiter darauf. Schließlich hat sie sich selbst an unseren Tisch eingeladen und sich eine Weile bei uns angebiedert."

„Angebiedert?" Abby zog die Augenbrauen zusammen.

Ich verzog das Gesicht. „Sie hat die Jungs alle angebaggert. Ich saß ganz am Ende des Tisches, aber sie hat sich an meinen Bruder Peter herangemacht. Er war höflich, aber völlig desinteressiert und hat sie immer wieder abgewiesen."

„Lass mich raten. Sie war sehr hartnäckig." Abbys Stimme klang bitter, als hätte sie es auch schon erlebt.

„Mehr als hartnäckig. Sie wollte kein Nein als Antwort akzeptieren und war richtig sauer, als wir gingen."

Ich hatte sie damals gehasst und ich hasste sie auch jetzt, weil die hässliche Erinnerung die eigentlich guten Erinnerungen an meinen Bruder überschattete.

Abby wartete einen Moment und fragte dann: „Was ist dann passiert?"

Ich zuckte mit den Schultern. „Sie machte eine große Szene auf dem Parkplatz. Aber das war es. Das Feuer flammte über Nacht wieder auf und wir gingen wieder an die Arbeit." Ich räusperte mich und übersprang die darauffolgende Tragödie.

„Jedenfalls haben wir sie nie wiedergesehen. Aber es ist schwer, sie zu vergessen – und ich meine das nicht im positiven Sinne. Sie ist der Typ, der überall Ärger verursacht, wohin sie auch geht."

„Kein Witz", murmelte Abby. „Sie war diejenige, die mich an dem Tag aufgehalten hat, als ich zu spät zu Claires Schule kam."

In meinem Kopf schrillten die Alarmglocken laut. „Was wollte sie?"

„Eine Feuerschale", sagte Abby und starrte auf den Boden. „Eine tragbare..." Sie kniete sich hin und rieb frische Asche zwischen ihren Fingern.

„Wofür?", fragte ich, beunruhigter denn je.

Abby wischte sich die Hände ab, drehte sich um und musterte den Boden. Dann runzelte sie die Stirn und schaute in die Ferne. „Ich weiß es nicht. Aber ich weiß, dass sie eine Hexe ist."

„Eine Hexe?" Ich spie das Wort heraus und verstummte dann bei Abbys gekränktem Gesichtsausdruck. Ups. „Ich meine, eine böse?"

Abby ließ ein kleines Lächeln aufblitzen. „Ja, eine böse. Keine besonders mächtige, aber wenn man nicht auf der Hut ist..."

Ihre Augen blitzten auf und ich fragte mich, ob – wann? – Abby nicht auf der Hut gewesen war.

Die nächste Minute verging in bedächtigem Schweigen. Wir musterten beide die Umgebung, aber es war niemand zu sehen. Schließlich seufzte Abby, setzte sich und ließ sich grummelnd auf den Rücken fallen. „Verdammt, es ist früh."

„Ähm... was ist mit dem Wirbel?", fragte ich begierig darauf, wieder festen Boden unter den Füßen zu haben.

Abby machte eine abwehrende Handbewegung. „Er hat aufgehört. Jetzt ist alles ruhig."

Ich schaute mich noch einen Moment um, dann setze ich mich neben Abby. Wie sie starrte ich an den Himmel und dachte nach. Und wow, war der Himmel blau. Das war die Sache mit der Natur. Auch wenn die Welt in Aufruhr war, strahlte ihre Schönheit immer noch.

Ich streckte meine Hand nach Abbys Hand aus und sie legte ihre Finger in meine. Ich zog leicht daran, um ihren Handrücken zu küssen, und sie lächelte.

„Jetzt habe ich einen Grund mehr, Liselle zu hassen", murmelte sie.

Ich schaute hinunter und wartete darauf, dass sie es ausführte.

Abby seufzte in Richtung Himmel. „Wir könnten immer noch im Bett liegen."

Im Bett, aber nicht schlafend, meldete sich mein Bär zu Wort.

Ich grinste. Gut zu wissen, dass Abby der verpassten Gelegenheit genauso nachtrauerte wie ich.

Ich beugte mich vor, um sie zu küssen. Nur ein kleiner Kuss, bevor wir wieder auf Spurensuche gingen – ich schwöre es! Aber der Kuss hatte ein Eigenleben und schon bald raste mein Herz – und ihres auch.

Sie schob ihre Hände über meinen Rücken, während ich meine über die Vertiefung ihrer Taille gleiten ließ. Abby unterbrach den Kuss, um mich anzulächeln, und was für ein Anblick.

„Nicht gerade der privateste Ort... "

Nein, aber jetzt, da wir angefangen hatten, war es schwer, aufzuhören. Ich küsste mich an ihrem Hals hinunter, getrieben von Instinkten, die in meiner DNA verankert waren.

„Gegen Mittag wird es hier vor Touristen nur so wimmeln", warnte sie.

„Gut, dass das noch Stunden entfernt ist", murmelte ich in die sanfte Kurve ihres Schlüsselbeins.

Abby lehnte ihren Kopf zurück, um mir Zugang zu geben. Dann lachte sie und schaute hinunter.

„Das ist alles deine Schuld, weißt du."

„Was ist meine Schuld?"

„Dass du mich abgelenkt hast. Schon wieder."

Ich schaute glucksend auf und sie grinste zurück. Der Wind zerzauste ihr Haar und sie schob es sich aus dem Gesicht. Dann fiel ihr Blick auf etwas am Himmel und ihr Lächeln verblasste.

„Was zum... ?"

Ich rollte mich weg, um aufzuschauen, aber mir stieg ein Geruch in die Nase. Etwas Wildes und Katzenhaftes.

Ich sprang auf die Füße und zog Abby hinter mir hoch. Ihr Blick war auf den Himmel gerichtet, aber meiner streifte über die Bäume am Ende des natürlichen Steinpasses.

Ein Knurren braute sich in meiner Brust zusammen, das von einem leisen Fauchen zwischen den Bäumen erwidert wurde. Schatten flimmerten und etwas schlich umher, gerade so außerhalb unserer Sichtweite.

Ich wich einen Schritt zurück und zog Abby mit mir.

„Wo kam das denn her?", murmelte sie und schaute nach Norden.

Ich hob den Blick. *Das* war eine dunkle Wolke, die sich über den Horizont zog. Aber sie war nicht das Einzige, was sich an uns herangeschlichen hatte.

Ein Puma pirschte aus dem Gebüsch und drückte sich in Angriffsstellung tief auf dem Boden.

Ich griff nach Abbys Oberteil, um ihre Aufmerksamkeit zu erregen.

„Oh. Wow", hauchte sie.

Nein, es kam nicht jeden Tag vor, dass man einen Puma sah. Aber das war kein gewöhnlicher Puma, und ich wusste es. Besonders, als zwei weitere aus dem Gebüsch auftauchten.

Kapitel 22

COOPER

Abbys Atem stockte und sie wich zurück. Ich folgte ihr und behielt meinen Körper zwischen ihr und den Pumas.

Aber verdammt. Wir hatten nicht viel Platz, um uns zurückzuziehen. Der Felsbogen ging an einem Ende – dort, wo die Pumas waren – nahtlos in die Landschaft über, aber am anderen Ende brach er ab. Um in diese Richtung zu entkommen, müssten wir über eine zwei Meter lange Lücke und einen zwanzig Meter hohen Abgrund springen.

Ein vierter Puma tauchte an der Felswand in der Nähe des Endes auf und versperrte uns diese selbstmörderische Möglichkeit.

„Sollen Pumas nicht Einzelgänger sein?", murmelte Abby.

Ich nickte langsam. „Pumas, ja. Gestaltwandler, nein."

Ihr Geruch verriet sie – ein moschusartiger Katzenduft, gemischt mit einer schwachen Note von menschlichem Schweiß.

Abby schlang ihre Hand fester um meine, während sie in den Himmel starrte.

„Er kommt näher."

Ich schaute nicht hinauf und die Pumas taten es auch nicht.

Uns gingen schnell die Möglichkeiten aus.

Ich zog mir das Hemd über den Kopf und warf es ihr zu. „Halte das bitte für mich."

Das war Peters Hemd und ich würde es nur ungern bei einer Verwandlung ruinieren.

Die Pumas kamen knurrend näher.

Als Nächstes zog ich meine Stiefel aus, denn die würde man während der Verwandlung nicht einfach so abschütteln können.

„Warte!", protestierte Abby, als ich zur Seite trat. „Was machst du... ?"

Mein Rücken krümmte sich und ich knurrte. Es klang alles undeutlich, weil mein Bärenfell durch meine Haut brach und es höllisch brannte.

„Oh", murmelte Abby.

Es war nicht gerade Beifall, aber wenigstens hatte sie nicht vor Entsetzen geschrien.

Mein Bär brach an die Oberfläche und ich fand mich auf vier Füßen wieder, von Düften umhüllt. Ich rümpfte die Nase über den Geruch der Katzen. Warum hatte ich das nicht früher bemerkt?

Wütend auf sie und mich, bäumte ich mich auf die Hinterbeine auf und brüllte.

„Oha", murmelte Abby.

Gut, dass Abby Abby war und nicht wie die meisten Leute. Sonst wäre sie über alle Berge gerannt. Nicht, dass sie das konnte, denn der vierte Puma versperrte unseren einzigen Fluchtweg.

Die drei Raubkatzen am näheren Ende drängten sich zusammen und traten auf den ersten Teil des Felsbogens, eine vorn in der Mitte und zwei an den Flanken.

Eindeutig Gestaltwandler – mit militärischer Ausbildung, würde ich wetten.

Ein Blatt flatterte vorbei, dann ein weiteres. Der Wind nahm zu und flüsterte durch die Bäume. Die dunkle Wolke war jetzt fast über uns, mehr orange als grau.

„Staubsturm", warnte Abby. „Nicht weit weg."

Nun, das waren die Pumas auch nicht, obwohl eins der hinteren Tiere besorgt in die Richtung des Sturms schaute. Es brummte die anderen an und ließ sich zurückfallen. Der Anführer drehte sich um und zischte, dann versuchte er, mich mit seinen langen, gebogenen Reißzähnen zu beeindrucken.

Ha. Ich zog meine Lippen zurück, um meine eigenen mit einem ohrenbetäubenden Gebrüll zur Schau zu stellen.

Wir sind vier und du bist nur einer, deutete sein Knurren an.

Ja, nun. Ich war dreimal so groß wie sie, und die schmale Brücke würde es ihnen schwer machen, zu dritt auf einmal anzugreifen.

Eine Windböe fegte über den Steinbogen und ich ließ mich auf alle viere zurückfallen. Auch die Pumas drückten ihre Bäuche auf den Boden, während Abby in die Hocke ging.

Dann sprang ihr Anführer vor und überraschte mich. Seine Krallen versanken in meinem dicken Fell, aber nur zwei schnitten in meine Haut. Ich brüllte und sprang zurück. Wir knallten zusammen und ich wurde zur Seite geworfen.

„Pass auf!", schrie Abby, als der Schwung mich in Richtung Kante trieb.

Der Puma taumelte wild und ich riss meine Vorderpfoten nach vorn und schaffte es gerade noch abzubremsen, bevor ich über die Kante rutschen konnte.

Mit einem panischen Jaulen stürzte der Puma an mir vorbei und verschwand. Der Wind flaute gerade so lange ab, dass man einen grässlichen dumpfen Schlag von unten hören konnte. Dann nahm der Wind wieder zu und heulte wie ein lebendiges, atmendes Wesen.

Mir standen die Haare zu Berge.

Magie, zischte mein Bär.

Der zweite Puma blieb stehen und schlug mit dem Schwanz. Der Dritte stemmte sich mit weitem Schritt gegen den Wind und jaulte ganz und gar nicht begeistert darüber, so ungeschützt zu sein.

Abby krümmte sich und wandte sich vom Wind ab. „Oh. Au. Autsch."

Winziges Prickeln klatschte gegen meine Nase. Der Staubsturm war im Begriff, loszubrechen – und zwar heftig.

Der Wind heulte. Ich stolperte zur Seite und grub meine Krallen in den Boden.

„Runter!", schrie Abby.

Einen Teufel würde ich tun. Nicht mit diesen Pumas dort.

Aber der Wind trieb sie auch zurück und sie schwankten von der Kraft des Sturms. Sekunden später drehten sie sich um und rannten in Deckung.

Ich drehte mich rechtzeitig um und sah, wie ihr Kumpel gegenüber in den Bäumen verschwand.

„Halte dich fest!", rief Abby über den heulenden Wind hinweg.

Ich brüllte zurück, als der Wind über uns hinweg fegte. Ich war schwer, aber Abby war leicht – in diesen orkanartigen Böen so leicht wie eine Feder.

So schnell ich mich traute, rutschte ich zu ihr hinüber und kauerte mich vor sie, während ich sie mit einer Pfote an meinen Körper zog, ohne dabei die Krallen auszufahren. Dann rollte ich mich zusammen wie eine Bärenmutter, die mit ihren Jungen in einem Schneesturm gefangen war, und zog Abby an mich. Verdammt noch mal. Wie hatten wir das nicht kommen sehen?

Abby schlang ihre Arme um mein Vorderbein und hielt sich fest. Sand prasselte auf meinen Rücken und der Wind presste mein Fell glatt an den Körper.

Inmitten des Staubsturms zuckten Blitze auf und *Bumm!* Donner krachte.

Meine Zähne klapperten – der Blitz war so nah. Mein Hinterbein zuckte und ich rutschte ein Stück näher an den Abgrund. Abby war sogar noch näher dran.

Verdammt. Was kam als Nächstes? Feuer?

Irgendwo dort draußen gab es eine Hexe oder einen Hexenmeister, der uns tot sehen wollte.

Eine Hexe wie Lisa – äh, Liselle?

Abby regte sich. Ich brummte und hielt sie fest, aber sie rutschte aus meinem Griff.

„Halt still!", brüllte sie in mein Ohr.

Auf gar keinen Fall. Ich griff nach ihr und wünschte mir menschliche Hände, mit denen ich sie festhalten konnte.

„Vertraue mir, verdammt!", flüsterte sie – oder schrie sie es?

Ich wollte es, aber ich hatte Abby wütend gesehen und Wut machte sie impulsiv. Explosiv. Gefährlich für jeden in einem Umkreis von hundert Metern.

Andererseits könnten *explosiv* und *gefährlich* im Moment ganz nützlich sein. Ich erreichte mit Sicherheit nicht viel. Ein

Bär konnte fast jeden Feind bezwingen, aber Hexerei war doch etwas zu anspruchsvoll.

Also tat ich mein Bestes, um Abby zu schützen, während sie sich auf die Hände und Knie kämpfte und gegen den Wind und mich lehnte. Sie hatte allerdings nicht viel Körpermasse, mit der sie sich hätte entgegenlehnen können. Meine Mutter würde dies bestimmt nicht gutheißen. Wenn wir das hier überlebten, schwor ich mir, Abby mit nach Wyoming zu nehmen, sie meiner ganzen Familie vorzustellen und sie von meiner Mutter mit Hausmannskost vollstopfen zu lassen, damit sie etwas Fleisch auf die Knochen bekam.

Aber im Moment...

Durch den heulenden Wind und Staub fetzte etwas Buntes herum. Mein Hemd, wurde mir klar. Nun, Peters Hemd. Abby hatte es wie einen Talisman um ihren Arm gewickelt.

Mit einer Handvoll Fell arbeitete sie sich an meinem Körper hoch, hielt inne, als der Wind peitschte, und kämpfte sich dann weiter. Als sie ihre Knie erreichte, holte sie tief Luft und stieß ihre Hand in den Sturm.

Der Wind schrie auf und stieß gegen sie. Abby schwankte leicht, dann griff sie höher. Höher...

Sie stemmte sich auf die Beine, stand auf und streckte eine Hand gegen den Sturm aus. Mit der anderen Hand umklammerte sie mein Fell. Das darum gewickelte Hemd peitschte im Wind herum.

Stopp, sagte ihre Geste. *Ich befehle dir, aufzuhören.*

Das tat es nicht, aber der Sand hörte auf, gegen meine Augen zu prasseln, und der schwere Staubvorhang, der uns umhüllt hatte, lichtete sich.

Ich drehte den Kopf und schaute zu, wie sie mit dem Wind kämpfte. Ihr Haar wehte hinter ihr, aber vor ihrem Gesicht wurde ein Luftloch frei. Sie drehte ihre Hand und zerschnitt den Wind wie mit einem Messer.

Der Sturm tobte weiter, aber er teilte sich um die Klinge ihrer Hand und ließ die Luftkammer um uns herum größer werden. Mein Körper war Abbys Graben und ihr Arm das Gewehr, das ins Schlachtfeld hinausragte. Das um ihr Handgelenk gewickelte Hemd flatterte so stark, dass ich dachte, es würde zerfetzt.

Die Luft knisterte mit Magie. Blitze zuckten und Donner dröhnte. Wer auch immer am anderen Ende dieses Sturms war, war wirklich sehr, sehr wütend.

Aber das war Abby auch, und sie war verdammt stur. Sie biss die Zähne zusammen und hielt durch.

Der Sturm tobte um uns herum, aber eine Blase der Ruhe dehnte sich aus, nur Zentimeter von unserer Haut entfernt. Sand flog durch die Luft und trübte meine Sicht auf die sich krümmenden Bäume und peitschenden Sträucher. Dünne Sonnenstrahlen brachen durch die Wolken und blendeten mich kurz, bevor die Wolken sie wieder vertrieben.

Doch allmählich gewann die Sonne die Oberhand und der dünne Streifen blauen Himmels breitete sich nach und nach aus. Der Wind ließ nach und Sand und Staub setzten sich auf dem Boden ab. Das Hemd, das um Abbys Arm gewickelt war, flatterte noch eine Weile und wurde dann schlaff.

Abby sackte auf meinen Körper hinunter. Ihr Herz pochte gegen meine Seite.

Ich rollte mich leicht herum und schaute zu ihr auf, wobei ich sie leise anschnaufte.

Sie ließ eine Handvoll Fell los und tätschelte mir die Seite. „Es geht mir gut.“

Ich schnaufte erneut, nicht zufrieden.

„Wirklich. Es geht mir gut“, flüsterte sie und erhob sich ächzend.

Sand rieselte von ihrer Kleidung und ihr Haar war ein zerzaustes Durcheinander. Aber es schien ihr gut zu gehen – bis ihr bewusst wurde, dass sie einem Grizzly gegenüberstand. Mir.

Ich hielt ganz still, als wäre sie dieser Schmetterling auf jener Bergwiese vor so langer Zeit.

Ihr Kehlkopf wippte, als sie schluckte, und sie tätschelte eher zaghaft meine Seite.

„Ähm... Guter Bär. Lieber Bär... “ Sie wich zurück.

Ein klägliches Grollen tönte aus meiner Brust, und sie erstarrte. Dann rückte sie näher und legte eine Hand auf meine Seite.

„Entschuldige. Und danke. Und... äh... wow." Sie fuhr mit ihren Fingern durch mein Fell.

Ich rutschte ein wenig näher und wackelte mit den Ohren. Sie waren viel weicher und angenehmer zu streicheln. Würde sie den Wink verstehen?

Das tat sie und hob ihre Hände zu meinem Kopf, dann zu meinen Ohren.

Das Grummeln ging in ein Summen über und sie gluckste. „Wow. Du bist ein Bär."

Nun, das war offensichtlich. Und sie war eine Hexe. Aber, hey. Wir hatten wieder einmal bewiesen, dass wir ein gutes Team waren.

Ich ließ mich zurückfallen und entblößte meinen Bauch.

Sie lachte und kraulte mich dort als Nächstes. „Wenn du ein Mensch wärst, wäre das vollkommen anstößig."

Mir wurde warm ums Herz. Wir hatten eine heiße, feurige Nacht miteinander verbracht. Gab es zwischen uns noch anstößige Dinge?

Abbys Augen funkelten und ich war mir sicher, dass sie dasselbe dachte.

Ein Vogel flog vorbei und Abby drehte sich um.

Der Sturm hatte sich verzogen, aber die Landschaft war immer noch in einem stillen, gedämpft abwartenden Zustand.

„Wir sollten von hier verschwinden", flüsterte sie.

Ich schaute mich um und nickte dann. Trotzdem kam ich nicht umhin, Abby einen fragenden Blick zuzuwerfen.

„Was zum Teufel ist passiert?", wiederholte sie die Frage, die mein Blick gestellt hatte. Dann biss sie die Zähne zusammen und machte einen Schritt auf den Weg zu. „Ich weiß es nicht. Aber ich habe vor, es herauszufinden."

Kapitel 23

ABBY

Auf dem Rückweg zum Auto schwiegen wir beide. Nicht, dass ich erwartet hätte, dass Cooper in Bärengestalt gesprächig wäre.

Ich klemmte mir seine Stiefel unter den Arm und schüttelte sein Hemd aus, was eine Wolke orangen Staub freisetzte. Wir hatten seine Jeans gefunden – oder das, was davon nach seiner schnellen Verwandlung übrig geblieben war. Die Reste hingen in einem Gebüsch, und ich trug auch diese Fetzen in meinem Arm.

Es war also verdammt gut, dass wir auf unserem Weg niemandem sonst begegneten. Was würden sie wohl von einer Frau und einem Bären halten, die gemeinsam herumspazierten?

Es kam nicht oft vor, dass ein Mädchen eine *solche* Begleitung hatte. Coopers massive Schultern schwangen beim Gehen und sein Fell glitzerte in der Sonne. Die obere Hälfte seines Körpers war goldbraun, seine Beine so braun wie ein Baumstamm – und genauso dick. Seine Pfotenabdrücke waren so groß wie Teller und dort, wo sie sich mit meinen Fußabdrücken überschnitten, nun ja... auf Wiedersehen Fußabdruck.

Wer auch immer als Nächstes diesen Pfad entlangkam, würde damit einen Heidenspaß haben.

Aber das war genau die Sache – wir trafen keine Menschenseele, trotz der Beliebtheit dieses Wanderwegs. Normalerweise gab es ein paar Hartgesottene, die zum Sonnenaufgang zum Devil's Rock wanderten, und mittags drängten sich dort Dutzende Besucher. Hatte Liselle – falls sie für den Sturm verantwortlich war – die Gegend so verzaubert, dass sie auch Leute fernhielt?

Ich schnupperte an der Luft. Cooper hielt seine Nase auf den Boden gerichtet, um Gerüche aufzusaugen.

„Erkennst du jemanden?", fragte ich.

Ich nahm sein Grummeln als ein *Ja*.

„Liselle – oder Lisa, meine ich?"

Noch ein Brummen.

„Jay auch?", fragte ich.

Coopers Augen leuchteten mit purem Hass und er fletschte seine Zähne.

Okay. Jay war also auch hier gewesen. Aber was zum Teufel hatte er mit Liselle zu tun?

Zurück am Auto zog ich den Autoschlüssel aus Coopers Jeanstasche. Dann verwandelte er sich zurück und ich erstarrte, fasziniert von seinem Anblick.

Meine Mutter war eine Drachengestaltwandlerin und ihr bei der Verwandlung zuzusehen – die wenigen Male, die ich dabei gewesen war – war, gelinde gesagt, überwältigend. Denn, nun ja... Flügel. Lederne Haut. Scharfe Zähne. Im Vergleich dazu war Coopers Verwandlung – von einem Säugetier zu einem anderen – weniger abrupt. Eher... natürlich, wenn man es so nennen konnte. Die Luft um ihn herum flimmerte, sein Fell wurde dünner und sein Körper veränderte sich auf anmutige Weise. In einem Moment war er noch auf allen vieren, im nächsten war er ein Mensch und stand auf zwei Beinen.Ganz nackt.

Mein Blick wanderte nach unten und ich konnte ihn nur mit Mühe wieder hochreißen. Aber, verdammt. Das war ein prächtiger, stattlicher Mann, und er war gerade noch ein Bär gewesen. Man könnte es entschuldigen, dass ich ein wenig glotzte.

Ich reichte ihm sein Hemd so lässig wie möglich.

„Danke." Seine Stimme war tief und brummig. Ein Zeichen von Emotion oder eine Nachwirkung seiner Verwandlung?

Ich nickte stumm. Es war eine Herausforderung gewesen, sein Hemd während des Sturms festzuhalten, aber ich wollte auf keinen Fall zulassen, dass es vom Wind weggerissen wurde. Nicht ein Hemd, das seinem Bruder gehört hatte.

„Keine Ursache", murmelte ich, als er es sich über den Kopf zog. Eine Schande, denn ich hatte die Aussicht genossen.

Er musterte die Überreste seiner Jeans mit einer Grimasse, dann gab er es auf und zog sich die Stiefel an. Dann schaute er an sich hinunter und seufzte.

„Großartig."

Es war ein ungewöhnlicher Anblick – ein erwachsener Mann, der nichts als Stiefel und ein Flanellhemd trug, das kaum seinen Hintern bedeckte, geschweige denn seine, ähm… Vorderseite.

„Ich weiß nicht", versuchte ich zu scherzen. „Es ist irgendwie süß."

„Süß?", protestierte er.

„Sogar bezaubernd."

„Genau der Look, den ich angestrebt habe", brummte er und schwang sich auf den Fahrersitz.

Warf ich einen Blick auf die erstklassige Aussicht, die sich mir bot? Ja, das tat ich. Wie hätte ich widerstehen können?

Er ließ den Motor an, dann die Scheibenwischer. Das ging allerdings nach hinten los, denn die Wischerflüssigkeit verwandelte die dicke Staubschicht in orangefarbenen Schlamm.

„Großartig", stöhnte Cooper, während der Schlamm hin und her und hin und her geschmiert wurde.

Nach ein paar weiteren Spritzern war die Scheibe wieder überwiegend frei und wir machten uns auf den Weg in Richtung Stadt.

„Hast du nicht gesagt, Liselle sei nicht so mächtig?", fragte er nach dem ersten staubigen Kilometer.

„Das habe ich und das ist sie auch nicht."

„Was war das dann?" Er zeigte mit dem Daumen hinter uns, eher ein Hinweis auf die Zeit als auf den Ort.

Ich grübelte. „Es gibt drei Möglichkeiten. Erstens: ich habe mich geirrt und sie ist mächtiger, als ich dachte."

Coopers Augen blitzten auf. „Hoffen wir es nicht."

„Zweitens", fuhr ich fort, „sie war nicht so mächtig, aber jetzt ist sie es."

„Wie das?“

Ich zuckte frustriert mit den Schultern. „Indem sie den Wirbeln Energie entzieht, vielleicht.“

„Mit der gestohlenen Axt?“

„Vielleicht.“ Mein Stirnrunzeln vertiefte sich, denn wir hatten nicht nur Axtspuren gefunden. Es war auch Asche dort gewesen. „Oder mit Feuer oder mit beidem.“ Dann fluchte ich. Cooper riss den Kopf herum und es war ein solches Ebenbild der gleichen Bewegung in Bärengestalt, dass ich keinen klaren Gedanken mehr fassen konnte. Der Kerl hinter dem Lenkrad des Fahrzeugs konnte sich in einen Bären verwandeln. Oder besser gesagt, der Kerl, mit dem ich geschlafen hatte.

Der Gedanke erschreckte mich genauso sehr, wie er mich erregte.

Dann schaltete sich mein Gehirn wieder ein und ich machte da weiter, wo ich aufgehört hatte.

„Liselle wollte eine Feuerschale. Eine *tragbare*“, sagte ich.

Cooper biss die Zähne zusammen. „Nicht nur zum Grillen, nehme ich an.“

Ich schüttelte langsam den Kopf. „Ich glaube nicht.“

„Heißt das, sie kann kein Feuer machen?“

„Du meinst, wie ein Pyromagier?“ Ich schüttelte den Kopf. „Ich glaube nicht. Wieso?“

„Nur so ein Gedanke“, murmelte er.

Nur so ein Gedanke, von wegen. Was dachte er wirklich?

Cooper wurde schmerzlich still und als er schließlich wieder sprach, war seine Stimme rau. „Was ist die dritte Möglichkeit?“

Ich biss mir auf die Lippe, nicht sicher, ob sie mir besser gefiel als die anderen beiden.

„Dass Liselle nicht diejenige war, die den Staubsturm aufgewirbelt hat – oder zumindest nicht allein.“

Sein Gesicht verdüsterte sich. „Eine weitere Hexe?“

„Oder ein Hexenmeister.“

„Großartig“, murmelte Cooper wieder. Dann seufzte er. „Wer sonst hier in der Gegend ist in der Lage, Blitz, Donner und einen Staubsturm heraufzubeschwören?“

Außer meiner Schwester und Mike, die unmöglich dafür verantwortlich sein könnten? „Ich weiß es nicht...", begann ich und erstarrte dann.

Cooper verspannte sich und wartete.

„Vor Monaten wurde die Ranch von einem Hexenmeister angegriffen", sagte ich. „Harlon Greene. Blitz, Donner, das volle Programm." Ich schnippte mit den Fingern, um es zu verdeutlichen.

Und, ups. In der Ferne grollte Donner.

Cooper starrte auf meine Hände und ich tat es ebenfalls. Ursache und Wirkung oder Zufall?

Ich klemmte meine Hände unter meine Oberschenkel, als er weiterfuhr. „Wo waren wir?"

„Harlon Greene", sagte Cooper ein wenig heiser.

Stimmt. „Er war hinter unserer Ranch her."

„Du meinst, um sie zu erschließen?"

Mir schwirrte der Kopf. Erschließung. Edelweiß-Corporation. Könnte Harlon etwas damit zu tun haben? Ich nahm mir vor, Ingo zu fragen. Dann antwortete ich Cooper.

„Ja und nein. Harlon wollte Zugang zu den Wirbeln dort."

„Wirbeln?" Coopers Tonfall betonte den Plural.

Ich nickte steif. Das lief nicht gut.

„Was ist passiert?", fragte Cooper schließlich.

Ich übersprang einige Details, wie zum Beispiel, dass Erin mithilfe von Pippa und mir Blitze schleudern konnte, und sagte: „Harlon wurde von der ABDKS verhaftet und mit einem Sperrzauber belegt, der seine Kräfte außer Kraft setzt."

„Für wie lange?", fragte Cooper.

„Für immer, habe ich angenommen", sagte ich.

In Wahrheit hatte ich mich nicht mit den Einzelheiten befasst. Ich zog mein Handy heraus und wählte erneut Ingos Nummer, dann fluchte ich. Immer noch keine Antwort.

Die Fragen in meinem Kopf nahmen kein Ende. War Harlon wieder da und hatte seine Kräfte zurück? Hatte er etwas mit Liselle zu tun?

„Da die Glücksaxt verschwunden ist...", begann Cooper und verstummte dann. Nach einer langen Pause fuhr er fort.

„Also... ich werde jetzt etwas sagen, das du vielleicht nicht hören willst."

Ich wartete und krallte meine Fingernägel in den Sitz.

„Du musst wirklich vorsichtig sein, wenn du Magie einsetzt, von der du nicht genau weißt, wozu sie fähig ist."

Ich schluckte. Damit hatte er nicht ganz unrecht.

„Das tue ich. Ich werde es. Ich meine, ich werde es versuchen", stammelte ich.

Was mein Problem so ziemlich auf den Punkt brachte, nicht wahr?

Cooper schaute mich an und ich schaute auf meine Füße.

Schweigen breitete sich zwischen uns aus, so schwer und heftig, dass ich das Gewicht auf meinem Körper spüren konnte.

Ein paar Minuten später bogen wir auf die Hauptstraße ab und kurz darauf hielt Cooper auf einem Supermarktparkplatz an. Alle dort geparkten Fahrzeuge waren mit einer Staubschicht bedeckt. Ein junger Mann ging zu seinem Transporter und schüttelte den Kopf. Dann malte er einen Smiley auf die Heckscheibe. Eine weitere Person säuberte die Windschutzscheibe mit einem Eiskratzer. Wir beobachteten sie schweigend.

Schließlich ergriff Cooper das Wort. „Nun, du hast ziemlich gute Arbeit geleistet, denjenigen abzuwehren, der für diesen Sturm verantwortlich war."

Ich schaute auf meine Füße, stolz, aber auch verängstigt. „Ich habe keine Ahnung, wie."

Ein wenig wie die Glücksaxt, nahm ich an.

Ein Schauer lief mir den Rücken hinunter. Was, wenn ich ungewollt mit Magie um mich warf? Was, wenn andere das irgendwie ausnutzen könnten?

Und, scheiße. Es gab einen sehr schmalen Grat zwischen *versehentlich* und *fahrlässig*. Was würde die ABDKS dazu sagen?

Cooper schaute mich an. „Überhaupt keine Ahnung?"

Ich schüttelte den Kopf. „Nein. Metall, Feuer – damit kann ich umgehen. Aber Wetter?"

„Und doch hast du einen Sturm aufgehalten."

Ich schloss die Augen und versuchte erneut heraufzubeschwören, was ich instinktiv getan hatte. „Ich habe ihn nur für eine Weile umgelenkt, das ist alles.“

Er schnaubte. „Das ist ‚alles‘, was?“

Ich ließ die Schultern sinken. Ich betete, dass Cooper mich nicht fragen würde, wie ich das mit dem Umlenken gemacht hatte, denn ich war mir nicht sicher. Ich hatte einfach aus Instinkt heraus gehandelt.

Die Polsterung des Vordersitzes seines Wagens quietschte, als Cooper sich vorbeugte und einen Arm um meine Schulter legte.

„Entschuldige.“ Er neigte seinen Kopf gegen meinen. „Das ist keine Anklage. Ich versuche nur, es zu verstehen.“

Ich verschränkte meine Finger in seinen und hielt sie ganz fest. Dabei betete ich, dass die ganze Magie ihn nicht vertreiben würde.

Mein Handy klingelte und ich griff danach, weil ich unbedingt von Ingo hören wollte.

Aber es war nicht Ingo, der anrief. Es war Claire.

„Hi, Mommy!“

Sonnenstrahlen erhellten meine Seele und mein Herz flatterte auf Engelsflügeln.

„Hallo, mein Schatz! Hattest du eine schöne Übernachtung?“, fragte ich.

Cooper schaute mit einem schwachen Lächeln zu mir hinüber.

„Die beste!“ Claire begann mit einer detaillierten Beschreibung von allem, was sie bei ihrer Übernachtung auf der Twin Moon Ranch gemacht hatte.

„Wow… Toll… Unglaublich…“, warf ich in angemessenen Abständen ein.

Ein paar Silben von jemandem wie Jay konnten meinen ganzen Tag ruinieren, aber ein paar Worte von Claire machten mich wieder zur Optimistin.

Dann stürzte sich Claire in einen langen, fieberhaften Überredungsversuch darüber, warum ich ihr unbedingt erlauben musste, noch eine Nacht zu bleiben. Offenbar gab es auf der Twin Moon Ranch einen alten Planwagen, und alle Kinder wollten an diesem Tag einen Ausflug machen.

„Bitte, Mommy. Bitte?", bettelte Claire.

Wow. Ein Planwagen? Wie bei den Pionieren? Ich war selbst noch nie mit einem Planwagen gefahren. Ich hatte so viele Dinge noch nie gemacht. Umso mehr Grund, jetzt Ja zu sagen, egal, wie sehr ich sie vermissen würde.

Claire reichte das Telefon an Lana weiter, ihre Gastmutter für diese Nacht.

„Es macht wirklich keine Umstände", versicherte Lana mir. „Die Mädchen amüsieren sich prächtig und wir können Claire morgen, am Sonntag, wieder nach Hause bringen." Sie gluckste. „Ich bin sicher, du kannst einen freien Tag gebrauchen."

Ein freier Tag wäre gut. Und eine weitere Nacht mit Cooper...

Meine Gedanken wurden so schmutzig wie der Parkplatz vom Sandsturm.

Oh ja. Ich hatte ein paar Ideen, wie wir die Zeit füllen könnten.

Meine Wangen wurden heiß und ich fächelte mir selbst Luft zu. Dann erinnerte ich mich an die Realität. Wir wurden von einer Bande Pumas *und* einem Staubsturm heimgesucht. Wie konnte ich in so einem Moment daran denken, schmutzige Dinge zu tun?

Aber ich dachte daran.

Und mal ganz ehrlich – was war daran so falsch? Noch nie hatte ich mich bei jemandem so... besonders gefühlt. Fähig. Interessant. War es verrückt, in diesen Pool zu springen und eine Weile darin zu planschen?

„Ich schätze, das könnte ich", sagte ich zu Lana. Nach einem herzlichen Dankeschön – und einem letzten kurzen Gespräch mit Claire – legte ich auf und starrte auf das Handy.

Cooper musste das Wesentliche des Gesprächs mitbekommen haben, obwohl er kein Wort sagte.

Ich war noch nie schüchtern gewesen, wenn es darum ging, meine Meinung zu sagen, aber dieses Mal fehlten mir die Worte. Vielleicht, weil ich noch nie etwas sagen wollte wie: *Ich habe den Rest des Tages und die ganze Nacht frei und ich würde die Zeit gern mit dir verbringen.*

Und nicht nur das, sondern *ich mag dich wirklich.*

Ich wrang mit den Händen, fing mich dann aber wieder und hielt inne. Ein nervöser Waschbär war kein attraktiver Anblick.

Oder vielleicht war es gar nicht so schlimm, denn Cooper zog meine Hände sanft auseinander und nahm sie zwischen seine.

„Also, ich habe mir gedacht... ", begann er.

Mein Herz machte einen Sprung und ich war ganz Ohr.

„Vielleicht könnten wir... ", fuhr er fort.

Mein Handy klingelte und ich stöhnte fast auf.

Ich fummelte mit dem Telefon herum. „Hallo?"

„Abby? Geht es dir gut?" Es war Ingo und er klang besorgt.

Pippa meldete sich im Hintergrund und sie klang regelrecht verzweifelt.

„Ja, es geht uns gut", versicherte ich ihnen. Dann warf ich Cooper, der grimmig nickte, einen Blick zu. „Aber wir müssen reden. Sofort."

Kapitel 24

COOPER

So beschissen mein Samstag auch begonnen hatte, der Tag endete sehr... ähm, angenehm.

Aber das passierte erst, nachdem wir uns stundenlang mit Ingo über die Geschehnisse an der Devil's Bridge ausgetauscht hatten. Er war gerade dabei, weitere ABDKS-Agenten nach Sedona zu beordern, und bestand darauf, dass wir ihm den Rest der Ermittlungen überließen.

Für mich war das in Ordnung. Ich war Feuerwehrmann und Teilzeit-Schmiedeassistent. Ich hatte außerdem einen freien Abend, und meine Chefin Abby ebenfalls.

Natürlich war Abby Abby und hatte darauf bestanden, an jenem Samstagnachmittag noch ein paar Stunden Arbeit dazwischenzuschieben. Wir hatten die Wiederholung unseres Essens bei Kerzenschein verschoben und es sogar geschafft, auf den Teil mit dem Sex auf der Werkbank zu verzichten. Als wir jedoch bei mir zu Hause ankamen...

Wir zogen uns aus und *zisch!* Ich zog den Duschvorhang hinter uns zu. Es war ziemlich eng mit uns beiden hier drinnen zusammengedrängt, aber das machte mir nichts aus.

Nicht im Geringsten, brummte mein Bär, während ich mit Seife über ihre Kurven rieb.

Also nicht die effizienteste Dusche, aber eine verdammt denkwürdige. Mein Rücken war noch nie so sauber. Mein schmutziger Verstand hingegen spulte bereits im Schnelldurchlauf ab, was als Nächstes kommen könnte.

Schließlich wurde das Wasser kalt und wir begaben uns ins Bett.

„Ich bin oben", murmelte Abby und drückte mich mit dem Rücken auf die Matratze.

„So herrisch." Ich schüttelte gespielt spöttisch den Kopf, während ich meine Hände an ihre Taille hob.

„Ich weiß, ich weiß. Du hast heute schon so viel gelitten. Und ich bin dabei, noch herrischer zu werden. Kondom, bitte."

Ich wackelte mit den Händen. „Kannst du nicht sehen, dass ich hier in der Falle sitze?"

Ihre Augen funkelten. „Oh, du Armer. So hilflos. Soll ich dir helfen?"

Junge, das wollte ich, auch wenn ihre Definition von Hilfe eher Folter war. Köstlich langsame, quälende Folter. Aber irgendwie hielt ich es aus.

„Also, wenn es dir nichts ausmacht...", murmelte sie und setzte sich rittlings auf mich.

Ich hatte ein gutes Widerwort. Das hatte ich wirklich. Aber es verpuffte in dem Moment, als Abby nach unten sank und mich tief in sich aufnahm.

Also, nein. Es machte mir nichts aus. Nicht im Geringsten.

Was die Konversation anging, so wurde sie von da an immer stockender. Aber in jeder anderen Hinsicht erreichten wir neue Höhepunkte.

„Oh... Ja..." Abby wiegte sich auf mir, als wir einen Rhythmus fanden.

Ihre Augenlider fielen zu und ihr Haar schwang hin und her.

Ich gab vielleicht selbst ein paar Töne von mir. Auch ein paar wilde Laute. Nicht, dass es Abby etwas auszumachen schien.

Sie mag mich! jubelte mein Bär wieder und wieder.

Das tat sie. Aber liebte sie mich auch?

Die Frage schoss mir immer wieder durch den Kopf, aber ich verdrängte sie jedes Mal. Liebe mochte auf der einen Seite eines Venn-Diagramms und Sex auf der anderen stehen. Aber man fand nicht im Bett heraus, wo sich die beiden überschnitten.

„Oh..." Abby stöhnte und warf den Kopf zurück.

Ihr Haar war immer noch nass von der Dusche, und ein Tropfen landete auf meiner Brust. Fast hätte ich erwartet, dass er durch die Hitze, die wir erzeugten, zischen würde.

„Mehr...", murmelte Abby kurz davor, zu kommen.

Meine Hände hatte ich fest um ihre Hüfte gelegt, aber wenn ich mich wirklich streckte...

Mit dem Daumen fand ich ihre sensibelste Stelle und sie schrie auf. Wieder und wieder, bis sie in einen Orgasmus stürzte. Ich drängte mit einem letzten harten Stoß in sie hinein und konnte das Brüllen, das in meinem Kopf ertönte, kaum zurückhalten.

Meine! Meine Gefährtin! erklärte mein Grizzly.

Meine menschliche Seite war bereit, es laut zu wiederholen. Wie könnte sie etwas anderes sein als das?

Ich öffnete die Augen einen Moment bevor Abby ihre öffnete und was für ein Anblick. Sie hatte das Kinn gehoben und ihr Gesicht wirkte wie eine Maske der Konzentration. Ihr Haar war zerzaust und ein paar Strähnen hingen in ihren Mundwinkeln.

Hinreißend, mit anderen Worten. Einfach umwerfend.

Meine. Meine Gefährtin... Fast hätte ich es laut geflüstert.

Was würde sie sagen, wenn ich es täte? Würde sie die Flucht ergreifen oder würde sie die Worte erwidern?

Ich lauschte auf eine Antwort, obwohl ich wusste, dass sie mich nicht gehört haben konnte.

Oder vielleicht doch, denn als sie ihre Augen öffnete, glühten sie wie die eines Gestaltwandlers und pulsierten. *Meiner. Mein Gefährte.*

Ich betete, dass dies kein Wunschdenken war. Wussten Hexen überhaupt etwas über Gefährten? Reichte ihr halbes Drachenerbe aus, um die Tiefe dieser Art von Verbindung zu verstehen?

Ich schluckte schwer und hoffte.

„Du bist so schön", flüsterte ich voller Bewunderung.

Sie krümmte sich, entspannte sich dann langsam und legte sich auf mich. „Wow. Sex so gut, du bist im Delirium. Ich bin ein Desaster."

„Ein wunderschönes Desaster", beharrte ich.

Unglaublich, stimmte mein Bär zu. *Willst du die Meine sein? Bitte?*

Sie hauchte einen Kuss über meine Lippen und ließ sich dann mit einem glücklichen Seufzer auf mir nieder.

Ich drückte sie fest an mich, nur um dann brummend wegzurollen und das Kondom zu entsorgen. Dann kuschelte ich mich wieder an sie.

Eines Tages, so schwor ich mir, würden wir es Haut auf Haut tun.

Eines Tages würde ich sie davon überzeugen, dass sie die Schönheit war, die ich in ihr sah.

Eines Tages würde ich den Mut aufbringen, meine Liebe auszusprechen, und sie würde die Worte erwidern. *Ich liebe dich, mein Gefährte.*

Aber im Moment...

Ich küsste sie, schloss meine Augen und erlaubte mir zu träumen.

∞∞∞∞

Zum Sonnenuntergang aßen wir bei Kerzenschein auf der Veranda zu Abend. Pasta.

Danach liebten wir uns. Im Bett, Missionarsstellung, obwohl wir genug Lärm machten, dass ein Missionar erröten würde.

Dann folgte eine weitere Dusche, bei der mir nur ein paar Tropfen warmes Wasser über den Rücken liefen, während Abby auf die Knie fiel und mich in den Himmel katapultierte.

Und was wir dann taten... nun, das hätte einen Missionar dazu gebracht, verzweifelt in seiner Bibel zu blättern.

Aber, hey. Wir holten sehr lange Trockenperioden auf – wir beide. Außerdem war ich ein Bärengestaltwandler und hatte meine Schicksalsgefährtin gefunden. Es war meine Aufgabe, sie zu lieben, und zwar richtig gut. Oder, wie Abby es ausdrückte...

„Härter... Schneller... "

Nur Abby konnte einen Mann herumkommandieren, während sie mit dem Bauch nach unten auf dem Bett lag. Als ich mich vergewissert hatte, dass sie mit der Richtung, in die die Dinge hier liefen, einverstanden war...

„Habe ich jemals etwas anderes als unmissverständlich klargemacht, wenn ich etwas nicht wollte?“, hatte sie geschimpft.

Ich gluckste. Definitiv nicht.

„Dann lass uns nach diesem Prinzip vorgehen, ja?“, fuhr sie fort. „Denn ich werde sterben, wenn du mich nicht sofort vögelst.“

Also hatte ich tatsächlich nur getan, was mir gesagt wurde. Und ich tat es zu ihrer (sehr) tiefen Befriedigung, den glücklichen Geräuschen nach zu urteilen, die sie von sich gab.

Cowgirl war toll und Missionarsstellung funktionierte immer. Aber nichts ging über die schiere Kraft dieser Stellung. Und da sie Abby auch gefiel – kein Wunder, denn Schmiede standen wirklich auf harte Stöße...

Ich schloss die Augen und gab alles, was ich hatte. Abby hatte ein paar Kerzen angezündet, und obwohl sie inzwischen hinuntergebrannt waren, flackerten sie alle wieder auf. Ich hoffte nur, dass sie nicht versehentlich das Haus abfackelte.

Andererseits war ich Feuerwehrmann.

Als ich die Kerzen das erste Mal bemerkt hatte, war ich etwas verwirrt gewesen. Sie war eine Hexe, nicht wahr?

Nun beschloss ich, dass ich *Frau mit einzigartigen Fähigkeiten* vorzog. Eine Frau, bei der ich mich als Ganzes fühlte.

Immerhin war ich ein Bärengestaltwandler, aber ich war auch ein ganz normaler Typ. Hoffentlich gab ich *ihr* auch das Gefühl, ganz zu sein.

Auf jeden Fall waren die Spezialeffekte ein Zeichen ihrer Anerkennung – und turnten mich an. Welcher Mann würde es nicht lieben, zu wissen, dass er für ein kleines Feuerwerk verantwortlich war?

Jedes Mal, wenn ich zustieß, quietschte sie und die Kerzen flackerten. Jedes Mal, wenn ich mich zurückzog, zögerten die Kerzen genauso, wie Abby ihren Atem anhielt. Wenn ich dann wieder eindrang, explodierte das Feuerwerk. Wieder und wieder, bis...

Abby stieß einen spitzen Schrei aus und das Feuer loderte durch meine Adern. Es fühlte sich wie echtes Feuer an. Ich biss die Zähne zusammen und dehnte das Gefühl so lange aus, wie ich konnte. Dann sackte ich über Abby zusammen und die Kerzen verblassten zu winzigen glühenden Pünktchen.

Abby erholte sich vor mir und streichelte sanft meinen Oberschenkel, während ich noch an ihrer Schulter keuchte. Schließlich riss ich mich lange genug zusammen, um mich zu säubern, dann kuschelte ich mich von hinten an sie. Ich hielt Abby fest und schmiegte mich an ihre Schulter. Ich markierte sie als die Meine, auch wenn ich mir dessen zunächst nicht bewusst war.

„Okay, ich habe einen neuen Liebling", murmelte Abby.

Mein Verstand war immer noch ein wenig benebelt. „Liebling, was?"

„Eine neue Lieblingsstellung, Dummerchen. Wie nennt man die überhaupt?"

Ich hob eine Augenbraue. „Hast du vor, das mit jemand anderem zu besprechen?"

Sie schnaubte. „Ja. Mit meinen Schwestern, ihren Vätern und all den heimlichen Liebhabern, von denen ich dir noch nichts erzählt habe."

Ich gluckste und gestand mein begrenztes Sexvokabular. „Fauler Hund? Vielleicht Jockey?"

Sie stieß mit dem Finger gegen meine Brust. „Aha. Da *hat* sich wohl jemand darüber unterhalten."

Meine Wangen wurden heiß. „Nur zugehört. Du weißt schon, Gespräche in der Umkleide – eine gemischte Umkleide", fügte ich schnell hinzu. „Feuerwehrfrauen können manchmal schlimmer sein als die Jungs."

„Sind wir nicht!"

Ich grinste. Gesprochen wie eine echte Feuerwehrfrau – man konnte den Job verlassen, aber der Job verließ einen nicht.

„Doch seid ihr auf jeden Fall", beharrte ich.

„Sind wir nicht und ich werde es beweisen."

Ich wartete.

„Was beginnt mit dem Buchstaben F und endet mit *uck*?" Ihre Augen funkelten.

Ich lachte und ließ meine Hand über ihre Hüfte gleiten. „Nicht offensichtlich?"

„Es ist *Feuerwehrtruck*."

Ich rollte mit den Augen.

„Siehst du? Du hast eine schmutzige Fantasie", schlussfolgerte sie.

„Wenn das so ist, dann nur, weil du auf mich abfärbst." Was vielleicht meine eigene Schuld war, bei all dem Kuscheln.

Abby erwiderte das Kuscheln – genug für mich, um den Mut für eine Frage aufzubringen.

„Also, diese Tätowierungen...", murmelte ich und berührte ihren Arm.

Sie schaute nach unten und seufzte dann. „Ich habe eine Phase durchgemacht, schätze ich." Sie berührte ihre eigene Haut, dann flüsterte sie. „Ich mag sie aber."

Ich grinste. „Ich mag sie auch."

Sie schwieg, dann küsste sie meinen Arm an der gleichen Stelle. Irgendwann danach fiel ich in einen tiefen, glückseligen Schlaf. So tief, dass ich erst um sieben Uhr morgens wieder aufwachte, und selbst dann döste ich noch eine Weile vor mich hin.

Es war acht, bevor ich überhaupt an den Tag denken konnte. Sonntag. Ein freier Tag. Ein Tag, aus dem ich das Beste machen sollte, denn sobald der erste richtige Brand der Saison loderte, würden die nächsten heiß darauf folgen.

Ha. Heiß darauf folgen. Ich musste über mein eigenes Wortspiel schmunzeln.

„Hmm?" Abby drehte sich leicht.

Sie war immer noch an mich gekuschelt und streichelte sanft meinen Arm.

Ich grinste. „Ich lache über einen schlechten Witz. So schlimm, dass du ihn nicht hören willst." Dann streckte ich mich. „Viel wichtiger ist, dass ich überlegt habe, wie ich meinen freien Tag am besten nutzen kann."

Wenn meine Hand ihre Brust berührte, war es ein Versehen, keine Anspielung. Ich schwöre es.

Abby grinste. „Mal sehen. Sonntag... ein ganzer Tag, an dem wir machen können, was wir wollen."

Wir. Dieser Teil gefiel mir am besten.

Ich nickte. „Auch wenn es nicht viel ist. Keine Arbeit, keine Hektik." Ich warf einen Blick auf die Uhr. „Um wie viel Uhr musst du Claire abholen?"

Auch wenn es früh wäre, wäre das schon in Ordnung. Claire war ein tolles Kind und es wäre schön, mit ihr und Abby etwas außerhalb der Metallwerkstatt zu unternehmen. Natürlich nur, wenn Abby dazu bereit war.

Aber Abby wurde stocksteif.

Ich stupste sie sanft an. „Was?"

„Claire…" Mit entsetztem Blick sprang Abby aus dem Bett – schlimmer noch, aus meinen Armen – und fing an, in der Hütte hin und her zu rennen.

Oha. War sie spät dran, um Claire abzuholen? Es war doch erst acht Uhr morgens.

Ich setzte mich auf. „Was ist los?"

Abby fummelte an ihrem BH herum und zog dann ihr Oberteil an – dann fluchte sie, weil es auf links gedreht war. Sie zog es wieder aus und versuchte es erneut, während sie ununterbrochen vor sich hin murmelte.

„Ich muss gehen. Verdammt. Ich muss los."

„Jetzt gleich? Um wie viel Uhr musst du sie abholen?"

„Lana bringt sie nach dem Mittagessen nach Sedona."

„Also warum…"

Sie wirbelte herum und starrte mich wie eine besessene Frau an. „Weil ich sie vergessen habe." Sie zeigte auf das Bett, als wäre es Beweisstück A. „Ich habe die ganze Nacht kein einziges Mal an sie gedacht. Ich habe nur an mich gedacht."

Ich hob meine Hände in die Luft und versuchte, sie zu beruhigen. „Abby, es ist in Ordnung, wenn du…"

„Es ist nicht in Ordnung!" Ihre grünen Augen drücken mich praktisch gegen den Kopfteil des Bettes. „Es ist *nicht* in Ordnung, sein eigenes Kind zu vergessen!"

Das verstand ich ja, aber reagierte sie nicht etwas über?

„Eltern verdienen ein wenig Zeit für sich", sagte ich. „Ein freier Abend, während dein Kind bei einer Freundin übernachtet, macht dich doch nicht zu einer schlechten Mutter."

„Aber ich habe sie vergessen. Vollkommen. Wie konnte ich meine eigene Tochter vergessen? Oh Gott…“

„Du hast sie nicht vergessen. Du wusstest, dass es ihr gut geht, also hast du dich für eine Weile entspannt.“

„Sicher. Entspannt.“ Sie schlüpfte mit den Beinen in ihre Jeans, suchte dann nach ihren Socken und Stiefeln. „So sehr, dass ich mein Gehirn ausgeschaltet habe.“ Sie hielt lange genug inne, um ihr Gesicht in den Händen zu vergraben. „Gott, wie konnte ich nur so unverantwortlich sein?“

In dem Moment dämmerte es mir, dass es nicht um sie und Claire ging.

„Abby, du bist nicht unverantwortlich. Und du bist nicht dein Vater.“

„Darauf kannst du deinen Arsch verwerten!“ Sie sprang auf die Füße. „Aber anstatt meine Tochter an erste Stelle zu setzen, habe ich mit einem Kerl herumgemacht…“

Mir wurde schlecht und ich knurrte. „Wir haben nicht nur herumgemacht. Es war viel mehr als das, und das weißt du auch.“

Mein Herz raste. Sicher war ich nicht der Einzige, der so empfand?

Aber mit Abby war nicht zu reden. Sie fummelte wieder an ihren Stiefeln herum und murmelte permanent vor sich hin. „Tue ich das? Wie kann ich mir sicher sein?“

Das tat jetzt weh. Trotzdem tat ich mein Bestes, um ruhig zu bleiben.

„Weil ich nicht Jay bin.“

Das ließ sie innehalten und sie warf mir einen langen, traurigen Blick zu. „Ich weiß, dass du das nicht bist. Aber ich bin ich, und ich mache Fehler.“

„Das hier war kein Fehler.“

„Und was, wenn doch?“

„Ich schwöre, es ist keiner.“ Mein Herz und meine Seele steckten in diesen Worten, und die Hoffnung blieb mir im Hals stecken.

Abby sah mich noch einen Moment lang an. Dann pfiff draußen ein Vogel und sie schüttelte sich. „Ich muss gehen.“

Ich wollte schreien. Gehen – jetzt?

Ihre Augen waren riesig. Traurig. Reuevoll.

„Das musst du nicht", beharrte ich und wollte sie in meine Arme zurückholen.

Sie konnte bleiben. Wir könnten reden. Sie würde sich wieder fangen und sehen, dass es keine große Sache sein musste.

Aber ich war nur ein Bärengestaltwandler, kein Magier.

Abby drehte sich um und ging zur Tür hinaus. Sie flüsterte: „Das muss ich."

Tu etwas! brüllte mein Bär.

„Bitte, Abby. Geh nicht…"

Die Tür knallte zu.

Meine Beine brannten darauf, ihr hinterherzulaufen. Sie aufzuhalten, bevor es zu spät war.

Aber Abby war ein Mustang mit einer Narbe zu viel. Sie zu zwingen, würde alles nur noch schlimmer machen.

Draußen heulte ihr Wagen auf und verstummte wieder. Sie fluchte, dann startete sie ihn ein zweites Mal. Sekunden später wirbelte der Schotter herum.

Gelähmt vor Schock hörte ich zu, wie sie die Auffahrt hinunterraste, bis sie außer Hörweite war. Selbst dann lauschte ich auf einen Hinweis darauf, dass sie wendete und zurückkam.

Die Sekunden vergingen. Eine Minute. Zwei. Jedes Ticken der Uhr hackte ein weiteres Stück meines Herzens ab.

Ich lauschte für eine lange, lange Zeit, aber das einzige Geräusch draußen war das klagende Heulen des Windes.

Kapitel 25

ABBY

Ich fuhr die Straße entlang und wischte mir über die Augen. Ich verfluchte Jay. Liselle. Sogar Cooper. Aber vor allem verfluchte ich mich selbst.

Die Straße war von der vielen Benutzung zerfurcht, aber ich raste sie trotzdem hinunter und flog dann auf die Hauptstraße hinaus. Ein entgegenkommendes Auto trat auf die Bremsen und hupte wild.

Ich verfluchte auch sie.

In der Gegenrichtung fuhr ein Polizeiauto vorbei und ich wischte mir wieder über die Augen. War es strafbar, Auto zu fahren, während man von Tränen geblendet war?

Ich fuhr, ohne nachzudenken, und aus irgendeinem Grund führte mich mein Instinkt zu Heavy Metal Sedona. Ich hielt an der Hintertür an und sackte zusammen. Ich hatte mich noch nie so kaputt und erbärmlich gefühlt.

Es war Sonntag. Ein freier Tag. Die Sonne schien. Der Himmel strahlte in einem postkartenwürdigen Blau. Claire war in Sicherheit und hatte Spaß. Ich hatte zwei unglaubliche Nächte mit einem süßen, sensiblen Mann verbracht.

Aber jetzt hatte ich ihn sitzen lassen.

Ich zuckte zusammen, als mich mein eigenes Unterbewusstsein angriff. *Genau wie Mom.*

Und, autsch. Das tat weh. Sehr.

Meine Mutter hatte eine lange *Liebe-und-verlasse-sie*-Vorgeschichte und hatte eine ganze Reihe von Männern sitzen lassen, ebenso wie ihre eigenen Töchter.

Auch mein Vater hatte mich unzählige Male im Stich gelassen. Sogar wenn ich mit ihm sprach und ihn angefleht hatte, so wie Cooper es getan hatte.

Oh Gott. Ich war genau wie sie.

Zerstör das nicht, hatte ich mir vor der ersten Nacht mit Cooper gesagt. Aber genau das hatte ich gerade getan.

Ich verbarg mein Gesicht in meinen Händen und erschauderte mit Schluchzern, die nicht herauskommen wollten. Sie schnürten mir einfach die Kehle zu und erstickten mich.

Keiner von meinen Eltern hatte richtige Beziehungen. Keiner von beiden hatte echte Freunde. Und hier saß ich nun, allein an einem Sonntag. In Ermangelung einer besseren Möglichkeit bei der Arbeit.

Tatsächlich war es sogar noch schlimmer – ich hatte bessere Möglichkeiten.

Option eins: zurück zu Cooper zu eilen und ihn um Verzeihung anzuflehen.

Option zwei: nach Hause zu fahren und mich von meinen Schwestern trösten zu lassen.

Option drei: mich eine Stunde sammeln und dann zurück zu Cooper eilen, um ihn um Verzeihung anzuflehen.

Ich konnte mich nur einfach nicht dazu durchringen, eine dieser Optionen zu wählen.

Ich schlang meine Finger um das Lenkrad und lehnte meinen Kopf dagegen. Wie unglaublich erbärmlich. Das war ich.

Andererseits war es vollkommen unverzeihlich, meine Tochter zu vergessen. Vor allem, wenn ich mit einem Sorgerechtsstreit konfrontiert war. Das war es, was mich dazu gebracht hatte, aus Coopers Tür zu stürmen, obwohl meine Seele mich anschrie, bei ihm zu bleiben. Ich konnte es mir nicht leisten, wie eine Frau auszusehen, die herumhurte. Jay – und seine Anwälte – würden sich darauf stürzen und es ausnutzen, um mir Claire wegzunehmen. Nicht nur für geteiltes Sorgerecht, sondern vielleicht sogar für volles Sorgerecht.

Ich wusste, was Erin sagen würde. Sie war immer die Vernünftige.

Eine Nacht mit einem tollen Kerl ist wohl kaum herumhuren.

Zwei Nächte, würde Pippa mit einem Wackeln ihrer Augenbrauen hinzufügen.

Ich schnitt eine Grimasse und war froh, dass ich nicht nach Hause gefahren war.

Aber nichts, was sie sagen würden, änderte etwas an der Tatsache, dass ich Claire nicht im Stich lassen durfte. Ich konnte nicht riskieren, sie zu verlieren. Ich war eine Mutter, und das würde immer meine Priorität sein.

Ich hatte Claire. Ich hatte Roscoe. Ich brauchte keinen Mann. Egal, wie sehr ich ihn wollte.

Ich saß lange, lange Zeit auf dem Parkplatz und hörte die Autos auf der Hauptstraße vorbeirauschen. Aber es waren nicht viele, denn es war Sonntag, und die meisten Leute schliefen aus... genossen die Gesellschaft ihrer Lieben... entspannten sich...

Ich stieß die Wagentür auf, tippte den Schlüsselcode der Werkstatt ein und stapfte hinein, um die Schmiede anzuwerfen. Ich hatte ein paar Stunden Zeit, bevor ich Claire abholte. Genug, um mit dem nächsten Axtkopf zu beginnen.

Achtzehn geschafft, noch zwei übrig.

Bäng! Ich schlug mit aller Kraft auf das Metall und ließ die Funken fliegen.

Instinktiv wartete ich auf Coopers wiederholenden Schlag. *Bumm!*

Aber, ach. Er kam nicht.

Ich verzog das Gesicht und schlug mit einem mürrischen *Bäng! Bäng! Bäng!* auf das Metall ein. Kein Rhythmus. Keine Freude. Keine Teamarbeit.

Zwei Stunden später lehnte ich mich zurück und starrte auf das Ergebnis. Das war kein Axtkopf. Es war ein ramponierter Klumpen Stahl.

Ich warf ihn auf den Schrotthaufen und begann einen neuen. Walt würde über die Verschwendung wütend sein, aber das war im Moment nicht mein Problem.

Kurz vor der Mittagszeit fuhr ich los, um Lebensmittel einzukaufen. Nicht, weil ich hungrig war, sondern um Claire zuliebe meine Vorräte aufzustocken. Ich besorgte alle unsere üblichen Lebensmittel und zusätzlich eine Brownie-

Backmischung. Claire liebte es, Brownies zu backen. Wir könnten es zusammen machen. Alles würde gut werden.

Ich warf noch zwei weitere Packungen Backmischung in den Wagen und dann drei Rollen Schokoladenkeksteig. Dann das essbare Zeug, mit dem man Torten beschriftete, und ein paar essbare Blumen und...

Dann hielt ich inne, als mir bewusst wurde, dass das, was ich wollte, in keinem Supermarktregal zu finden war.

Aber das spielte keine Rolle, beschloss ich und schob meinen Einkaufswagen zügig zur Kasse. Solange Claire glücklich war, war ich auch glücklich. Ich hatte sie, meine Schwestern und ihre Väter. Ich hatte Roscoe und die Ranch. Ich hatte alles, was ich brauchte, und alles würde gut werden.

∞∞∞∞

Alles wurde nicht gut. Angefangen mit der Nachricht, die ich von Ingo bekam, als wir uns auf der Ranch wiedertrafen.

Es war tatsächlich Jay in dem Pickup gewesen, den Cooper und ich auf unserem Weg zur Devil's Bridge gesehen hatten.

„Die Überwachungskameras eines der Resorts an der Dry Creek Road haben ihn am frühen Morgen beim Vorbeifahren gefilmt – zweimal", sagte Ingo mit grimmigem Blick. „Einmal auf dem Hinweg um vier Uhr morgens und ein zweites Mal auf dem Rückweg, kurz vor Sonnenaufgang."

„Was ist mit Liselle?"

„Die Kamera war nicht in der Lage, die Beifahrerin zu identifizieren."

„Nun, Cooper kann sie identifizieren. Er hat ihre Fährte an der Devil's Bridge aufgenommen."

Ingo schüttelte den Kopf. „Leider reicht sein Wort ohne stichhaltige Beweise nicht aus. Ich habe so schnell ich konnte ein Team angefordert, der Sturm hat jedoch alle Beweise zerstört, die wir hätten sichern können. Aber wir arbeiten daran. Ich verspreche dir, wir arbeiten daran."

Bedauerlicherweise beinhaltete die Arbeit daran nicht, zu Liselles Villa zu eilen und sie zu verhaften oder auch nur zu verhören.

„Das können wir ohne handfeste Beweise, die sie mit Jay, dem Sturm oder der Störung der Wirbel in Verbindung bringen, nicht tun", sagte Ingo.

Ich wusste, dass er sein Bestes tat, aber es war schwer, dies zu akzeptieren. Wer wusste, was Liselle als Nächstes vorhatte – und welche Rolle Jay in ihren ruchlosen Plänen spielte?

Andererseits stimmte daran irgendetwas nicht. Liselle war keine so mächtige Hexe. Dessen war ich mir sicher. Wie hätte sie allein einen so großen Sturm heraufbeschwören können?

Ich fing an zu denken, dass meine dritte Theorie – die, dass Liselle mit einer mächtigeren Hexe oder einem Hexenmeister unter einer Decke steckte – am wahrscheinlichsten war. Und wenn das so war, warum zum Teufel waren sie dann hinter mir her?

Es war also alles andere als gut und daran konnte auch eine Ladung extraweiche Brownies nichts ändern.

Trotzdem tat ich mein Bestes, vorzugeben, alles wäre normal.

Am Montagmorgen brachte ich Claire wie immer zur Schule und machte mich dann auf den Weg zur Arbeit. Ich war steif wie eine Stahlstange, bis ich merkte, dass Cooper noch nicht da war. Gut.

„Morgen, Abby", rief Bob.

„Morgen", murmelte ich.

Walt grüßte ebenfalls und ich ließ beschämt den Kopf hängen. Später, so schwor ich mir, würde ich den Schrotthaufen durchwühlen, den Klumpen Stahl, den ich verschwendet hatte, herausholen und ihn überarbeiten.

„Du und Cooper habt unglaubliche Fortschritte bei den Äxten gemacht." Walt klopfte mir auf die Schulter. „Gute Arbeit."

Bob schaute herüber und pfiff. „Wow. Hattest du am Wochenende irgendwelche Zeit für dich?"

Ich blies die Luft aus meinen Wangen. Ja, tatsächlich schon. Ich hatte zwei heiße Nächte damit verbracht, Cooper zu vögeln, und meine weiblichen Teile kribbelten immer noch. Vielleicht war das auch gut so, denn das war die letzte Action, die sie für eine lange, lange Zeit bekommen würden.

Aber *Action* war eine Sache. Noch schlimmer war der Schaden an meinem armen, geschundenen Herzen. Und dafür konnte ich niemandem außer mir selbst die Schuld geben.

Die Tür öffnete sich erneut und mein Herz blieb kurz stehen, um dann wieder einzusetzen.

„Morgen", murmelte Matt müde.

Pablo folgte ihm, gut gelaunt, wie immer. „Guten Morgen."

Nein, das war es nicht. Und es sollte noch schlimmer werden. Denn ich konnte eine weitere Person hinter ihm spüren.

Die Tür schwang ein drittes Mal auf und da stand Cooper. Er versperrte mir die Sicht auf den riesigen Mesa in der Ferne hinter ihm.

Mein Herz machte einen Sprung und versuchte, ihn zu erreichen. In meiner Fantasie riss ich es zurück und schob es mit aller Kraft an seinen Platz, während es um sich schlug und schrie.

„Morgen, Cooper", rief Bob.

Cooper nickte, dann schaute er mich von der anderen Seite der Werkstatt aus an. Seine Gesichtszüge wirkten starr, seine Augen kalt und hart.

Seine Stimme passte zu beidem. „Morgen."

„Ich habe Abby gerade gelobt, welch große Fortschritte ihr beide gemacht habt." Walt klopfte ihm mit einer extragroßen Version eines Klapses auf die Schulter. „Wenn du in der Nebensaison einen Job brauchst, kommst du zu mir, mein Sohn."

Mein Herz setzte aus. Gott, ich hoffte nicht.

„Danke, aber ich glaube, ich werde in Wyoming sein", sagte Cooper.

Die Aussicht, dass er so weit weg sein würde, ließ mein Herz zerspringen. Schlimmer noch, die Aussicht, dass er mit Greta zusammen war. Aber, verdammt. Cooper hatte Glück verdient.

Trotzdem brach ein weiteres Stück meines Herzens ab und prallte auf den Boden. Ein weiteres Stück für den Schrotthaufen.

„Nun, ihr seid im Zeitplan voraus, und das ist großartig", schloss Walt.

Cooper schob die Hände in die Taschen und schaute auf den Boden. „Diesbezüglich... heute wird mein letzter Tag sein. Ich muss wirklich zurück zum Feuerwehrteam."

Mein Magen zog sich zusammen und meine Seele schrie: *Nein! Nein! Nein!*

Aber so musste es doch sein, nicht wahr?

„Nun, das ist wirklich schade." Walt runzelte die Stirn. „Aber wir wissen zu schätzen, was du getan hast. Nicht wahr, Abby?"

Ich nickte und schaute Cooper in die Augen. „Das tue ich. Ich weiß alles zu schätzen."

Es war nur ein Flüstern, aber es kam von Herzen. Das war das Mindeste, was ich ihm schuldete.

„Ich dachte mir, ich arbeite heute an den letzten Stielen", sagte er – zu Walt, nicht zu mir.

Autsch.

„Also gut, lasst uns anfangen", verkündete Walt und alle machten sich an die Arbeit.

Cooper hielt sich in der Holzverarbeitungsecke der Werkstatt auf und die wenigen Male, bei denen wir miteinander sprachen, war sein Verhalten kalt und desinteressiert. Meine schwachen Versuche, Fragen zu stellen oder Kommentare abzugeben, wurden mit stechenden, einsilbigen Antworten belohnt.

Alles in allem die gleiche Behandlung, die ich ihm in den ersten Tagen in der Werkstatt zuteilwerden lassen hatte. Ich hatte es verdient. Aber verdammt, es tat weh.

Als ich das nächste Mal innehielt, um das Metall in der Schmiede zu erhitzen, rieb ich mir die Stirn mit dem Ärmel ab, um den Schweiß abzutrocknen.

Eine ganze Minute später stand ich immer noch da, denn die Tränen flossen immer weiter.

Ich hatte das Beste ruiniert, was mir je passiert war – nun, das Zweitbeste, nach Claire. Ich würde für immer allein sein. Ich war ein schrecklicher Mensch, und ich beherrschte kaum Magie. Jedenfalls nichts Nützliches. Und was das Traumweben anging...

Wenn ich das könnte, würde ich mir eine Welt erträumen, in der alle meine Fehler ausgelöscht wären. In der es nur mich,

Claire und meine Schwestern gäbe. Eine kleine, einfache Welt ohne Schmerz, Herzschmerz oder irgendwelche Einmischung von außen. Vor allem keine mit warmen, braunen Augen, die in ein weiches Flanellhemd gehüllt waren.

Aber so funktionierte das Leben nicht, nicht wahr?

„Geht es dir gut, Abby?", fragte Bob leise.

Ich riss meinen Kopf hoch und wischte mir dabei die letzten Tränen weg.

„Gut. Danke."

Das Geräusch meines Hammers übertönte die Worte, aber was machte das schon?

Kapitel 26

COOPER

Ich dachte, dass meine ersten Tage in der Werkstatt die schlimmsten gewesen waren, aber dieser Tag übertraf alles. Wenigstens war es mein Letzter.

Ich hatte den ganzen Sonntag damit verbracht, verzweifelt nach Lösungen zu suchen, bevor ich schließlich aufgab. Abby hatte mir unmissverständlich zu verstehen gegeben, dass sie mit mir fertig war.

Kämpfe um sie! Sprich mit ihr! beharrte mein Bär.

Ich wollte es, aber *Nein* hieß Nein und das musste ich respektieren... auch wenn es mich umbrachte.

Ich liebte sie und tief im Inneren war ich mir sicher, dass sie mich auch liebte. Aber Abby hatte einfach zu viele Narben für eine Beziehung. Zumindest für eine gesunde Beziehung. Die Art, die ich mein ganzes Leben lang für selbstverständlich gehalten hatte.

Ich hatte also Glück. Aber meine Seele weinte deshalb nicht weniger. Um mich und um Abby.

Meine Mutter pflegte zu sagen, dass die Liebe unendlich sei – eine Party, bei der es immer Platz für einen mehr gab. Wenn jemand die Party verließ, blieb ein leerer Stuhl zurück, so wie bei Peter, aber die Liebe war immer noch da.

Aber vielleicht wollte nicht jeder so eine Art von Party. Vielleicht konnte Abby nur mit einer Gruppe von drei oder vier Personen essen. Dieselben drei oder vier, ohne Toleranz für Party-Crasher wie mich.

Außerdem gab es auch noch Claire und ich verstand, dass Abby sie an erste Stelle setzen musste. Ich wünschte nur, *erste*

Stelle bedeutete nicht *Ausschließlichkeit.*

Ich holte tief Luft. Letztlich war alles, was zählte, dass Claire glücklich war. Aber, verdammt. Ich hätte wirklich gern etwas dazu beigetragen, wenn auch nur ein wenig.

Ich warf einen Blick auf die Bilder, die meinen Spind schmückten. Die würde ich auf jeden Fall mitnehmen.

Ich seufzte traurig und machte mich dann wieder daran, die Kanten meines neuesten Axtstiels abzuschleifen. Wenn sich Bedauern doch nur auch so einfach glätten ließe.

Nachdem etwa eine Stunde dieses quälenden Tags vergangen war, heulte draußen ein Motorrad auf, und alle drehten sich um.

„Seht mal an, wer wieder in der Stadt ist", sagte Bob herzlich.

Die anderen Jungs grinsten nur.

Außerhalb der offenen hinteren Türen der Werkstatt ließ ein Mann seine Harley ein letztes Mal aufheulen, bevor er den Motor abstellte. Er stieg in einer geschmeidigen Bewegung ab und ging direkt auf Abby zu.

In meiner Kehle bildete sich ein Knurren, aber Abby strahlte. „Mike!"

Ich runzelte die Stirn.

„Ihr Stiefvater", flüsterte Matt. „Oder so etwas Ähnliches jedenfalls."

Mr. Hells Angel war groß, kräftig und überaus selbstbewusst. Er bewegte sich mit der Grazie eines Panthers, wenn auch nicht ganz so leise, was an den knarrenden Leder-Chaps und der Jacke lag. Sein Haar und der Hufeisenbart mochten grau sein, aber der Mann war unglaublich fit. Er schlang seine Arme um Abby und wiegte sie schützend hin und her.

Mein innerer Bär knurrte. Eifersucht war ein Fluch.

„Entschuldige, meine Süße. Ich bin so schnell hergekommen, wie ich konnte", murmelte er.

Sie war praktisch in seiner Umarmung verschwunden – bis auf ihre Hände, die seinen Rücken tätschelten. Ich konnte ihre gedämpfte Antwort kaum hören.

„Danke, dass du hergekommen bist."

„Ich war schon an der Schule", sagte er zu ihr.

Aha. Der Stiefvater war also hier, um Claire zu beschützen.

Ich sagte mir, dass ich nicht eifersüchtig sein sollte. Je mehr Leute Claire und Abby den Rücken freihielten, desto besser.

Aber verdammt. Es tat weh, nicht einer von ihnen zu sein.

„Danke. Ich bin sicher, alles wird gut", sagte Abby zu ihm.

„Das wird es", knurrte er und in der Ferne grollte Donner.

Ich warf einen Blick auf den strahlend blauen Himmel und erstarrte bei meiner Erkenntnis. Langsam spähte ich wieder auf den Biker. Und ja, da war es – dieser leichte Schimmer der Luft um seine Schultern.

Ein Hexenmeister. Dem wütenden Knistern in der Luft nach zu urteilen, ein Mächtiger.

Als er sich zu mir umdrehte und mich anfunkelte, verdunkelten Wolken die Sonne und ein weiteres Donnergrollen dröhnte durch die Landschaft.

Bob spähte durch die offenen Hintertüren. „Bekommen wir ein Gewitter? Vor einer Minute sah es noch so klar aus. . . "

Abby stieß dem Hexenmeister mit einem Ellbogen in die Rippen, dann zeigte sie auf mich. „Das ist Cooper. Du kennst Pablo und Bob. . . "

Sie ging von mir zu den anderen über, als wäre ich nur ein weiterer Kollege.

Ich atmete langsam und verletzt aus und machte mich wieder an die Arbeit. Ich musste noch drei letzte Axtstiele zu Ende fertigstellen.

Eine Stunde verging, dann noch eine. Der Stiefvater – Mike – lehnte draußen an seinem Motorrad und dachte cool über das Leben, das Universum und die Mechanik von Steuerkettenspannern nach. Fast hätte ich erwartet, dass er ein Exemplar von *Zen und die Kunst der Motorradwartung* herauszog und zu rezitieren begann.

Aber hinter seinem ruhigen, lässigen Auftreten steckte die rastlose Seele eines Raubtiers. Sein Blick suchte ständig die Umgebung ab und jedes Mal, wenn sich ein Auto der Werkstatt näherte, hielt er die Hände an die Seite wie ein Revolverheld, der bereit war, eine ganze Stadt mit Kugeln zu durchlöchern, um sich für seine Sache einzusetzen.

Abby. Claire. Das war seine Sache.

Sie hätten auch meine sein können.

Ich hackte und schleifte den Hickory-Stiel ab.

Um elf Uhr dreißig stieg Hells Angel auf seine Harley, ließ den Motor aufheulen wie ein Auto an der Indy500-Startlinie und fuhr davon. Eine Stunde später kehrte er zurück und ließ den Motor wieder ein paarmal aufheulen, bevor er ihn abstellte.

Ich verzog das Gesicht. Okay, okay. Er war ein rauer, knallharter Motorradtyp. Wir hatten die Botschaft alle verstanden.

Rau, knallhart, aber mit einem Herz für die Menschen, die er liebte. Das sah ich an der Art, wie er sich zu Abby hinüberpirschte.

„Es geht ihr gut."

Ich nahm an, dass er von Claire sprach, und der Zeit nach zu urteilen, hatte sie gerade Pause gehabt. Ich hatte den Eindruck, dass Mike es vorgezogen hätte, den ganzen Tag auf dem Schulparkplatz zu verbringen, aber die knallharte Direktorin hatte ihn wahrscheinlich bis zum Ende des Schultages davongejagt.

Mike fügte nicht hinzu: *keine Spur von Jay*, aber ich nahm an, dass er es war, nach dem er Ausschau gehalten hatte.

Abby nickte und machte sich wieder daran, den letzten Axtkopf zu schmieden. Den allerletzten. Einen, über dem wir hätten gemeinsam schwitzen sollen – und triumphieren. Aber alles, was ich hörte, war ein einsames... *Bäng... Bäng... Bäng.*

Die Anspannung zwischen uns musste greifbar sein, denn Matt kam herüber und flüsterte: „Verdammt. Was hast du getan, dass sie so wütend ist?"

Ich funkelte ihn an, bis er ging.

Sogar Bob kam herüber und gab seinen Senf flüsternd hinzu. „Gib ihr einfach Zeit, mein Sohn."

Ich war zu demselben Schluss gekommen. Traurigerweise wäre die nötige Zeit wahrscheinlich länger als meine Lebensspanne.

Entweder hatte das Schicksal einen riesigen Fehler gemacht, oder es wollte mich bestrafen.

Abby arbeitete die Mittagspause durch, so wie ich es mir auch vorgenommen hatte. Ich musste diese Stiele fertigstellen –

aber ich brauchte auch etwas aus dem Supermarkt. Also fuhr ich schnell dorthin und verdrückte auf dem Rückweg ein belegtes Brot.

In dem Moment, als ich um die Ecke zum hinteren Parkplatz der Metallwerkstatt bog, trat Mike heraus und warf einen dunklen Schatten.

„Nicht so schnell, Junge."

Ich blieb stehen und erwiderte seinen bösen Blick. Wenn ein Blitz vom Himmel zuckte, um mich zu braten, dann sollte es eben so sein.

Mein innerer Grizzly knurrte und ausnahmsweise versuchte ich nicht, das Geräusch zu dämpfen.

Seine Augen glühten und er beugte sich vor. „Lass mich ein paar Dinge klarstellen. Wenn du Abby wehtust, werde ich dir doppelt so wehtun. Und ich werde es langsam tun. Du wirst nach deiner Mutter schreien, bevor ich fertig bin."

Ich hörte ihm zu, denn ich war dazu erzogen worden, ältere Leute zu respektieren. Selbst die, die mir die Knochen brechen wollten.

„Hast du das verstanden?", schloss er.

Eine Wolke schob sich über die Sonne und warf einen noch größeren, noch bedrohlicheren Schatten über die ganze Gegend.

„Ja, Sir."

Er runzelte die Stirn. „Denkst du, ich verarsche dich, Junge? Denn ich schwöre, das tue ich nicht." Donner grollte, um seinen Standpunkt zu unterstreichen.

Ich schüttelte den Kopf. „Nein, Sir."

Sein Nicken sagte, *damit hast du verdammt recht.*

„Ich würde ihr nie wehtun", sagte ich, denn jetzt war er an der Reihe, mir zuzuhören.

Ich liebe sie, erklärte mein Bär, obwohl es mir gelang, diesen Teil nicht auszusprechen.

„Ich würde ihr nie wehtun. Nicht ihr, nicht Claire. Niemals." Ich schwor es so vehement, dass meine Stimme brach. „Es gibt nur eine Sache, die ich nicht weiß."

Er verschränkte die Arme. „Und was wäre das?"

„Wie ich sie davon abhalten kann, sich selbst wehzutun."

Seine Augenwinkel zuckten und er sagte kein Wort. Aber ich konnte sehen, dass ich einen Nerv getroffen hatte.

Leider hatte es auch in mir einen Nerv getroffen und weitere Worte sprudelten heraus.

„Der Schmerz, den sie spürt, stammt aus der Vergangenheit, nicht von mir", knurrte ich mit leiser Stimme. „Ein Schmerz, den sie wie eine Rüstung um sich trägt. Und ich verstehe es. Ich verstehe Schmerz und das Bedürfnis, Mauern zu errichten. Aber es sind diese Mauern, die zwischen ihr und dem Glück stehen, nicht ich."

Mike spitzte die Lippen, und der Wind, der um meine Knöchel gewirbelt hatte, ließ ein wenig nach.

„Der Rettungszug könnte direkt vor ihr halten und sie könnte eine Freikarte haben, aber sie würde sich trotzdem weigern, einzusteigen", fuhr ich fort.

Verwirrt neigte er den Kopf.

Verärgert schüttelte ich den Kopf. „Ich möchte, dass sie glücklich ist. Ich möchte sie glücklich *machen*. Aber sie lässt mich nicht. Und das macht mich fertig." Meine Stimme brach erneut, aber ich krächzte weiter. „Es bringt mich um." Alle Anspannung fiel von mir ab und ich schob die Hände tief in die Taschen und murmelte: „Vielleicht hat Abby recht. Vielleicht ist das alles, was sie braucht."

Mikes Blick fiel zu Boden, was mir zeigte, dass er anderer Meinung war.

Nun, ich auch. Aber was sollte ich tun?

Ich trat gegen den Dreck. Ich musste mich wirklich wieder an die Arbeit machen. Aber ich konnte nicht gehen, ohne ein letztes Wort zu sagen. „Ich bin froh, dass sie Sie hat."

Es tat weh, es zuzugeben, aber es war wahr. Abby liebte ihre Schwestern und vergötterte ihre Stiefväter. Das war auch gut so, denn wenn sie sie nicht hätte, hätte sie niemanden. Außerdem war es für mich leichter, zu gehen, wenn sie Mike hier hatte, der sie beschützte.

Nicht, dass irgendetwas an dieser Sache leicht gewesen wäre.

Ich trat weg, ohne Mikes Reaktion abzuwarten. Zurück im Laden nutzte ich den letzten Rest Energie, den ich noch hatte, um zu der Stelle hinüberzugehen, an der Abby auf das Metall einschlug.

Sie richtete sich auf und warf mir einen scharfen Blick zu, aber ich schaute auf die Werkbank hinter ihr.

„Der ist für Claire." Ich stellte einen winzigen Saft hin und ging weg.

Schon komisch, wie eine Packung Saft einem die Kehle zuschnüren konnte.

Das verdammte Ding blieb mir allerdings noch eine Weile im Gedächtnis. Ich ahnte, dass es noch eine lange, lange Zeit so sein würde.

Um 14:45 Uhr wischte ich den Staub vom letzten Axtstiel ab, überprüfte ihn noch einmal und stellte ihn in die ordentliche Reihe von neunzehn – jetzt zwanzig –, die an der Wand lehnten. Dann räumte ich mein Werkzeug weg und fegte.

Um drei klingelte Abbys Alarm, und sie ging mit Mike los, um Claire abzuholen.

Vorsichtig löste ich das Klebeband, mit dem Claires Zeichnungen an meinem Spind befestigt waren, und rollte sie ein, wie es Museen mit Meisterwerken taten. Dann schnappte ich mir einen Buntstift und malte mein eigenes Bild zusammen mit ein paar Worten. *Liebe Claire...*

Ich hielt inne und war einen Moment sprachlos. Dann machte ich weiter.

Es tut mir leid, dass ich so plötzlich gehen muss, aber es ist Zeit für mich, Feuer zu löschen. Danke, dass du mir so viel über Pferde und andere Dinge beigebracht hast. Pass gut für mich auf dich und deine Mutter auf.

Alles Liebe, Cooper.

Ich las die Notiz noch einmal, schob sie unter die Saftpackung und drehte mich um. Es war 15:10 Uhr und ich musste mich beeilen.

Ich schüttelte Walt die Hand, warf einen letzten Blick in die Werkstatt und verließ sie dann für immer.

Kapitel 27

ABBY

„Feierabend, Abby", rief Walt leise.

Ich warf nicht einmal einen Blick auf die Uhr. Ich hämmerte einfach weiter.

Normalerweise kommunizierte mein Boss mit lauter Stimme. Jetzt waren seine Worte weich und sanft, als könnte ich zerbrechen.

Und, verdammt. Ich war kurz davor.

„Jetzt, Abby. . . ", murmelte Walt und kam zu mir herüber.

Selbst Louie, sein schlappohriger Köter, schaute mich mitleidig an.

Ich hörte auf, zu hämmern, behielt meinen Blick jedoch auf den Amboss gerichtet.

Tropf. . . Tropf. Schweißperlen fielen von meinem Kinn auf mein Projekt – den allerletzten Axtkopf.

Walt streckte die Hand aus, um meine Schulter zu berühren, hielt dann inne und seufzte, als ich zur Seite trat.

„Hör zu, du hattest einen langen Tag. . . ", begann er.

Ha. So konnte man es auch ausdrücken. Erst Cooper, dann Claire. Sie hatte sich gefreut, Mike nach der Schule zu sehen, aber als wir in der Metallwerkstatt ankamen und feststellten, dass Cooper gegangen war, war sie am Boden zerstört gewesen.

Ich auch.

Aber. . . Aber. . . Wie ein Hund, der nach seinem Herrchen suchte, war Claire in der Werkstatt herumgelaufen, hatte meinen Arbeitsplatz, Coopers Spind und den Parkplatz abgesucht. . .

Ihre Hände hatte sie zu kleinen Fäusten geballt und dann stand sie wütend vor mir.

Wie konntest du ihn gehen lassen? Wie konntest du nur?

Dieselbe Frage stellte ich mir selbst, wieder und immer wieder.

Ich dachte, mein Herz sei bereits gebrochen, aber Claires Tränen bewiesen, dass es noch größere Qualen gab. Noch schlimmer war die Tatsache, dass sie nur eine oder zwei Tränen vergoss, bevor sie sich abwandte, um sie zu verbergen.

Wie die Mutter, so die Tochter. So zäh war sie.

Beschämt ließ ich den Kopf hängen.

Am Ende weigerte sich Claire, mit mir zu sprechen, und Mike hatte sie nach Hause gebracht. Ich blieb bei der Arbeit und hämmerte weiter.

„Zeit für eine Pause, meinst du nicht auch?", schloss Walt.

Mürrisch schüttelte ich den Kopf. Nein, war es nicht. Ich konnte nicht. Ich konnte weder Claire noch meinem Zuhause noch meiner Familie gegenübertreten. Ich konnte mich gar nichts stellen. Ich wollte mich einfach nur in der Schmiede zusammenrollen und für eine Weile verstecken.

Louie beugte sich vor und stieß sanft mit dem Schwanz gegen meine Beine.

„Ich schließe ab." Meine Stimme war trocken und heiser.

Walt stand noch eine Minute lang da, dann ging er kopfschüttelnd mit Louie davon. An der Tür blieb er kurz stehen und rief zurück: „Einen schönen Abend."

„Ebenso", murmelte ich in die Flammen. Dann holte ich tief Luft und begann wieder zu hämmern.

Ich wusste nicht genau, wie lange ich gearbeitet hatte. Der Verkehr auf der Hauptstraße nahm erst zu, dann ab. Ich vollendete die Formgebung des letzten Axtkopfes und machte mich dann daran, die Klinge zu gravieren. Die Sonne ging unter und wich einer bewölkten Nacht. Mein Handy klingelte, dann piepste es mit einer SMS.

Kommst du zum Abendessen? fragte Erin.

Esst ruhig ohne mich, tippte ich zurück und schaltete das Gerät aus. Dann ging ich wieder an die Arbeit.

Ich arbeitete immer noch, als eine Stunde später die Vordertür knarrend aufging.

„Wir haben geschlossen", rief ich, ohne aufzuschauen.

„Für mich sieht es so aus, als wäre hier offen", murmelte ein Mann.

Ich riss den Kopf hoch, als Jay aus der Dunkelheit hereingeschlendert kam. Ich griff nach meinem Hammer und war versucht, ihn nach ihm zu schleudern.

Hinter Jay bewegten sich Schatten, und Liselle folgte ihm hinein. Ihr Kleid schimmerte metallisch und war mit vertikalen Regenbogenstreifen verziert – perfekt für ein gehobenes Mittagessen.

Wenn es doch nur Mittag wäre und wir in einem schicken Restaurant säßen.

Aber das war nicht der Fall. Wir waren allein in einer Reihe von Geschäften, die alle für die Nacht geschlossen hatten.

Zwei Männer folgten hinter Liselle und sie nickte einem Dritten draußen zu. Ich hörte Schritte knirschen, als er sich als Wachposten positionierte.

Meine Nasenflügel bebten. Waren diese drei Männer die Pumas, denen Cooper und ich an der Devil's Bridge begegnet waren?

Ich wirbelte meinen Hammer herum. „Wir haben geschlossen. Kommt morgen um neun wieder."

„Wir sind nicht geschäftlich hier", schoss Jay zurück und sah gefährlich eingebildet aus.

Ich schaute mich nach meinem Handy um und wünschte, ich hätte es nicht ausgeschaltet und in meine Tasche gesteckt.

„Aber, aber. Ich bin sicher, ihr könnt ein paar Minuten aufbringen", gurrte Liselle. „Du und deine reizende Tochter."

Mein Blut gefror zu Eis und ich dankte meinem Glücksstern, dass Claire sicher zu Hause war.

„Wenn sie überhaupt hier ist", brummte Jay. Er lief herum, schaute hinter Tische und riss Schränke auf, als würde Claire sich darin verstecken.

„Ist sie nicht", knurrte ich. „Und jetzt verschwindet."

„Einen Teufel werde ich tun!“ Jay stapfte vorwärts, blieb aber wie ein Hündchen stehen, als Liselle mit den Fingern schnippte.

Wow. Sie hatte ihn wirklich in ihrem Bann. Dann runzelte ich die Stirn. Buchstäblich?

„Geh hinaus, Jay“, sagte sie in einem perfekt gleichmäßigen Ton.

Er drehte sich mit glasigen Augen zu ihr um.

„Geh hinaus“, wiederholte sie monoton.

Ihre Gedankenmanipulation war nicht gegen mich gerichtet, aber ich spürte, wie die Luft kribbelte.

„Sicher doch, Baby“, murmelte Jay und ging auf die Tür zu, als hätte er das Sagen, nicht sie. „Ruf mich, wenn du etwas brauchst.“

Ich hatte das ungute Gefühl, dass er sich dem Ende seiner Nutzbarkeit für Liselle näherte. Was dann?

Der Gedanke machte mich krank, obwohl er sich das selbst eingebrockt hatte. Ich musste an mich und Claire denken.

Ich schärfte meine Sinne, um nicht wieder auf Liselles Gedankenmanipulation hereinzufallen. Als ich bei ihr zu Hause war, hatte ich mich ablenken lassen, aber jetzt war ich auf der Hut.

„Was willst du?“, verlangte ich.

„Nicht viel. Nur die Feuerschale, die ich bestellt habe.“

„Nun, ich enttäusche dich nur ungern, aber sie ist bisher nicht fertig.“ Das würde sie auch nie sein. Zumindest würde ich sie nicht herstellen.

„Ich möchte, dass du sie fertigst. Jetzt.“

Ich lachte und deutete auf die Uhr, dann auf die Dunkelheit draußen. „Jetzt?“

Sie nickte süßlich. „Jetzt wäre perfekt, danke.“

Solch ein Miststück und doch so höflich.

„Nun, wir haben geschlossen, wie ich schon sagte.“

„Oh, ich bin sicher, du schaffst das schon.“

„Ich bin sicher, dass ich es nicht schaffe.“

Sie grinste. „Du hast mich noch gar nicht gefragt, was ich als Gegenleistung biete.“

Richtig. Als ob sie hier wäre, um ein faires Geschäft abzuschließen.

Ich warf meinen Hammer von einer Hand in die andere. „Ich bin an nichts interessiert, was du anzubieten hast.“

„Oh, ich denke doch. Überlege nur, was dir deine Tochter wert ist. Wie wäre es, wenn ich die Sorgerechtsklage aus der Welt schaffen könnte?“

Die Sorgerechtsklage, die sie finanziert hatte. Dessen war ich mir jetzt sicher.

„Als ob irgendein Richter Jay das Sorgerecht zusprechen würde“, spottete ich und klang dabei selbstbewusster, als ich mich fühlte.

Sie ließ einen manikürten Finger über Bobs Werkbank gleiten. „Vielleicht. Vielleicht auch nicht. Aber Sorgerechtsstreitigkeiten kosten Geld. Viel Geld.“

Geld, das sie hatte, und ich nicht.

„Und der Prozess kann so verwirrend sein, sogar schädlich für ein unschuldiges Kind... “, fuhr sie fort.

Ich schluckte schwer. Da hatte sie nicht ganz unrecht.

„Aber ich kann all das verschwinden lassen“, gurrte sie.

Das Kribbeln in meinem Hinterkopf wurde zu einem Brennen.

„Du musst es nicht auf die harte Tour machen“, sagte sie so freundlich wie nur möglich. „Alles, was ich brauche, ist diese Feuerschale, und der Sorgerechtsfall wird zusammen mit Jay verschwinden.“

Verlockend, aber auf gar keinen Fall.

„Du meinst, das Zerhacken der Wirbel mit der Axt, die du gestohlen hast, führt nicht zu den gewünschten Ergebnissen?“, sagte ich und sprach meinen Verdacht laut aus.

Ihre Augen blitzten auf. Offenbar waren ihre Bemühungen bisher gescheitert. Die Frage war nur, auf welches Ergebnis sie aus war.

„Das ist meine Sache, nicht deine“, schnauzte sie. „Mach mir einfach die Feuerschale.“

„Ich würde mich lieber der Sorgerechtsklage stellen, danke.“ Ich machte eine Show daraus, meinen Arbeitsbereich aufzuräumen. Meinen Hammer behielt ich allerdings in der Hand.

„Denkst du, ich habe keine anderen Absicherungen?" Liselle hob eine Augenbraue. „Sagen wir, diese Stadt."

Ich runzelte die Stirn. Was meinte sie damit?

„Sagen wir, das Unglück würde auf das schöne Sedona herabregnen." Liselle umkreiste mich wie ein Raubtier. „Stell dir vor, hier würde auf dem Höhepunkt der Trockenzeit ein Waldbrand ausbrechen und die Winde würden einsetzen... "

Ein Busch raschelte und kratzte über mein Auto auf dem hinteren Parkplatz. Aber das war kaum das Unwetter, das Cooper und ich an der Devil's Bridge erlebt hatten.

Magie war ein Mantel, der sich um die Schultern mächtiger Hexen und Hexenmeister schmiegte. Aber Liselle hatte nur einen schwachen Schimmer, und der kam vorwiegend von der glitzernden Wirkung ihres Kleides.

Andererseits brauchte es keinen Sturm, um ein kleines Feuer in ein Inferno zu verwandeln. Eine kleine, stetige Brise zur richtigen Zeit und am richtigen Ort könnte genauso gefährlich sein.

„Stelle es dir einmal vor – all das beschädigte Eigentum, all die Leben, die auf dem Spiel stehen." Liselle seufzte traurig, als würde sie einen Dokumentarfilm sehen und nicht aktiv einen Brandanschlag planen. „All diese Feuerwehrleute, die ihr Leben riskieren... "

Ich verkrampfte mich. War sie so skrupellos?

Das Glitzern in ihren Augen sagte Ja. Sehr.

Sofort musste ich an Cooper, Rich und die anderen Mitglieder der Yavapai-Feuercrew denken. An die, die im Dienst gefallen waren, wie Kevin und Peter...

Dann erstarrte ich und erinnerte mich an das, was Cooper gesagt hatte.

Ich habe sie bei einem Einsatz in Nevada kennengelernt. Beim Clark Canyon Feuer.

Und nicht nur das, sondern auch, dass sie eine Szene gemacht hatte, nachdem sein Bruder sie abgewiesen hatte.

Meine Gedanken überschlugen sich. Der Bruder, der bei einem Feuer ums Leben gekommen war.

Ich starrte Liselle an. Hatte sie... ? Würde sie?

Ich schloss meine Finger fester um den Hammer.

„Solche Helden, diese Feuerwehrleute... “, klagte sie. „Und dabei gibt es so viele andere Brände zu bekämpfen. Würdest du ihnen nicht gern noch einen ersparen?“

„Du nicht?“, knurrte ich.

„Natürlich. Und es ist alles absolut vermeidbar – wenn du mir hilfst.“ Sie beugte sich vor. „Tatsächlich verlange ich so wenig von dir. Und doch kannst du so viel davon profitieren.“

„Du meinst, *du* profitierst.“

Aber wie genau?

Macht, brummte es in meinem Hinterkopf. *Uneingeschränkte Macht.*

Liselle hatte versucht, die Energie der Wirbel mit der gestohlenen Axt abzuschöpfen. Vielleicht war es ihr sogar gelungen, aber sie benötigte ein effektiveres Werkzeug wie die Feuerschale, die sie mir gezeigt hatte.

Die Schlitze am oberen Rand sind besonders wichtig, hatte sie gesagt. *Ich liebe es, wie sie den Rauch verwirbeln.*

Teil einer Zauberformel?

„Lass es mich noch einmal erklären“, zwitscherte sie. „Du bekommst nichts, wenn du nichts tust. Aber wenn du mir hilfst, lasse ich dein Sorgerechtsproblem verschwinden.“

Um es durch ein Inferno zu ersetzen? Nein, danke.

„Weißt du, ich verstehe es nicht“, gab ich zu. „Erst versuchst du, mich zu töten... “

Ihre Augen glühten. „Oh, der kleine Sturm an der Devil's Bridge war nur eine Warnung.“

Nein. Es war ein gottverdammter Orkan gewesen, aber ich bezweifelte, dass sie es war, die ihn gesteuert hatte. Wer dann?

„Eine Warnung?“

Sie nickte. „Damit du dich nicht mit mir anlegst. Jetzt mach mir die Feuerschale, und dann gibt es keinen Ärger.“

Das kaufte ich ihr keine Sekunde lang ab, aber ich würde mitspielen, um Zeit zum Nachdenken zu gewinnen.

„Und sie soll... wann fertig sein?“, fragte ich.

„Heute Abend.“

Mir fielen fast die Augen aus dem Kopf.

„Du kannst die Runen weglassen“, fügte sie hinzu. „Die waren nur zur Schau.“

„Oh, nun ja. Wenn das so ist... ", murmelte ich.

„Mach dich an die Arbeit", murmelte einer der Männer und zog eine Waffe.

Jegliches Blut wich aus meinem Gesicht.

„Stell dir vor, diese Waffe ist auf deine Tochter gerichtet." Liselle lächelte. Da mein Handy außer Reichweite war, versuchte ich, in Gedanken zu meinen Schwestern zu schreien. Aber meine Schreie schienen wie an einer Ziegelwand abzuprallen.

Liselles Mundwinkel zuckten und der Lippenstift, der dem pfirsichfarbenen Streifen auf ihrem Kleid entsprach, glitzerte.

Scheiße. Ich konnte ihrer Gedankenmanipulation widerstehen, aber ich wurde daran gehindert, meine Schwestern zu erreichen. Auch Mike und Greg konnte ich nicht rufen.

„Komm jetzt. Es ist doch nur eine kleine Feuerschale", gurrte Liselle. „Das ist alles, was du tun musst."

Meine Gedanken überschlugen sich und ich versuchte, einen Plan zu schmieden. Aber mir fiel nichts anderes ein, als Zeit zu schinden.

Also würde ich Zeit schinden. Die ganze Nacht, wenn nötig.

Kapitel 28

ABBY

Liselle schob ihre Ärmel hoch, rieb ihre Hände aneinander und winkte alle zurück.

Ich rollte mit den Augen. Drama-Queen.

Wir befanden uns im hinteren Teil der Werkstatt, wo sie darauf bestanden hatte, die Feuerschale zu testen.

Ich hatte die letzten beiden Stunden geschuftet, zuerst zögerlich, dann immer schneller, als ich merkte, dass keine Hilfe kam und ich einen anderen Plan brauchte. Einen Alles-oder-nichts-superriskanten-Plan, wie sich herausstellte. Aber es war das Beste, was mir einfiel.

Liselle wollte eine Feuerschale, die ihr helfen würde, die Energie der Wirbel anzuzapfen? Ich würde ihr eine geben. Mehr Energie, als sie erwartete.

„Hole das Holz, Doug" Sie schnippte nach einem der Männer mit den Fingern.

Ich merkte es mir. Doug. Einen Meter achtzig, fünfundsiebzig Kilo, dunkles Haar, dunkle Augen. Eine winzige Narbe am Kinn. Sollte ich jemals die Chance haben, ihn bei einer polizeilichen Gegenüberstellung zu identifizieren, wäre ich vorbereitet. Nicht, dass ich allzu optimistisch war, dass es jemals dazu kommen würde.

Doug eilte zu seinem Wagen und kam mit ein paar künstlichen Holzscheiten zurück – solche, wie sie die Städter in den Kaminen ihrer schicken Wohnungen benutzten, weil sie kein Holz hacken oder sich um das Anzünden kümmern wollten.

„Das muss doch wohl ein Scherz sein", murmelte ich.

Sogar Jay rümpfte die Nase und deutete damit an: *Echte Männer hacken Holz.*

Ja, und echte Hexen benutzten echtes Holz.

Wenigstens waren Jay und ich in einer Sache einer Meinung.

„Ich kann nicht glauben, dass du dich von dieser Hexe beschwatzen lässt", zischte ich ihm zu.

Er zuckte mit den Schultern. „Man muss über die Runden kommen."

Ich schnaufte. „Schon mal an einen richtigen Job gedacht?"

Er schüttelte den Kopf. „Dafür bin ich nicht geschaffen."

Ich verfluchte mein zwanzigjähriges Selbst. Was hatte ich jemals in ihm gesehen?

„Ist sie überhaupt gut im Bett?", flüsterte ich schnippisch.

Er schaute mich an, schaute zu Liselle, dann wieder zu mir, ein wenig verlegen.

Ich konnte mir eine gewisse Schadenfreude nicht verkneifen. Dann ertappte ich mich. Was zum Teufel interessiert es mich, was Abschaum wie Jay dachte?

Doug zündete ein Streichholz an und innerhalb von Sekunden knisterte ein Feuer in der Feuerschale.

Es war eine kleinere, gröbere Version von der in Liselles Haus. Das Konstrukt der Feuerstelle bestand nur aus vier Beinen, der Schale selbst und einem Rand aus Metallblech. Die Schlitze am Rand waren der knifflige Teil gewesen, und Liselle hatte sich die ganze Zeit über meine Schulter gebeugt, während ich mit einem Plasmabrenner Funken fliegen ließ.

Ja, mit dem Plasmabrenner. Ich vermisste meinen Hammer und Amboss bereits.

Und Cooper. Junge, vermisste ich Cooper. Nicht nur, weil ein großer stämmiger Bär in Zeiten wie diesen sehr nützlich sein könnte.

Ich vermisste es, mich an seiner Schulter zu reiben, während wir uns damit abwechselten, aufs Metall zu schlagen. Ich vermisste es, zu ihm aufzuschauen und mich in seinen warmen, braunen Augen zu verlieren. Ich vermisste sein Lächeln und seine sanfte Berührung.

Ich schluckte schwer und wünschte mir eine zweite Chance.

Liselle wirbelte mit den Händen durch die Luft und bewegte ihre Lippen. Murmelte sie einen Zauberspruch?

Alle schauten gebannt zu. Ich stellte mir vor, dass dies zu einer Szene im Stil von Indiana Jones wurde, in der die Bösen lebendig schmolzen, während die Guten überlebten.

Aber Liselle und ihre Magie waren nicht gerade auf dem *Jäger des verlorenen Schatzes*-Niveau, also bezweifelte ich es.

Das Feuer knisterte und Rauch quoll aus der offenen Feuerschale sowie aus den Schlitzen an der Seite. Liselle beugte sich vor und griff nach den Rauchschwaden.

Viel Glück, hätte ich fast geschnappt.

Aber verdammt. Der Rauch wurde dichter und folgte ihren Bewegungen. Sie zog an den Strängen, eine Hand über der anderen, so wie ein Zauberer ein endloses Taschentuch herausziehen würde.

Die Glut im Herzen des Feuers verstärkte sich und Funken sprühten in der Nacht. Und wow. Fing der Raum um Liselle herum auch an zu glühen?

Ich wippte von einem Fuß auf den anderen und spürte, wie die Erde ächzte.

„Gibt es hier einen Wirbel, aus dem sie schöpfen kann?", flüsterte einer von Liselles Männern einem anderen zu.

Nein, aber die Magie floss tief durch den Boden von Sedona. Wirbel befanden sich einfach dort, wo dieser sprudelnde, unterirdische Fluss am dichtesten an die Oberfläche drängte. Aber man konnte fast überall graben und irgendwann auf eine Ader der Magie stoßen.

Ich spürte, wie sich eine ruhelose Kraft regte, wie ein angeketteter Tiger.

Liselle wäre nicht in der Lage, Walts Parkplatz viel Energie zu entziehen, aber das hier war nur ein Testlauf. Wenn sie ihre ganze Kraft aufbrachte und die Feuerschale direkt auf einem Wirbel positionierte, würde die Energie wie Öl aus einer unkontrollierten Quelle sprudeln.

Zumindest sollte sie das. Aber ich hatte etwas von meiner eigenen Magie in die Feuerschale gewebt und wenn es funktionierte...

Du musst wirklich vorsichtig sein, wenn du Magie einsetzt, von der du nicht genau weißt, wozu sie fähig ist, hatte Cooper gesagt.

Ich pustete meine Wangen auf. Zählte *ziemlich sicher*?

Liselle machte weiter und die Erde ächzte.

Dann tönte ein Motor und Scheinwerfer erhellten die Einfahrt.

„Verdammt… " Liselle ließ die Hände sinken und auch das Feuer erlosch, so dass nur noch ein paar knisternde Glutreste übrig blieben.

Ihre Männer schwärmten aus und hoben ihre Hände, um ihre Augen vor den Scheinwerfern zu schützen.

Ich drehte mich zu dem Wagen um und betete, dass der Fahrer so vernünftig wäre, schnell umzudrehen und zu verschwinden.

Aber er – oder sie – tat es nicht. Sie fuhren bis auf den hinteren Parkplatz und hielten mit ihren Scheinwerfern auf Liselle gerichtet. Die Tür knarrte auf und ein Mann trat heraus.

„Was ist hier los?", fragte er – und das nicht auf eine nette Art und Weise.

Mein Herz überschlug sich. Cooper?

„Privatveranstaltung", grunzte einer der Männer. „Verschwinde, bitte. "

Cooper musterte den Mann, dann Liselle. Er beäugte die Feuerschale, dann schaute er mich an.

Meine Lippen bebten. Ich hatte angenommen, dass er die Stadt inzwischen verlassen hatte. Hatte er das Aufflammen des Feuers gesehen und angehalten, um nachzusehen? Um mir zu helfen, vielleicht sogar?

Dieser Mann war zu gut, um wahr zu sein. Ich betete nur, dass er dabei nicht umkam.

„Alles in Ordnung? " Seine Stimme klang wie das Grollen, das ich in der Erde gehört hatte – tief und gefährlich.

„Alles bestens, danke", säuselte Liselle. „Wir testen nur meine neue… "

„Dich habe ich nicht gefragt. Ich habe sie gefragt", grunzte Cooper und bewies damit, dass er tatsächlich manchmal nicht gerade höflich sein konnte. Das war eine Premiere, zumindest nach allem, was ich mitbekommen hatte.

Er machte einen ziemlich knallharten Eindruck. Meine Knie zitterten auf jeden Fall.

„Liselle hat beschlossen, dass ihre Bestellung nicht mehr warten konnte. Also kamen sie und ihre drei Freunde vorbei." Ich zeigte auf jeden Einzelnen in der Dunkelheit. In meiner Gegenwart würde niemand Cooper überfallen. „Oh, und Jay", fügte ich säuerlich hinzu. „Erinnerst du dich an ihn?"

„Oh ja, und wie ich mich erinnere", knurrte Cooper.

Jays hämisches Grinsen verriet, dass auch er sich erinnerte. „Du wirst dann jetzt also gehen." Sein Tonfall machte deutlich, dass dies ein Befehl war.

„Ja, das wirst du." Liselle wies auf seinen Pick-up. „Danke, dass du gekommen bist."

Ich knirschte mit den Zähnen. Sie versuchte, seine Gedanken zu manipulieren, nicht wahr?

Als er zögerte, fuhr sie in demselben anbiedernden Tonfall fort: „Ich weiß, ich weiß. Diese Frau verursacht nur Ärger und du hast genug davon, dass sie dich ausnutzt."

Ich wurde wütend. Ich, Cooper ausnutzen?

„Sie hat dich verhext", fuhr Liselle fort und setzte ihm Gedanken an eine Verschwörung in den Kopf. „Und die ganze Zeit über hast du dich danach gesehnt, frei zu sein... "

„Cooper... ", warnte ich.

Er schaute mich an, dann Liselle, dann kratzte er sich am Kopf. „Ich weiß nicht, ob ich es so ausdrücken würde."

„Natürlich tust du das", gluckste Liselle.

Er schüttelte den Kopf. „Nein, ich habe mich nach etwas anderem gesehnt." Sein Blick glitt zu mir, als wollte er sagen, nach *jemandem*.

Liselle gackerte. „Sie? Du willst sie? Schätzchen, du kannst etwas so viel Besseres haben als das."

Das tat weh, aber es war die Wahrheit.

Cooper schnaufte. „Wen? Dich?"

Fast hätte ich mit den Füßen aufgestampft. Führte er dieses Gespräch tatsächlich?

Sie ließ ihren Blick an Coopers großen, durchtrainierten Körper auf und ab wandern. Dann strich sie sich mit der Hand über die Hüfte und säuselte: „Befriedigung garantiert, Schätzchen."

Ha. Ich war geneigt, ihn an Jay zu verweisen. Aber das wäre kleinlich, oder?

Cooper ließ ein knappes Lächeln aufblitzen. „Kein Interesse, tut mir leid."

Also, uff. Offensichtlich funktionierte die Gedankenmanipulation bei Bären nicht.

„Kein Interesse?", krähte Liselle. „Das glaube ich keine Sekunde lang."

Cooper wurde still – sehr still – und Liselles Wangen glühten vor Wut.

Trotzdem war ich versucht, ihn anzuschreien. Warum verschwendete er überhaupt Zeit mit dieser Sache? Warum provozierte er sie?

Dann wurde mir etwas klar. Cooper brauchte Antworten und solange Liselle redete...

Sie schnaubte. „Denk nach, bevor du sprichst, Schätzchen. Du willst doch keinen Ärger provozieren, den du später bereuen wirst."

„Ärger? So wie ein Feuer, das du vielleicht entfachst?"

Sie lachte. „Oh nein. Ich entfache keine Feuer."

„Nein, sie wird nur dafür sorgen, dass der Wind anfängt zu wehen", murmelte ich.

„So wie das Clark Canyon Feuer vielleicht?" Cooper ging auf sie zu. „Vor ein paar Jahren in Nevada? Das, bei dem der Feuerwehrmann ums Leben kam... "

Ihr Blick verfinsterte sich. „Man kann es nie wissen. Vielleicht hat der Kerl bekommen, was er verdiente."

Wäre ich zwei Schritte näher gewesen, hätte ich sie in den nächsten Landkreis geschleudert.

Coopers Fingernägel wurden zu Krallen, als er auf sie zu pirschte.

Einer von Liselles Männern stellte sich ihm in den Weg. „Bleib sofort stehen."

Jay zog an Liselles Ärmel. „Sind wir hier nicht fertig?" Offensichtlich war er bereit, zu gehen, bevor noch mehr Ärger aufkam.

Der Kerl war schlauer, als ich dachte. Allerdings nicht gerade ein Genie.

„Nein, wir sind noch nicht fertig", murmelte Cooper.

Ich hatte ihn noch nie so bedrohlich wirken sehen. Besonders als Liselles Handlanger nach seinem Arm griff.

„Oh, ich denke, das sind wir." Liselle gab den anderen ein Zeichen.

Sie irrte sich, denn in diesem Moment brach die Hölle aus.

Cooper befreite sich aus dem Griff des Mannes und stieß ihn in Jays Richtung. Ein zweiter Mann stürzte sich auf Cooper, während derjenige, der mir am nächsten war, eine Waffe zog.

„Runter!", brüllte ich und stürzte mich auf den Arm des Mannes.

Peng! Der Knall war ohrenbetäubend und der Mann stieß mich zu Boden. Aber auch die Waffe fiel und ich konnte sie mit einer Bewegung wegkicken, auf die Messi oder Ronaldo stolz gewesen wären. Dann rutschte ich schmerzhaft über den Boden.

„Verdammt... " Der Mann eilte auf die Waffe zu.

Ich rollte mich auf die Füße und...

„In Deckung!", schrie Cooper und rannte auf mich zu.

Wir verschanzten uns hinter einer Werkbank in der Metallwerkstatt, als weitere Kugeln flogen.

Cooper duckte sich, dann murmelte er: „Scheiße."

Ja, das dachte ich auch.

„Hört auf, zu schießen!", schrie Liselle ihre Männer an. „Ich brauche sie lebend, wenn das Ding nicht funktioniert."

„Du hast es doch gerade getestet", brummte Jay. „Lass uns von hier verschwinden."

Immerhin etwas. Mein Ex mochte ein egoistischer, nichtsnutziger Verräter sein, aber ein kaltblütiger Killer war er nicht.

Die anderen drei Typen hingegen...

Ich sah, wie einer den anderen zuwinkte. Sie schwärmten aus und verschwanden in der Dunkelheit.

Cooper kauerte neben mir und wir lauschten beide auf Schritte. Die Hälfte der Lichter in der Werkstatt brannte, die andere Hälfte war ausgeschaltet, so dass alles in sich überlappende Schatten geworfen wurde.

„Woher wusstest du, dass du herkommen musst?", flüsterte ich.

Seine Augen glühten warm. „Ich bin vorbeigefahren und irgendetwas hat sich nicht richtig angefühlt."

Irgendetwas, was?

Er ging nicht näher darauf ein, aber ein Wort flüsterte durch meinen Kopf.

Schicksal...

Mein Herz klopfte auf eine ganz neue Weise. Ich hatte die Geschichten natürlich gehört – von zwei Seelen, die sich treffen und wussten, dass sie füreinander bestimmt sind. Als ob sie sich nicht zufällig begegneten, sondern vom Schicksal zusammengeführt worden waren. Gestaltwandler waren besonders überzeugt von dem Konzept der Schicksalsgefährten. Vor allem Bären.

Ich schluckte, als sich das Glühen in Coopers Augen verstärkte.

Andere übernatürliche Wesen waren von dieser Vorstellung weniger überzeugt. Schwache Übernatürliche, so wie ich.

Aber, verdammt. Vielleicht war ich gar nicht so schwach. Nur eine untrainierte Spätzünderin. Wenn es meinen Schwestern passieren konnte, konnte es mir vielleicht auch passieren.

Und plötzlich glaubte ich daran.

Etwas klapperte in der Dunkelheit und wir wirbelten beide herum. Das Schicksal würde warten müssen.

„Jetzt komm schon", drängte Jay Liselle.

„Nicht, bevor ich mir sicher bin", erwiderte sie schnippisch.

Die Luft regte sich und die Flammen erhoben sich erneut auf dem Parkplatz. Liselle hatte das Feuer in der Feuerschale für einen zweiten Testlauf wieder entfacht.

Den zweiten und letzten, wie ich hoffte.

Ich griff nach Coopers Arm und flüsterte: „Pass auf. Ich habe es manipuliert, so dass es... "

Hinter ihm bewegte sich ein Schatten und ich schrie: „Beweg dich!"

Und *Rumms!* Wir rollten uns weg, als einer von Liselles Männern eine Metallstange zwischen uns schlug. Cooper packte sie und sie rangen um die Kontrolle darüber. Ich wich zurück und wirbelte bei einem weiteren Geräusch herum.

Ein zweiter Mann schnappte sich einen Hammer von Bobs Werkbank und schleuderte ihn. Er flog trudelnd und kam direkt auf mich zu. Einen Sekundenbruchteil lang starrte ich nur. Dann duckte ich mich und riss meine Hand hoch.

Der Hammer wurde zur Seite geschleudert und prallte gegen ein Regal. *Bumm!*

Ich schaute zweimal hin, denn er hatte mich nicht wirklich berührt.

Der Typ schnappte sich einen weiteren Hammer und schleuderte ihn auf Cooper, der immer noch mit dem ersten Mann kämpfte.

Ich streckte eine Hand heraus und rief Cooper zu, er solle sich ducken. Er tat es nicht und ich war nicht einmal in der Nähe des Hammers. Aber er flog in einem Bogen zur Seite und prallte gegen die Wand.

Der zweite Mann runzelte die Stirn. Ich duckte mich und starrte auf meine Hand.

Überall um mich herum lag Metall, auf dem das Licht von Liselles Feuer reflektierte. Die Zange an Matts Arbeitsplatz flackerte. Die an der Wand gestapelten Barren reflektierten die Flammen. Der Metallschrott in einer Ecke fing an, feurig zu glühen...

Liselle murmelte und beschwor das Feuer in ihrer Feuerschale.

Die Erde grollte und um mich herum glühte Metall. Mehr als das. Es summte.

Jahrelang hatte ich mit Metall und Feuer gearbeitet. Gelegentlich hatte ich etwas Ähnliches gespürt – aber selten mehr als eine leise Andeutung, und nur, wenn ich wirklich vertieft war. Ich hatte das schwache Geräusch stets als das Echo meines eigenen Hammers abgetan.

Aber jetzt war das Geräusch ganz und gar nicht leise.

Je mehr Magie Liselle draußen heraufbeschwor, desto lauter wurde das Geräusch, das von einem Flüstern zu einem Grollen wurde.

Die Luft vibrierte um mich herum und Eisen und Stahl schimmerten.

„Ja…" Liselle entlockte dem Feuer mehr Rauch – und mehr Kraft aus der Erde. Eine Kraft, die in sie und auch in mich floss.

Ich drehte mich zu dem Mann um, der mit dem Hammer geworfen hatte, und forderte ihn stillschweigend auf, es noch einmal zu versuchen.

Das tat er und schleuderte dieses Mal einen Meißel. Glatt wie ein Pfeil schnitt er durch die Luft. Aber als ich mit der Hand nach oben schlug, wurde er umgelenkt und prallte an der Decke ab.

Um mich herum summte das Metall.

Ich, ich! Klemmen, Zangen und Feilen. Sogar die Bolzen in meinem Amboss rüttelten.

„Oh!" Liselles Ton klang alarmiert, als die Flammen in der Feuerschale höherschlugen.

„Nicht so groß", warnte Jay. „Jemand wird es sehen."

Ha. Wenn er nur wüsste.

Ein paar katzenhafte Augen glitzerten in der Nähe – einer von Liselles Männern hatte seine Pumagestalt angenommen. Der Mann, der es auf Cooper abgesehen hatte, tat es ihm gleich, und beide stürzten auf Cooper zu, der brüllte.

Ja, brüllte. Er hatte sich ebenfalls verwandelt und die Flammen des Feuers fügten den Umriss eines riesigen Grizzlybären zu den beiden Pumas im Schatten an der Wand hinzu.

Ich griff nach einem Vorschlaghammer und stürmte los, dann wich ich vor dem Wirrwarr aus Fell und Reißzähnen zurück.

„Liselle…", warnte Jay und huschte vom Feuer weg.

„Ich habe es unter Kontrolle", schrie sie.

Nein, hatte sie nicht. Die Flammen des Feuers schossen so hoch wie das Dach. Sie wirbelten herum, drehten sich spiralförmig nach außen und erfassten einen immer größeren Bereich.

Liselle zog die Lippen zurück und ihre Augen wurden wild. „Ich habe es unter... “

Die Erde grollte wütender als je zuvor. Eine mächtigere Hexe oder Hexenmeister wäre vielleicht in der Lage gewesen, diese Kraft zu kontrollieren, aber für Liselle war es eine Nummer zu groß – sie steckte in ernsthaften Schwierigkeiten.

Flammen wirbelten auf, griffen nach ihr und um sie herum und hinter sie. Sie machte eine fächelnde Bewegung und versuchte, sie zu löschen. Aber die Flammen kamen näher und entzündeten ihren Ärmel.

„Hilfe! Hilfe!“, schrie sie und schlug auf den Stoff ein.

Ich wandte den Blick ab. Cooper zu helfen, war meine Priorität, nicht einer Hexe, die sich ihr eigenes Grab geschaufelt – oder ihren eigenen Scheiterhaufen angezündet – hatte.

Schreie drangen an meine Ohren und Jay brüllte, aber nichts davon war wichtig. Nicht, wenn zwei Pumas gegen Cooper kämpften.

Moment. Zwei Pumas... Wo war der dritte Kerl hin?

Ich wich zur Seite, als eine Axt meine Schulter knapp verfehlte. Sie prallte auf den Zementboden, aber der Mann hob sie wieder hoch. Ich lag auf dem Rücken und starrte auf die breite, glänzende Klinge hoch.

Der Mann schlug zu, ich schrie auf und riss eine Hand hoch.

Ich zuckte zusammen und erwartete einen vernichtenden Schlag. Aber nichts geschah.

Ich blinzelte, als ich sah, wie der Mann sich gegen die Axt stemmte. Sie schwebte kurz vor dem Ende ihres tödlichen Schwungs Zentimeter über meinem Gesicht.

„Verdammt“, grunzte er und zog sie erst in die eine, dann in die andere Richtung.

Schweiß brach auf meiner Stirn aus und ich hielt meine Hand hoch und drückte gegen die von Magie durchzogene Luft. Das Brummen des Metalls wurde zu einem Dröhnen und ich biss die Zähne zusammen.

„Verdammte Hexe“, knurrte der Mann.

Die Axt bewegte sich zurück und weg von mir. Dann sandte ich sie mit einem mentalen Stoß nach hinten. Der Mann stolperte zurück, ließ sie los und sie fiel klappernd auf den Boden.

Liselle kreischte. Jay schrie. Cooper brüllte. Der Axtmann verzog das Gesicht, zog eine Waffe und richtete sie auf mich.

Ich rutschte rückwärts, aber ich konnte nirgendwohin.

Peng! Er schoss. Einmal. Zweimal.

Erschrocken streckte ich die Hände aus. Aber die Kugeln durchdrangen meinen Körper nicht und es floss auch kein Blut.

Ping! Ping! Ping!

Der Schütze duckte sich, als die Kugeln vom Zementboden abprallten. Einer der Pumas fiel mit einem Aufschrei von Cooper ab. Ein dunkler Fleck breitete sich auf dem Boden aus. Blut?

Einen Moment später schleuderte Cooper den zweiten Puma quer durch den Raum. Er schlug gegen einen Amboss und sackte zu Boden.

Draußen wurde das Feuer schwächer, ebenso wie Liselles gequälte Schreie. Drinnen beruhigte sich das Dröhnen des Metalls zu einem Summen. Die Magie ebbte ab und sickerte zurück in die Erde.

Aber das brauchte der bewaffnete Mann, der mir gegenüberstand, nicht zu wissen. Ich ging auf ihn zu und sah dabei so bedrohlich aus, wie ich nur konnte. „Lass die Waffe fallen und verschwinde hier, bevor ich dir das Herz mit einem Meißel durchbohre", knurrte ich.

Das war natürlich nur ein Bluff. Mit einem magischen Kraftfeld, das um mich herum pulsierte, konnte ich vielleicht Metall ablenken, aber ich würde sicher nicht versuchen, Stücke wie ein Geist durch die Luft zu manövrieren.

„Ich sagte, lass sie fallen!"

Die Waffe klapperte auf den Boden und der Typ rannte zur Tür.

Ich eilte hinüber, um mir die Pistole zu schnappen, aber ich war nicht die Einzige. Ich stürzte mich darauf, schnappte die Waffe zuerst und wirbelte dann herum.

„Nicht schießen!" Jay hob seine Arme zur Kapitulation.

Meine Hände zitterten. Wenn Jay die Waffe vor mir erreicht hätte, hätte er dann abgedrückt?

Ja, entschied ich. Wenn nicht in meine Richtung, dann in Coopers.

Ein Auto rauschte auf der Straßenseite der Werkstatt davon und ich verabschiedete mich gedanklich vom Hammerwerfer. Dann kniff ich ein Auge über dem Lauf der Pistole zusammen und zielte auf Jay.

Mit weit aufgerissenen Augen und hocherhobenen Händen wich er zurück.

„Nicht schießen", flehte Jay. „Und nicht... ähm, beißen."

Cooper kam mit einem langen, leisen Knurren neben mir angetrabt.

Ich machte Jay auf den Puma aufmerksam, der sich schwach am Boden rührte – der, der von der verirrten Kugel getroffen worden war.

„Schnapp ihn dir und verschwinde von hier."

Jay runzelte die Stirn. Der zweite Teil meines Befehls war für ihn offensichtlich in Ordnung. Aber warum sich mit dem ersten Teil abmühen?

„Ich sagte, schnapp ihn dir."

Jay zerrte den Puma an einer Pfote nach draußen. Auf ein Brüllen von Cooper hin schleppte sich der verbleibende Puma schwerfällig in die gleiche Richtung. Gemeinsam gingen sie an der Feuerschale vorbei, wo ein kleines Feuer brannte.

„Kippe sie um." Ich machte eine Bewegung mit der Waffe. „Lösche das Feuer aus."

„Verdammt noch mal, nein. Das Ding fasse ich nicht an!", grunzte Jay.

Ich verbreiterte meinen Stand und stabilisierte die Waffe mit beiden Händen.

„Okay, okay!" Jay griff nach der Feuerschale und zuckte.

„Mach das Feuer aus", befahl ich.

Er schob seinen Stiefel in eine der Stützen der Feuerschale und kippte sie zur Seite. Die Glut rollte auf den verbrannten Klumpen, der Liselle gewesen war. Sie flackerte auf, dann erstarrte sie zu einem schwachen Glühen.

Mir drehte sich der Magen um, aber hey. Ich war nicht diejenige, die versucht hatte, die verborgene Kraft der Erde anzuzapfen.

Inzwischen hatten sich beide Pumas zur Straße geschleppt, wo Jays Wagen stand.

Ich zeigte auf Jay. „Nimm sie und verschwinde."

„Du bist eine vollkommen verrückte Tussi, weißt du das?"

Cooper knurrte, während ich erwiderte: „Sagt der Kerl, der seine Seele an den Teufel verkauft. Ein Typ, der bereit ist, seine eigene Tochter zu verraten."

Scham huschte über Jays Gesichtszüge, aber nur für einen Moment. Dann dachte er wieder an seinen wichtigsten Mann – sich selbst.

„Du brauchst nur nicht... nur nicht...", stammelte er und wich zurück zu seinem Fahrzeug.

Ich schoss über seine linke Schulter, so dass er sich duckte.

„Verschwinde von hier, Jay. Ich möchte dich nie wiedersehen. Niemals. Aber wenn ich es tue – und wenn ich jemals auch nur ein Wort über Sorgerecht höre – schwöre ich, dass ich dich umbringen werde."

Meine unerbittliche Seite machte ihm Angst. Mir auch, denn ich meinte jedes Wort ernst.

Jay stolperte zu seinem Pickup, schob die Pumas auf die Ladefläche und ließ den Motor aufheulen. Dann raste er davon – aus meinen Augen und aus meinem Leben.

Gut, dass wir den los sind.

Cooper stieß ein langes, anhaltendes Knurren aus, bis das Geräusch von Jays Motor verklang. Ich schaute zu Cooper. Was würde er sagen? Was würde er tun?

Natürlich würde er in Bärengestalt überhaupt nicht viel sagen. Aber was ging ihm durch den Kopf?

Ich holte ein paarmal tief Luft. Solange es Claire gut ging, war alles andere unwichtig.

Dann erstarrte ich. „Claire..."

Ich rannte in die Metallwerkstatt und griff nach meinem Handy. Aber Erin hob nicht ab und Pippa ebenfalls nicht. Als ich versuchte, sie mental zu erreichen, war die Barriere immer noch da. Ich schaute zum Himmel und bekam ein mulmiges Gefühl. Dunkle Wolken wirbelten über uns und verdeckten die Sterne. Wirklich dunkle Wolken, hauptsächlich im Westen. Dort, wo wir zu Hause waren.

Zu Hause. Claire. Meine Familie.

„Nein. Bitte... “, murmelte ich und rannte zu Coopers Wagen.

Er folgte mir und spitzte die Ohren.

Ich zögerte. Ich hatte kein recht, ihn um noch etwas zu bitten. Aber ich hätte ganz sicher nichts dagegen, wenn er mir in einer letzten Angelegenheit helfen würde.

„Etwas stimmt nicht“, erklärte ich. „Irgendetwas zu Hause.“

Sein Fell sträubte sich und seine Augen blitzten auf.

Zwei Minuten später saß er in Menschengestalt hinter dem Steuer seines Pick-ups und raste die Straße hinunter, um mich nach Hause zu bringen.

Kapitel 29

COOPER

Abby rang mit den Händen, während ich durch die Nacht raste. Wolken wirbelten über uns und vor uns zuckten Blitze.

„Wo ist die Ranch?", fragte ich.

Abby deutete auf die Blitze. „Genau dort."

Ich schnappte nach Luft. Claire steckte *dort* drin?

Laut Abby war Mike, der Stiefvater, zusammen mit dem Rest der Familie ebenfalls da. Aber das war kein großer Trost.

„Ich glaube, du hattest recht mit Möglichkeit drei – die, dass Liselle nicht allein gearbeitet hat."

Abby nickte. „Die Frage ist, wer ist es noch?"

Oder *was*, fragte ich mich. Welche Art Übernatürlicher könnte einen Sturm wie den, der vor uns tobte, auslösen?

Donner krachte und Blitze zischten und beleuchteten immer wieder dieselbe Stelle.

Abby versuchte es mit ihrem Handy, dann fluchte sie und rang wieder mit den Händen. Ich kurbelte das Fenster hinunter und schnupperte am Wind. Dann kurbelte ich es wieder hoch und wünschte mir meinen Bärenpelz anstelle der nackten menschlichen Haut. Ich hatte gepackt, um die Stadt zu verlassen, also hatte ich mir eine Ersatzjeans angezogen, bevor wir die Metallwerkstatt verließen, aber ich hatte keine Zeit gehabt, das Hemd zuzuknöpfen, nach dem ich gegriffen hatte.

„Dort. Bieg nach rechts ab." Abby zeigte auf die Straße, als wir ein paar Kilometer weitergefahren waren.

Mein Pickup knatterte über die unbefestigte Straße, aber ich fuhr trotzdem mit halsbrecherischer Geschwindigkeit. Je schneller wir Claire erreichten, desto besser.

„Diese Feuerschale...", begann Abby zögerlich. „Ich habe sie nur gefertigt, weil Liselle gedroht hat, die ganze Stadt niederzubrennen."

Ich verzog das Gesicht und dachte an Peter und das Feuer im Clark Canyon.

Vielleicht hat der Kerl bekommen, was er verdient hat, hatte Lisa – Liselle? – die Frechheit gehabt zu sagen.

Ich zog eine Grimasse. Wenn diese Hexe nicht schon tot wäre, hätte ich kehrtgemacht, um sie umzubringen.

„Ich hatte einen Plan B", fuhr Abby nervös fort.

Ich schaute sie an. Glaubte sie, sie sei daran schuld?

„Du hast das Richtige getan", sagte ich. „Und es hat funktioniert, nicht wahr? Ich meine, dass es sich beim zweiten Mal an ihr gerächt hat."

Buchstäblich, knurrte mein Bär bitter.

Abby nickte, blieb aber in sich zusammengesunken. Ich wollte sie unbedingt trösten, aber da das Fahrzeug in heftigen Windböen hin und her schaukelte, musste ich mich auf das Lenken konzentrieren.

Und, verdammt. Wenn der Sturm hier schon so stark war, wie schlimm wäre es dann auf der Ranch?

Der Wind heulte, knickte Bäume um und wirbelte Staub auf – so viel, dass ich kaum ein paar Autolängen weit sehen konnte. Aber das erklärte nicht das völlige Fehlen einer Straße an der Stelle, wo Abby mich abbiegen lassen wollte.

„Hier?" Ich schaute und sah nur Büsche und Dreck.

„Vertraue mir. Bieg hier ab."

Ich tat es und wurde kriechend langsam. Zu meiner Überraschung rollten die Reifen reibungslos weiter – oder so reibungslos, wie sie es auf einem unbefestigten Weg tun würden – und aus dem Dunst tauchte allmählich eine Straße auf.

„Die Einfahrt ist mit einem Zauber belegt", erklärte Abby und rang weiter mit den Händen.

Meine Haut kribbelte ein wenig. Bären und Magie... keine natürliche Kombination.

Aber dann dachte ich daran, dass diese Magie Claire beschützte, und damit kam ich besser zurecht.

„Wenn sie verzaubert ist, wie hat sich dann jemand hereingeschlichen?“, fragte ich.

„Das weiß ich nicht. Es ist bisher nur einmal passiert.“ Sie verstummte und erstarrte dann.

„Wer? Wann?“, fragte ich.

„Harlon Greene. Vor fast einem Jahr.“

Sie hatte den Namen schon einmal erwähnt. Ein Hexenmeister, wenn ich mich recht erinnerte.

„Nur noch ein Kilometer... “, murmelte Abby nervös.

Es fühlte sich wie hundert an, so wie der Sturm um uns herum tobte. Die Straße stieg in einer Steigung an und die Sicht war so schlecht, dass ich nicht sagen konnte, was als Nächstes kam. Eine weitere Kurve oder der Rand einer Klippe?

Donner grollte und Blitze ließen die dicken, wirbelnden Wolken erstrahlen. Die Motorhaube meines Wagens zeigte nach oben, dann nach unten, als wir einen Hügel erklommen.

Bumm! Blitze versengten den Boden direkt vor uns.

Ich trat auf die Bremse. Am Himmel zuckten so viele Blitze, dass man den ganzen Staat mit Strom versorgen könnte. Und nicht nur Blitze vom Himmel zu Boden. Es gab auch Blitze nach vorn und zurück, die parallel zum Boden zischten.

Meine Nackenhaare stellten sich auf. Das war kein Blitzgewitter. Es war eine *Blitzschlacht.*

Abby stemmte die Hände gegen das Armaturenbrett und flüsterte verzweifelt. „Claire... “

Ich drückte den Fuß wieder aufs Gas. Wenn Claire in diesem Sturm war, wären wir es auch.

In den nächsten paar Sekunden steigerte sich der Sturm zu einem Höhepunkt wie das große Finale beim Feuerwerk zum Unabhängigkeitstag. Nach einem letzten ohrenbetäubenden *Bumm!* klang es allmählich ab.

Ich fuhr weiter und schaute mich vorsichtig um. Was nun?

Der Donner grollte in der Ferne und nicht mehr über unseren Köpfen. Ein letzter schwacher Blitz zuckte hinter den Wolken auf. Der Wind legte sich und alles wurde still.

Ich spähte nach vorn und ließ die Scheinwerfer durch die Dunkelheit brechen.

Der Staub legte sich, die Wolken lösten sich langsam auf und ließen einen Teil des Mondlichts durch. Genug, um mehrere kleine Gebäude, einen Stall und eine Scheune zu erkennen. Abbys Ranch.

„Warte! Stopp!", sagte Abby.

Ich trat auf die Bremse, als ein Mann neben dem Haupthaus aus dem Staub auftauchte. Er hielt die Hände wie ein Revolverheld, bereit, noch ein paar Schüsse abzufeuern.

„Mike", hauchte Abby.

Der Stiefvater. Das war doch ein gutes Zeichen, oder?

Dann entdeckte ich einen weiteren Mann, der näher mit dem Rücken zu uns stand. Das musste der andere Revolverheld – ähm, Blitzschiesser? – sein, mit dem Mike sich angelegt hatte.

„Harlon", zischte Abby.

Wer auch immer er war, er sah gekrümmt und geschlagen aus.

Weitere Gestalten tauchten im und um das Haus herum auf, und ein Feuerstoß offenbarte einen Drachen auf der rechten Seite.

Ich musste zweimal hinsehen.

„Das ist Nash, drüben bei Erins Wirbel", erklärte Abby. „Sie muss dort drüben sein, um im Kampf gegen Harlon zu helfen."

Noch ein Wirbel? Direkt hier auf der Ranch? Ich knirschte mit den Zähnen.

Und, verdammt. Ein Drachengestaltwandler. Wenigstens schien er ein Verbündeter zu sein, nach Abbys Tonfall zu urteilen.

Als Nächstes tauchte Ingo auf, rannte an Mike vorbei und stürzte sich auf Harlon. Harlon hob die Hände, aber Ingo warf ihn zu Boden und zog ein paar Handschellen heraus, die vor Magie schimmerten.

Ich atmete leicht auf. Was auch immer gerade passiert war, es war jetzt unter Kontrolle.

Zwei weitere Personen kamen aus dem Haus – Pippa und eine kleinere Gestalt in einem rosa Schlafanzug, der zu dem Häschenkuscheltier passte, das sie an einem Ohr festhielt.

„Claire!", rief Abby.

Ich gab Gas und nahm den kürzesten Weg zum Haus. Mike schaute erschrocken auf, dann winkte er, um uns vorbeizulassen.

Abby rannte los, bevor mein Wagen zum Stehen kam. Als sie Claire erreichte, fiel sie auf die Knie und umarmte ihre Tochter ganz fest.

Ich sackte ein wenig zusammen. Sicher. Sie waren beide sicher.

Ich stieß die Autotür auf, bereit, zu ihnen hinüberzulaufen. Dann hielt ich inne. Abby und ich hatten uns bereits verabschiedet. Nun, sozusagen. Jedenfalls war die Botschaft ziemlich klar gewesen. Sie hatte keinen Platz für mich in ihrem Leben.

Sie kann Platz schaffen, meinte mein Bär. *Frag sie einfach. Bettle, wenn du musst.*

Aber Bären und Hexen passten nicht zusammen. Das konnten sie nicht.

Sagt wer? brummte mein Bär. *Ein Haufen alter Leute, die noch nie eine Hexe gesehen, geschweige denn eine kennengelernt hatten?*

In Gedanken ging ich all die Interaktionen zwischen Abby und Claire durch. Und auch mit mir. Der herrische, verbitterte Teil, war nur ihre äußere Mauer. Darunter war sie ganz Herz.

So ähnlich wie ein Bär, sagte mein innerer Grizzly.

Ich dachte an Abby, die lachte. Mich berührte. Die sich mir gegenüber öffnete und sich dann wieder komplett verschloss.

Ich schluckte. Das Leben mit Abby war wirklich eine Achterbahnfahrt.

Eine ziemlich aufregende, flüsterte mein Bär.

„Cooper?" Pippa löste sich von Abby und Claire und winkte mich herüber.

Aber Ingo rief zur gleichen Zeit und ich drehte mich in seine Richtung, denn Harlon unter Kontrolle zu bringen, hatte Priorität. Als ich auf sie zulief, tauchte eine Frau auf, die in Richtung Haupthaus sprintete. Die Schwester, Erin, wie ich vermutete. Sie eilte herbei, um nach allen zu sehen.

Ein weiterer Beweis dafür, dass Abby mich nicht brauchte. Ich ging weiter in Richtung Ingo.

Dann wieherte ein Pferd, und alles ging plötzlich schnell bergab.

„Domino!", rief Claire von der Veranda. Ich drehte mich um und sah, wie sie losrannte, um nach dem Pferd zu sehen.

In meinem Hinterkopf schrillten die Alarmglocken. Claire... das Pferd... das Gehege mit dem Aluminiumzaun...

Irgendetwas daran kam mir seltsam vor, aber ich konnte nicht verstehen, warum.

Dann traf es mich wie ein Schlag, und ich wirbelte herum, um ihr den Weg abzuschneiden.

„Claire! Halt!", schrie ich.

Sie rannte weiter, zu konzentriert, um meine Worte zu registrieren.

„Stopp! Stopp!", schrie ich.

Ich konnte es jetzt vor mir sehen – Claire, die auf den Zaun des Geheges zusprang und über die oberste Sprosse kletterte. Aber so weit würde sie es nicht schaffen. Nicht, wenn meine Vermutung richtig war.

Zu diesem Zeitpunkt war sie nur noch ein paar Schritte vom Zaun entfernt. Ich war noch etwas weiter weg, aber ich kam schnell von links auf sie zu.

„Claire!", rief ich erneut. „Halt!"

„Domino!", rief sie und das Pferd wieherte zurück.

Sie war drei Schritte vom Zaun entfernt... zwei... einen...

Ich sprang los und hasste mich für das, was ich im Begriff war zu tun. Aber ich hatte keine andere Wahl.

„Hey!", protestierte Abby hinter mir.

Alles passierte wie im Zeitraffer. Ich riss Claire aus der Luft... drehte mich, als wir fielen, um sie nicht zu zerquetschen... stürzte auf eine Schulter und schrammte über den Schotter.

Ich zuckte zusammen, mehr wegen Claires Schrei als wegen der Schnitte in meiner Haut.

Claire wimmerte, verwirrt, aber ich hielt sie an meine Brust gedrückt, während ich im Dreck lag. Mein Herz schlug so heftig, dass ich dachte, es würde zerspringen. Aber ich wollte sie so schnell nicht wieder loslassen.

Alle kamen herbeigerannt und wirbelten mir Staub in die Augen. Ich hustete, als Claire wimmerte.

„Mommy... “

„Bist du verrückt geworden?“, bellte jemand.

Ich gestikulierte mit einer Hand. „Haltet euch vom Zaun fern! Niemand fasst ihn an!“

Pippa half uns auf und Mike riss Claire von mir weg.

„Was zum Teufel?“, knurrte er, wobei er sich nur wegen Claire in seinen Armen das Brüllen verkniff.

Abby stand an seiner Seite und starrte erst mich, dann den Zaun an.

„Cooper?“ Claires Augen waren ängstlich und verwirrt, und das tat weh.

„Der Zaun... “ Abby zog Mike zurück.

„Was ist mit dem gottverdammten Zaun?“, knurrte er mich an.

„Er steht unter Strom“, erwiderte Abby und alle sprangen zurück.

Ein paar Sekunden lang starrten wir alle in fassungslosem Schweigen. Dann nahm Pippa eine Harke und warf sie gegen den Zaun.

Funken flogen und die Luft knisterte.

„Huch.“ Pippa sprang weg, ebenso wie alle anderen.

„All diese Blitze... der Metallzaun“, keuchte ich.

Mike musterte den Zaun und schüttelte dann den Kopf. „Keine gewöhnlichen Blitze.“ Er drückte Claire in Abbys Arme und stürmte an mir vorbei. „Verdammter Harlon... “

Drüben am Steilhang wehrte sich Harlon, aber Ingo hielt ihn fest. Der Drache kreiste über ihnen und spie Feuer.

Ich zog Hopper aus dem Dreck, staubte ihn ab und reichte ihn Claire.

„Es tut mir wirklich leid. Mir ist kein anderer Weg eingefallen, um dich aufzuhalten. Hast du dir wehgetan?“

Sie schnaufte und reckte den Hals zu einer Schramme an ihrem Ellbogen. „Ja.“

Aber, puh. Das war ein kleiner Preis, wie die Kieselsteine, die in meiner Schulter steckten.

„Du hättest dir noch mehr wehgetan, wenn du den Zaun berührt hättest", tadelte Abby sie sanft und drückte sie und Hopper fest an sich. „Deshalb musste Cooper dich aufhalten. Aber es geht dir gut. Alles ist okay... "

Ihre Schwestern drängten sich um sie und gurrten in beruhigenden Tönen. Ich wich zurück. Blut sickerte durch meinen Hemdärmel, aber der Schmerz in meinem Herzen war schlimmer. Ich war wieder an demselben unvermeidlichen Ort. Abby hatte alles, was sie brauchte – ihre Tochter, ihre Familie, ihre Ranch.

Ich schlurfte zurück zu meinem Wagen, ohne ein Teil dieser Gleichung zu sein. Ich war hier fertig. Und auch in Sedona.

Ich schaute zum Mond, der hoch und hell am sich rasch klärenden Himmel stand. Ich ließ meinen Blick über die dramatischen Felsformationen gleiten, stille Wächter in der Nacht. Dann atmete ich tief ein und sah Abby an. Ich prägte mir jedes Detail ein, von ihrem kastanienbraunen Haar über ihre grünen Augen bis zu ihrer schlanken Figur.

Mit einem tiefen Atemzug schloss ich die Augen und wünschte ihr im Stillen alles Gute. Dann drehte ich mich zu meinem Wagen um.

Eine stählerne Hand umklammerte meine, und ein Mann knurrte mir direkt ins Ohr.

„Nicht so schnell, Junge. "

Ich seufzte. Das schon wieder?

„Ich habe doch gesagt, dass es mir leidtut", erklärte ich Mike. „Mir ist nichts Besseres eingefallen, um Claire aufzuhalten, ohne... "

Er unterbrach mich. „Das hast du gut gemacht. " Sein Kehlkopf wippte. „Das hast du gut gemacht. "

Ein seltenes Kompliment, aber ich war zu benommen, um mich darum zu sorgen.

„Wenn Sie mich entschuldigen würden... " Ich drehte mich weiter zu meinem Wagen.

Er schob seinen dicken Arm in den Raum vor mir und versperrte den Weg.

„Ich sagte, nicht so schnell. "

Ich trat in den Dreck. Was denn jetzt?

„Du wartest genau hier, Junge." Er zeigte auf mich und warf mir einen bösen Blick zu. „Rühre dich nicht, verstanden?"

Ich wusste nicht, was er vorhatte. Aber egal. Wenn er damit fertig war, mich zu schikanieren – und ich war mir sicher, dass er das plante –, würde ich verschwinden. Ich würde direkt nach Wyoming fahren und nie wieder zurückblicken.

Mein Bär trauerte.

„Ich sagte, verstanden?", knurrte Mike.

Noch nie in meinem Leben war ich so versucht gewesen, einer älteren Person gegenüber respektlos zu sein. Aber Bären wurden diese Regeln schon in jungen Jahren eingebläut und ich hatte es einfach nicht in mir.

Ich seufzte und schaute auf meine Schuhe. „Ja, Sir."

Mike stapfte zu den anderen hinüber, die sich immer noch an der Koppel zusammendrängten.

Ein letztes Steppengras grollte vorbei. In der Dunkelheit zwitscherte ein vorsichtiger Vogel aus dem Gestrüpp, der erste, der sich nach dem Sturm herauswagte.

Der Duft von Kiefern und Wacholder stieg mir in die Nase und ich genoss diesen besonderen Sedona-Geruch. Kiefer, Wacholder und noch etwas anderes. Heidelbeeren. Löwenzahn. . .

Zwei Fußpaare klangen hinter mir, ein schweres und ein leichtes.

„Also in Ordnung. Ihr zwei redet", befahl Mike unwirsch.

Ich schaute auf und sah Abby dort. Hinter ihr gingen Erin und Pippa mit Claire zum Haupthaus.

„Jetzt geh schon." Mike stieß Abby sanft an. „Rede." Dann bedachte er mich mit einem finsteren Blick. „Und du hörst zu."

„Ja, Sir", murmelte ich.

Mike stupste Abby an, dann ging er weg.

Abby schaute eine Weile auf ihre Füße, dann flüsterte sie: „Danke. Ich danke dir so sehr."

„Du musst mir für nichts danken. Ich bin nur froh, dass es Claire gut geht."

„Es geht ihr gut. Aber ich muss mich bei dir bedanken. Und ich muss mich auch entschuldigen."

„Nicht nötig. Wirklich nicht."

„Sehr nötig. Es tut mir leid. Alles."

„Es ist wirklich okay.“

„Nein, ist es nicht, denn ich schulde dir etwas. Sehr viel.“

Ich wollte nicht, dass sie mir etwas schuldete. Ich wollte, dass sie mir vertraute – und ihr Herz.

„Und tatsächlich schuldest du mir auch etwas“, fuhr Abby fort.

Was?

„Ich schulde dir etwas?“ Ich schob meine Hände tief in die Taschen und ballte feste Fäuste.

Sie nickte. „Ja. Die ganze Schmiedekunst, die ich dir beigebracht habe…“

Ihre Stimme schwankte und meine anfängliche Wut verflog. Das war nicht Abby, die etwas fordern wollte. Das war Abby, die versuchte, etwas zu enthüllen. Etwas, das so lange unter so vielen Schichten des Selbstschutzes verborgen war, dass es eine Weile dauern würde, um es ans Licht zu bringen.

Aber verdammt. Geduld war eine Tugend und ich war ganz Ohr. Mit großen Ohren, wie denen eines Afrikanischen Elefanten.

„Also denke ich, es ist an der Zeit, dass du mir im Gegenzug auch ein paar Dinge beibringst“, fuhr sie fort und es war kaum mehr als ein Flüstern.

Mein Herz klopfte voller Hoffnung. „Was zum Beispiel?“

„Zum Beispiel, wie man nett ist. Wie man geduldig ist. Wie man ein so guter Mensch ist wie du.“

Ich schüttelte den Kopf. „Ich bin nicht…“

Sie unterbrach mich im Flüsterton. „Wie man das Beste in Menschen sieht. Und wie man vertraut.“ Ihre Augen waren groß und flehend und sie presste die Lippen zusammen. „Ich möchte es wirklich. Ich weiß nur nicht wie.“

Ich nahm ihre Hand zwischen meine beiden Hände. „Es ist gar nicht so schwer, wie du denkst.“

„Vielleicht nicht, aber es macht mir Angst. Ich habe wirklich Angst.“ Abbys Augen schimmerten und es tat mir weh, sie so verloren zu sehen. Aber, verdammt. Ich war doch hier, um sie zu finden, nicht wahr?

„Ich würde dir nie wehtun“, schwor ich leise.

„Ich weiß. Aber was, wenn ich *dir* wehtue?“

Ich dachte darüber nach, denn das hatte sie bereits. Aber wir machten alle Fehler, nicht wahr? Und überhaupt, was wäre ich denn für ein Bär, wenn ich kein dickes Fell hätte?

Ich zuckte mit den Schultern. „Ich bin ein Bär. Wir rappeln uns wieder auf."

Ihre Wangen wurden rot. „Das solltest du nicht müssen." Dann schniefte sie. „Ich wette, Greta würde dir nicht wehtun."

Ich winkte mit der Hand, um es abzutun. „Das würde sie nicht, aber ich liebe sie nicht. Ich liebe dich."

Abby riss die Augen zu mir hoch und ich blieb ganz still. Da war ich wieder in diesem Moment, mit dem Schmetterling auf meiner Nase. Ein Moment der Wahrheit.

„Ich liebe dich auch." Ihre Augen strahlten. „Verzweifelt sogar. Aber ich fürchte, ich bin nicht gut darin. Im Lieben, meine ich."

Ich deutete in die Richtung des Hauses. „Ein Blick auf dich und Claire beweist das Gegenteil. Du bist *sehr* gut darin."

„Du bist nicht Claire."

Ich grinste. Nein, das war ich nicht. Und ich hoffte auf eine andere Art der Liebe. Aber trotzdem. Es war, wie meine Mutter zu sagen pflegte. Die Liebe war eine Party und es gab immer Platz für einen mehr.

„Nein, ich bin nicht Claire. Aber vielleicht lebe ich gern gefährlich. Ich bin schließlich Feuerwehrmann, nicht wahr?"

Sie sah nicht überzeugt aus. „Greg sagt immer, Feuerwehrleute leben nicht gefährlich. Sie leben mit kalkulierten Risiken und sie kalkulieren sie sehr, sehr gut."

„Nun, dann. Betrachte die Risiken als kalkuliert."

Sie stand da und starrte mir in die Augen. Ihre Lippen bebten bei den Worten, die nicht herauskamen, also bedeckte ich sie sanft und sagte: „Ich schlage dir einen Deal vor."

Sie neigte den Kopf.

„Ich bringe es dir bei, wenn du mir weiter Sachen beibringst", schlug ich vor.

Mondlicht funkelte auf ihrem Haar, als sie den Kopf schüttelte. „Was könnte ich dir denn beibringen?"

„Bring mir alles über dich bei. Über das Schmieden. Vielleicht sogar über die Arbeit auf der Ranch. Und erlaube dir selbst, zu vertrauen."

„Ein ziemlich einseitiger Deal, findest du nicht?"

Ich schüttelte den Kopf. „Ich denke, wir haben beide viel zu gewinnen."

Ihre Augen funkelten, also fuhr ich fort.

„Natürlich bin ich kein guter Schmied und da die Feuersaison bevorsteht... nun, ich werde oft unterwegs sein."

Sie schluckte, dann schlang sie ihre Arme um mich, als würde ich sofort abreisen.

„Das wird schwer sein." Ihre Stimme klang gedämpft. „Aber solange du zurückkommst... "

Ich drückte sie fest an mich. „Ich werde immer zurückkommen." Dann warf ich einen Blick über ihre Schulter und gluckste. „Mike würde mich umbringen, wenn ich es nicht täte."

Abbys Lachen war Musik in meinen Ohren. „Er meint es gut." Dann berührte sie meine Schulter und erstarrte. „Oh Gott. Du blutest ja... "

Ich zuckte mit den Schultern. „Nichts Ernstes."

„Aber dein Hemd... " Ihre Augen wurden groß, als sie in den Stoff griff. „Peters Hemd... "

Ich betrachtete den zerrissenen Ärmel, dann nahm ich ihre Hand. „Ich glaube, er würde denken, dass es ein lohnendes Opfer war."

„Aber... aber... "

Ich schüttelte den Kopf. „Kein Aber mehr. Ich bin sicher, er würde es gutheißen."

Immer noch unsicher schaute sie zu mir auf. „Meinst du?"

Ich beugte mich vor, um sie zu küssen. Ein Kuss des Trostes, der Hoffnung und der Erleichterung. Ein Kuss, den ich nur lang genug unterbrach, um zu flüstern: „Er würde es garantiert gutheißen."

Kapitel 30

ABBY

Cooper war ein Meisterküsser und ich wünschte mir, dass dieser Moment niemals endete. Es kam schließlich nicht jeden Tag vor, dass ein Mädchen eine zweite – oder dritte – Chance bei ihrem Traummann bekam. Doch dann brummten Automotoren und Scheinwerfer schienen durch die Nacht. Cooper und ich wirbelten herum. Nachdem die dunklen Wolken sich aufgelockert hatten, tauchte der Mond die Landschaft in genügend Licht, um einen Konvoi von vier Wagen auszumachen.

Cooper und ich eilten in Richtung Haupthaus und fingen die anderen dort ab – alle außer Ingo und Mike, die Harlon in Schach hielten.

Zwei der Fahrzeuge kamen quietschend zum Stehen, und ein Trupp bewaffneter Männer sprang heraus. Bis an die Zähne bewaffnet, genau wie die Männer, die aus den anderen beiden Autos strömten, als sie vor dem Haus anhielten.

Jeder Hund auf der Ranch brach in wildes Bellen aus. Ich stand zusammen mit einem knurrenden Roscoe neben meinen Schwestern und Claire auf der Veranda.

„Großartig. Und was jetzt?", meckerte Pippa.

„ABDKS. Keine Bewegung!", befahl einer der Männer.

„Das schon wieder?", seufzte ich.

„Schon wieder?", murmelte Cooper.

Ups. Eines Tages hätte ich eine Menge zu erklären.

„Ich sagte, Hände hoch!", dröhnte ein anderer Agent.

„Captain Edwards. Welch ein Vergnügen", sagte Erin, ohne einen Hauch von Begeisterung.

„Miss Sattler. Miss Martin. Miss Carson", brummte er.

Man wusste, dass das Leben eine falsche Wendung genommen hatte, wenn der Leiter einer streng geheimen Strafverfolgungsbehörde deinen Namen auswendig kannte.

„Hallo, Todd", witzelte Pippa und nahm sich ein Beispiel aus dem Spielbuch unserer Mutter.

„Captain Edwards. Captain *Tom* Edwards", brummte er, ganz und gar nicht erfreut.

Pippa machte eine Geste, die die Mimik unserer Mutter nachahmte – die, die besagte, *Wie dem auch sei.*

Ingo und Mike joggten herüber und überließen Harlon der Obhut von Edwards' Männern.

„Oh, Captain Edwards. Sie sind persönlich gekommen", sagte Ingo, ganz und gar nicht erfreut.

„Natürlich bin ich das. Wie kommt es, dass diese Familie immer wieder Ärger anzieht?"

„Wie kommt es, dass Sie immer nur ein wenig zu spät kommen, um wirklich helfen zu können?", schoss Erin zurück.

Edwards funkelte sie an, aber er beantwortete die Frage nicht.

Hmpf. Dachte ich mir, murmelte Erin in meinen Gedanken.

Mehrere spannungsgeladene Momente vergingen, bevor Ted – ähm, Tom – das Wort ergriff.

„Was genau ist hier passiert?", fragte er.

Ich schaute meine Schwestern an und fragte mich das Gleiche.

„Fragen Sie Harlon", knurrte Mike und zeigte auf ihn.

Edwards' Augenbrauen schnellten in die Höhe. „Harlon Greene?"

Pippa nickte. „Ja, Harlon. Der Hexenmeister, den Sie nach seinem letzten Angriff weggesperrt haben." Nach einer effektvollen Pause fügte sie hinzu – „oder etwa nicht?"

Das Gesicht des Captains verfinsterte sich vor Wut. „Er stand unter einem Sperrzauber, der von einem Gremium von Hexenmeistern der Klasse Eins ausgesprochen wurde."

Mike verschränkte seine dicken Arme. „Wie es scheint, jetzt nicht mehr."

„Aber... aber... wie?" Edwards blickte wütend auf seine Männer, die auf ihre Füße schauten.

Der Mutigste zückte ein Handy. „Soll ich anrufen und nachfragen, Sir?"

„Ja, verdammt noch mal!"

„Ich muss doch sehr bitten!" Ich sträubte mich und hielt Claire die Ohren zu. In Wahrheit hatte sie schon viel Schlimmeres von uns gehört. Aber je eher wir uns vor dem ungestümen Captain einen Vorteil verschaffen konnten, desto besser.

Amen, murmelte Erin in meinen Gedanken.

Ha. Wenn Mom doch nur hier wäre, scherzte Pippa. *Sie weiß, wie sie sich mit ihm einen Vorteil verschafft – und jede Menge andere Dinge.*

Igitt. Ich versuchte, die Bilder von Mom und Captain Edwards zu verdrängen, wie sie es miteinander trieben, aber es war zu spät.

Erin schaute sich unruhig um. *Beschwöre es bloß nicht herauf...*

Zwei weitere Scheinwerferlichter strahlten über den Hügel. Wir drei Schwestern stöhnten auf und Claire jubelte.

„Grandma!"

Ich zuckte zusammen. Mike war plötzlich auf der Hut. Meine Schwestern knirschten mit den Zähnen.

Captain Edwards Augen fingen an zu glänzen, und seine Stimme brach. „Virginia... "

Ein schnittiger Lexus-Geländewagen fuhr vor – die Art, die man vor Country-Clubs und Fünf-Sterne-Restaurants parken sieht. Wenn Mom reiste, dann reiste sie mit Stil.

Der Wagen hielt an, aber sie stieg nicht aus. Sekunden verstrichen, während sie darauf wartete, dass ihr jemand die Tür öffnete.

„Um Himmels willen", murmelte Mike, während wir Schwestern mit den Augen rollten.

Captain Edwards und seine Männer stolperten fast übereinander, um die Tür als Erstes zu erreichen.

Edwards gewann – keine Überraschung. Mit einer einzigen geschmeidigen Bewegung schaffte er es, seine Jacke und sein Haar zu richten und die Autotür zu öffnen. Er hielt seinen Blick gesenkt, wie es die Lakaien einer Königin taten.

Ein durchtrainiertes Bein kam zum Vorschein, zusammen mit einem sehr hohen, eleganten Stöckelschuh. Mom hielt inne und ließ die Männer einen langen Blick darauf werfen. Dann streckte sie eine Hand aus, die Edwards galant ergriff.

Ich konnte sein Herz aus zehn Metern Entfernung schlagen hören. Und das sogar, bevor Mom überhaupt aus dem Fahrzeug gestiegen war.

Schließlich glitt sie mit einem Schwung heraus, der so berechnet war, dass jede Paillette auf ihrem Kleid glitzerte.

Jawohl. Mom wusste wirklich, wie man einen großen Auftritt hinlegte. Captain Edwards und seine Männer sabberten praktisch.

Cooper hob eine Augenbraue und flüsterte: „Das ist deine Mutter?"

„Ja", seufzte ich. „Der Apfel ist ziemlich weit vom Stamm gefallen, was?"

Pippa gluckste trocken. „Wir alle drei Äpfel."

„Wow. Sie sieht aus wie ein Filmstar", sagte Cooper nicht besonders beeindruckt.

Das tat sie auch, besonders in diesem Glitzerkleid im Stil der 1930er Jahre. An mir würde das wie ein schimmliger Kartoffelsack aussehen. Aber Mom hätte darin das Titelbild der *Vogue* zieren können.

„Mom", sagte Erin mit fester Stimme. Dann räusperte sie sich und versuchte, einen schwungvolleren Ton einzuschlagen. Es gelang ihr nicht wirklich. „Ich meine: Hi, hey, Mom. Schön, dich zu sehen."

„Grandma!" Claire rannte hinüber und umarmte ihre Beine.

Mom schaute nach unten, tätschelte Claire unbeholfen den Kopf und drehte sich dann weg. „Pass auf das Kleid auf, Schätzchen."

„Es ist wunderschön", hauchte Claire, ohne die Brüskierung zu bemerken.

Captain Edwards' Augen leuchteten auf eine Weise, die *zehn von zehn Punkten* besagte.

Und hey. Mom *war* wunderschön. Sogar bezaubernd.

Ich erstarrte. War Mom mehr als nur eine Drachengestaltwandlerin?

Pippa musste meine Gedanken aufgeschnappt haben, denn sie murmelte in meinen Kopf: *Ich erschaudere allein beim Gedanken, dass sie zu einem Viertel Hexe sein könnte.*

Erin erschauderte. *Wenn sie es ist, will ich es nicht wissen.*

Verdammt. Ich beschloss, ihr zuzustimmen.

„Oh. Hallo, Dom", sagte Mom, als hätte sie ihn gerade erst bemerkt.

„Tom", hauchte Captain Edwards.

Mom gestikulierte auf diese Art, die sagte: *Wie dem auch sei.*

„Aber hallo, Mike", schnurrte sie Erins Vater an.

„Virginia", sagte er schroff. Er schien allerdings nicht bereit zu sein, vor ihre Füße zu fallen.

Meine Mutter runzelte die Stirn. Wenn es *Charme* in einer Sprühdose gäbe, würde sie ihre schütteln und es noch einmal versuchen.

Aber sie hatte kein Glück. Ihr Charme funktionierte bei den meisten Männern, jedoch nicht bei Mike, Cooper oder Ingo. Nash kreiste immer noch oben am Himmel, aber ich wusste, dass auch er nicht auf sie hereinfallen würde.

Meine Mutter warf Mike einen säuerlichen Blick zu und schaute sich um. Dann seufzte sie dramatisch. „Wir finden uns also mal wieder hier wieder."

Unser Stichwort dafür, uns schuldig zu fühlen, weil wir ihr erneut eine Unannehmlichkeit bereitet hatten.

„Ja, tun wir." Captain Edwards warf mir einen anklagenden Blick zu.

Zum Glück war Erin zur Stelle.

„Harlon ist vor etwa zwei Stunden aufgetaucht und hat einen Sturm angezettelt", sagte sie. „Wir haben uns nur verteidigt."

Cooper warf mir einen Blick zu und ich flüsterte in einem nervösen Scherz: „Gibt es nicht in jeder Familie Blitze, Donner und orkanstarke Winde?"

Er schüttelte den Kopf ein wenig ehrfürchtig. „Ich dachte immer, alle benutzen Klauen und Reißzähne."

Nun, dann, wir hatten unsere Perspektiven beide erweitert.
Ich drückte seine Hand und er drückte zurück.

„Und der Vorfall, von dem in der Stadt berichtet wurde…“ Edwards schaute in sein Notizbuch. „Bei… Heavy Metal Sedona?“

Cooper hob eine Hand. „Das waren wir.“

Ich stieß ihm mit dem Ellbogen in die Rippen. Verflucht seien gute, ehrliche Männer, die dazu erzogen wurden, niemals zu flunkern.

„Er meint, das waren wir, während wir uns gegen Liselle Steinmeier gewehrt haben“, korrigierte ich ihn schnell.

Edwards schaute erneut in sein Notizbuch. „Das ist ein Pseudonym. Ihr richtiger Name ist Lisa Greene.“

Alle Augen fielen auf Harlon, und Erin platzte heraus: „Sie sind verwandt?“

Edwards nickte. „Sie ist seine Tochter. Oder sollte ich sagen, sie war es?“ Er musterte mich genau.

Ich griff erneut nach Coopers Hand und drückte sie nur für den Fall, dass seine Prinzipien ihn dazu trieben, etwas zu sagen wie: *Ja. Tatsächlich starb sie wegen der Art, wie Abby die Feuerschale verhext hat. Wir haben nur in Notwehr gehandelt, aber sie können uns gern für alle Ewigkeit wegsperren.*

Ich räusperte mich, um Coopers schmerzerfülltes Quietschen zu überdecken, und antwortete: „Ich bin nicht sicher, was vorgefallen ist. Ich war zu sehr damit beschäftigt, vor ihren bewaffneten Komplizen in Deckung zu gehen.“

Oder damit, Kugeln mit Magie abzulenken, aber das brauchte Edwards nicht zu wissen. Außerdem beschloss ich, den Namen *Jay Wilson* erst einmal nicht zu erwähnen. Claire musste das nicht hören.

„Lisa… Harlon… Die Störungen in den Wirbeln…“, überlegte Erin laut.

Pippa kam schneller auf die Idee, als ich es tat. „Könnte Lisa – Liselle? – die Wirbel benutzt haben, um den Bann über ihren Vater zu brechen?“

„Wir sind hier, um das herauszufinden.“ Edwards plusterte seine Brust auf.

„Oh, na dann geh und finde es heraus." Meine Mutter schnaufte und zeigte auf Harlon. „Dann kannst du auch aufhören, meine Töchter zu belästigen."

„Belästigen?" Edwards protestierte.

Meine Mutter verschränkte die Arme. „Ja, belästigen. Ganz zu schweigen davon, dass dieses arme Kind schon längst im Bett sein sollte." Sie streichelte Claire ungefähr so herzlich, wie sie Roscoe streicheln würde – steif und distanziert.

Seit wann weiß Mom etwas darüber, wann es Zeit ist, ins Bett zu gehen? murmelte Pippa in meinen Gedanken.

Psst. Sie ist richtig in Form. Vermasselt es nicht, warnte Erin uns beide.

„Sie sollte schon längst im Bett sein, ganz zu schweigen von dem Trauma, wenn bewaffnete Ordnungshüter vor ihrer Tür auftauchen", fuhr meine Mutter aufgebracht fort.

„Ist schon okay...", sagte Claire fröhlich.

Ich führte sie zügig ins Haus. „Ich weiß, es ist beängstigend, meine Süße. Lass uns ins Bett gehen."

„Ja", verkündete Pippa, die an der Tür Wache hielt. „Wir können morgen früh entscheiden, ob wir sie wegen Nötigung verklagen wollen."

„Verklagen?" Edwards fielen fast die Augen heraus.

Ingo berührte den Ärmel seines Chefs und deutete auf Harlon. „Sie hat nicht ganz unrecht damit, mit ihm dort anzufangen, Sir."

Nachdem ich Claire mit dem Versprechen auf Brownies in die Küche gelockt hatte, schaute ich hinter einem Vorhang hervor und lauschte.

Edwards funkelte Ingo an, dann Mike und schließlich seine Männer.

„Worauf zum Teufel wartet ihr?", brüllte er sie an. „Geht dort rüber und stellt den Verdächtigen zur Befragung sicher."

Dann wich er vom Haus zurück. „Wir brauchen Sie morgen für einen vollständigen Bericht, aber fürs Erste reicht das hier." Mit einem Blick auf meine Mutter fügte er hinzu. „Vielen Dank für deine Zeit." Meine Mutter belohnte ihn mit einem gelangweilten Lächeln. Seine Männer stiegen wieder in ihre Fahrzeuge und ließen Edwards und meine Mutter vor dem Haus zurück, während meine Schwestern, Ingo und Cooper von der Veranda aus zusahen.

Meine Mutter schaute zwischen Edwards und Mike hin und her und wartete zweifellos darauf, dass der eine den anderen zu einem Duell um sie herausfordern würde. Edwards hätte die Chance wahrscheinlich ergriffen, aber Mike wandte sich mit einem entschlossenen Winken ab.

„Gute Nacht, Virginia. Pass auf dich auf."

Meine Mutter schaute ihm mit blitzenden Augen hinterher. Sie war schon immer der Typ, der *wollte, was sie nicht haben konnte*. Andererseits kam *Herzensbrecherin* an zweiter Stelle und sie hatte einen willigen Edwards, der ihr zu Füßen lag.

Ihr Blick glitt zu ihm hinüber und ich konnte sehen, wie sie kalkulierte.

„Ich nehme nicht an, dass jemand ein anständiges Hotel in der Stadt empfehlen kann?", fragte sie.

Anständig, im Gegensatz zur Ranch, wie ihr Ton vermuten ließ.

Edwards ergriff die Gelegenheit beim Schopfe. „Tatsächlich kenne ich eins."

„Was du nicht sagst", gurrte Mom leise.

Ich sah, wie Mike mit den Augen rollte. War er einst auf einen ähnlichen Spruch hereingefallen?

Es war leicht, sich ihn dreißig Jahre jünger vorzustellen, als unwiderstehlichen, attraktiven Teufel auf einem Motorrad, der sich an die verführerische, geheimnisvolle Frau heranmachte, die ihm ins Auge gefallen war. Zum Teufel, er war immer noch ein unwiderstehlicher, attraktiver Teufel mit einem Motorrad. Nur ein wenig grauer um die Schläfen – und viel weiser.

Ausnahmsweise einmal war ich vollkommen damit einverstanden, dass Mom sich an Edwards heranmachte. Je schneller wir unsere unwillkommenen Besucher loswurden, desto besser.

Fünfzehn Minuten später leuchteten rote Rücklichter auf, die die Abfahrt der ABDKS verkündeten. Meine Mutter fuhr in der Mitte, was den Eindruck einer Präsidentenlimousine erweckte, die von ihrer Eskorte flankiert wurde.

Inzwischen hatte ich mich wieder zu den anderen auf der Veranda gesellt. Wir schauten zu, wie der Konvoi davonfuhr, und atmeten gemeinsam auf. Für die nächste Minute herrschte eine angenehme Stille. Dann brachte eine leichte Brise die Wetterfahne auf dem Dach der Scheune zum Quietschen.

Ich hatte diese Wetterfahne – einen Feuer speienden Drachen – angefertigt, ohne wirklich zu wissen, warum ich gerade dieses Design gewählt hatte. Jetzt, nach so vielen Irrungen und Wirrungen, fragte ich mich, ob ich sie unbewusst mit etwas Besonderem geschmiedet hatte.

Wie Magie.

Ich dachte an die Glücksaxt, die all die Jahre über für die Sicherheit der Feuerwehrleute gesorgt hatte. Hatte die Windfahne dasselbe für uns getan? Würde sie es auch in Zukunft tun?

„Ah, Mom. Ihr Timing... " seufzte Pippa.

„Sind wir ihr überhaupt wichtig?" Ich konnte mir die Frage nicht verkneifen.

„Das seid ihr", versicherte Mike uns. „Auf ihre eigene Art, aber ihr seid ihr wichtig. "

„Ich fange auch an, dasselbe zu glauben", sinnierte Erin und rieb sich das Kinn.

Ich bezweifelte es ernsthaft, aber ich hakte nach. „Inwiefern? "

„Wir waren jetzt schon dreimal in Schwierigkeiten. Und Mom ist jedes Mal aufgetaucht. "

Wir starrten alle auf die Straße. Konnte es wirklich so sein?

Schließlich seufzte Pippa. „Vielleicht. Oder vielleicht macht es ihr einfach Spaß, Captain Edwards zu quälen. "

Ich lachte, aber die Art und Weise, wie Mom von einem Mann zum nächsten sprang, sprach eher dafür, *dass* wir ihr wichtig waren. Was irgendwie verblüffend war.

Pippa hakte ihren Ellbogen bei Ingo ein und ging mit ihm in die Richtung ihrer umgebauten Scheune. „Nun, es ist schon spät. Wir sehen uns morgen, Leute. "

Wir winkten und Erin gab Nash ein Zeichen, der zu ihrer Hütte flog und dort landete. Zwei Lichtpunkte verrieten seine wachen Drachenaugen, dann verblassten sie, als er seine menschliche Gestalt annahm. Erin winkte ihm zu und schaute dann Mike, Cooper und mich an.

„Du kannst gern heute Nacht bei mir übernachten, Dad“,
bot sie an.

Seine Augen blitzten auf, als er beschützend zwischen Erin und mir hin und her schaute. Er war immer noch auf
dem langen, steinigen Weg, zu akzeptieren, dass „seine kleinen Mädchen“ – eine Kategorie, zu der ich rührenderweise auch
zählte – alle erwachsen waren und Männer in ihrem Leben hatten. Außerdem war Erins Hütte ziemlich klein und ein Hexenmeister auf engstem Raum mit seinem Drachengestaltwandler-
Schwiegersohn war eine potenziell explosive Kombination –
buchstäblich.

Normalerweise übernachtete Mike im Gästezimmer im Erd-
geschoss des Haupthauses, in dem Claire und ich im Oberge-
schoss wohnten. Aber da Cooper hier war...

„Ich könnte, ähm... “, begann Cooper.

Ich drückte seine Hand fester. Er würde nirgendwo hingehen.

„Ich nehme die Couch“, sagte Mike mürrisch.

Ha. Ich durchschaute seine Logik – er positionierte sich stra-
tegisch zwischen Cooper im Gästezimmer und der Treppe, die
zu mir hinaufführte. Kein Techtelmechtel mit einem Hexenmeister, der hier Unterschlupf fand, nein, Sir.

Aber es war keine Nacht für ein Techtelmechtel. Es war eine
Nacht, um... um... Nun, eine Nacht, um diesem Tag ein Ende
zu setzen und auf einen Neuanfang am Morgen zu hoffen.

Und Junge, wie sehr ich auf einen Neuanfang hoffte.

Dem Glühen seiner Augen nach zu urteilen, Cooper auch.

Ich umarmte Mike. „Gute Nacht und danke, dass du der
beste Großvater aller Zeiten bist.“

„Mitbester Großvater“, sagte er leise.

Das war ein Scherz, den er und Pippas Vater sich im Laufe
der Jahre ausgedacht hatten. Und Junge, wir waren froh, dass
es mit diesen beiden keine Dramen gab. Es half, uns für meine
Mutter zu entschädigen... ein wenig jedenfalls.

„Gute Nacht“, flüsterte ich noch einmal. Dann nahm ich
Coopers Hand und führte ihn die Treppe hinauf, bevor Mike
protestieren konnte. „Du kannst gern im Gästezimmer schla-

fen, Mike. Cooper kann mein Bett haben. Ich werde bei Claire bleiben", sagte ich laut und deutlich.

Es hatte keinen Sinn, einen Hexenmeister zu verärgern, nicht wahr?

Ich sagte nicht, wie lange ich bei Claire bleiben würde, aber ich hoffte, eine Stunde würde reichen. Sie hatte einen schrecklichen Sturm überlebt und wäre fast durch einen Stromschlag getötet worden. Erstaunlicherweise schien sie nicht allzu traumatisiert zu sein, aber es war schwer, dies zu beurteilen.

Was mich betraf, so war ich auf jeden Fall traumatisiert, denn meine Tochter hatte einen schrecklichen Kampf miterlebt und wäre fast durch einen Stromschlag getötet worden. Und das alles, nachdem ich meinen eigenen Kampf führen musste.

Neuanfang, sagte ich mir immer wieder. *Morgen.*

Man hätte eine Stecknadel fallen hören können – oder einen Hexenmeister, der lauschte –, als Cooper und ich uns am oberen Ende der Treppe umarmten.

„Vielen Dank", sagte ich. „Für alles. Sehen wir uns morgen früh?"

Er strich mir über die Wange und küsste mich sanft. „Bis dann."

Kapitel 31

COOPER

In den meisten Nächten schlief ich wie ein Stein. Aber in dieser Nacht, als ich in Abbys großen Doppelbett lag, konnte ich nur an die Decke starren, lauschen, und sehnsüchtig wünschen.

Abby flüsterte Claire etwas zu und ihre Laken raschelten. Roscoe lief im Flur hin und her, unsicher wegen der seltsamen neuen Schlafordnung. Schließlich drehte er sich dreimal auf der Stelle und legte sich vor Claires offener Tür hin. Von unten kam kein Geräusch, nur Mikes wachsames Schweigen – bis nach sehr langer Zeit ein schweres Atmen signalisierte, dass er schließlich eingeschlafen war.

Die Atmosphäre auf der Ranch war ähnlich – angespannt, und dann ruhig, als alle der Erschöpfung erlagen. Aber selbst dann konnte ich nicht schlafen.

Schließlich nahm ich das sanfte Tapsen von Abbys nackten Füßen wahr. Eine Bodendiele quietschte, gefolgt von weiterer Stille, als sie zögerte. Dann setzten die Schritte wieder ein und kamen näher.

Ohne ein Wort zu sagen, hob ich die Decke an. Sie schlüpfte hinein und schmiegte sich an meinen Körper. Als ich einen Arm um ihre Taille schlang, griff sie nach meiner Hand und hielt sie an ihr Herz.

Ich atmete ihren blumigen Duft – einmal... zweimal...

Dann schlief ich ein, nicht nur wie ein Stein, sondern wie ein riesiger Felsbrocken.

∞∞∞∞∞

Ich wollte es wirklich ein paar Tage langsam angehen lassen. Wochen sogar. Aber zunächst mussten wir uns beide beeilen und die Folgen all dessen, was vorgefallen war, beseitigen.

Schritt eins: Am nächsten Morgen in die Metallwerkstatt fahren, um den Schaden der letzten Nacht zu erklären. Auf Ingos Rat hin beschränkten Abby und ich uns auf das Wesentliche. Jay war – allein – gekommen, um Abby zu bedrohen, stieß die Ausrüstung herum und feuerte ein paar Schüsse aus seiner Waffe ab. Ein paar harmlose Schüsse, Gott sei Dank.

Walt war wütend – auf Jay, nicht auf Abby. Tatsächlich umarmte er sie, mit großem Risiko für seine eigene Gesundheit und Sicherheit, vor Erleichterung.

„Ich bin so froh, dass es dir gut geht, mein Kind. Dir, Claire und Cooper."

Abby, Claire und Cooper. Das klang gut, beschloss ich.

Schicksal, erinnerte mein Bär mich mit einem *Das habe ich dir doch gesagt*-Brummen.

Tatsächlich, Schicksal.

Abby stand steif da und hielt Walts Umarmung aus. Vielleicht klopfte sie ihm sogar selbst ein wenig auf den Rücken. Als er sie schließlich losließ, bestand er darauf, dass Abby sich ein paar Tage freinahm.

Sie willigte ein, aber erst, nachdem sie die Feuerschale zerlegt, die Teile zu Klumpen geschlagen und in getrennte Schrottbehälter geworfen hatte.

Sollten Walt und die anderen sich fragen, warum sie dies tat, taten sie es nicht laut, und ich sagte es ihnen nicht. Es war besser so.

Schritt zwei war ein Besuch bei der Feuerwehr, bei der ich am Abend zuvor gekündigt hatte. Glücklicherweise begrüßte mich Rich mit einem freundlichen: „Wir machen alle mal Fehler, mein Sohn."

Das stimmte, aber ich hoffte, dass dies mein letzter großer Fehler sein würde.

Schritt drei war es, uns bei Captain Edwards zum Gegrilltwerden – ähm, Verhör – zu melden. Glücklicherweise gab es genug belastende Beweise gegen Harlon, Lisa und ihre kürzlich erworbene Edelweiß Corporation, so dass die ABDKS weniger an uns als an ihnen interessiert war.

„Verdammter Harlon. Er steckte die ganze Zeit dahinter", murmelte Abby.

„Nun, um den brauchen Sie sich keine Sorgen mehr zu machen", knurrte Captain Edwards.

Offenbar war es eine riskante Angelegenheit, Magie anzuzapfen, die nicht einem selbst entsprang. Während des Kampfes auf der Ranch hatte sich Harlon so sehr in die Magie gestürzt, die er sich von Sedonas Wirbeln „geliehen" hatte, dass er sich selbst dauerhaft ausgebrannt hatte. Er würde nie wieder irgendwelche Zaubersprüche heraufbeschwören können.

„Sie meinen, es ist so, als wäre man kastriert, aber mit Magie?", fragte Abby.

Captain Edwards zuckte zusammen und rutschte auf seinem Sitz herum. „So könnte man es auch ausdrücken."

Also, puh. Lisa war tot und von Harlon ging keine Gefahr mehr aus. Damit blieb nur noch Jay, aber die Art und Weise, wie er aus der Metallwerkstatt geflohen war, sagte mir, dass er sich nie wieder mit Abby anlegen würde.

Und wenn er es doch tut, werden wir hier sein, knurrte mein Bär.

Also, puh! Sobald wir mit Captain Edwards fertig waren, fuhren wir zur Ranch zurück und sprangen direkt ins Bett. Claire war in der Schule und Mike hielt auf dem Parkplatz Wache – auch wenn Jay nicht zugegen war, hatte er darauf bestanden – so dass wir das Haus für uns allein hatten.

Und Junge, nutzten wir es gut aus.

Wir ließen uns allerdings Zeit, neckten uns durch jede abgelegte Kleidungsschicht und genossen jeden Kuss. Selbst als wir Haut an Haut nebeneinanderlagen, ging ich langsam vor, erforschte jeden Zentimeter von Abbys Körper und brachte sie zum ersten von vielen Orgasmen.

Von sehr, sehr vielen, schwor ich mir, als sie danach keuchend dalag.

Da Abby Abby war, dauerte die Erholungsphase nicht lang. Im Handumdrehen hatte sie ihre Beine um mich geschlossen und ihre Arme gegen das Kopfteil gestützt, bereit, sich zurückzustemmen, wenn ich in sie eindrang.

Mit einem Stöhnen glitt ich in den Himmel. Dieses Mal ohne Kondom und ohne zu zögern, denn dies hier war für immer.

Für immer... Mein Bär brummte.

Ich stieß tiefer hinein, blieb in ihr verankert und nahm einen langen, scharfen Atemzug. Langsam zog ich mich zurück, den ganzen Weg über schmerzlich, dann stieß ich wieder hinein, schneller und härter.

Und wow, das trieb uns an den Rand der Ekstase. Wir schwankten dort und waren kurz davor, zu explodieren, bevor wir uns wieder entfernten, Luft holten und gleich wieder zurückschnellten. Denn etwas, das so gut war, sollte man nicht überstürzen. Man sollte es schätzen.

Aber irgendwann verlor selbst der gutmütigste Bär die Selbstkontrolle, und die ganze Operation gipfelte in einem Wirbel von Schreien, Stöhnen und kehligen Ausrufen.

„Oh!", keuchte Abby und zog sich um mich herum zusammen.

Ich flog über den Abgrund und sie folgte direkt hinter mir.

Eine ganze, glückliche Zukunft blitzte in meinem Kopf auf, verschwommen, aber so real, dass ich wusste, dass sie eines Tages Realität sein würde. Mein Kiefer schmerzte und mein Bär konnte nicht aufhören, wie ein heiserer Cheerleader zu säuseln. *Paarungsbiss. Paarungsbiss!*

Eines Tages, versprach ich ihm. Heute war der erste Tag auf unserer Reise in die Ewigkeit. Kein Grund, etwas zu überstürzen.

Danach lagen wir noch lange keuchend da. Selbst als wir wieder zu Atem gekommen waren, lagen wir noch lange ganz eng beieinander und schauten uns in die Augen.

Abbys Gesichtsausdruck wurde sehr konzentriert und sie tippte nachdenklich mit ihren Fingern.

„Was?", flüsterte ich.

„Ich frage mich nur, ob es eine Möglichkeit gibt, das Glück zu messen."

Ich grinste und drückte sie fest an meinen Körper. „Nicht in Zahlen."

„Ganz sicher nicht", murmelte sie und strich mit ihrer Hand über meinen Arm. „Ich schätze, meine Schlussfolgerung ist, dass ich sehr viel davon habe."

Ich drückte ihre Hand an mein Herz und wir schliefen langsam ein, um etwas von der viel zu kurzen letzten Nacht nachzuholen.

Ich hatte erst eine kurze Nacht auf dieser Matratze und unter diesen Decken geschlafen, aber es fühlte sich bereits wie ein Zuhause an. Nun, die Matratze und das Bettzeug waren ziemlich austauschbar. Das Gefühl von *Zuhause* stammte von Abby.

Abby nahm sich drei Tage frei und jeder Tag verlief nach demselben Schema. Wir wachten auf, frühstückten, fuhren Claire zur Schule und kehrten dann zur Ranch zurück, um ein paar schöne Stunden im Bett zu verbringen. Wir standen rechtzeitig auf, bevor Mike Claire nach Hause brachte, aßen zu Abend und der Kreislauf begann von Neuem.

Doch dann geschah das Unvermeidliche – ein Waldbrand in Oregon. Es war der erste richtige Brand in einer Saison, die sich als sehr arbeitsreich herausstellen sollte. Anfangs fiel es mir schwer, mich zu konzentrieren, aber es dauerte nicht lange, bis mein Tunnelblick einsetzte und aus dem ersten und zweiten Tag zwanzig, dreißig und vierzig wurden. Als Waldbrandbekämpfer arbeiteten wir in Zyklen von zwei Wochen Einsatz und achtundvierzig Stunden Pause, wobei wir oft hunderte Kilometer von zu Hause entfernt waren.

Die ersten beiden Wochen brachten mich fast um. Die zweiten vierzehn Tage nach einem glücklichen Wochenende zu Hause auf der Ranch waren sogar noch härter. Aber meine alten Gewohnheiten kehrten zurück und ich lernte, einen Schalter umzulegen, der die Zeit bei der Arbeit beschleunigte und an den freien Tagen verlangsamte.

Und freie Tage waren noch nie so schön gewesen, mit faulen Morgen und leckeren Pfannkuchenfrühstücken. Lange Spaziergänge, Ausritte oder Bärenwanderungen. An meinem ersten Abend nach der Rückkehr gingen wir jedes Mal essen – Pizza, im selben Lokal wie bei unserem ersten gemeinsamen Abendessen – gefolgt von einem Abendessen mit der ganzen

Familie am nächsten Tag und mit einem frühen Abendessen nur für uns drei an meinem letzten Tag zu Hause.

Auszeiten bedeuteten auch, Claire Gute-Nacht-Geschichten vorzulesen und dann im Bett zu warten, bis Abby fertig war. Dann gab es angestrengt stillen Sex, da Claire am anderen Ende des Flurs schlief. Dann machte ich mich wieder auf den Weg zur Arbeit und schaltete zurück in die Hochgeschwindigkeitszeitschleife der Waldbrandbekämpfung.

Die Yavapai Hotshots löschten Waldbrände im ganzen Westen und erwarben sich den Ruf, die „feurigste" Mannschaft der Saison zu sein – das Wortspiel war durchaus beabsichtigt. Eine glückliche Crew, die mit Äxten bewaffnet war, die in unseren Händen sangen und lodernde Brände direkt zurückschlugen, so behaupteten zumindest einige der Mannschaftsmitglieder.

Ich hielt dazu meinen Mund. Aber wenn es darum ging, auf ihre Schöpferin anzustoßen, war ich immer voll dabei.

Die Originalaxt war aus Lisas Haus beschlagnahmt und unter dem Jubel der gesamten Mannschaft zurückgebracht worden. Unnötig zu sagen, dass wir sie überallhin mitnahmen.

Aber meiner Meinung nach hatte ich die beste Glücksaxt von allen – die allerletzte, die Abby geschmiedet hatte. Sie hatte ein brüllendes Bärengesicht in die Klinge geätzt und immer, wenn ein Feuer zu nahe kam... nun, sagen wir einfach, das Feuer zog sich ziemlich schnell zurück.

Unsere Wege kreuzten sich mehrmals mit denen der Pine Ridge Crew, so dass ich immer noch mit meinen Geschwistern, Cousins und anderen Familienmitgliedern zusammenarbeiten konnte. Gleichzeitig hatte ich zwei neue Familien kennengelernt – die Yavapai Mannschaft und Abbys wunderbar exzentrische Familie. Ich liebte es, zu ihnen nach Hause zu kommen. Und während das Band der drei Schwestern bereits eng war, kamen wir drei Jungs – Ingo, Nash und ich – uns auch schnell näher.

Also, ja. Ein Zuhause und eine Familie. Die Tage waren voll und die Nächte von tiefem, friedlichem Schlaf geprägt.

Ich träumte immer noch davon, Peter zurückgelassen zu haben. Aber ich träumte auch von anderen Dingen, wie zum Beispiel davon, Claire gerade noch rechtzeitig vor diesem Strom führenden Zaun zu erwischen. Es machte meinen Bruder zwar nicht wieder lebendig, aber es brachte mir in gewisser Weise ein wenig Perspektive. Ein bisschen Frieden.

Peter, so dachte ich, würde es nicht stören, wenn ich solche Dinge dachte. Ich war mir sicher, dass er es gutheißen würde, wenn die Feuersaison endlich endete und ich nach Hause gehen und dort bleiben könnte. Nach Hause, nach Sedona.

„Glaubst du, dass du nach einer so harten Saison überhaupt noch weißt, wie man sich entspannt?", fragte Nash in der ersten Woche nach meiner Rückkehr.

Entspannen war nicht meine Sorge gewesen. Sondern Magie. Aber ich kam schnell zu dem Schluss, dass das Leben auf einer Ranch umgeben von Wirbeln ganz okay war. Idyllisch sogar.

Ich lachte. „Ich bin ein Bärengestaltwandler. Entspannung ist unsere Spezialität."

Trotzdem war ich sehr beschäftigt: mit der Arbeit auf der Ranch, damit Abby gelegentlich in der Schmiede zu helfen und mit meinen eigenen Projekten – vorwiegend mit dem, was ich während der langen Feuersaison in meinem Kopf entworfen hatte. Nash hatte mir an manchen Nachmittagen dabei geholfen und sogar Claire hatte manchmal mit angepackt. Als es fertig war, veranstalteten wir eine große Enthüllung – Pippas Idee.

„Es gibt immer einen Grund für eine Party", scherzte sie.

Wir dekorierten mit Luftballons und spannten ein langes, rotes Band, das Claire zur großen Eröffnung durchschneiden konnte.

Mike pfiff. „Das nenne ich mal einen Spielplatz."

„Allerdings", murmelte mein Vater und zwinkerte mir stolz zu.

Ja, meine Eltern waren aus Wyoming angereist, um mich in meinem neuen Zuhause zu besuchen. Es war zwar noch nicht Thanksgiving, aber es fühlte sich jetzt schon so an. Sie waren sich nicht ganz sicher gewesen, was die Hexen anging, aber Claire – und Abbys Erfahrung bei der Feuerwehr – hatten sie im Handumdrehen für sich gewonnen.

Wir standen alle an der Seite und bewunderten den neuen Spielplatz – alle außer Claire, die losstürmte, um die Kletterstangen, die Rutsche, die Seilbrücke und die Sprungstümpfe zu testen.

„Oh mein Gott, das ist einfach toll!", schwärmte Pippa.

Ihr Vater, Greg, stupste sie an. „Mit viel Platz für noch mehr Kinder, weißt du."

„Dad." Sie dehnte das Wort auf vier Silben aus und rollte mit den Augen.

Er hob die Hände. „Ich meine ja nur."

„Der Mann hat nicht ganz unrecht", mischte sich Mike ein. „Du willst doch nicht, dass Claire völlig verwöhnt aufwächst. Sie muss lernen, zu teilen."

Ja, die beiden hatten einen klaren Plan, was die nächsten Schritte im Leben ihrer Töchter betraf.

Abby war nicht halb so lautstark wie die anderen, aber ich konnte an ihren leuchtenden Augen erkennen, dass sie den Spielplatz liebte. Umso mehr, weil sie so etwas als Kind selbst nie gehabt hatte.

Ich umarmte sie, denn das war auch ein Teil meines Ziels gewesen – Abby etwas von dem nachholen zu lassen, was sie selbst verpasst hatte.

Meine Schwester, die ebenfalls zu Besuch gekommen war, zeigte auf uns und lachte. „Ihr zwei seht in diesen Hemden richtig süß aus."

Meine Mutter hatte uns nach alter Familientradition frühzeitige Weihnachtsgeschenke mitgebracht – passende Flanellhemden, eins für jedes Familienmitglied, sogar für Claire.

Süß also? Ich schnitt eine Grimasse. Vielleicht.

Abby tätschelte meine Brust und zwinkerte mir verschmitzt zu. „Hinreißend."

„Genau der Look, auf den ich aus war", seufzte ich.

Dann rief Claire laut. „Komm schon, Mommy! Ich zeige dir, wie es geht!"

Ich ließ Abby nach einem weiteren Kuss los und schaute ihnen beim Spielen zu. Ich grinste dabei so sehr, dass mir die Wangen wehtaten.

Meine Mutter hatte einen ähnlichen Gesichtsausdruck, wie so oft. Es hatte mich immer verwirrt, denn Kindern beim Spielen zuzusehen, war mir nie besonders erschienen. Aber jetzt verstand ich es.

Junge, und wie ich es verstand.

„Komm schon, Cooper! Du auch!", rief Claire.

„Ja, komm schon, Cooper. Ich will sehen, wie du den Tunnel ausprobiert", scherzte Ingo.

Ich gesellte mich zu Claire, aber nicht in den engen Tunnel oder auf die Seilbrücke, auf die Pippa zustürmte.

„Der ultimative Test", lachte Ingo, als ich mich auf die Hangelleiter zubewegte.

Oh, die war stabil. Das wusste ich, denn ich hatte sie persönlich verstärkt.

Das war der besondere Bonus an der ganzen Sache. Den ganzen Sommer über hatte ich Brände bekämpft – ich hatte Zerstörung verhindert, aber nichts wirklich geschaffen. Jetzt konnte ich etwas erschaffen und anderen dabei zusehen, wie sie sich am Ergebnis erfreuten. Vor allem Claire. Wenn Abby und ich jemals mehr Kinder hätten, könnten sie auch hier spielen.

Mein Bär war ganz begeistert davon. *Bärenjunge! Bald!*

Nun, das würden wir noch sehen müssen. Aber ich hoffte es. Die Entwürfe für Claires Spielplatz stammten aus dem Unternehmen, das meine Schwester mit ihrem Mann und unserem Cousin betrieb. Ich hatte darüber gelacht, als sie darüber witzelten, dass ich eine neue Filiale in Sedona eröffnen könnte, aber jetzt, da ich mit Claires Spielplatz fertig war... Nun, vielleicht war es gar nicht so verrückt.

Alles in allem war die Einweihung des Spielplatzes ein Höhepunkt in meinem ersten Monat, den ich Vollzeit auf der Ranch verbrachte. Der nächste Höhepunkt kam etwas später, als nach Monaten des Wartens...

Claire übernachtete an einem weiteren Wochenende bei ihrer Freundin Tana. Pippa und Ingo waren tanzen gegangen, während Erin und Nash bereits im Bett waren, weil sie früh schlafen und früh aufstehen mussten. Auf der Ranch war es also ruhig und Abby und ich hatten das Haus für uns allein.

„Also, ich habe mir gedacht… ", sagte Abby, während wir von der Veranda aus in die Sterne schauten.

Meine Gedanken schweiften ab, also nahm ich an, sie würde etwas sagen wie: *Ich dachte, es ist Zeit für den Nachtisch.*

Wie sich herausstellte, war es nicht ganz das, was sie gemeint hatte.

„Jetzt, da du für eine Weile zu Hause bist… " Sie ließ die Hand auf mein Bein sinken.

Dummer Bär, der ich war, konzentrierte ich mich weiter auf die Sterne.

Jetzt, da du für eine Weile zu Hause bist, können wir anfangen, das Gästezimmer zu renovieren, war das, was ich geistesabwesend als Nächstes erwartete.

Sie rieb ein wenig auf und ab und Junge, war das schön.

„… wäre es ein guter Zeitpunkt, um… du weißt schon, um… "

Sie errötete und verstummte. Ich hatte sie nicht angesehen, aber ich konnte spüren, wie ihre Wangen heiß wurden. So sehr waren wir aufeinander eingespielt.

Oder vielleicht doch nicht so sehr, wie ich dachte, denn ihre Hand glitt als Nächstes zu meiner Leiste.

Dann dämmerte mir endlich, dass sie an keine Renovierung dachte. Weniger als eine Minute später lagen wir keuchend und nackt im Bett.

Nun, fast nackt.

„Lass mich… " Ich unterbrach den Kuss lange genug, um ihren BH zu öffnen. Vielleicht nicht die beste Idee, denn es lenkte mich ein wenig ab, als ich ihr weiches Fleisch knetete und küsste und daran knabberte.

Die beste Ablenkung aller Zeiten, könnte man sagen, aber trotzdem eine Ablenkung.

Gut, dass einer von uns beiden zielstrebig war.

„Hier", keuchte Abby Minuten später und führte meine Hand zu ihrer Mitte. „Ich brauche dich hier. Und ich brauche diesen Paarungsbiss. Jetzt. "

Sie machte keine Witze und ich war mit diesem Plan vollkommen einverstanden. Trotzdem tat ich mein Bestes, um ein wenig auf die Bremse zu treten.

„Mit einem Paarungsbiss ist es ein wenig wie beim Schmieden“, murmelte ich und rollte ihr Höschen ab.

„Wie das?“, knurrte sie und streifte es von ihren Knöcheln und Füßen.

„Man muss erst mal das Fundament legen.“

„*Legen* ist der einzige Teil dieses Satzes, der mir gefällt“, begann sie und quietschte dann lustvoll, als ich sie berührte.

Ich ließ meine Hand kreisen, dann… ähm… heizte ich die Schmiede an.

Abby krümmte sich, als ich mit den Fingern forschte und kreiste und sie stieß einen weiteren Schrei aus und dann noch einen…

Es war verdammt gut, dass wir das Haus für uns hatten.

Während ich sie verwöhnte, verwöhnte sie mich, packte meine Länge und rieb sie auf und ab.

Sie stöhnte und klopfte mir auf den Rücken, so wie sie dem Amboss bei der Arbeit ein paar Schläge zum Aufwärmen gab. Wie eine Art Stichwort. Bei der Arbeit bedeutete das, dass ich meinen Vorschlaghammer bereithalten und mich auf das Hämmern vorbereiten sollte.

Im Bett bedeutete es… nun, so ziemlich das Gleiche.

Sie schlang ihre Beine um mich und zog mich tief hinein. Wir fanden einen gleichmäßigen Rhythmus und ihr inneres Zusammenziehen war auf meine kräftigen Stöße abgestimmt. Auch die Lautstärke war ähnlich wie bei der Arbeit, nur mit heftigem Stöhnen und scharfen Schreien anstelle von metallischen Hieben.

„Warte…“ Abby keuchte.

Ich hielt so schnell an, dass es wehtat. „Nicht gut?“

„Sehr gut“, versicherte sie mir. „Aber das hier wäre noch besser…“

Sie drängte mich zurück und rollte sich auf den Bauch, um… wie auch immer wir diese Stellung genannt hatten, einzunehmen, bei der sie mit hochgestrecktem Hinterteil und ich auf allen vieren hinter ihr auf dem Bauch lag. Fauler Hund?

Mein Bär spottete. *Ich werde dir zeigen, was faul ist…*

„Oh…“, hauchte sie, als ich wieder in sie glitt.

Wir machten genau da weiter, wo wir aufgehört hatten, in einem gleichmäßigen, perfekt abgestimmten Tempo.

Aber je länger es andauerte, desto mehr bröckelte meine Kontrolle. Meine Eckzähne verlängerten sich und ich kratzte damit an der Seite ihres Halses entlang.

„Ja... " Abby bäumte sich unter mir auf.

Mein Instinkt führte mich an die richtige Stelle und ich biss zu – hart – und explodierte in ihr.

Abby stieß ein langes, leises Stöhnen aus. Oder vielleicht war es auch laut. Schwer zu sagen, denn mein Bär übertönte sie mit einem Brüllen.

Meine! Meine! Meine!

Die Worte hallten in einem höheren, weiblichen Ton in meinem Kopf wider. *Meiner! Meiner! Meiner!* Denn so sicher, wie ich Abby für mich in Besitz nahm, nahm sie auch mich in Besitz.

Schocks der Ekstase durchzuckten meinen Körper. Ich hielt mich fest, tief verankert an beiden Stellen – mit den Zähnen und in ihrer Mitte –, während sich unsere Essenzen vermischten und ein ewiges Band schmiedeten.

Ich sah nichts mehr und Geräusche und Licht verschwammen. Ich hörte das Rauschen der Bäume und einen reißenden Fluss. Ich roch Blumen auf einer alpinen Bergwiese. Ich spürte, wie mein dicker Pelz an etwas Weichem und Geschmeidigem rieb. Etwas, das sich bewegte, grummelte und vor Vergnügen brummte – ein anderer Bär, rank und schlank, mit einer rötlichen Färbung in seinem braunen Fell.

Mein Gefährte, seufzte die Bärin, als sie ihren Hals an meinen schmiegte und mich mit ihrem Duft markierte.

All das spielte sich in meinem Kopf ab, während wir durch unseren Rausch flogen. Meine Zähne blieben tief verankert, ich hüllte Abbys Körper mit meinem Körper ein. Dann, als der Rausch einer Welle sanfterer Lust wich, zog ich meine Zähne zurück und presste meine Zunge auf ihre Haut. Schließlich löste ich sie langsam und küsste die kleinen Wunden, um sie sofort heilen zu lassen.

Allmählich lockerte Abby ihren Griff um die Laken und so konnte ich meine Finger in ihren verschränken. Ich lag über ihr, erschlafft, keuchend und überglücklich.

Nachdem ich mich monatelang nach diesem Moment gesehnt hatte, war er nun hier.

„Heilige Scheiße, das war gut", murmelte Abby in ihrem üblich poetischen Stil.

Ich gluckste an ihren Schulterblättern. Ja. Ja, das war es.

„Sind wir... hast du... ", murmelte sie.

Ich schmiegte mich an ihre Schulter. „Habe ich. Wir haben es getan." Wir waren jetzt verpaart. Für immer. „Keine Zweifel, hoffe ich?"

Sie schnaubte und wackelte mit dem Hintern. „Überhaupt nicht, nur Lust auf eine Wiederholung. Können wir das noch einmal machen?"

Ich lachte. „Wann immer wir wollen."

Gefährliche Worte, denn ich wusste, dass Abby ungeduldig war. Glücklich entspannte sie sich in meinen Armen und ließ sich eine Weile von mir festhalten.

„Jetzt werde ich also ein Bär, was?", murmelte sie, als wir uns schließlich gesäubert und frisch gemacht hatten, um zusammen in ihrem – ähm, unserem – Bett zu kuscheln.

Ich streichelte über die Muster auf ihrem Arm. „Ja. Nun, ziemlich bald."

„Wie bald?", fragte sie.

Ich lachte. Abby hatte mir immer versichert, dass sie die Vorstellung liebte, sich verwandeln zu können, aber es war gut zu wissen, dass sie ihre Meinung nicht geändert hatte.

„Das ist bei jedem anders", sagte ich. „Aber wie ich dich kenne... " Ich tastete an ihren Ohren herum und strich dann mit einer Hand über ihre Hüfte „... es könnte jeden Augenblick passieren. Aber noch keine Spur von Fell."

Ihr Lachen ließ ihren Körper erbeben und ich zog sie näher an mich heran, um sie in meinen Armen einzuschließen.

„Bald", murmelte ich, legte mein Kinn auf ihre Schulter und schloss die Augen. „Sehr bald. Dessen bin ich mir sicher."

Kapitel 32

ABBY

Vier Wochen später...

„Geh nach Hause, Roscoe." Ich scheuchte den Hund sanft weg. „Geh nach Hause."

Er wimmerte und tippelte auf der Stelle.

„Ich bin bald wieder da. Geh nach Hause." Ich zeigte streng in die Richtung.

Er kehrte auf die Veranda zurück und schaute mir mit einem schwachen Schwanzwedeln nach.

Ich ging ein paar Schritte, blickte auf die beeindruckenden Farben des Sonnenuntergangs, dann zurück zum Haus, wo bunte Lichter aufblitzten und die Fenster und Tür umrahmten. Es war nicht mehr weit bis Weihnachten, und wir hatten uns ganz schön ins Zeug gelegt.

Ich korrigiere – *Cooper* hatte sich ins Zeug gelegt. Er schob es auf Ingo und Nash, die mit der Dekoration ihrer Häuser einen Maßstab gesetzt hatten. Ich schob es auf Pippa, die das ganze Rennen überhaupt erst in Gang gebracht hatte. Die Ranch sah mit all den blinkenden Lichtern aus wie ein Einkaufszentrum.

Ich grinste. Es war eigentlich ganz nett. *Wirklich* nett. Meine Weihnachtsstimmung hatte sich nie auf mehr als das Schmücken des eigentlichen Baums erstreckt. Aber dieses Jahr... nun, es gab so vieles, worüber ich mich freuen konnte.

Zum Beispiel Claires Lachen, das aus dem Wohnzimmer kam. Cooper las ihr eine Geschichte vor – etwas über Meerjungfrauen, wie es sich anhörte – und ich schloss die Augen und lauschte dem leisen Grollen seiner Stimme.

In ein paar Monaten wäre er wieder mit der Feuerwehr unterwegs, und das würde schwer werden. Aber wir würden es schon hinbekommen. Das mussten wir, denn die Brandbekämpfung war wichtig für ihn – ganz zu schweigen von der Mannschaft und den Gemeinden, die auf sie angewiesen waren. Außerdem hielt Cooper mich nicht zurück. Tatsächlich hatte er mich entfesselt. Also würde ich das Gleiche für ihn tun.

Entfessle mich... flüsterte eine Stimme in meinem Kopf begierig.

„Nur einen Moment", flüsterte ich und ging auf den Tafelberg zu.

Dort gab es einen Felsen, wo ich mich drei Wochen zuvor zum ersten Mal in Bärengestalt verwandelt hatte. Seitdem war ich jedes Mal dorthin gegangen, um mich zu verwandeln. Ich war immer noch eine Anfängerin und alles, was mir bei der Verwandlung half, war ein Vorteil.

In der Ferne knarrte eine Tür und schlug dann zu. Pippa hatte angeboten, bei Claire zu bleiben, während Cooper und ich unterwegs waren, also war sie auf dem Weg zu meinem Haus, während Cooper mich vorausgehen ließ.

„Bis bald", rief Pippa Ingo zu und ging dann in Richtung Haupthaus. Als sie mich entdeckte, winkte sie. „Ich bin auf dem Weg zu Claire."

„Vielen Dank." Ich winkte zurück.

Eines Tages hoffte ich, mich bei ihr revanchieren zu können, falls – nein, wenn – sie und Ingo Kinder bekamen. So vernarrt wie die beiden waren, konnten Kinder nicht mehr allzu weit entfernt sein.

Ich ging weiter zu diesem besonderen Felsen, der sich direkt unter meinem Wirbel befand, der weiter bergauf lag.

Mein Wirbel, wie auch Erins und Pippas Wirbel, war zeitweise seltsam ruhig gewesen. Wir hatten uns Sorgen gemacht, dass Liselle dauerhaften Schaden an den versteckten Kraftquellen von Sedona angerichtet haben könnte, aber die ABDKS hatte ein Komitee erfahrener Hexen geschickt, um die Stadt zu prüfen. Ingo hatte uns ihren Bericht gezeigt.

Die Tests, die an allen bekannten Wirbeln durchgeführt wurden, zeigten normale Energiewerte. Die derzeit ruhenden

*Ausgänge stellen Schwankungen in einem natürlichen Zyklus
dar und spiegeln keine durch menschliche oder übernatürliche
Eingriffe verursachten Auswirkungen wider.*

Also, puh! Der nächste Teil des Berichts war allerdings noch
verblüffender.

*Unsere Daten unterstützen die Watkins-Studie aus
dem Jahr 1972, die nahelegt, dass Sedonas Wirbel keine eigenständigen Gebilde sind, sondern eher ein zusam-
menhängendes System, das aus einer einzigen Quelle ent-
springt. Die Suche nach dieser Quelle muss jedoch weiter
fortgesetzt werden.*

Eine Quelle... wie die Ranch? hatte Pippa gefragt, als wir
den Bericht das erste Mal gelesen hatten.

Wir waren uns nicht sicher und wollten es auch nicht herausfinden. Ansonsten wollten wir nicht, dass es überhaupt jemand herausfand, besonders nicht, wenn sich herausstellte,
dass diese eine Quelle sich unter unserer Ranch befand.

Bis jetzt war es uns gelungen, unsere Wirbel – und unsere magischen Fähigkeiten – aus den offiziellen Berichten der
ABDKS herauszuhalten. Wir hofften, dass das auch so bleiben
würde. Glücklicherweise stimmte Ingo zu.

Was die Magie anging... nun, ich hatte mich endlich da-
zu bekannt, wer und was ich war – eine Hephaistid, benannt
nach dem Schmied der griechischen Götter. Meine Fähigkeit,
Metall zu beherrschen, hatte ich von meinem Vater, und meine
Vorliebe für Feuer stammte von meiner Drachengestaltwandler-
Mutter.

Aber ich war ich, nicht sie, und darauf konnte ich verdammt
stolz sein.

Schließlich hatte ich zugestimmt, mich von Mike und Greg
anleiten zu lassen, um meine Fähigkeiten besser kontrollieren
zu können – nur für alle Fälle. Ich wollte nicht versehentlich eine weitere Glücksaxt schmieden – oder überhaupt *irgendetwas*
Glückbringendes –, das für schlechte Zwecke verwendet werden
könnte.

Und was meinen eigenen Vater anging... Ich hatte nichts
mehr von Ed gehört, seit er an jenem Tag die Werkstatt besucht
hatte, also hatte er mich hoffentlich verstanden. Eines musste

ich ihm jedoch lassen – er hatte in Bezug auf die Edelweiß-Corporation recht gehabt, obwohl keiner von uns vorhersehen konnte, wie persönlich diese Gefahr war.

Auch hätte niemand die Nachrichten voraussehen können, die wir kürzlich erhalten hatten.

Der Unternehmer Harlon Greene wurde tot in seinem Haus aufgefunden. Er war gegen Kaution auf freien Fuß gesetzt worden, nachdem er wegen Erpressung, Betrug und Unterschlagung in Untersuchungshaft saß, hieß es in den Schlagzeilen. Die Behörden vermuteten ein Verbrechen, aber bislang war der Täter nicht gefunden worden.

Es war Erin, die die plausibelste Erklärung geliefert hatte. *Wenn er es geschafft hatte, uns zu Feinden zu machen, hatte er wahrscheinlich noch viele andere Feinde gemacht. Wirklich gefährliche, wie Mafiosi...*

Vampire... fügte Pippa grimmig hinzu

Gestaltwandler... warf ich ein.

Oder andere Hexenmeister, ergänzte Erin.

Nun, wer auch immer es getan hatte, wir waren uns alle einig, dass Harlon es darauf angelegt hatte – und wir, was ihn betraf, nie wieder über unsere Schultern schauen mussten.

Also, uff! Das alles lag hinter uns und ich lebte mein bestes Leben. Ein neues Leben mit einem wunderbaren, liebevollen Partner.

Ich warf einen Blick zurück und wartete darauf, dass Cooper zu mir kam. Aber die Geschichte war wichtiger, also würde er noch ein paar Minuten brauchen.

Als ich meinen besonderen Felsbrocken erreichte, war er vom sonnigen Tag, der gerade zu Ende gegangen war, immer noch warm. Ich holte tief Luft und konzentrierte mich auf die Verwandlung. Ich schüttelte meine Hand aus und stellte mir stattdessen Pfoten vor. Dann rollte ich mit dem Hals, denn ich wusste, dass er bald dicker werden würde. Schicht für Schicht schälte ich mich aus meiner Kleidung und warf sie auf den Felsen. Die kühle Abendluft ließ meine Haut kribbeln.

Warm. Hilf mir, warm zu bleiben, bat ich mein zweites Ich.

Ich komme, brummte eine fröhliche Stimme. Meine Bärenseite.

Ich kauerte mich zusammen und sank auf die Knie. Das Stechen der Kieselsteine nahm ich kaum wahr, denn die Verwandlung war bereits im Gange.

Entfessle mich... murmelte mein innerer Bär.

„Ich tue mein Bestes", brummte ich. Ich grummelte richtig, was bedeutete...

Ich öffnete die Augen und entdeckte Fell. Pfoten. Krallen.

Jippie! jubelte mein Grizzly und tanzte auf der Stelle.

Er – ähm, ich – schüttelte mich kräftig, um mein Fell zu ordnen. Dann schaute ich an meiner langen, dunklen Nase nach unten und schnupperte in der Luft.

Eine Flut von Düften strömte in meine Nase und brachte mich zum Niesen. Ich hatte die Ranch nie für einen Ort gehalten, der besonders reich an Gerüchen war – außer vielleicht den Misthaufen hinter der Koppel. Aber meine empfindliche Bärennase nahm jeden Duft auf, von beißendem Mist über herbe Kiefer bis zum trockenen, süßen Geruch von Kaktusfeigen.

Ich schüttelte mich noch einmal und erschrak dabei, wie immer, über den schweren Mantel meines Fells und das Schlackern meiner Ohren. Dann machte ich mich auf den Weg zum Bach, wo Cooper und ich uns treffen wollten. Ich nutzte die Zeit, in der ich allein war, und probierte verschiedene Geschwindigkeiten, vom Schritt über den Trab bis zum Sprint, denn die Koordination auf vier Pfoten war immer noch nicht selbstverständlich.

Überlass es einfach mir, erinnerte mich mein Grizzly fröhlich.

Wie sich herausstellte, war meine Bärenseite mehr wie Claire als ich – ganz optimistisch und gut gelaunt. Oder vielleicht war es eine bessere Version von mir selbst, eine ohne den emotionalen Ballast. Wie dem auch sei, ich mochte mein neues Ich. Und zwar sehr.

Aber das Denken brachte mich ins Straucheln, also konzentrierte ich mich wieder auf meine Füße.

Schalte einfach ab und überlasse es mir, sagte meine Bärin.

Ich schaffte es ohne weitere Zwischenfälle bis zum Bach und lief sogar zeitweilig in einem berauschenden Tempo. Dann trat ich hastig auf die Bremse, bevor ich gegen einen Baum prallte.

Ich überspielte es mit einem Brummen, als wäre der Baum schuld.

Sehr beeindruckend, sagte Cooper, als er hinter mir auftauchte. Tatsächlich knurrte er es, weil er ebenfalls in Grizzlygestalt war. Aber ich beherrschte die Bärensprache jetzt fließend und war verdammt gut darin geworden, die Gedanken meines Geliebten zu lesen – ein praktischer Nebeneffekt des Paarungsbisses.

Ich wirbelte herum und stellte mich auf die Hinterbeine, um wild auszusehen, denn wild war immer gut.

Coopers Augen funkelten. *Sogar noch beeindruckender.*

Ich strampelte mit den Vorderpfoten, um es zu unterstreichen, aber ups! Das brachte mich aus dem Gleichgewicht, und ich kippte nach hinten um.

Ich rollte ein wenig zerknirscht im Dreck. Also doch nicht so beeindruckend.

Cooper eilte herbei und schnupperte an mir. *Geht es dir gut?*

Ich versicherte es ihm, aber sein besorgtes Schnüffeln kitzelte mich und ich lachte.

Hey, ich versuche hier, wild zu sein, in Ordnung?

Du brauchst nicht zu versuchen, wild zu sein, versicherte er mir. *Du bist es einfach.*

Mir wurde warm ums Herz. Jahrelang hatte ich gedacht, ich würde für immer Single bleiben. Jetzt hatte ich den weltweit süßesten Gefährten. Wie hatte ich nur so viel Glück gehabt?

Schicksal, erinnerte Cooper mich und schubste mich auf die Beine.

Sobald ich auf allen vieren war, schmiegte er sich lang und fest an mich. Genug, um mich wieder umfallen zu lassen.

Ich fluchte, als ich fiel.

Cooper stürzte nach vorn, fing mich mit seinem Körper ab und stupste mich sanft auf die Beine. Das Fell seiner Schnauze war babyweich, so wie sein menschlicher Bart, wenn man ihn in die richtige Richtung streichelte. Die dicke Fellschicht um seinen Hals war gröber, aber genauso gut zum Kuscheln geeignet.

So viel zum Thema wild, seufzte ich.

Du wirst das schon schaffen. Du hast in so kurzer Zeit schon so viel gelernt, sagte er.

Das hatte ich – und nicht nur darüber, ein Bär zu sein. Ich hatte gelernt, wie tief Cooper in der Nebensaison schlief. Wie sanft seine Berührungen waren. Wie sehr er mich liebte und zu wie viel Liebe auch ich fähig war.

Dann gab es noch das Tüpfelchen auf dem i: das Traumweben. Ich hatte es endlich gemeistert.

Jahrelang hatte ich davon geträumt, ein normales Leben mit liebevollen Eltern zu führen, die für mich da waren und sich um mich kümmerten. Nun, das hatte ich jetzt – in Mike und Greg, wenn auch nicht in meiner Mutter oder Ed.

Ich hatte von glücklichen Tagen in einem stabilen Zuhause und der Zugehörigkeit zu einer Familie geträumt.

Ich atmete ein und genoss jeden süßen, vertrauten Duft der Ranch. Zu Hause. Glück. Familie.

Ja, ja, ja.

Ich hatte den Traum, jemals die wahre Liebe zu finden, aufgegeben, aber dann war Cooper aufgetaucht und hatte ihn neu entfacht.

Meine Augen wurden glasig, als ich ein weiteres Häkchen auf meine Liste setzte.

All diese Träume waren wahr geworden – und noch mehr.

Hatte ich also gelernt, Träume zu weben? Ja und nein.

Ich konnte es. Ich hatte es. Aber nicht mit Magie und auch nicht über Nacht. So funktionierte das nicht, hatte ich begriffen.

Jetzt wusste ich, wie. Stück für Stück, über viele Jahre hinweg, hatte ich meine Träume gewebt. All die harten Stunden, in denen ich mir in der Metallwerkstatt Respekt verschafft hatte. All die endlosen Nächte mit Baby Claire, die zu einem tollen Kind herangewachsen war. All die Fehler, aus denen ich gelernt hatte – und die wenigen klugen Entscheidungen, die ich getroffen hatte – all das hatte sich zu dem zusammengefügt, was jetzt meins war.

Meine Träume waren wahr geworden. Ich erlebte mein ganz persönliches Happy End.

Und das war keine magische Kraft, die nur ein paar besondere Menschen besaßen. Es war etwas, das jeder mit Ausdauer, Tatkraft und Entschlossenheit erreichen konnte. Ein bisschen Glück hatte nicht geschadet, aber die Grundlage meiner Träume waren vor allem Hoffnung und harte Arbeit gewesen.

Daran war nichts Magisches.

Cooper stieß mit seiner Schulter gegen meine. *Geht es dir gut?*

Ich kuschelte mich an ihn, verbarg meine glasigen Augen und brummte meine Antwort.

Es geht mir wunderbar, mein Liebster.

Sneak Peek: Verführung des Sheriffs

Glaubt nicht, was man euch über Robin Hood, den Gesetzlosen des Sherwood Forests, erzählt. Einen solchen Mann hat es nie gegeben. Aber es gibt eine Frau...

Das bin ich, Robynne: Fuchsgestaltwandlerin, Meisterbogenschützin und gerissene Gesetzlose mit dem unbändigen Wunsch, Ärger zu vermeiden. Doch als mein impulsiver Bruder mit seiner fröhlichen Bande von Außenseitern eine vorbeifahrende Kutsche ausraubt, setzt dies eine Kette von Ereignissen in Gang, die mein Schicksal für immer verändert. Da es zu spät ist, sie aufzuhalten, entscheide ich mich für die nächstbeste Lösung: von den Reichen zu nehmen und den Armen zu geben.

Alles schön und gut, aber das bringt den neuen Sheriff von Nottingham auf meine heiße Spur. Die Betonung liegt auf heiß, denn im Gegensatz zu seinem Vorgänger ist Daniel ein muskelbepackter und pflichtbewusster Ritter/Drachengestaltwandler, der erst vor Kurzem von den Kreuzzügen zurückgekehrt ist. Einer, der alle möglichen neuen Begierden weckt...

Als Gesetzlose und Sheriff sind wir Erzfeinde, obwohl wir das Gleiche wollen: Gerechtigkeit für die Unterdrückten, die Rückkehr unseres rechtmäßigen Königs Richard ... und eine Chance, unsere wildesten, heißesten Fantasien auszuleben.

Aber das ist für uns unglückliche Liebende nicht so einfach. Wir schreiben das Jahr 1193 – eine Ära von intriganten Prinzen, gierigen Kriegsherrn und skrupellosen Gestaltwandlern. Um unser Glück zu finden, müssen Daniel und ich uns auf listige, wilde Kämpfe und eine Liebe verlassen, die heißer brennt als Drachenfeuer.

Ich habe mich noch nie von Regeln, Erwartungen oder unmöglichen Umständen aufhalten lassen ... aber ich muss zugeben, dass dies eine höllische Herausforderung wird.

(Und wenn ihr ein tierisches Knurren hört, ist das meine Fuchsseite. *Herausforderung angenommen.*)

Weitere Titel von Anna Lowe

Verzauberte Horizonte

Windflüsterin (Buch 1)

Feuertänzerin (Buch 2)

Traumweberin (Buch 3)

Sherwood Forest Gestaltwandler

Verführung des Sheriffs (Buch 1)

Verführung des Gesetzlosen (Buch 2)

Verführung des Löwen (Buch 3)

Aloha Shifters - Juwelen des Herzens

Der Ruf des Drachen (Buch 1)

Der Ruf des Wolfes (Buch 2)

Der Ruf des Bären (Buch 3)

Der Ruf des Tigers (Buch 4)

Die Verlockung des Drachen (Buch 5)

Der Ruf des Fuchses (Buch 6)

Aloha Shifters - Perlen des Verlangens

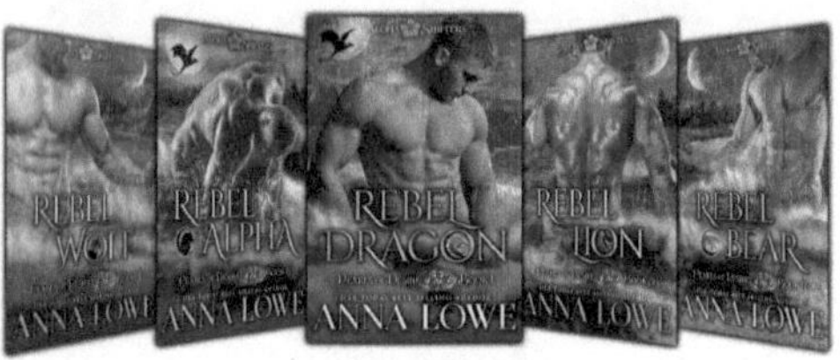

Drachenrebell (Buch 1)

Bärenrebell (Buch 2)

Löwenrebell (Buch 3)

Wolfsrebell (Buch 4)

Rebellenherz (Buch 5)

Alpharebell (Buch 6)

Töchter des Feuers - Billionaires & Bodyguards

Töchter des Feuers: Paris (Buch 1)

Töchter des Feuers: London (Buch 2)

Töchter des Feuers: Rom (Buch 3)

Töchter des Feuers: Portugal (Buch 4)

Töchter des Feuers: Irland (Buch 5)

Töchter des Feuers: Schottland (Buch 6)

Töchter des Feuers: Venedig (Buch 7)

Töchter des Feuers: Griechenland (Buch 8)

Töchter des Feuers: Schweiz (Buch 9)

Die Wölfe der Twin Moon Ranch

Verlockung des Jägers (Buch 1)

Verlockung des Wolfes (Buch 2)

Verlockung des Mondes (Buch $2\frac{1}{2}$ – Vier Kurzgeschichten)

Verlockung des Alphas (Buch 3)

Verlockung der Wölfin (Buch 4)

Verlockung des Herzens (Buch 5)

Weihnachtsverlockung (Buch 6)

Verlockung der Rose (Buch 7)

Verlockung des Rebellen (Buch 8)

Verlockende Begierde (Buch 9)

Verlockung der Nacht (Buch 10)

Die Bären des Blue Moon Saloons

Perfekte Gefährten (die Vorgeschichte)

Verlangen des Bären (Buch 1)

Verlangen des Wolfes (Buch 2)

Verlangen des Alphas (Buch 3)

Verlangen des Gefährten (Buch 4)

Verlangen der Wölfin (Buch 5)

Süßes Verlangen (ein Festtagsschmaus)

Gestaltwandler in Vegas

Wolfspoker

Bärenpoker

Pantherpoker

Drachenpoker

Karibische Abenteuerromantik

Funken der Lust

Prickelndes Wagnis

Süße Verstrickung

Verlockende Tiefe

Sinnliche Strömung

www.annalowe.de

Über Anna Lowe

USA Today und Amazon Bestseller Autorin Anna Lowe schreibt fesselnde Romane mit tatkräftigen Heldinnen und unwiderstehlichen Helden in exotischen Umgebung, mit jeder Menge Zündstoff für scharfe Romantik.

Sie liebt Hunde, Sport und Reisen, die auch die Inspiration für Ihre Bücher liefern. Wenn Anna nicht gerade in die Arbeit an ihrem nächsten Buch vertieft ist, kannst Du Sie am Wochenende beim Wandern in den Bergen antreffen. Egal wo und wie – sie wird den Tag mit einem leckeren Stück Zartbitterschokolade ausklingen lassen.

Einfach mal vorbeischauen, auf **www.annalowe.de**.